Rufen Sie die MUK!

Und 8 weitere spannende Blaulicht-Krimis

Das Neue Berlin

ISBN 978-3-360-01915-8

Neue Grünstraße 18, 10179 Berlin
Einbandgestaltung: Hou-Wing Chang
Einbandillustration: Lothar Wulsch
Druck und Bindung: CPI Moravia Books GmbH

Die Bücher des Verlags Das Neue Berlin
erscheinen in der Eulenspiegel Verlagsgruppe.

www.das-neue-berlin.de

Inhalt

Vorbemerkung

Neun Geschichten um Mord und Totschlag erscheinen hier unter dem Blaulicht-Signum, das die bekannteste Krimireihe der DDR schmückte.

Auch in diesem Land, wie überall auf der Welt, schrieben Autoren zur Unterhaltung der Leser Kriminalgeschichten und fanden die Stoffe in der Wirklichkeit. Denn entgegen anderen Verlautbarungen aus den Anfangsjahren der Republik – wonach unter den neuen sozialistischen Bedingungen Kriminalität bestenfalls noch als Relikt der bürgerlichen Gesellschaft vorhanden war und bald verschwinden würde –, gab es selbstverständlich auch im realsozialistischen Alltag Menschen, die mit dem Gesetz in Konflikt kamen, wurde auch hier gelogen, betrogen, unterschlagen, eingebrochen und gemordet. Letzteres, statistisch gesehen, allerdings seltener als anderswo, konkret kam auf 100 000 Einwohner ein Tötungsdelikt im Jahr.

Und weil man sich eben mit diesen Fakten einerseits und den Wünschen der Leser andererseits arrangieren mußte, entstand – ebenfalls in den Anfangsjahren – die Vorstellung von einer »gesellschaftlich wirksamen« Kriminalliteratur. Der sozialistische Krimi sollte eben nicht nur unterhalten, sondern auch belehren und aufklären, insbesondere über die Arbeit der Volkspolizei. Eine der hier abgedruckten Geschichten trägt den programmatischen Untertitel »Erzählung aus der Arbeit unserer Volkspolizei«. Der Leser begegnet also meist korrekten, pflichtbewußten, moralisch einwandfreien Ermittlern. Super-Detektive mit flink gezückten Revolvern gab es nie, aber auch kaum einmal abgrundböse Täter. Blickt man über die Anfänge der DDR-Kriminalliteratur hinaus, da »aus der alten Zeit« noch habgierige Schwarzmarkthändler und verblendete skrupellose Gegner der neuen Verhältnisse der Polizei das Leben schwer machten, suchten die

Autoren nach Fällen und Geschichten, in denen Menschen in unbewältigten, komplizierten oder sie überfordernden Alltagssituationen zu Tätern wurden, und griffen oftmals Problematiken auf, die in den Medien nicht oder wenig zur Sprache kamen.

Am Anfang dieser Sammlung steht die erste Kriminalgeschichte, die in der DDR veröffentlicht wurde. Wir haben sie aufgenommen, obwohl sie erschien, lange bevor die Blaulicht-Reihe ins Leben gerufen wurde, im Jahr 1949. Über ihren Autor, Hannes Elmen, ist nichts mehr in Erfahrung zu bringen. Der Fall jedoch ist ein authentischer. Elmen erzählt die Geschichte nah am realen Geschehen. Natürlich ist er voll des Lobes für die Arbeit der Volkspolizei – und tadelt die Westberliner »Stumm«-Polizei ... In dieser wie anderen Geschichten kann man durchaus viel über das Land, über geschichtliche und politische Hintergründe erfahren.

Einige der hier vertretenen Autoren sind den Lesern aus der einstigen DDR vertraut: Da ist vor allem Tom Wittgen zu nennen, eigentlich Ingeburg Siebenstädt, die ihr Pseudonym nach ihrem Geburtsort Wittgensdorf wählte und einen männlichen Vornamen dazusetzte, weil eben ein Männername dem Krimileser größeres Vertrauen einflößte – so sah man das seinerzeit. Sie war eine der produktivsten und beliebtesten Kriminalschriftstellerinen, was auch der ihr später verliehene Beiname belegt: »die Agatha Christie des DDR-Krimis«.

Günter Prodöhl war Autor und Szenarist der Fernseh-Krimiserie »Blaulicht«, die von 1959 bis 1968 im DDR-Fernsehen lief und als Konkurrenz zu der im Westfernsehen laufenden Reihe »Stahlnetz« – ein Straßenfeger in West und Ost – gestartet wurde: ein Quotenkampf der Systeme. Ein wahrhafter Bestseller war Prodöhls sechsbändige Reihe »Kriminalfälle ohne Beispiel«.

Ebenfalls als Funk- und Fernsehautor bekannt war

Hans Siebe, der neben 45 Kriminalhörspielen und vier Filmen in der bis heute laufenden Reihe »Polizeiruf 110« rund 80 Kriminalromane und -erzählungen veröffentlichte.

Auch der 2006 verstorbene Wolfgang Mittmann sei erwähnt. Er war 34 Jahre im Polizeidienst tätig, ging 1990 als Kriminalhauptkommissar in den Ruhestand und schrieb neben Krimis auch kriminalhistorische Bücher; ein Standardwerk sind seine »Großen Fälle der Volkspolizei«.

Apropos »Kriminalhauptkommissar«: Die Ermittler in diesen Geschichten reden sich mit Leutnant, Hauptmann, Major usw. an, also mit militärischen Dienstrangen. Die traditionellen Polizeidienstgrade wurden in den 50er Jahren abgeschafft. Die Rückverwandlung der Genossen Ermittler in Kriminalsekretäre, -assistenten, Unter-, Ober- und Hauptkommissare konnten auch die Fernsehzuschauer beim »Polizeiruf 110« erleben: Aus dem Genossen Hauptmann Fuchs wurde Hauptkommissar Fuchs, aus dem Genossen Oberleutnant Grawe der Oberkommissar Grawe.

Aber ob nun Kommissar oder Hauptmann, man war den Tätern auf der Spur. Und diese gemeinsam mit den Genossen von der »K« aufzunehmen, laden wir unsere geschätzte Leserschaft ein und wünschen spannende Unterhaltung.

HANNES ELMEN

... polizeifunk meldet ... mordfall lemke aufgeklärt ...

»Mensch, Karl Heinz, dicke Luft! Wir müssen schleunigst verschwinden! Otto ist eben vor dem Güterbahnhof verhaftet worden!«

»Und die Zuckerladung?«

»Hat die Polizei gleich mit Ottos Lastwagen kassiert.«

»Mensch, ein schöner Schaden!«

»Ich pfeif auf den Schaden. Viel schlimmer ist, ob Otto dichthalten wird. Für mich gibt's jetzt nur noch eins – türmen!«

Karl Heinz Degen läßt sich durch die Schreckensbotschaften seines Komplizen nicht aus der Ruhe bringen. Nachdenklich sieht er Harry Holt an. »Ein paar Stunden dürften wir schon noch Zeit haben. Wo willst du denn hin?«

»Hamburg oder Berlin. Nur weg von hier!«

Degen grinst. »Von mir aus ... Ich wünsche dir viel Glück.«

»Willst du etwa hierbleiben?«

»Nee, mein Lieber, aber darüber brauchst du dir keine Sorgen zu machen. Mich schnappt sie nicht, die Polizei.«

Harry überlegt einen Moment. »Also dann Hals- und Beinbruch, Karl Heinz. Nimm mir's nicht übel, aber ich hab's verdammt eilig! Tschüß, und auf Wiedersehen!«

»Adios, Harry. Und – schreib mal über unsere alte Deckadresse in Wolfenbüttel!«

Die letzten Worte hört Harry nicht mehr. ›Ein fixer Junge, nur reichlich nervös heute‹, denkt Karl Heinz Degen und zündet sich eine Zigarette an. »Noch einen Schnaps, Herr Ober!«

Degen überlegt weiter. Hamburg oder Berlin ... eigentlich keine üble Idee von Harry. Dieses Braunschweig hier wird einem auf die Dauer sowieso langweilig. Eine Millionenstadt dagegen ...

Zwei Stunden später erklärt Degen seiner jungen Frau: »Ich muß für einige Wochen dringend verreisen. Wirst noch von mir hören ...« Ohne besonderen Gruß verläßt er seine Wohnung. Ilse Degen bleibt ruhig sitzen; sie hat sich an diese Behandlung bereits gewöhnt, obwohl sie erst seit fünf Monaten verheiratet ist.

»Mein Mann ist fortgefahren. Wohin, hat er mir nicht gesagt«, antwortet Ilse Degen am nächsten Tag auf die Fragen der Kriminalpolizei. Der vernehmende Kommissar schenkt dieser Aussage Glauben; er ahnt, wie es um die Ehe dieser jungen Frau bestellt ist. Mit einigen beruhigenden Worten entläßt er sie wieder.

Zur selben Stunde überschreitet der Gesuchte die Zonengrenze* bei Helmstedt – Richtung Berlin!

Das Berlin des Winters 1946/1947 ist so richtig nach dem Geschmack Degens. Ausländer, Frauen, lohnende Geschäfte – überall Großstadtbetrieb. Jetzt könnte man Harry gut gebrauchen. Schade, daß er es in Braunschweig so eilig hatte.

Aber der Dreiundzwanzigjährige hat die neuaufgebaute Berliner Polizei doch unterschätzt. Ende Januar 1947 wird er in einer Bar am Kurfürstendamm festgenommen. Die Sache liegt klar: Ottos Geständnis hat die großen Zuckerschiebungen aufgedeckt. Leugnen ist diesmal zwecklos. Degen gibt deshalb sogleich seine Mittäterschaft zu.

»Und wo steckt Ihr Kompagnon Harry Holt?« fragt schließlich der Kommissar. Degen zuckt die Achseln. »Keine Ahnung.« Dieselbe Antwort erhält auch der Vorsitzende der 2. Großen Strafkammer des Landgerichts Berlin.

---

* Anmerkungen Seite 334

Der Staatsanwalt beantragt zwei Jahre Gefängnis. Verbissen kämpft der Angeklagte um eine Verringerung der Strafe. Ohne Erfolg. Das Urteil lautet auf ein Jahr und vier Monate.

Degen macht äußerlich einen ruhigen, beinahe unbeteiligten Eindruck. Innerlich aber kocht er vor Wut. Sechzehn Monate hinter Gittern!

Im Juli 1948 steht Karl Heinz Degen vor dem Verwaltungsdirektor der Strafanstalt Tegel, um seine Entlassungspapiere in Empfang zu nehmen. Auch die Urkunde über die inzwischen auf Antrag seiner Frau ausgesprochene Scheidung wird ihm ausgehändigt. Zum Schluß muß er noch die üblichen Ermahnungen über sich ergehen lassen. Sie berühren ihn aber nicht im geringsten. Das ist ja doch alles nur Quatsch ... Endlich kann er gehen. Wieder frei! Lebenshungrig wie noch nie eilt der Entlassene davon. Der einzige Rat des Gefängnisinspektors, den er befolgt, ist der, sich sofort um eine feste Wohnung zu bemühen. Dabei hat er gleich auf Anhieb Glück. Das Wohnungsamt Berlin-Zehlendorf weist ihm ein Zimmer, beziehbar zum 1. August 1948, als Untermieter zu. »Kunstgewerblerin Eva Curth, Zehlendorf, Schützallee 98 b«, lautet die Adresse auf dem Zuweisungsschein.

Erwartungsvoll macht sich Degen auf den Weg. Während er durch die Straßen läuft, fällt ihm Harry Holt ein. Ob er wohl auch in Berlin ist? Eigentlich komisch, daß Harry damals alle nach Wolfenbüttel gesandten Briefe unbeantwortet gelassen hat.

Angenehm überrascht bleibt Degen vor einem hübschen Einfamilienhaus stehen. Hier also soll er wohnen! Das ist wirklich mehr, als er erwarten durfte. Fehlt bloß noch, daß die Wirtin in Ordnung geht und nicht etwa ein Hausdrachen ist.

Nein, die Frau, die jetzt die Gartenpforte öffnet, ist alles andere als ein Hausdrachen. »Sie wünschen, mein Herr?«

»Entschuldigen Sie, bitte, ich wollte zu Frau Curth.«

»Das bin ich selbst.«

»Ich komme vom Wohnungsamt. Man hat mir ein Zimmer ...«

»Ach, Sie sind mein zukünftiger Untermieter? Bitte, treten Sie näher.«

Eva Curth, ungefähr 38 Jahre alt, wohnte bisher allein in dem Haus. Sie freut sich offensichtlich über den neuen Untermieter. »Wissen Sie, ich fürchtete schon, das Wohnungsamt würde mir womöglich einen Bürokraten einweisen, den schon ein leises Husten stört.«

Beide lachen.

Die notwendigen Formalitäten sind bald erledigt. Degen ist mit dem Zimmer sehr zufrieden. Auch die Frage des Mietpreises wird ohne Schwierigkeiten geklärt. Schließlich meint die Wohnungsinhaberin: »Und nun darf ich Sie doch zu einer Tasse Tee einladen?«

Es wird eine nette Plauderstunde. Frau Curth versteht es, Gemütlichkeit hervorzurufen. Sie gehört zu dem Typ der soliden Hausfrau, durchaus modern, aber nicht mondän.

»Bis zum 1. August sind es ja noch drei Tage, Herr Degen. Wenn Sie wollen, können Sie schon ab heute Ihr Zimmer beziehen.«

»Sehr liebenswürdig. Dann brauche ich mir nicht erst noch ein Hotelzimmer zu suchen.«

Für den Abend besorgt Degen eine Flasche Likör. »Morgen trete ich meine Stellung als Regisseur beim Metropol-Theater an. Außerdem müssen wir doch meinen Einzug feiern, nicht wahr?«

Eva Curth ist derselben Ansicht. Endlich hat ihr Alleinsein aufgehört. Deutlich läßt sie den jungen Mann erkennen, daß er ihr sympathisch ist. Degen wiederum sagt sich: Warum nicht? Man hat schließlich seine Vorteile. Außerdem ist die Frau wirklich nett ...

Vier Wochen später wiegt sich Eva Curth in dem Glauben, daß sie bald die Ehefrau ihres Untermieters sein wird.

Wer heute die Mietskaserne in Berlin, Schönhauser Allee 115, näher betrachtet, wird auch die modernen Auslagen eines Lampengeschäftes kaum übersehen. Im September 1948 befand sich in diesem Laden allerdings noch die Süßwarenhandlung von Heinrich Lemke, der vielen Berlinern durch seine in allen Stadtteilen anzutreffenden Filialen als »Schokoladen-Lemke« bekannt war.

An einem sonnigen Septembervormittag kommt ein äußerst elegant gekleideter junger Mann in den Laden. »Bitte, geben Sie mir ein viertel Pfund Kekse.«

Zufällig ist Elisabeth Lemke, die Frau des Geschäftsinhabers, anwesend. Interessiert beobachtet sie den Kunden, der gerade einer Verkäuferin das Geld über den Ladentisch reicht. Ein selten hübscher Junge! Groß, breitschultrig, wie aus einem Modejournal geschnitten.

»Die Kekse sind wohl für das Fräulein Braut?« erkundigt sich Elisabeth Lemke lächelnd.

»Aber nein, die sind nur für mich«, antwortet der Gefragte freundlich.

Man kommt ins Gespräch. Der junge Mann – es ist Karl Heinz Degen – beherrscht alle Künste der Unterhaltung. Und Elisabeth Lemkes strahlende Augen bestätigen ihm wieder einmal, daß er einer von denjenigen Männern ist, die bei Frauen Glück haben.

»Verzeihen Sie, bitte, wenn ich etwas neugierig bin, aber ich möchte gerne wissen, ob Ihr Anzug von einem Berliner Schneider gearbeitet wurde«, wird Degen gefragt.

»Stoff und Modell sind englisch, der Schneider ist ein Berliner; er hat ein Modeatelier in der Uhlandstraße.«

»Wissen Sie vielleicht, ob er auch Damenkostüme anfertigt?«

»Gewiß. Falls Sie es wünschen, kann ich Sie mit ihm bekannt machen. Sicher nimmt er noch Aufträge an, besonders von einer schönen Frau«, erwidert er mit einer Verbeugung.

Elisabeth Lemke errötet. »Wenn ich Ihre Zeit in Anspruch nehmen darf?«

»Aber ich bitte Sie, gnädige Frau! Sie brauchen nur zu sagen, wann es Ihnen paßt.«

»Gut. Wie wäre es heute oder morgen nachmittag?«

»Ich würde heute vorschlagen.«

»Einverstanden.«

Hastig blickt sich die Frau nach den Verkäuferinnen um. Aber die sind vollauf mit dem Bedienen einiger Kunden beschäftigt und haben nichts bemerkt. »Um drei Uhr vor dem Marmorhaus.«

Degen verbeugt sich erneut und verläßt nach einem vielsagenden Händedruck das Geschäft.

Elisabeth Lemke hat ein gepflegtes Heim in Halensee, Kronprinzendamm 9. Materielle Sorgen kennt sie nicht. Ihr Mann ist als mehrfacher Geschäfts- und Grundstücksbesitzer sehr vermögend. Aber er ist nun schon 63 Jahre alt, während Elisabeth Lemke erst 35 Jahre zählt. Beinahe dreißig Jahre Unterschied. Dem ersten Rendezvous mit Karl Heinz Degen folgen bald weitere. Der verabredete Besuch des Modeateliers wird für die Frau zum Beginn einer Leidenschaft. Bald vergeht kein Tag mehr, an dem die beiden nicht wenigstens für eine Stunde zusammentreffen. Die Frau hat es wie ein Rausch gepackt. Wenn sie eine Verabredung einmal nicht einhalten kann, schickt sie gleich einen Brief, in dem jedes Wort ihre Gefühle verrät.

»Von wem sind eigentlich diese Briefe, die du neuerdings bekommst?« fragt Eva Curth eines Tages. Degen antwortet mit einer Gebärde, die die Unwichtigkeit der Sache unterstreichen soll. »Eine Schauspielerin, der ich ein Engagement verschaffen soll. Untalentiert, nicht zu gebrauchen ...«

Eva Curth glaubt ihm. Nicht im Traum würde ihr einfallen, daß Karl Heinz sie betrügen könnte. So unterstützt sie ungewollt seine Bemühungen, das Verhältnis mit der Frau des Großkaufmanns Lemke zu verheimlichen.

Ein solches Liebesverhältnis kostet Geld, viel Geld sogar. Elisabeth legt größten Wert darauf, mit ihrem Freund »standesgemäß« aufzutreten. Schließlich lebt man in unmittelbarer Nachbarschaft mit englischen und amerikanischen Offiziersfamilien und deren Nachtklubs. Degen verdient zwar, wie er sagt, monatlich rund achthundert Mark, aber die reichen kaum für seine eigenen Bedürfnisse. Elisabeth wiederum kann nicht immer die gewünschten Summen beschaffen. »Ich darf meinen Mann nicht mißtrauisch machen«, sagt sie, während sie wieder einmal eine umfangreiche Zeche zahlt. »Unser Geld, die Wertpapiere und das Bankkonto, alles wird von ihm verwaltet.«

Degen blickt gelangweilt vor sich hin.

Da meint die Frau: »Karli, wir müßten uns eben zwei- oder dreimal in der Woche bei dir zu Hause treffen.«

Degen wehrt entsetzt ab. »Bloß das nicht, Elisa! Meine Wirtin würde uns nicht in Ruhe lassen. Schon seit Wochen gibt sie sich die erdenklichste Mühe, ein Verhältnis mit mir anzufangen. Wenn ich da mit dir ankommen würde ... Na, ich danke!«

»Gefällt sie dir eigentlich, deine Wirtin?«

»Elisa, bitte, sprich nicht so! Du weißt doch, daß ich nur dich liebe.«

Elisabeth Lemke ist wunschlos glücklich.

Am 8. Oktober 1948 – es ist ein Freitag – findet der Großkaufmann Heinrich Lemke in der Schale, die seine täglich eingehende Post enthält, den Brief eines ihm unbekannten Angermünder Rechtsanwaltes.

Das Schreiben hat folgenden Wortlaut:

Dr. W. Goldstein Angermünde,
Rechtsanwalt und Notar
6. Oktober 1948

Sehr geehrter Herr Lemke!

Mein Mandant, Herr Siegfried Mendelsohn, wurde im Jahre 1934 durch die Judenhetze der damaligen Machthaber gezwungen, sein in Berlin, Bornstedter Straße 9, befindliches Grundstück zu verkaufen. Das Grundstück ging dann in Ihren Besitz über.

Herr Mendelsohn hat mich nun beauftragt, mit Ihnen über eine gütliche Einigung zu verhandeln. Da Sie als Geschäftsmann wochentags sicher nur schwer abkommen können, erlaube ich mir, Sie um Ihren persönlichen Besuch in Angermünde am nächsten Sonntag, dem 10. Oktober 1948, zu bitten. Die günstigste Verbindung haben Sie mit dem um 17.30 Uhr vom Stettiner Bahnhof in Berlin abfahrenden D-Zug, der gegen 19.00 Uhr hier eintrifft. Ich habe vorsorglich im Hotel »Reichshalle« ein Zimmer für Sie reservieren lassen und bitte Sie, sich dort beim Pförtner zu melden.

Nicht unerwähnt möchte ich lassen, daß Herr Mendelsohn mich für den Fall einer gütlichen Einigung dazu ermächtigt hat, den beim Berliner Magistrat gegen Sie eingereichten Wiedergutmachungsantrag zurückzuziehen.

Mit vorzüglicher Hochachtung!
Dr. W. Goldstein

Einen derartigen Brief hat Heinrich Lemke schon seit langem erwartet. Der verbindliche Ton des Schreibens beruhigt ihn jedoch. Er nimmt sich vor, von sich aus alles zu tun, damit die von dem Rechtsanwalt vorgeschlagene Einigung zustande kommt. Die heikle Angelegenheit mit dem Grundstück Bornstedter Straße 9 soll endlich aus der Welt geschafft werden.

Abends sitzen sich die Eheleute Lemke beim Essen gegenüber. »Rate mal, Elisabeth«, sagt der Mann aufgeräumt, »was ich heute für eine Nachricht habe.«

Elisabeth blickt auf. So munter hat sie ihren Mann lange nicht gesehen. »Ich kann es mir schon denken. Du hast die Genehmigung zur Eröffnung einer weiteren Filiale erhalten.«

»Falsch!«

»Dann sind deine Verhandlungen wegen der Übernahme des Lebensmittelgeschäftes in Charlottenburg erfolgreich beendet worden.«

»Auch falsch ... ich will es dir sagen, Elisabeth. Mendelsohn hat sich gemeldet!«

»Und darüber freust du dich? Das begreife ich nicht!«

Heinrich Lemke macht eine bedeutungsvolle Miene. »Diesmal hat er keine grundsätzlichen Forderungen gestellt, sondern schlägt mir durch seinen Rechtsanwalt eine gütliche Einigung vor. Hier, bitte, lies.«

Kopfschüttelnd nimmt Elisabeth das ihr hingereichte Schreiben. Nachdem sie es aufmerksam gelesen hat, wendet sie sich wieder ihrem Mann zu. »Ich habe also wieder einmal recht! Für einen erfolgreichen Kaufmann ist nicht nur seine Tüchtigkeit entscheidend! Er muß auch Glück haben!«

»Na schön, ich will nicht widersprechen«, erwidert Lemke gutgelaunt. »Aber ich wäre dir dankbar, wenn du morgen die Fahrkarte beschaffen würdest.«

»Gern, Heinrich. Und ich bringe dich selbstverständlich zur Bahn. Doch da fällt mir was ein. Hättest du nicht Lust, vorher noch mit mir die Nachmittagsvorstellung im Friedrichstadtpalast* zu besuchen? Dort tritt zur Zeit Michael Piel auf. Er soll ganz unerhört sein!«

Heinrich Lemke ist in viel zu froher Stimmung, als daß er seiner Frau einen Wunsch abschlagen könnte. »Gern, Elisabeth, wenn es dir Freude macht.«

Schon lange nicht mehr haben die beiden Eheleute so

nett miteinander gesprochen. Heinrich Lemke wird oft bis in die Nachtstunden hinein von seinen Geschäften in Anspruch genommen. Um so mehr begrüßt er diesen gemütlichen Abend ...

Am nächsten Vormittag trifft sich Elisabeth mit Degen und berichtet ihm von der bevorstehenden Reise ihres Mannes. »Du hättest ihn sehen sollen. Richtig verjüngt kam er mir vor.«

»Na, siehst du, Elisa, der Trottel ist viel zu sehr mit seiner Geldmacherei beschäftigt. Der merkt eben nichts«, ruft Degen triumphierend.

Elisabeth hat diesmal wenig Zeit. »Ich muß auch noch die Karten für den Friedrichstadtpalast besorgen. Auf Sonntag also, Karli!«

»Auf Sonntag, Elisa!« antwortet Degen und wirft ihr zum Abschied noch einen verliebten Blick zu. Dann trennen sie sich wieder.

Am Sonntag sitzen die beiden Eheleute im Friedrichstadtpalast. Leider müssen sie die Vorstellung eine halbe Stunde vor Schluß verlassen, damit Heinrich Lemke nicht seinen Zug versäumt. Elisabeth begleitet ihren Mann bis ins Abteil.

Hier umarmt sie ihn und gibt ihm einen zärtlichen Kuß. »Viel Erfolg, Heinrich!«

Mit einer etwas väterlich wirkenden Geste streichelt der Mann das rötlich schimmernde Haar seiner Frau. »Jetzt mußt du aber heimgehen, Elisabeth. Es wird schon dunkel.«

Noch lange winkt die Frau dem davonfahrenden Zug nach. Bis sie sich entschlossen umwendet und mit eiligen Schritten dem Ausgang zustrebt. Ihr Ziel ist allerdings nicht ihre Wohnung, sondern eine Bar an der Gedächtniskirche.

»Und ich sage dir, wenn Fritz etwas genauer geschossen hätte, wäre die ganze Sache anders gelaufen!«

»Was du bloß immer mit dem Fritz hast! Warum hat er denn nicht besser getroffen? Weil er nicht kann, sage ich dir! Der Kerl hat doch Gummibeine! Nee, solange wir uns an den halten, werden wir keine Lorbeeren ernten!«

»Deine ewige Meckerei bringt uns auch nicht weiter!«

»Ich meckere ja gar nicht. Ich mache nur Vorschläge, damit wir endlich vorwärtskommen!«

»Würden wir auf dich hören, könnten wir bald ganz einpacken!«

Die Schwächen der Angermünder Fußballmannschaft sind das Lieblingsthema des Kellners Berger. Seinem Kollegen Otto Kroll geht es nicht anders. Leider können sie jedoch ihre Debatte über das heute nachmittag verlorengegangene Spiel ihrer Mannschaft nicht weiterführen, da sie durch den Eintritt einer Dame gezwungen werden, ihre Unterhaltung abzubrechen.

Das Gastzimmer des Hotels »Reichshalle« ist um diese Tageszeit völlig leer. Die Dame – unerhört elegant, wie Berger feststellt – sieht sich einen Augenblick in dem stillen Raum um. Mit einem leichten Neigen des Kopfes erwidert sie die Verbeugungen der Hotelangestellten und sagt: »Ich bin die Sekretärin von Herrn Rechtsanwalt Dr. Goldstein. Wir benötigen heute nacht für einen Berliner Gast ein Zimmer, in dem gleichzeitig eine geschäftliche Besprechung abgehalten werden kann. Haben Sie ein solches Zimmer frei?«

»Da ist es wohl am besten, wir nehmen das Zimmer 7, nicht wahr?« wendet sich Berger an seinen Kollegen.

»Ja, ich werde Ihnen sofort das Zimmer zeigen.« Kroll nimmt den Schlüssel vom Brett und bittet die Dame, ihm zu folgen.

Das Zimmer 7 erscheint für den gewünschten Zweck gut geeignet. Ein Sofa, Sessel, Stühle und ein Tisch. In einer Ecke steht ein Bett. Nur die Beleuchtung ist etwas schwach.

»Ich werde dafür sorgen, daß eine stärkere Birne eingeschraubt wird«, entschuldigt sich Kroll. »Außerdem können Sie noch eine Tischlampe bekommen.«

»Ach, das ist unwichtig«, antwortet die Dame. Erklärend fügt sie hinzu: »Wenn es so hell ist, kommt mein Chef womöglich bloß auf die Idee, mir gleich stundenlange Verträge und Abschlüsse zu diktieren.«

Kroll nickt verständnisvoll.

»Den Schlüssel kann ich ja wohl behalten?« fragt die Sekretärin, während sie mit dem Hotelangestellten ins Gastzimmer zurückgeht.

»Selbstverständlich. Nur möchte ich Sie bitten, den Herrn, der bei uns übernachten wird, zu veranlassen, daß er sich noch heute abend in das Gästebuch einträgt.«

»Gewiß, ich werde daran denken.«

Als sie wieder allein sind, sagt Kroll zu seinem Kollegen: »Mensch, das ist 'ne Frau, was? Hast du die lackierten Fingernägel gesehen?«

»Der Hut, den sie aufhat, ist noch verrückter«, meint Berger. Aber dann dreht sich das Gespräch der beiden wieder um ihr Lieblingsthema, die Fußballmannschaft.

Pünktlich um 19 Uhr trifft Heinrich Lemke in Angermünde ein. Den Weg zur »Reichshalle« findet er schnell.

Zehn Minuten später ist er in dem Gastzimmer des Hotels.

»Herr Lemke aus Berlin?«

Erstaunt dreht sich der Angesprochene um. Vor ihm steht eine Dame in einem tadellosen Kostüm. »Ja, bitte?«

»Ich bin die Sekretärin von Herrn Dr. Goldstein. Ich sollte Sie hier erwarten. Der Herr Doktor wird in etwa zwanzig Minuten kommen. Bis dahin müssen Sie schon mit meiner Gesellschaft vorlieb nehmen.«

Heinrich Lemke lächelt. »Mit dem größten Vergnügen!« Man wird also zu dritt sein. Angesichts dieser Sekretärin keine unangenehme Aussicht.

»Darf ich Ihnen inzwischen Ihr Zimmer zeigen?« fragt die Angestellte des Rechtsanwalts.

»Ich bitte darum.«

»Aber vielleicht schreiben Sie sich erst in das Gästebuch ein. Sie verstehen, die Hotelmenschen sind darin genau.«

Kroll hat bereits das Buch aufgeschlagen. Heinrich Lemke füllt die einzelnen Spalten aus und läßt die Eintragungen mit seinem Personalausweis vergleichen. Dann folgt er der Sekretärin in bester Stimmung. Dieser höfliche Empfang bestärkt ihn in seiner Annahme, daß er mit dem Beauftragten Mendelsohns leicht einig werden wird.

Nachdem der Berliner Geschäftsmann seinen Mantel in den Kleiderschrank gehängt hat, weist die Dame auf das Sofa, das quer in einer Ecke des Zimmers steht. »Bitte sehr, machen Sie es sich bequem.«

Heinrich Lemke nimmt Platz. Die Likörflasche und die drei Gläser auf dem Tisch vor dem Sofa überraschen ihn schon nicht mehr.

Die Sekretärin sitzt ihm gegenüber auf einem Stuhl. »Der Herr Doktor muß jeden Augenblick kommen. Aber inzwischen könnten wir eigentlich einen Likör trinken«, schlägt sie vor.

»Womit ich gern einverstanden bin«, erwidert der Mann. Und während die junge Frau zwei Gläser füllt, sagt er noch anerkennend: »Sie haben da zufällig meine Lieblingsmarke!«

»Das freut mich. So, bitte sehr. Auf gutes Gedeihen!«

»Prosit!«

›Alles, was recht ist, aber dieser Herr Rechtsanwalt hat eine Sekretärin, die wirklich nur eine Empfehlung für ihren Chef ist‹, denkt Heinrich Lemke. ›Eine reizende Person ...‹

Ungeduldig blickt der Kellner Berger am nächsten Vormittag auf die Uhr. Halb elf. Bald müssen die Tische zum Mittagessen gedeckt werden, und der Herr von Zimmer 7 ist noch immer nicht zum Frühstück erschienen. Gegen elf Uhr entschließt sich Berger, den verschlafenen Gast zu wecken. Energisch klopft er an die Tür. Keine Antwort. Auch auf ein nochmaliges Klopfen rührt sich nichts in dem Zimmer. Sollte darin etwas nicht in Ordnung sein? Nach einem Zechpreller sah der Mann doch nicht aus.

Berger benachrichtigt den Hotelinhaber, der sofort einen Schlosser kommen läßt. Neugierig beobachten einige aufmerksam gewordene Gäste den Handwerker bei seiner Arbeit. Es sind aber nur wenige Handgriffe erforderlich, um die Tür zu öffnen.

Das Bild, das sich den Eintretenden bietet, ist grauenhaft. Quer über dem Sofa liegt die Leiche eines Mannes, dessen Kopf durch zwei klaffende Wunden gespalten ist. Auf dem Fußboden schwimmt eine große Blutlache. Es müssen wuchtige Beilhiebe gewesen sein, die den Mann – der Kellner Berger hat ihn als Heinrich Lemke wiedererkannt – getötet haben.

Die sofort herbeigerufene Mordkommission wird vom Hotelpersonal darauf hingewiesen, daß verschiedene Möbelstücke des Zimmers vorher anders gestanden haben. Die für die angekündigte Konferenz extra auf den Tisch gelegte Plüschdecke hängt jetzt vor dem Fenster.

Weder Berger noch Kroll können sich besinnen, wie die Frau hieß, von der das Zimmer am vorhergehenden Abend bestellt wurde. »Sie sagte, sie wäre die Sekretärin eines Rechtsanwalts. Ihren eigenen Namen hat sie gar nicht genannt«, behaupten die beiden und geben eine Beschreibung der Unbekannten zu Protokoll. »Sehr elegant war sie. Direkt mondän! Ungefähr dreißig Jahre alt.«

Mit diesen Aussagen kann die Mordkommission vorerst nicht viel anfangen. Praktisch fehlt jede greifbare Spur. Im Waschbecken werden noch zwei Frauenhaare entdeckt, und an der Zimmertür liegen zwei Eintrittskarten für den augenblicklich in Angermünde gastierenden Zirkus Barlay. Das ist aber auch alles.

»Verdammt wenig«, brummt Kommissar Kersten. »Na, wollen mal hören, was uns die Frau des Ermordeten zu sagen hat ...«

Am Abend des 11. Oktober 1948 erhält Elisabeth Lemke die Nachricht von der Ermordung ihres Mannes. Von namenlosem Entsetzen gepackt, fährt sie gleich am nächsten Morgen mit einem Auto nach Angermünde.

Mit aufrichtigen Worten menschlichen Mitgefühls wird sie von Kommissar Kersten empfangen. Nur mühsam gelingt es ihr, die immer wieder hervorbrechenden Tränen zurückzuhalten. Geduldig wartet der Kommissar, bis sie sich beruhigt hat. Schließlich legt sich ihre Erregung, und sie beginnt, von der Grundstücksangelegenheit und dem Einladungsschreiben Dr. Goldsteins zu berichten. Wo dieser Brief geblieben ist, kann sie jedoch nicht sagen. Dann nennt Elisabeth Lemke die Gegenstände, die ihrem Mann geraubt worden sind: »Er hatte etwa 500 Mark Bargeld, eine Aktentasche mit wertvollen Geschäftspapieren und einen äußerst kostbaren Brillantring bei sich.«

»Haben Sie eventuell einen Verdacht, wer Ihren Gatten ermordet haben könnte?«

»Nein, Herr Kommissar, ich kann mir gar nicht vorstellen ...«

Inzwischen kommt ein Kriminalassistent, der Dr. Goldstein herbeirufen sollte, mit einer sensationellen Neuigkeit zurück. »Einen Rechtsanwalt Dr. Goldstein gibt es nicht in Angermünde!«

»Überraschung Nummer eins«, quittiert Kommissar Kersten. Er ahnt, daß dieser Mordfall noch mehr Überraschungen bringen wird.

Nachdem Elisabeth Lemke das Protokoll über ihre Mitteilungen unterschrieben hat, verabschiedet sie sich, erneut in Tränen ausbrechend, von Kommissar Kersten.

»Ich werde Sie selbstverständlich sofort benachrichtigen, wenn ich etwas erfahren sollte.«

Wieder in Berlin trifft sie Karl Heinz Degen vor ihrer Haustür. Für einen Augenblick wird die Regung eines bösen Gewissens in ihr wach, dann aber ist sie doch froh, jetzt nicht allein in der unheimlichen Stille ihrer Wohnung sein zu müssen.

»Meine Herren, ich bin der Meinung, daß die unbekannte Frau, die als Sekretärin aufgetreten ist, nicht die Mörderin gewesen sein kann. Die Frau verfügt wohl kaum über die Kräfte, die nun einmal nötig sind, um derartig schwere Beilhiebe ausführen zu können!«

Die im Zimmer ihres Chefs versammelten Angehörigen der Angermünder Mordkommission stimmen dieser Mutmaßung zu. Kommissar Kersten überlegt ein paar Sekunden und spricht dann weiter: »Es ist aber durchaus gerechtfertigt, in der unbekannten Frau eine Gehilfin des Mörders zu sehen. Um nun eine möglichst schnelle Aufklärung der Tat zu erreichen, empfiehlt es sich, die Suche nach dem Mörder zunächst auf einen eng begrenzten Personenkreis zu beschränken. Mittelpunkt dieses Kreises muß der Ermordete sein, in dessen nächster Umgebung der Täter wohl am besten gefunden werden kann.«

»Käme nicht vielleicht die Frau des Ermordeten in Betracht«, wirft ein Kriminalanwärter dazwischen.

»Ausgeschlossen! Erstens kann dieses schmächtige Persönchen aus den bereits erwähnten Gründen dem Opfer gar nicht die tödlichen Verletzungen beigebracht haben, und zweitens hat sie ein hieb- und stichfestes Alibi, das bereits genauestens überprüft wurde. Frau Lemke war zur Zeit der Tat in Berlin! Doch möchte ich meine oben gemachten Erklärungen noch ergänzen. Der Täter hat ohne Zweifel Kenntnis von der Grundstücksangelegenheit Mendelsohns gehabt. Schon deshalb aber dürfte er zu dem engeren Personenkreis um Lemke gehören. Ein Großkaufmann wie der Ermordete hat bestimmt nicht zu jedem über dieses nur durch die Nazis ermöglichte Geschäft gesprochen. Der Täter wird nun sein Wissen als Mittel zum Zweck benutzt haben. Das heißt, er lockte sein Opfer durch den gefälschten Brief eines gar nicht existierenden Rechtsanwaltes an den Tatort.«

»Und das Motiv, Herr Kommissar? Raubmord, nicht wahr?«

»Natürlich, ein Raubmord, wie er offensichtlicher nicht sein kann!« Kommissar Kersten überlegt wieder einen Moment und stellt dann fest: »Daß sich der Täter in Angermünde befindet, ist kaum anzunehmen. Lemke wohnte in Berlin; der Personenkreis, mit dem er zu tun hatte, lebt ebenfalls dort. Es wird also notwendig sein, die Berliner Kollegen einzuschalten. Doch nun an die Arbeit, meine Herren. Nochmalige Vernehmungen des Hotelpersonals, Auswertung der Mitteilungen Frau Lemkes, und Sie, Kollege Schlüter, übernehmen die Nachforschungen beim Zirkus Barlay. Vielleicht besteht irgendein Zusammenhang zwischen den am Tatort gefundenen Eintrittskarten und dem Raubmord.«

Die Nachricht von der Bluttat in Angermünde geht durch die gesamte Berliner Presse. Dabei nehmen die in Westberlin erscheinenden Zeitungen den Fall Lemke zum Anlaß, um in bösartigen Aufsätzen die Bevölkerung vor Reisen in die »unsichere Ostzone«* zu warnen. Der »Telegraf«* schickt sogar einen Sonderkorrespondeten nach Angermünde, der auf eigene Faust Nachforschungen anstellt. Sein Bericht wird unter der Überschrift veröffentlicht:

Geheimnisvoller Mord im Hotel

Westberliner Hausbesitzer nach Angermünde gelockt!

Wer war die Begleiterin?

»... Um 20 Uhr betrat Lemke in Begleitung einer elegant gekleideten Frau das Hotel. Beide übernachteten hier ... Am nächsten Morgen fand das Zimmermädchen in dem von den beiden Gästen gemieteten Zimmer den Mann tot in einer Blutlache liegend auf ... Von der Frau, in der man die Täterin vermutet, ist nichts bekannt ...«

Keiner der Leser weiß, daß dieser Artikel in seinen so genau erscheinenden Einzelheiten von dem Reporter des »Telegraf« erdichtet worden ist.

»Herr Kommissar, da ist ein Mann, der sie in einer wichtigen Sache sprechen will.«

»Worum handelt es sich?«

»Das hat er nicht gesagt. Er tat sehr geheimnisvoll.«

»Führen Sie ihn herein.«

Dem Mann, der jetzt das Zimmer des Kommissars Pätzold von der Berliner Mordkommission betritt, sieht man sofort seinen Beruf an. Unverkennbar ein Kraftfahrer. Schüchtern setzt sich der Besucher auf den Stuhl, der ihm angeboten wird. Etwas drucksend fängt er an zu sprechen. »Mein Name ist Gerling, Herr Kommissar. Ick habe ja nu mal 'ne Strafe wejen so'n kleenet Schiebajeschäft jehabt. Aba deswejen bin ick noch lange keen Schwervabrecha.«

»Das habe ich auch nicht behauptet«, sagt Kommissar Pätzold lächelnd.

Der Mann stockt wieder für einen Moment, überlegt, gibt sich einen Ruck und spricht entschlossen weiter: »Also, Herr Kommissar, ick komme wejen den Mord in Angermünde. Als ich nemlich im Jefängnis war, saß mit mir een jewissa Karl Heinz Degen inne Zelle. Seit unsre Entlassung hat diesa Degen mir denn öfta besucht. Vor unjefähr vierzehn Tage war er wieda bei mir und bat, dett ick ihm nach Angermünde fahren sollte. Ett sei een jutes Jeschäft. Ich hab nich abjelehnt und bin gefahr'n. In Angermünde is Degen bloß uff't Postamt jewesen und hat een Brief abstempeln lassen. Wie wir wieda in Berlin waren und durch die Schönhausa Allee fuhren, hat er mir den Schokoladenladen von Lemke jezeicht und dabei jesacht: ›Dieser Laden is bald mein!‹ Und nu hab ick von den Mord an Herrn Lemke jeles'n und denke mir ...«

Kommissar Pätzold, der über den Fall Lemke genau unterrichtet ist, hat bisher schweigend zugehört. Nun aber unterbricht er seinen Besucher und fragt: »An welchem Tage waren Sie mit Degen in Angermünde?«

»Jenau am Donnastag, den sieh'mten Oktoba!«

»Sind Sie noch ein zweites Mal mit Degen in Angermünde gewesen?«

»Nee, nur eenmal.«

Für Kommissar Pätzold ist der Name Degen absolut nicht fremd. Die inzwischen in Berlin aufgenommenen Ermittlungen haben bereits die Verhältnisse um die Witwe des Ermordeten aufgedeckt. Nach dem neuesten Stand der Dinge erscheinen Frau Lemke und ihr Geliebter sogar in einem höchst verdächtigen Licht.

Die Aussage des Kraftfahrers Gerling wird sofort zu Protokoll genommen. Leider kann er über die Angelegenheit mit dem abgestempelten Brief nichts Näheres mitteilen.

»Vielen Dank, Herr Gerling. Sie werden noch von uns hören«, verabschiedet Kommissar Pätzold seinen Besucher.

Zwischen der Dircksenstraße, dem Sitz der Berliner Mordkommission, und der Angermünder Kriminalpolizei jagen die Funksprüche hin und her. Kommissar Pätzold ist davon überzeugt, daß die Fahrt, die Degen am 7. Oktober mit dem Kraftfahrer Gerling nach Angermünde gemacht hat, im Zusammenhang mit dem gefälschten Rechtsanwaltsbrief steht. Hartnäckig legt die Volkspolizei* eine Schlinge nach der anderen, um die Schuldigen am Tode Heinrich Lemkes zu fangen.

»Wir müssen diesen Degen und Frau Lemke haben, dann klärt sich die Sache von selbst«, meint ein Kriminalsekretär der Berliner Mordkommission.

»Ganz recht, mein Lieber«, erwidert Kommissar Pätzold. »Aber wie sollen wir denn der beiden habhaft werden?«

»Na, den Degen haben wir doch schon mal gefangen!«

»Sie vergessen bloß, daß wir damals noch eine einheitliche Polizei in Berlin hatten. Jetzt werden sich die von uns Gesuchten hinter der Stummpolizei* verstecken!«

»Ja, glauben Sie, Herr Kommissar, daß die Leute in der Friesenstraße Personen, die eines Mordes verdächtig sind, schützen werden?«

»Was heißt glauben? Ich hoffe es jedenfalls nicht.«

Noch zur selben Stunde wird dem Polizeipräsidium in Westberlin ein ausführlicher Bericht mit der Bitte übersandt, Frau Elisabeth Lemke und Karl Heinz Degen im Interesse einer schnellen Aufklärung der Angermünder Bluttat festzunehmen und unter Berücksichtigung der neuen Verdachtsmomente zu verhören.

»Da haben Sie die Bescherung«, sagt 24 Stunden später Kommissar Pätzold zu seinen Kollegen und wirft die Antwort der Westberliner Polizei auf den Tisch. »Die Verdächtigen sind weiterhin auf freiem Fuß. Degen hat ein Alibi. Nach Aussagen seiner Wirtin, Eva Curth, war er am Abend der Tat mit ihr im Kino!«

Kopfschüttelnd nehmen die Männer der Berliner Mordkommission diese Nachricht zur Kenntnis. »Sind die denn völlig mit Blindheit geschlagen, oder lassen sie lieber einen Mörder laufen, bevor sie zugeben müssen, daß wir gut arbeiten?« fragt erstaunt einer der Volkspolizisten.

»Egal, ob so oder so: eines Tages wird Degen unseren Weg kreuzen«, erklärt Kommissar Pätzold und zeigt wieder eine zuversichtliche Miene. »Auch diesen Mord werden wir aufklären.«

Am nächsten Morgen schreibt der »Telegraf« höhnend, daß die Ermittlungen der Volkspolizei im Fall Lemke völlig ergebnislos verliefen.

Die Zuversicht Kommissar Pätzolds soll eher, als er selbst ahnte, ihre Bestätigung erfahren.

Wenige Tage nach dem ablehnenden Bescheid der Stummpolizei wird Karl Heinz Degen in der im sowjetischen Sektor* gelegenen Wohnung seines ehemaligen Zellengefährten Gerling festgenommen! Eine völlige Aufklärung des Angermünder Raubmordes bedeutet dieser Erfolg aber noch nicht, im Gegenteil, Degen streitet entrüstet alles ab: »Sie wissen doch, daß ich zur Zeit des Mordes in Berlin in einem Kino war!« schreit er wütend.

»Und was hatten Sie am 7. Oktober, drei Tage vor der Tat, in Angermünde zu schaffen?« fragt Kommissar Pätzold kühl.

»Lassen Sie mich doch mit diesem Blödsinn in Ruhe!« lautet die im patzigen Ton gegebene Antwort. »Ich war nie in Angermünde. Ihr Zeuge Gerling ist ein Spinner!«

Über eines sind sich alle Mitglieder der Berliner Mordkommission einig: So einen frechen und unverschämten Burschen hat das Polizeigefängnis schon lange nicht mehr beherbergt. Auch die nächsten Vernehmungen bleiben ergebnislos. Kommissar Pätzold spürt zwar beinahe greifbar die Schuld Degens, der aber leugnet dreist und wird von Tag zu Tag anmaßender. Nach einem mehrstündigen Kreuzverhör gelingt es endlich, dem Untersuchungsgefangenen ein Zugeständnis abzuringen.

»Na schön, also ich gebe zu, am 7. Oktober mit Gerling nach Angermünde gefahren zu sein.«

»Warum haben Sie das bisher abgestritten?«

»Ich wollte das Andenken des Toten nicht beschmutzen.«

»Wie meinen Sie das?«

»Na ja, ich bin doch im Auftrage von Herrn Lemke gefahren. Auf der Post in Angermünde habe ich dann eine 24 Pfennigbriefmarke gekauft und auf den Briefumschlag geklebt. Dem Schalterbeamten sagte ich, daß ich Sammler sei und er möge mir doch die Marke abstempeln. Als ich den Stempel hatte, bin ich wieder nach Berlin zurückgefahren.«

»Was geschah weiter?«

»In Berlin traf ich mich mit Herrn Lemke. Er diktierte mir den Brief des Rechtsanwaltes, und außerdem mußte ich auf den leeren Umschlag mit der gestempelten Marke seine Adresse schreiben. Herr Lemke steckte dann den Brief in den Umschlag und ging wieder nach Hause.«

»Und was sollten diese Manöver bezwecken?«

»Naja, Herr Lemke wollte seiner Frau gegenüber so tun, als sei der Brief richtig durch die Post befördert worden, um einen Grund für die von ihm geplante Reise nach Angermünde zu haben.«

»Er hätte doch auch ohne diesen gefälschten Brief fahren können!«

»Eben nicht! Die Tarnung mit dem geschäftlich erscheinenden Brief war notwendig, weil sich sonst Frau Lemke darüber gewundert hätte, was ihr Mann sonntags in Angermünde zu tun hatte.«

»Was beabsichtigte Herr Lemke mit seiner Fahrt nach Angermünde?«

»Genau weiß ich das nicht. Er sagte nur, er müsse da eine peinliche Angelegenheit mit seiner Geliebten in Ordnung bringen.«

»Wissen Sie Näheres über diese Geliebte?«

»Nein, nur den Vornamen. Sie heißt Lilo und ist wohl Tänzerin in einem Berliner Theater.«

»Und Sie behaupten weiter, von dem Mord nichts zu wissen?«

»Mit dieser Sache habe ich nichts zu tun!« Degen zeigt die Miene eines Empörten. Dem Wachtmeister, der ihn wieder abführt, erklärt er: »Euer Kommissar ist ein Idiot!«

»Der Kerl lügt, sowie er den Mund auftut. Gewisse Wahrheiten sind allerdings in seinen Erzählungen enthalten«, stellt Kommissar Pätzold sachlich fest, während er das Protokoll der letzten Vernehmung noch einmal durchliest, »aber wir werden ihn schon kriegen ...!«

Die Nachforschungen nach der Tänzerin Lilo ergeben, daß diese Person tatsächlich existiert und früher einmal mit Heinrich Lemke in Verbindung stand. Zur Zeit der Tat aber lag sie in einem Berliner Krankenhaus und konnte an dem Mord unmöglich beteiligt sein!

Ein weiterer Teilerfolg ist der Volkspolizei beschieden, als es ihr einige Tage später gelingt, Elisabeth Lemke bei einem Besuch ihres im sowjetischen Sektor gelegenen Geschäftes in der Schönhauser Allee Nr. 115 festzunehmen. Aber auch mit diesem Häftling hat Kommissar Pätzold kein leichtes Spiel.

»Lassen Sie mich doch zufrieden! Ich habe mit dem Tod meines armen Mannes nichts zu tun!« erklärt Elisabeth Lemke beharrlich.

Nach dem vierten, wiederum ergebnislos verlaufenen Verhör fragt Kommissar Pätzold zum Schluß: »Sagen Sie, Frau Lemke, gehörte die Aktentasche, die Sie bei Ihrer Festnahme bei sich hatten, nicht Ihrem Mann?«

»Nein. Ich habe doch schon bei meiner Vernehmung in Angermünde erklärt, daß die Aktentasche meines Mannes von dem Täter geraubt wurde. Die Tasche, die Sie bei mir fanden, sieht so ähnlich aus. Wir hatten jeder eine.«

Während Elisabeth Lemke wieder abgeführt wird, geht Kommissar Pätzold die Aktentasche nicht mehr aus dem Sinn. Ein instinktives Gefühl sagt ihm, daß hier vielleicht der Schlüssel zur Aufklärung des Mordes liegt.

Am nächsten Vormittag werden die beiden Verkäuferinnen aus der Filiale in der Schönhauser Allee vernommen. Die Frauen können nur allgemeine Angaben über den Geschäftsbetrieb Lemkes machen. Da fällt Kommissar Pätzold erneut die Aktentasche ein. Er holt sie hervor und fragt die Verkäuferinnen: »Kennen Sie diese Aktentasche?«

»Ja, natürlich. Das war die Tasche Herrn Lemkes!«

»Frau Lemke behauptet, sie hätte auch so eine Tasche besessen.«

»Wir haben eine solche Tasche niemals bei ihr gesehen.«

Und dann macht eine der Verkäuferinnen noch eine Aussage, die den Kommissar mehr als befriedigt. Sofort nach dem Weggang der beiden Frauen läßt er Elisabeth Lemke vorführen und fragt sie: »Bleiben Sie immer noch dabei, daß diese Tasche nicht Ihrem Mann gehörte?«

»Ja. Das ist meine Tasche.«

»Ist Ihnen bekannt, Frau Lemke, daß eine Ihrer Verkäuferinnen im Sommer dieses Jahres den Auftrag erhielt, in der Tasche Ihres Mannes zwei Flaschen Essigsäure zu holen? Ist Ihnen weiter bekannt, daß Ihrer Angestellten beim Transport eine der Flaschen auslief?«

»Ja, ich kann mich erinnern, daß mir mein Mann davon erzählte.«

Jetzt steht Kommissar Pätzold auf. Während er die auf dem Schreibtisch liegende Tasche ergreift und sie geöffnet Frau Lemke entgegenhält, sagt er mit strenger Stimme: »Hier, riechen Sie! Der Geruch der Essigsäure ist noch heute zu verspüren!«

Entsetzt springt Elisabeth Lemke auf. Mit irren Blicken starrt sie auf die Tasche, dann bricht sie zusammen. Und gesteht ihre Schuld am Tode ihres Mannes ...

»Nun, Herr Degen, was haben Sie jetzt zu sagen?« Prüfend sieht Kommissar Pätzold auf den jungen Verbrecher.

Degen zeigt sich nicht im geringsten beeindruckt. »Na schön, dann sollen Sie alles wissen. Ich habe nur mit Rücksicht auf meine Wirtin Eva Curth geschwiegen. Die hat nämlich Heinrich Lemke ermordet.«

Kommissar Pätzold schweigt. Er läßt zunächst die neueste Aussage Degens protokollieren und setzt sich anschließend sofort mit der Staatsanwaltschaft in Verbindung. Die Westberliner Polizei aber sieht nunmehr ein, daß es für sie keine weitere Möglichkeit gibt, ihre bisherige Haltung in der Angermünder Mordsache beizubehalten. 24 Stunden später sitzt auch Eva Curth im Zimmer von Kommissar Pätzold und legt ein Geständnis ab.

Zwei Tage nach der völligen Aufklärung des Angermünder Raubmordes treffen in der Dircksenstraße die Angehörigen der Berliner Mordkommission zusammen, um den Abschlußbericht Kommissar Pätzolds entgegenzunehmen. Atemlose Stille herrscht, während der erfolgreiche Kriminalist seine Ausführungen beginnt:

»Kollegen! Die Rekonstruktion der gesamten Begleitumstände dieses Falles enthüllt auf Grund der Geständnisse der Täter ein grelles Bild menschlicher Roheit und Verschlagenheit. Bereits in den ersten Tagen ihres Verhältnisses waren sich Elisabeth Lemke und ihr Geliebter darüber einig, daß Heinrich Lemke ihrem sogenannten Glück im Wege stand. Schließlich faßten sie den Plan, den unbequemen Ehemann umzubringen, und Frau Lemke beschaffte zwei Rollen Veronal, mit denen Degen den Mord ausführen sollte. Da die beiden jedoch nicht wußten, wie sie ihrem ausersehenen Opfer die Tabletten eingeben sollten, suchten sie einen anderen Weg.

Elisabeth Lemke, die ihrem Geliebten schon vorher von der Grundstücksangelegenheit Mendelsohn berichtet hatte, machte dann den Vorschlag, ihren Mann durch einen gefälschten Brief in die Zone zu locken und dort zu töten. Die Ausarbeitung des Planes übernahm Degen. Auch für die ersten Vorbereitungen zeichnet er verantwortlich. So fuhr er am 7. Oktober mit Gerling nach Angermünde, ließ dort einen unbeschrifteten Briefumschlag mit einer 24-Pfennigmarke abstempeln – hierüber hat er in seinem Geständnis ausnahmsweise mal die Wahrheit gesagt – und entwarf bei seiner noch am selben Tage erfolgten Rückkehr nach Berlin den gefälschten Brief des Rechtsanwaltes.

Als er dann das Schreiben am Freitag, dem 8. Oktober 1948, Elisabeth Lemke vorlas, war die Frau über die

Gerissenheit ihres Geliebten hell begeistert und sagte anerkennend zu ihm: ›Karli, das hast du großartig gemacht!‹

Frau Lemke hatte jetzt die Aufgabe, den Brief in die Postschale ihres Mannes zu schmuggeln. Und es zeugt nur für ihre Gefühlslosigkeit, wenn sie es sogar fertigbrachte, am Tage des geplanten Mordes ihren Mann zur Bahn zu bringen und sich zärtlich von ihm zu verabschieden, obwohl sie ja wußte, daß er seinem sicheren Tode entgegenfuhr!

Degen hatte es nun bis dahin immer geschickt verstanden, jeweils vor der einen seiner Geliebten das Verhältnis mit der anderen zu verbergen. Besonders kam ihm dabei die Vertrauensseligkeit seiner Wirtin Eva Curth entgegen. Diese Frau glaubte einfach alles, was Degen ihr erzählte. Auf dieses Vertrauen bauend, erklärte ihr Degen eines Tages, daß er seine frühere Geliebte, eine gewisse Elisabeth Lemke, wiedergetroffen habe. Diese Frau hätte nun die Wiederaufnahme des alten Verhältnisses verlangt und nach seiner Ablehnung einen Selbstmordversuch begangen, der allerdings mißglückt sei. Degen erzählte weiter, daß Heinrich Lemke, der Ehemann seiner früheren Geliebten, durch den mißglückten Selbstmordversuch Kenntnis von dem ehemaligen Verhältnis erhalten habe. Wörtlich sagte Degen zu Eva Curth: ›Lemke hat mich zum Duell gefordert. Es geht auf Pistolen. Er hat den ersten Schuß und ist als vorzüglicher Schütze bekannt. Er wird mich bestimmt töten. Wenn ich weiter mit dir glücklich zusammenleben soll, muß ich ihn noch vor dem Duell töten. Bitte, hilf mir!‹

Diese phantasiereiche Erzählung wurde von Eva Curth, die Degen völlig hörig war, in allen Einzelheiten geglaubt. Um das angeblich gefährdete Leben ihres Geliebten zu retten, wurde sie zur Mordgehilfin. So war sie es, die Heinrich Lemke als Sekretärin in Angermünde empfing und mit Schnäpsen bewirtete. Degen hatte sich schon vorher durch den Hintereingang des Hotels in das Zimmer geschlichen und hinter dem zur Ausführung der Tat verstellten Sofa verborgen. Während Lemke nichtsahnend einen Likör nach dem anderen trank, kauerte sein Mörder hinter ihm, krampfhaft ein Küchenbeil umklammernd, Eva Curth und Degen tauschten noch mehrmals von Lemke nicht bemerkte Zeichen aus, bis Degen sich schließlich hinter dem Rücken seines Opfers aufrichtete und zuschlug. Unbemerkt konnten dann die Mörder den Tatort verlassen und noch mit dem letzten Zug am selben Abend nach Berlin zurückfahren.

Die von den Hotelangestellten abgegebene Personalbeschreibung der unbekannten Sekretärin paßt eigentlich nicht auf Frau Curth, wenn wir sie uns heute ansehen. Es soll deshalb nicht unerwähnt bleiben, daß Frau Curth für ihre Mordabsicht ganz besondere Vorkehrungen getroffen hatte. Mit einem extra angefertigten modernen Hut, lackierten Fingernägeln und viel Schminke hatte sie ihr Ansehen so verändert, daß selbst ihre näheren Bekannten sie damals, wenn sie an ihr vorübergegangen wären, nicht erkannt hätten.«

Kommissar Pätzold hielt einen Augenblick inne. Jedem einzelnen der vor ihm sitzenden Mitarbeiter in die Augen blickend, sprach er im tiefen Ernst weiter: »Als die Täter merkten, daß wir ihnen auf der Spur waren, bemächtigte sich ihrer eine begreifliche Angst. Bei ihrer Vernehmung durch die Westberliner Polizei – übrigens sahen sich Elisabeth Lemke und Eva Curth damals zum ersten Male – merkten sie dann aber, daß der künstlich gegen uns erzeugte Haß die verantwortlichen Stummpolizisten stärker beherrschte, als das Pflichtbewußtsein, zur Aufklärung eines Mordes beizutragen. Dem sogenannten Alibi, das Frau Curth für Degen bestätigte, wurde ohne weitere Nachprüfung Glauben geschenkt. Ja, man ging sogar so weit, den des Mordes verdächtigen Personen zu erklären: ›Damit Sie Bescheid wissen, die Polizei des Ostsektors und der Ostzone verfolgt Sie wegen der Mordgeschichte in

Angermünde. Wir raten Ihnen dringend, nicht mehr den Ostsektor zu betreten! Man würde Sie dort sofort festnehmen!‹

Dieser unglaubliche Vorfall zeigt nicht nur uns, sondern der gesamten Öffentlichkeit, welche verheerenden Folgen für die Sicherheit der Bevölkerung durch die Spaltung der Berliner Polizei bereits eingetreten sind! Eine Wahrheit, die uns dazu Veranlassung geben muß, trotz des offensichtlichen Versagens der westlichen Polizeiorgane noch mehr als bisher unsere Pflicht im Dienste der gesamten Bevölkerung zu erfüllen!«

Die Westberliner Zeitungen haben über die endgültige Aufklärung des Angermünder Raubmordes niemals auch nur eine einzige Zeile veröffentlicht! Der Fall Lemke war für sie nur so lange interessant, als er Gelegenheit zu einer Hetze gegen die Ostzone und gegen die Volkspolizei bot.

HEINRICH HOPPE

Rufen Sie die MUK!*

Erzählung aus der Arbeit unserer Volkspolizei

Mitternacht war vorüber.

Die Schritte des Mannes hatte niemand vernommen, aber den langen Schrei der Frau – den hatten alle gehört, die in dem Hause wohnten.

Man kann Berlin längst kennen, ohne etwas von einer Brennerstraße zu wissen. Und man kann auch die Brennerstraße recht gut kennen, ohne daß man etwas Näheres über das Haus Nummer 60 weiß.

In dieser Nacht, und in diesem Hause begann es …

Im Schlafzimmer tickte der Wecker.

Wie spät mag es wohl sein, dachte Frau Marga Weiß, die jede Nacht gegen zwölf Uhr wach wurde. Um diese Zeit kehrte ihr Mann von der Arbeit heim. In ihrer fünfjährigen Ehe hatte sie sich an den Beruf ihres Mannes und das nächtliche Aufwachen gewöhnt. Hermann Weiß war Kellner.

Der Wecker tickte unaufhörlich weiter.

Frau Marga tastete nach der Nachttischlampe, knipste das Licht an und blickte auf die Uhr.

Es war bereits halb ein Uhr. So spät kam ihr Mann nur in Ausnahmefällen nach Hause. Und er hatte ihr nicht gesagt, daß es diesmal später werden würde. Sie überlegte; aber das führte zu nichts. Sie knipste das Licht wieder aus und blieb wartend liegen.

Endlich.

Unten ging die schwere Haustür. Es dauerte lange, ehe Frau Marga hörte, wie der Schlüssel ins Schloß gesteckt und umgedreht wurde.

Plötzlich …

Frau Marga richtete sich ruckartig im Bett hoch. Waren das die Schritte ihres Mannes? Sie klangen ganz anders: schwerfällig, schleppend.

Frau Marga schaltete das Licht an. Jemand ging in die Küche. Ihr Mann aber kam immer erst zu ihr, weil er wußte, daß sie zu dieser Zeit wach war.

»Hermann ... bist du endlich da?« rief sie und wartete auf seine Antwort.

Sie bekam keine.

»Hermann ...?«

Wieder nichts.

Sollte er etwa betrunken sein? Aber das kannte sie von ihm nicht.

Sie stand auf und warf sich den Morgenmantel über. In der Küche sah sie Licht brennen. Die Tür war nur angelehnt. Sie stieß sie auf, und ... ihre Augen weiteten sich.

Ihr Mann saß auf einem Küchenstuhl und hielt sich an den Herdstangen fest. Sein rechtes Auge blickte sie starr an. Das linke Auge – Marga preßte ihre Hand gegen die Lippen – das linke Auge war leer. Die ganze linke Gesichtsseite war nicht zu erkennen. Sie war blutig.

»Hermann ...!«

Frau Marga stürzte auf ihren Mann zu, aber der rührte sich nicht. Er starrte weiter auf die Tür und rutschte dann langsam zur Seite.

Nachbarn riefen einen Arzt.

Frau Marga hob bei seinem Eintreten ihr tränennasses Gesicht. An den Küchenschrank gelehnt, wartete sie mit zuckenden Lippen die Untersuchung des Arztes ab. Sie dauerte nicht lange.

Der Doktor richtete sich auf.

»Frau Weiß ... ich muß Ihnen leider ...«

Weiter kam er nicht.

»Ist er .... tot?«

Das Schweigen des Arztes war Antwort genug.

Frau Marga griff an die Tischkante, ließ sich auf den

Küchenstuhl fallen und vergrub ihr Gesicht in den Händen. Plötzlich schrie sie auf und wollte zu ihrem Mann. Aber der Arzt hielt sie zurück.

»Sie können jetzt nicht zu ihm«, sagte er leise und führte die schluchzende Frau aus der Küche.

Im Korridor standen Hausbewohner, flüsternd, teils neugierig, aber alle mitfühlend.

»Bitte, meine Herrschaften, verlassen Sie die Wohnung«, sagte der Arzt. »Es wäre nett, wenn einer von Ihnen bei Frau Weiß zurückbleiben würde.«

Dann brachte er Frau Marga in ihr Schlafzimmer. Der Korridor wurde langsam leer. Als der Doktor das Schlafzimmer verließ, sah er eine ältere Frau, die zurückgeblieben war.

»Ich bin in der Hausgemeinschaftsleitung*. Es ist wohl das beste, wenn ich ...«, sagte sie stockend.

»Hören Sie«, fiel ihr der Arzt ins Wort, »es darf niemand in die Küche. Der Mann muß so liegenbleiben, bis die Volkspolizei kommt.«

***

Beim Operativstab der Volkspolizei läutete einer der vielen Telefonapparate. Die Uhrzeiger standen auf 1.06 Uhr. Der Lageoffizier machte sich Notizen, griff zum Tischmikrophon und drückte den Knopf, unter dem ein rotes »K« stand.

»Fahren Sie sofort zur Brennerstraße 60. Dort soll ein gewisser Hermann Weiß unter eigenartigen Umständen verstorben sein. Haben Sie verstanden?«

Es knackte. Der Sprechfunk meldete sich zurück:

»Ich habe verstanden, Genosse Leutnant. Wir fahren sofort los.«

Kurze Zeit danach griff der Lageoffizier erneut zum Mikrophon. Er alarmierte die Morduntersuchungskommission.

Von fern heulten die Sondersignale des Einsatzwagens. Sie wurden lauter. Ecke Brennerstraße quietschten Bremsen. Das Heulen der Sirene erstarb zu einem metallischen Grunzen. Dann ein wütendes Aufheulen des Motors, und die Bremsen quietschten wieder: diesmal vor dem Haus mit der Nummer 60.

Aus dem Polizeiauto stieg Hauptmann Leoni. Hinter ihm sprangen Leutnant Jacobs und Unterleutnant Erdmann aus dem Wagen.

»Paß auf«, sagte Jacobs leise zu Erdmann. »Leoni hat was gegen Neue in der MUK. Bei ihnen achtet er besonders auf Fehler.«

Hauptmann Leoni war Leiter der Morduntersuchungskommission. Er hatte am Spanienkrieg* teilgenommen und in den Internationalen Brigaden* ein Bataillon geführt. Sein früherer Beruf war Maurer.

Im Präsidium der Volkspolizei wußte man, daß Leoni hohe Anforderungen an die Kriminalisten stellte. Das war zwar gut so, denn es ging um nichts Geringeres, als Verbrecher dingfest zu machen. Aber er hatte auch einen nicht berechtigten Vorbehalt gegen neue und junge Genossen in der MUK. Und Unterleutnant Erdmann war seit ungefähr 24 Stunden bei der MUK, also ein Neuer.

Die drei stiegen die Treppen hoch. Auf einmal blieb Hauptmann Leoni stehen, wandte sich mit einem Ruck dem Unterleutnant zu und zog seine buschigen Augenbrauen hoch.

»Genosse Unterleutnant«, er holte Luft, »das Rauchen am Tatort muß der Kriminalist grundsätzlich unterlassen, da Tabakreste und Streichhölzer, die er vielleicht selbst fortgeworfen hat, unter Umständen Anlaß zu falschen Schlußfolgerungen sein können. Lesen Sie nach ... Lehrbuch Seite 79!«

Unterleutnant Erdmann hatte schon bei der Anrede gewußt, was er vergessen hatte. Er machte die Zigarette sofort aus und steckte den Rest in sein Etui.

Hauptmann Leoni wollte gerade auf den Klingelknopf drücken, als die Wohnungstür von einer älteren Frau geöffnet wurde.

»Himmel, sind Sie groß«, staunte sie.

»Unabsichtlich – ich kann nichts dafür.«

Hauptmann Leoni betrat den Korridor.

»Wo …?« fragte er.

Die Frau zeigte auf die Küchentür.

In der Küche stand der VP-Meister, den der Lageoffizier bereits in die Brennerstraße 60 geschickt hatte. Er meldete dem Leiter der Morduntersuchungskommission seine Feststellungen.

Leoni hörte schweigend zu, dann trat er an den Toten heran, sah Leutnant Jacobs kurz an und nickte ihm zu.

Jacobs begann seine Arbeit mit den inzwischen eingetroffenen Kriminaltechnikern. Aufnahmen wurden gemacht: Übersichtsbilder, dann einige Großaufnahmen von den Gesichtsverletzungen und den blutigen Bekleidungsstücken des Toten.

Sich das Kinn reibend, hatte Leoni die Küche verlassen und war zu der Frau des Verstorbenen gegangen. Das Wesentlichste hatte er bereits aus der Meldung des VP-Meisters erfahren. Nun kam es auf Einzelheiten an.

Marga Weiß erzählte mit erstickender Stimme. Manchmal machte sie eine Pause und weinte.

»Frau Weiß … wann kam Ihr Mann nach Haus?«

»Es war kurz nach halb eins …!«

Leoni hatte die Angewohnheit, das ihm zuletzt Gesagte zu wiederholen. Währenddessen konzentrierte er sich auf den Anknüpfungspunkt für die nächste Frage.

»Und Sie wissen nicht, was sich vorher ereignet haben könnte?«

»Ich weiß nichts. Ich kann mir auch gar nicht denken …«

»Können sich also nichts denken …«

»Nein.«

»Hatte Ihr Mann persönliche Feinde? Sie verstehen, ich

meine, ob er in letzter Zeit mit jemandem Ärger oder einen Zusammenstoß hatte?«

»Ich wüßte nicht …«, überlegte sie und sagte dann: »Nein, ich glaube nicht.«

»Wie lange sind Sie miteinander verheiratet?«

»Fünf Jahre.«

»So, fünf Jahre …, und war immer alles in Ordnung?«

»Wie … meinen Sie das?«

»Na, ja …«

»Unsere Ehe war gut. Natürlich gab es auch Unstimmigkeiten. In welcher Ehe gibt es die nicht.«

»Aber in letzter Zeit, sagen wir in den letzten Tagen, war alles in Ordnung?«

»Ja.«

»Ihr Mann ist Kellner?«

»Ja.«

»Sagen Sie bitte, wo und wie lange arbeitete er? Und wann kam er gewöhnlich nach Haus?«

»Das ist es ja. Er arbeitete im Tanzcafé REGINA. Und wenn nichts Besonderes dazwischen kam, dann hatte er regelmäßig um 23.00 Uhr Schluß. Eine halbe Stunde brauchte er zum Abrechnen, und dann kam er nach Haus. Er fuhr mit der Straßenbahn bis zum Mozartplatz …«

»Einen Augenblick«, unterbrach Leoni, »Sie sagten ›das ist es ja‹. Was meinten Sie damit?«

»Hermann war stets gegen Mitternacht zu Haus. Ich hatte mich in den Jahren so daran gewöhnt, daß ich ständig um diese Zeit wach wurde. Und so war es auch in dieser Nacht. Aber als mein Mann nicht kam, wurde ich unruhig.«

»Und was meinten Sie mit ›wenn nichts Besonderes dazwischen kam‹?«

»Es kam vor, daß mein Mann später nach Hause kam. Aber dann sagte er es mir vorher. Wenn er zum Beispiel eine geschlossene Gesellschaft bedienen mußte, dann dauerte es meist länger. Aber das wußte ich dann.«

»So, das wußten Sie ... Und diesmal hatte Ihnen Ihr Mann nicht gesagt, daß er später kommen würde?«

»Nein. Er hatte mir nichts gesagt.«

»Können Sie mir den genauen Heimweg Ihres Mannes beschreiben?«

»Ja! Er fuhr mit der Straßenbahn bis zum Mozartplatz und kam dann zu Fuß über die Friedrich-Engels-Straße und den Breiten Weg in die Brennerstraße.«

Hauptmann Leoni zog an einem seiner Finger, bis es knackte. Das war ein Zeichen, daß ihm die ganze Sache nicht schmeckte. Ein Toter und kein Tatort, keine Zeugen, keine Tatzeit. Etwas zuviel an diesem nächtlichen Morgen.

Als Hauptmann Leoni die Küche betrat, war Leutnant Jacobs mit den kriminaltechnischen Arbeiten fertig. Er und Unterleutnant Erdmann warteten bereits auf ihn.

»Was haben Sie gefunden?« fragte Leoni.

Unterleutnant Erdmann berichtete: »In der Seitentasche des Jacketts persönliche Papiere, drei Zehn-Mark-Scheine und ein Fünf-Mark-Schein.« Erdmann überreichte dem Hauptmann die Brieftasche.

»Jacobs, fragen Sie doch mal die Frau, ob hier etwas fehlt«, sagte Hauptmann Leoni und gab dem Angesprochenen die Brieftasche.

Der Leutnant verließ die Küche. Erdmann berichtete weiter: »Diese Uhr hier steckte in der Westentasche.«

Leoni nahm die Uhr und betrachtete sie eingehend. Dann sagte er: »Interessant ...« Dabei bewegten sich seine dichten Augenbrauen. Es handelte sich um eine goldene Sprungdeckeluhr. Das Glas war gesprungen. Die Uhr war um 11.47 Uhr stehengeblieben.

»Mein Lieber«, brummte Leoni, »wir haben keinen Tatort, aber jetzt haben wir wenigstens erst einmal die Tatzeit.«

Im Auto besprach sich Leoni mit seinen beiden Mitarbeitern. Es war ein undurchsichtiger Fall. Bis jetzt konnte man nicht genau sagen, was für ein Motiv vorlag. War es Totschlag? War es Körperverletzung mit Todesfolge? Oder war es vielleicht ein Unfall? Raubüberfall kam wahrscheinlich nicht in Frage, denn Brieftasche, Geld und goldene Uhr, die der Kellner Hermann Weiß bei sich hatte, waren vorhanden. Wo aber lag ... der Tatort? Die goldene Uhr des Toten war eingedrückt worden und auf 11.47 Uhr stehengeblieben. Das war die Stelle, an der man ansetzen mußte ...

»Jacobs, Sie fahren mit dem anderen Wagen ins Präsidium. Sie nehmen den Trenchcoat des Toten mit und lassen ihn im KTI* untersuchen. Wir brauchen vor allen Dingen die Blutgruppe der Blutflecken. Und außerdem veranlassen Sie alles Weitere zur Obduktion der Leiche. Bleiben Sie im Präsidium, bis wir uns melden.«

Der Leutnant stieg aus.

»Tanzcafé REGINA«, befahl Hauptmann Leoni dem Fahrer des Dienstwagens. Das Auto brauste davon.

»Wir sind da, Genosse Hauptmann!« Der Fahrer bremste den Wagen hart an der Bordschwelle.

Leoni blickte auf seine Armbanduhr. Es war kurz nach vier Uhr und schon hell geworden.

»Erdmann, passen Sie mal auf«, erläuterte der Hauptmann und rieb sich das Kinn, »der Tote hatte schwere Kopfverletzungen. Sein Mantel war stark mit Blut verschmiert. Man sollte also annehmen, daß irgendwo auf dem Heimweg des Kellners Blutspuren zu finden sein müssen.«

»Wir werden den Heimweg rekonstruieren«, folgerte der Unterleutnant auf Leonis Überlegungen

»Werden wir! Wir gehen jetzt den gleichen Weg zur Brennerstraße, wie ihn der Kellner heute nacht ging; Sie gehen auf der linken, und ich nehme die rechte Straßenseite.«

Hauptmann Leoni und Unterleutnant Erdmann suchten

von der Haltestelle am Mozartplatz aus rechts und links die Straßen ab. Sie gingen die Friedrich-Engels-Straße entlang und fanden nichts. Sie setzten die Suche im Breiten Weg fort. Das VP-Auto folgte im kurzen Abstand.

Plötzlich blieb Erdmann in der Nähe einer Straßenlaterne stehen und rief: »Genosse Hauptmann!«

Leoni, der auf der anderen Seite weitergegangen war, wandte sich um und kam über die Straße.

»Na also ...«

Am Rinnsteig waren deutlich Blutspuren zu erkennen. Leoni sah auf seine Uhr. Die Wegzeit könnte stimmen. Er winkte den Wagen heran.

»Holen Sie zwei Reagenzgläser heraus und fotografieren Sie«, befahl er Erdmann.

Die gefundene Stelle wurde fotografiert. Das Blut kratzte Leoni mit einem Holzspachtel zusammen und gab es in die Reagenzgläser.

»So, ... und alles andere im Präsidium.«

***

Inzwischen war es 5.15 Uhr geworden, als das Telefon klingelte.

Hauptmann Leoni, der sich mit dem schriftlichen Bericht befaßte, zeigte zum Telefon. Unterleutnant Erdmann hob den Hörer ab.

»Die Blutgruppenbestimmung, Genosse Hauptmann«, meldete er.

Leoni übernahm den Hörer.

»Wir geben Ihnen die Ergebnisse der einzelnen Blutgruppenbestimmungen durch ...«

»Geben Sie ... geben Sie«, drängte Leoni, der auf diese Meldung schon sehnlichst gewartet hatte.

»Der Verstorbene Weiß, Hermann, hat die Blutgruppe 0. Das Blut auf seinem Mantel gehört der gleichen Blutgruppe an ...«

»Kunststück ...«, murmelte Leoni dazwischen. Aber dann horchte er doch auf.

»Außerdem fanden wir auf dem Mantel noch Spuren der Blutgruppe A. Hören Sie ...?«

»Ja – ja, ich höre ... weiter, weiter!«

»Die Blutproben aus dem Breiten Weg wurden zur Blutgruppe 0 gehörend bestimmt.«

Jacobs und Erdmann schauten auf Leoni und erwarteten das Ergebnis dieser wichtigen Durchsage. Aber Leoni steckte sich den zweiten Zigarillo an diesem Morgen an. Dabei war er keinesfalls ein starker Raucher.

Leutnant Jacobs lächelte, denn die Zigarillos, die der Hauptmann rauchte, waren Signale. Jedesmal, wenn er bei Ermittlungen auf einen wesentlichen Punkt stieß, brannte er einen Zigarillo an. Im Präsidium war das bekannt. Und wenn gefragt wurde, wie lange an dem Fall gearbeitet werden mußte, dann wurde spaßeshalber geantwortet: »Es wurden eine Menge Zigarillos geraucht.« Jeder wußte dann, daß die Sache schwierig gewesen war.

Jacobs und Erdmann warteten also, bis Leoni die ersten Züge gemacht hatte und schließlich sagte: »Wir haben ihn ... hat die Blutgruppe A.« Dann berichtete er von der ärztlichen Untersuchung und stellte fest: »Der Kellner hatte also die Blutgruppe 0. Die gleiche Blutgruppe wurde auf dem blutigen Mantel und in den Blutproben vom Breiten Weg gefunden. Die Stelle an der Laterne ist der Tatort. Aber dann wurde auf dem Mantel des Toten noch Blut der Blutgruppe A getestet, nicht aber bei den Blutproben aus dem Breiten Weg. Das heißt, daß der Täter eins abbekommen hat, daß der Wischer aber nicht schlimm gewesen sein kann, sonst hätten wir neben der Laterne nicht nur allein die Blutgruppe 0 gefunden. Und jetzt weiter ... Raubüberfall fällt aus ...«

Erdmann unterbrach den Hauptmann.

»Warum eigentlich? Der Täter konnte doch auch beim

Überfall gestört worden und nicht mehr zur Tatausführung gekommen sein?«

»So, hm ..., er kam nicht mehr zur Tatausführung«, überlegte Leoni.

Aber da schaltete sich Jacobs ein: »Das glaube ich nicht. Denn wenn der Täter bei einem Raubüberfall gestört worden wäre, hätten die Zuhilfekommenden den Überfallenen nicht sich selbst überlassen.«

Hauptmann Leoni blickte von Jacobs zu Erdmann, weil sich der Unterleutnant nicht geschlagen geben wollte.

»Zeugen brauchen ja nicht unbedingt in der Nähe gewesen zu sein. Schließlich wird der Täter nicht warten, bis ihm einer auf die Schulter klopft.«

»Er wird nicht warten ...«, wiederholte mißbilligend Leoni und wandte seine Augen zu Jacobs.

»Angenommen, es ist ein Raubüberfall«, antwortete Jacobs, »der Täter wurde gestört, und die Zeugen, die ihn störten, waren in einer gewissen Entfernung, dann hätte der Täter bestimmt so viel Zeit gehabt, die Brieftasche mit einem schnellen Griff herauszureißen. Raub halte ich für ausgeschlossen!«

Hauptmann Leoni blickte wieder von Jacobs zum Unterleutnant, aber der sagte nichts mehr. Leoni machte einen tiefen Zug aus dem Zigarillo und meinte nachdenklich: »Sie haben recht, Jacobs. Raubüberfall scheidet meines Erachtens wirklich aus. Und nach der Blutgruppenbestimmung fällt auch Unfall aus. Es bleibt also nur Totschlag beziehungsweise Körperverletzung mit Todesfolge! Und wir haben bis jetzt den Tatort, die Tatzeit und vom Täter zumindest ... die Blutgruppe, nämlich A.«

Dann überlegte er und sprach schließlich weiter: »Jacobs, fahren Sie in die REGINA. Es ist zwar noch ein bißchen früh, aber sehen Sie zu, was Sie dort erreichen können.«

Der Leutnant ging.

»In der Nähe des Tatortes war eine Gaststätte, Genosse Hauptmann. Soll ich dort mal ...?«

»In der Nähe der Straßenfunzel waren *zwei* Gasthäuser, Genosse Unterleutnant. Und wir werden beide mal ...«

Erdmann, der Leonis Blick auf sich ruhen fühlte, biß sich auf die Lippe. Verflucht, er hätte doch besser aufgepaßt. Das war schon sein zweiter Schnitzer.

Hauptmann Leoni forderte den Wagen an. Aber als sie am Bestimmungsort anlangten, konnten ihnen weder der eine noch der andere Gastwirt Anhaltspunkte geben.

Leoni und Erdmann kamen bald zurück. Leoni schwieg.

Er schaute auf die Uhr. Es war halb sieben. Seit der Tat waren bereits sechs Stunden vergangen, und jede Minute war kostbar, jede Sekunde. Sie mußten das Verbrechen unter allen Umständen aufklären; das waren sie nicht nur ihrer Ehre als Volkspolizisten schuldig, sondern vor allem der Bevölkerung, die großes Vertrauen in sie setzte.

Und dieses Vertrauen durfte nicht enttäuscht werden.

***

In der einen Hand ein Netz mit Schrippen und in der anderen eine zusammengefaltete Zeitung haltend, blieb Rentner Lehmel auf halbem Wege plötzlich stehen.

Er schien zu überlegen.

Dann blickte er auf die Haustür, vor der er haltgemacht hatte, und ging auf sie zu. Sich umschauend, betrat er den Hausflur und suchte nach der Haustafel. Als er sie fand, schob er seine Brille ein wenig von den Augen und las über den Brillenrand hinweg die Namen.

»Ach ... hier!« Der alte Mann hatte gefunden, was er suchte. Er rückte seine Brille zurecht und begann die Treppen zum ersten Stock langsam hochzusteigen.

»THIESS«

Paul Lehmel las das Wohnungsschild mit dem Namen zweimal, um ja sicherzugehen, und läutete.

Eine junge Frau öffnete ihm.

»Schön' guten Morgen«, sagte Lehmel und zog seine

Schirmmütze mit dem goldenen Anker vom Kopf. »Kennen Sie mich nicht ...?«

Die Frau betrachtete den Alten. »Doch, doch ... ich habe Sie schon öfter in unserer Straße gesehen. Aber Ihren Namen kenne ich nicht.«

Sie wartete darauf, was der alte Mann von ihr wollte.

»Lehmel ist mein Name, Paul Lehmel.«

»Herr Lehmel, wollen Sie zu mir ... oder zu meinem Mann?«

»Ja, ja ... zu Ihrem Mann.«

»Dann kommen Sie, bitte, schnell mal herein. Mein Mann muß nämlich gleich zum Dienst.«

»Ich komme ja auch gewissermaßen dienstlich«, sagte Paul Lehmel und folgte der Frau des Abschnittsbevollmächtigten* Thiess in die Wohnung.

Der Rentner Paul Lehmel wollte den Volkspolizisten in aller Frühe sprechen, denn er hatte in der vergangenen Nacht eine seltsame Beobachtung gemacht. Zuerst hatte er vorgehabt, am Vormittag zum Polizeirevier zu gehen; aber unten auf der Straße hatte er sich's dann anders überlegt. Wo der Abschnittsbevollmächtigte der Volkspolizei wohnt, wußte er, und so stand er jetzt vor ihm.

»Nun setzen Sie sich, bitte, erst einmal«, empfing ihn Hauptwachtmeister Thiess. Er zog sich gerade seinen Uniformrock an. »Also, was gibt es schon so früh, Herr ...?«

»Lehmel heiße ich, Lehmel.«

»Richtig, Herr Lehmel ... und Sie brauchen wirklich nicht so leise zu sprechen. Wir sind ganz unter uns«, ermunterte der Abschnittsbevollmächtigte den zögernden Rentner.

Paul Lehmel legte die Zeitung und das Netz mit den Schrippen vorsichtig auf den Tisch und begann: »Also ... gestern abend hatten wir, meine Frau und ich, Besuch. Ein alter Bekannter war gekommen. Und wie das nun mal so ist, wir hatten uns lange nicht gesehen, und so wurde es spät und später. Karl, das ist mein Bekannter, ging so gegen Mitternacht weg. Meine Frau war schon schlafen gegangen. Na, und unten auf der Straße blieben wir noch eine ganze Weile vor der Haustür stehen und sprachen über dieses und jenes. Sie müssen nämlich wissen, Karl und ich, wir sind alte Jugendfreunde. Die Uhr von der Kirche schlug halb eins, als wir uns endlich verabschiedeten. Karl mußte die letzte S-Bahn erreichen.«

Lehmel holte sein großes, buntkariertes Taschentuch aus der Tasche und wischte sich über den Schnurrbart. Thiess wartete auf das weitere. Lehmel aber steckte erst umständlich das Taschentuch in die Hosentasche, ehe er fortfuhr: »Ich habe dann oben im Zimmer das Fenster aufgemacht. Sie wissen ja, wie das ist, wenn man die Bude vollgequalmt hat. Die Frauen schimpfen gleich immer ...« Er winkte mit der Hand ab, als wollte er sich das übrige ersparen.

»Dann machte ich das Licht aus und setzte mich ans offene Fenster. Es war warm, und ich kann schlecht schlafen. Ja ... und wie ich da so eine Weile im Dunkeln sitze, sehe ich zwei Kerle auf der anderen Straßenseite stehenbleiben. Was sie sprechen, konnte ich nicht verstehen. Ich habe ja auch nicht gleich auf die beiden aufgepaßt. Erst als ich sah, daß sich einer von ihnen den Pullover auszog, wunderte ich mich. Es war ja eine warme Nacht; aber der hatte nichts anderes als den Pullover an und zog ihn nun mitten in der Nacht aus! Das ist doch ulkig, nicht wahr? Und dann gab er den Pullover dem anderen, der ihn in die Aktentasche stopfte.

Auf der Straße war es ganz ruhig. Die beiden standen in einer Hauseinfahrt. Eine ganze Weile geschah nichts. Die beiden standen und standen. Manchmal besprachen sie was. Aber das konnte ich nicht verstehen. Sehen konnten sie mich nicht, denn mein Zimmer war dunkel. Und plötzlich hörte ich, wie einer laut sagte: ›Komm ..., heute genug.‹ Und der andere sagte so etwas wie ›Quatsch‹ und weiter nichts.

Ich rührte mich nicht. Mit den beiden da unten stimmte etwas nicht.

Und richtig, was soll ich Ihnen sagen, auf einmal trat der eine aus der Toreinfahrt, blickte sich langsam um und holte etwas aus der Tasche. Zuerst konnte ich nicht erkennen, was das war. Aber dann sah ich, wie er anlegte und ... gleich danach klirrte unter mir die Scheibe vom HO-Laden*.

Der hatte bestimmt mit einer Schleuder geschossen, das können Sie mir glauben. Die verflixten Strolche hatten die Ladenscheibe von der HO zerschossen. Also zuerst wollte ich rufen, aber dann wollte ich nicht rufen und überlegte, was ich machen könnte. Aber da kam meine Frau aus dem Schlafzimmer. Sie wollte sehen, wo ich solange blieb, und machte Licht im Zimmer. Na ja, und da sind die beiden unten getürmt. Ich war vielleicht wütend. Ich wollte auch gleich zur Polizei. Aber ...«

Lehmel holte wieder sein Taschentuch hervor, putzte sich seinen Schnurrbart und fuhr fort: »Wissen Sie, meine Frau, die ließ mich nicht gehen. Ich soll mich nicht in Dinge einmischen, die uns nichts angehen, meinte sie. Jedenfalls konnte ich nicht aus der Wohnung. Ja, so war das alles ... und jetzt habe ich Ihnen alles erzählt.«

»Sie haben da eine sehr wichtige Beobachtung gemacht, Herr Lehmel. Sind Sie auch später nicht zu dem HO-Geschäft heruntergegangen? Sie sagten doch, daß es in Ihrem Hause ist?« fragte der Abschnittsbevollmächtigte.

Lehmel schüttelte den Kopf. »Nein, ich ging nicht aus der Wohnung. Ich erzählte ja, daß meine Frau mich nicht gehen lassen wollte, und ... und, wenn ich ehrlich sein soll, mir fehlte auch der Mut dazu. Ich bin 76 Jahre, und wenn die Kerle vielleicht wieder zurückgekommen wären ...? Aber ich habe dann noch mindestens eine halbe Stunde am Fenster gestanden und gewartet. Da sich aber nichts mehr getan hab, bin ich schließlich auch schlafen gegangen.«

Thiess, der sich laufend Notizen gemacht hatte, meinte: »Wissen Sie was? Es ist wohl das beste, wenn Sie heute vormittag zum VP-Revier kommen. Was Sie nämlich festgestellt haben, ist so eine wichtige Angelegenheit, daß wir darüber ein Protokoll machen müssen. Mehr kann ich Ihnen jetzt nicht sagen, Herr Lehmel. Wir sehen uns dann heute noch auf dem Revier ... nicht wahr?«

»Wenn es sein muß ...?«

»Ja, Herr Lehmel, es muß sein.«

Hauptwachtmeister Thiess begleitete den Alten zur Tür und sprach mit ihm über allgemeine Dinge. »Ach, ich werde mal aufhören, sonst kommen Sie noch zu spät zum Dienst«, sagte Lehmel und reichte dem Volkspolizisten die Hand. »Was wir beide besprochen haben, war Dienst, Herr Lehmel«, antwortete ihm der Hauptwachtmeister.

Lehmel blickte zur Frau, die aus der Küche trat, und sagte: »Ich habe ja gesagt, daß ich was Dienstliches habe.« Dann setzte er sich seine Schirmmütze mit dem goldenen Anker auf und überlegte, was er seiner Frau zu Hause erzählen sollte, warum das Schrippenholen so lange gedauert hatte.

***

»So früh ist bei uns noch nicht auf, mein Herr«, wurde Leutnant Jacobs im Tanzcafé REGINA von einer Reinemachfrau empfangen.

»Ich will ja nicht tanzen, sondern den Geschäftsführer sprechen.« Er zeigte der Frau seinen Ausweis.

»Polizei? ... Ist denn was passiert?«

Jacobs fragte noch einmal nach dem Geschäftsführer.

»Nein, der ist noch nicht da. Was denken Sie. Der Chef kommt erst gegen 9.00 Uhr.«

»Dann werde ich ihn anrufen.« Er ließ sich die Telefonnummer geben und unterrichtete den Geschäftsführer, der auch versprach, gleich herüberzukommen ...

»Ich möchte von Ihnen gern einige Auskünfte über Herrn Weiß.«

»Ja, bitte ... bitte. Was ist denn mit Weiß los, Herr Kommissar?«

»Hermann Weiß ist tot.«

»Tot ...?«

Der Geschäftsführer konnte es nicht fassen. Kollege Weiß, dem er vor Stunden erst »Auf Wiedersehen« gesagt hatte, sollte tot sein?

»Was wissen Sie über Herrn Weiß?«

Der Geschäftsführer begann zu erzählen. Weiß habe zu den besten Kräften des Hauses gezählt. Er sei ein Mann von gleichbleibend ruhigem und stets zuvorkommendem Wesen und bei den Gästen allgemein beliebt gewesen. Beschwerden habe es über ihn nie gegeben. Und das wolle schon etwas heißen. Denn es gäbe auch nörgelnde Gäste, die mit nichts und niemandem zufrieden wären. Aber Weiß sei mit jedem ausgekommen. »Und im übrigen hat Kollege Weiß sehr zurückgezogen gelebt. Wenn die anderen Kollegen nach Arbeitsschluß noch bei einem Glas Bier sitzen blieben, Weiß ging immer gleich nach Haus.«

»Wissen Sie, ob er heute nacht das Café allein verlassen hat?«

»Das kann ich nicht sagen. Aber die Kellner werden es wohl wissen. Die kommen gegen 16.00 Uhr ...«

Leutnant Jacobs fuhr zur Dienststelle zurück. Er war unzufrieden: Die Auskünfte waren mehr als mager.

Als er das Dienstzimmer Hauptmann Leonis betrat, stand dieser am Fenster und schien den Verkehr zu beobachten.

Aber dann wandte er sich um und zog an einem der Finger, daß es knackte. Er rauchte nicht. Also auch hier Leerlauf, stellte Jacobs fest.

»Was haben Sie erreicht?«

»Nicht viel.«

»Nicht viel ... so!« Leoni hörte dem Leutnant mit

gerunzelter Stirn zu. Er ging dabei um seinen Schreibtisch und setzte sich.

»Hier«, sagte er und reichte Jacobs den eingetroffenen Obduktionsbefund.

Jacobs las:

»*... Große Mengen geronnenen und flüssigen Blutes zwischen der harten und weichen Hirnhaut im Bereich der rechten Großhirnhälfte. Hochgradige Hirnschwellung, besonders der linken Großhirnhälfte ... Todesursache: Blutung zwischen harter und weicher Hirnhaut als Folge einer stumpfen äußeren Gewalteinwirkung. Die Sektion ergab keine Anhaltspunkte für einen Tod aus natürlicher innerer Ursache.*«

»Unfall scheidet endgültig aus«, bemerkte Leoni, als der Leutnant nach dem Lesen des Befundes seinen Kopf hob.

»Bleibt also Totschlag ...«, konstatierte Jacobs.

»Oder Körperverletzung mit Todesfolge ...«, ergänzte Unterleutnant Erdmann.

»Erdmann«, rief Leoni plötzlich, »rufen Sie mal die Inspektion an. Die sollen mir den Abschnittsbevollmächtigten nennen, der den Bereich mit der Brennerstraße hat.«

Der Unterleutnant wählte. Als er den Gewünschten am Apparat hatte, übergab er den Hörer.

Leoni sprach mit dem Abschnittsbevollmächtigten.

***

Es war ein schöner, sonniger Morgen.

Ein Sonnenstrahl kitzelte Herbert Krüger die Fußknöchel. Er richtete sich auf und blickte auf die Uhr. Es war halb sieben.

Behend warf er die Bettdecke ab und stand auf; jung kräftig, sehr gerade. Er reckte sich, daß die Gelenke knackten, und empfand es als eine Wohltat, unter den nackten Zehen den Teppich zu spüren.

Das Telefon läutete.

»Geht gleich wieder richtig los ...«, brummte er und meldete sich.

»Hallo ...!«

Er hörte ein kurzes, heftiges Atmen.

»Herbert ...?«

Es war Eva. Und Herbert Krüger wußte, was gleich kam.

»Warum hast du mich gestern sitzenlassen ...?«

»Ev ..., ich war gestern abend noch in einer FDJ-Versammlung*, die in meinem Abschnittsbereich stattfand. Und ich habe mich nachher beeilt, aber du warst nicht mehr da.«

»Bist du bei der FDJ ... oder bist du bei der Volkspolizei?«

»Ev, nun sei einmal vernünftig ...«

»Ich will aber nicht mehr vernünftig sein. Ich habe einen Verlobten, und ich habe doch keinen. Er muß arbeiten, wenn andere spazierengehen. Er muß an Versammlungen teilnehmen, weil sie in seinem Abschnitt stattfinden, und weil er bei der Volkspolizei ist, muß er ...«

Eva wurde von Herbert unterbrochen.

»Und ich habe eine Verlobte, die ich trotzdem sehr liebe.«

»Ach ...!«

»Hallo ... Ev?«

Sie war nicht mehr da.

Herbert Krüger duschte und rasierte sich. Er dachte dabei an die älteren Genossen, die immer sagten: Das haben wir alles hinter uns. Aber unsere Frauen haben es wirklich nicht leicht. Von ihnen wird viel verlangt: Warten, Verzichten und manchmal sogar Angst. Es muß schon eine echte Liebe sein, sonst geht es schief!

Er wischte sich gerade den Rasierschaum ab, da klingelte es. Herbert öffnete und blickte in ein paar dunkle Augen. Da war sie ...

Mit einer resoluten Kopfbewegung warf Eva das blonde Haar aus ihrer Stirn zurück. Sie ging an Herbert vorbei, ohne ihn anzusehen, und trat ins Zimmer. Sie machte beide Schranktüren auf und blickte hinein. Sie kniete vor dem Bett nieder und schaute hinunter. Sie hob die Gardinen hoch ...

»Also ... keine andere?«

»Guck mal unter den Teppich!«

»Scheusal, ... du, ... du.«

Herbert spielte sein Lieblingsspiel. Er hob Eva in seinen Armen bis an die Decke, küßte sie dann auf die Wangen, auf das Kinn und auf den Mund. Eva lachte.

»Alles wieder in Ordnung ...?«

»Herbert, muß ich denn immer warten ...?«

»Ich habe immer gedacht, du wartest gern auf mich?«

»Aber ... aber soll das ewig so sein? Dann will ich lieber keinen Mann, der bei der Volkspolizei ist.«

»Willst du es wirklich?«

Sie sagte nichts. Er sagte nichts. Sie küßten sich.

»Ev ... heute mach ich bestimmt pünktlich Schluß, ganz bestimmt. Dann haben wir Zeit für uns, einverstanden?«

Sie war es. Eine Stunde später wußte der Abschnittsbevollmächtigte, VP-Meister Herbert Krüger, daß er nicht pünktlich Schluß machen konnte. Die Morduntersuchungskommission brauchte ihn.

Gleich nach dem Anruf Leonis ging Krüger in Gedanken Straße für Straße seines Abschnitts durch und überprüfte seine »Sorgenkinder«. Aber dann fand er, es wäre besser, wenn er die Straßen seines Abschnittsbereiches nicht nur in Gedanken durchging. Er machte sich auf den Weg.

Eine halbe Stunde später meldete Krüger telefonisch der MUK, daß zwei Arbeiter von der Müllabfuhr in einem vollen Aschekasten einen blutverschmierten grauen Pullover gefunden hatten.

»Genosse Hauptmann, der Hausflur, der zu dem Haus

führt, ist nachts abgeschlossen. Der Pullover könnte also nur einem aus dem Haus gehören, der einen Schlüssel für den Hauseingang hat und jederzeit auf den Hof kann. Ein Fremder kann nur nach 7.00 Uhr den Hauseingang und den Hof betreten, da erst um diese Zeit aufgeschlossen wird. Ich habe mich gleich dafür interessiert. Es ist ein Parallelo, und den hat laut Auskunft des Hausvertrauensmannes niemand im Haus ...«

»Wo wurde der Pullover gefunden?«

»Brennerstraße 32.«

»Sieh mal an ... in der Brennerstraße also.«

»Jawohl, Genosse Hauptmann. Und dann noch etwas. Aber ich weiß nicht recht, ob es damit zusammenhängen könnte ...«

»Erzählen Sie, bitte!«

»Ich war gestern abend zu einer FDJ-Versammlung in meinem Abschnitt. Die Jungen und Mädchen haben sich über alles Mögliche unterhalten. Dabei sprachen zwei Jungen aus dem Haus Brennerstraße über einen gewissen Herrn Stroh, der in dem Haus wohnt. Der Mann soll über seiner Wohnungstür eine kleine Sparlampe befestigt haben. An und für sich nichts Außergewöhnliches im dortigen Wohngebiet. Doch die Jugendfreunde meinten, Stroh gebe damit irgendwelche Signale; denn selbst am Tage flamme diese Lampe manchmal auf ...«

»Der Mann mit dieser Wunderlampe ..., was ist das für einer?«

»Ich kenne ihn nicht näher. Er soll als Geselle bei einem Tischlermeister arbeiten. Doch die Hausgemeinschaft meint, der sitzt meistens zu Haus und würde überhaupt nicht arbeiten. Auch käme viel Besuch zu ihm.«

»So ..., bekommt viel Besuch! ... Hören Sie gut zu, Genosse Meister Den Pullover bringen Sie sofort zu Ihrem Revier. Wir lassen ihn dort abholen. Und dann gehen Sie in die Brennerstraße zurück, sprechen mit dem Wohnungsinhaber der von Stroh gegenüberliegenden Wohnung und …« Hauptmann Leoni endete seine Anordnung mit: »Ich schicke Leutnant Jacobs hin. Erwarten Sie ihn am Breiten Weg, Ecke Friedrich-Engels-Straße.«

»Jawohl, Genosse Hauptmann, verstanden.«

Eine halbe Stunde später wußte Hauptmann Leoni, daß das Blut auf dem grauen Pullover zu den Blutgruppen 0 und A gehörte. Es konnte der Pullover des Täters sein.

***

Abschnittsbevollmächtigter Krüger erwartete Leutnant Jacobs und die anderen Kriminalisten Ecke Brennerstraße. Sie begrüßten sich, und Jacobs ließ sich von Krüger beschreiben, wo die Leute von der Müllabfuhr den grauen Pullover gefunden hatten und wo die seltsame Wohnung mit der Lampe lag.

»In Ordnung«, sagte er nach dem Bericht. »Und nun lassen Sie uns bitte allein!«

Krüger verstand. Seine Uniform würde schon von weitem signalisieren, wenn man ihn mit den Männern in Zivil sähe. Sollte sich der Täter in der Nähe aufhalten, dann wäre er rechtzeitig gewarnt.

Während die beiden anderen Genossen die schon vorher verabredeten Plätze vor dem Haus mit der Nummer 32 einnahmen, betrat Jacobs das Haus und stieg die Treppen hoch. Von einem Flurfenster aus verschaffte er sich einen Überblick über den Hof und den Standort der Müllkästen. Er erreichte das dritte Stockwerk. An der rechten Wohnungstür las er auf einem Metallschild den Namen »Emil Stroh« und an der linken »Kellermann«. Er läutete bei Kellermanns.

Eine Frau öffnete. Es war Frau Kellermann. Sie ließ den Leutnant sofort herein.

»Sie wissen Bescheid?«

»Ja, ich weiß. Der Abschnittsbevollmächtigte hat mich verständigt. Wird ja auch höchste Zeit, daß sich die Volkspolizei mit den beiden da mal näher beschäftigt. Weder der Stroh noch seine Frau arbeiten. Aber Geld ist immer da.«

Leutnant Jacobs nahm seinen Beobachtungsposten hinter der Kellermannschen Wohnungstür ein. Durch den runden Spion beobachtete er die Wohnungstür von Stroh. Er sah auch die kleine Lampe, die aber nicht brannte.

Das Warten kostet mehr Nerven als eine Vernehmung, dachte Jacobs bei sich, während er auf jeden Schritt vor der Tür horchte. Nur selten kamen Personen die Treppe herauf oder gingen hinab. Einige Kinder tollten lärmend über die Stiegen. Die Wohnung mit der Sparlampe jedoch wurde weder verlassen noch betreten.

Dann waren wieder Schritte zu hören. Sie wurden lauter, kamen näher. In Jacobs Blickfeld trat eine Frau und ... läutete bei Stroh. Sie klingelte aber nicht, wie man das sonst zu tun pflegt, sondern drückte dreimal kurz hintereinander auf den Klingelknopf. War das ein besonderes Zeichen?

Die Tür wurde geöffnet. Jacobs konnte nicht erkennen, wer sie geöffnet hatte, denn die Frau verstellte die Sicht. Sie verschwand in der Wohnung und mußte wahrscheinlich schon erwartet worden sein; man hatte wenig gesprochen.

Jacobs wartete wieder. So vergingen ungefähr zwanzig Minuten. Dann kam die Frau mit einer prallgefüllten Aktentasche in der Hand heraus. Die Tür schloß sich sofort hinter ihr. Jacobs hatte aber im Halbdunkel einen Mann wahrgenommen. Also war Stroh zu Haus.

Auf der Straße stand Unterleutnant Erdmann vor einem Schaufenster des gegenüberliegenden Hauses und betrachtete scheinbar interessiert die Auslagen. Sein Augenmerk war aber auf die Fenster der von Leutnant Jacobs besetzten Wohnung gerichtet. Jedesmal, wenn eine Person das Haus mit der Nummer 32 betrat, stellte sich Erdmann vor das Schaufenster und beobachtete das Spiegelbild des Hauses. Er wartete auf das verabredete Zeichen.

Vor einiger Zeit hatte eine Frau das Haus betreten. Erdmann stand vor dem Schaufenster. Und ... diesmal kam das Zeichen. Ein Fensterflügel wurde geöffnet und wieder geschlossen. Der Unterleutnant beobachtete darauf unauffällig den Hauseingang, den die Frau mit der vollen Aktentasche verließ.

Sie überquerte schräg die Straße. Erdmann ging ihr nach. An den Schaufensterplatz trat ein anderer »Straßenpassant«.

Erdmann ließ die vor ihm Gehende nicht aus den Augen. Sie ging in ein Lebensmittelgeschäft. Erdmann blieb stehen, steckte sich eine Zigarette an und wartete. Doch die Frau ließ sich nicht blicken.

Kurz entschlossen betrat der Volkspolizist das Geschäft. Der Laden war leer. Aus dem hinteren Ladeneingang kam die Geschäftsfrau ... es war die Frau, der er gefolgt war.

»Eine Schachtel Streichhölzer bitte.«

Während Unterleutnant Erdmann seine Streichhölzer in die Tasche schob, ging der Fensterflügel in der dritten Etage ein zweites Mal auf und zu. Bald danach trat ein dicker Mann auf die Straße. Der zurückgebliebene Genosse, der Erdmanns Posten eingenommen hatte, heftete sich ihm an die Fersen. Der Mann hatte einen elektrischen Heizofen unter dem Arm, bog damit in eine Seitenstraße ein und ging mit dem Heizofen in ein Haus.

Der Kriminalist beeilte sich, ging hinterher. Im Treppenhaus verharrte er und hörte, wie sein »Schützling« irgendwo läutete. Eine Tür ging. Es wurde gesprochen; aber man konnte nichts verstehen. Die Tür fiel ins Schloß. Dann war Ruhe. Der Kriminalist trat auf die Straße hinaus, sah sich nach einem Schild um, das vielleicht eine Reparaturwerkstatt für Elektrogeräte anzeigte, fand aber keins. Er merkte sich die Hausnummer.

Es war 10.30 Uhr. Hauptmann Leoni hörte sich Jacobs Bericht an.

»Dieser Emil Stroh und seine Frau wohnen seit ungefähr einem Jahr in dem Haus. Emil Stroh arbeitet angeblich als Geselle bei einem Tischlermeister, was aber nicht stimmen soll. Im Haus ist bekannt, daß er seit Jahr und Tag keinen Finger mehr krumm gemacht hat. Wahrscheinlich handelt es sich um ein Scheinarbeitsverhältnis. Ich lasse das zur Zeit überprüfen. Während unserer Beobachtungen im Hause wurde die Wohnung von einer einzelnen Frau aufgesucht, die die Wohnung nach ungefähr zwanzig Minuten wieder verließ. Sie hatte eine volle Aktentasche bei sich. Genosse Erdmann ging ihr nach und hat festgestellt, daß es sich um eine Geschäftsfrau handelt, deren Laden in der Nähe liegt ...«

»Was war das für ein Laden?« wollte Leoni wissen.

»Ein Lebensmittelgeschäft, Genosse Hauptmann. Die Frau heißt Gerda Peschel. Es ist zu vermuten, daß Stroh entweder Schieberwaren besitzt und sie veräußert oder sich als Hehler betätigt und Diebesbeute unter die Leute bringt ...«

»Hat er Strafvermerke?« fragte Leoni.

»Zweimal wegen Hehlerei.«

»Sich mal an ... ein Hehler also.«

»Nach der Lebensmittelhändlerin verließ Stroh das Haus. Er trug einen elektrischen Heizofen, ging damit zwei Querstraßen weiter und verschwand in einem Gebäude. Das Einwohnermeldeamt bestätigt, daß dort insgesamt vier Familien wohnen: Klaus, Ramthur, Schröder und eine Familie Riebel. Schröder ist die Schwester von Stroh. Demnach hat er den Heizofen zu seiner Schwester gebracht. Wir haben dann die Beobachtung abgebrochen. Unterleutnant Hartmann ist zurückgeblieben.«

Leoni überlegte und nahm langsam einen Zigarillo aus der Tasche.

Nanu? Leutnant Jacobs sah, wie sich der Hauptmann den Zigarillo langsam ansteckte. Es lag doch hierzu noch gar kein Grund vor. Im Gegenteil, seiner Meinung nach hatte die ganze Angelegenheit Stroh mit dem Fall Weiß nichts zu tun. Ihm entschlüpfte eine Bemerkung: »Ich glaube, wir sind auf einer falschen Spur.«

»Warum glauben Sie das?«

»Stroh hat mit dem grauen Pullover nichts zu tun. Er ist ein kleiner, dicker Mann. Und der Pullover muß einem großen, schlanken Kerl gehören.«

»So, so ... Stroh ist ein kleiner Dicker. Das stimmt.«

»Kennen Sie ihn, Genosse Hauptmann?«

Leoni machte einen tiefen Zug aus seinem Zigarillo.

»Ich kenne ihn.«

»Also, was soll Stroh mit dem blutigen Pullover zu tun haben?« fragte Jacobs.

»*Er* nichts«, antwortete Leoni, »aber vielleicht jemand, der mit *ihm* zu tun hat?«

»Verstehe ich nicht, denn ich nehme an, daß der Täter seinen Pullover schnell auszog, als er das Blut entdeckt hatte. Ich nehme weiter an, daß er danach auf den nächsten Hof ging und das Ding einfach in den Müllkasten stopfte.«

»Das wäre ein wenig zu einfach, Sie hätten sich besser umsehen sollen, Jacobs. Ich habe mich mit dem ABV unterhalten; die Haustür von Nummer 32 ist nachts abgeschlossen und wird erst gegen 7.00 Uhr morgens aufgemacht. Der Täter konnte den Hof also nachts nicht betreten.«

»Das ... wußte ich nicht«, sagte Jacobs.

Leoni machte eine Pause, blickte auf seinen Zigarillo und sagte dann: »Genosse Jacobs, können Sie sich noch daran erinnern, als wir die Goldschieber-Bande hochgehen ließen?«

Der Leutnant überlegte. »Vor zwei Jahren ...?«

»Ganz recht, vor zwei Jahren. Und können Sie sich auch erinnern, daß unter den Mittelsmännern der Name Emil Stroh aufgetaucht war?«

»Tatsächlich, das stimmt. Aber wir konnten ihm damals nichts beweisen.«

»Wir konnten ihm nichts beweisen ... und können Sie sich noch erinnern, wo die Bande gefaßt wurde?«

»Ich werde verrückt ... in der REGINA.«

»Ob Weiß wohl etwas von der Bande wußte, gewissermaßen unbequemer Mitwisser war, oder ob er vielleicht irgendwie zu ihr Verbindung hatte?« Leise sprach Leoni diese Gedanken vor sich hin.

Eine halbe Stunde später hatte die MUK die ehemalige Bande überprüft. Es handelte sich um sechs Mann, und alle hatte das Gericht verurteilt, keiner war auf freiem Fuß. Sie verbüßten alle noch ihre Strafe. Von ihnen konnte also keiner als Täter »aus Rache« in Frage kommen.

»Wir haben Pech ...«, sagte der Leutnant.

»Wir haben damals nicht die ganze Bande erwischt«, erwiderte ruhig Leoni.

Unterleutnant Erdmann meldete sich zurück. Er brachte das Ergebnis der informatorischen Befragung des Tischlermeisters, bei dem Emil Stroh angeblich als Geselle arbeiten sollte. Leoni las das Protokoll.

»Sieh mal an ... dieser Emil Stroh. Erdmann, nehmen Sie sich zwei weitere Genossen zur Unterstützung, und auf zu Stroh. Wohnungsdurchsuchung! Wenn etwas gefunden wird, bringen Sie ihn gleich mit.«

»Verstanden, Genosse Hauptmann!«

***

»Kriminalpolizei! Bitte lassen Sie uns eintreten!«

Emil Stroh stand in der Tür. Er hatte ein Hemd an, das sich über seiner Brust spannte, wie bei einer Frau. Er wollte etwas sagen. Aber Unterleutnant Erdmann ließ sich nicht aufhalten und betrat die Wohnung. Ihm folgte ein zweiter Kriminalist.

»Wir müssen Sie leider stören, Herr Stroh. Sie werden beschuldigt, Schwarzhandel zu treiben.« Erdmann zeigte Stroh die Anordnung zur Wohnungsdurchsuchung. »Wir müssen eine Wohnungsdurchsuchung durchführen!«

»Da muß ich aber lachen«, sagte Stroh. Er lachte aber nicht, sondern verzog das Gesicht zu einer Grimasse.

Es klingelte. Der zweite Genosse ging aufmachen. Ein anderer Kriminalist kam mit zwei Hausbewohnern. Er deutete geheimnisvoll mit der Hand in die Höhe. Über der Tür brannte die Sparlampe.

»Will seine Komplizen warnen, ›dicke Luft‹!« sagte er und betrat ebenfalls die Wohnung.

Stroh starrte die Hereinkommenden entgeistert an, ließ die Hände sinken und murmelte: »Verleumdung ... nichts als Neid.« Dann wandte er sich an Erdmann. »Sagen Sie mal, ist es nötig, daß die da«, er wies auf die Hausbewohner, »dabei sein müssen? Ich lege keinen Wert darauf.«

»Dafür legen wir um so mehr Wert darauf, Herr Stroh«, antwortete ihm der Unterleutnant und fügte hinzu: »Und nun drücken Sie mal aufs Knöpfchen und schalten die Funzel aus.« Stroh war sprachlos, aber er tat es.

Erdmann gab den Befehl zur Wohnungsdurchsuchung. Die Kriminalisten fanden in den Nachtschränken und den Fächern des Wäscheschrankes Tausende Zigaretten, hinter der Couch optische Zubehörteile und 13 Kisten Zigarren. Jedesmal, wenn etwas gefunden wurde, kicherte Stroh hysterisch. Im Kühlschrank lag ein Tuch mit 1970 Westmark, unter dem Schutzkasten der Nähmaschine lagen weitere 70 Päckchen Zigaretten, in einem Buch, das im Bücherschrank stand, waren zwischen den Seiten 3000 DM verteilt, und in einem Wäschekorb wurden mehrere wertvolle Fotoapparate entdeckt.

Die Sachen häuften sich auf dem Küchentisch. Stroh hatte sich gesetzt, trank Kaffe, und das nicht geräuschlos.

***

Hauptmann Leoni verständigte Oberleutnant Schneider, der für die Bearbeitung von Verbrechen gegen das Volkseigentum verantwortlich war, und berichtete von dem interessanten Ergebnis der Wohnungsdurchsuchung bei Stroh. »Ich möchte die Strohs verhören. Sie werden sicher bei dem Verhör dabeisein wollen …?«

»Wo wohnen diese Strohs?« fragte Oberleutnant Schneider.

»In der Brennerstraße …!«

»Wir hatten letzte Nacht in der gleichen Ecke Arbeit … Ich komme gleich mal rüber zu Ihnen, Genosse Hauptmann.«

Hauptmann Leoni hängte ein und wartete auf den Oberleutnant.

Kurze Zeit später saß der Oberleutnant vor ihm. Was er zu berichten hatte, war so bedeutsam, daß sich Leoni nach dem ersten kurzen Bericht des Oberleutnants erhob und an die große Wandkarte trat.

»Also, hier ist die Brennerstraße …«, er zeigte mit dem Bleistift auf eine Linie der Karte. »Da liegt die Nummer 60, in der wir den toten Hermann Weiß fanden. Und hier ist der Breite Weg, wo der Tatort liegt. Genosse Oberleutnant …« Leoni wandte sich auffordernd um, und Oberleutnant Schneider trat an die Karte, »hier, eins, zwei, drei Querstraßen weiter ist die Lüneburger Straße, in der nach Ihrem Bericht der Rentner Lehmel die beiden Kerle beobachtet haben will, von denen sich der eine dann seinen Pullover ausgezogen haben soll. Und hier unten …, das sind zwei, drei, vier Seitenstraßen von der Friedrich-Engels-Straße entfernt, ist die neu eröffnete HO-Verkaufsstelle, in der – wie Sie melden – in der letzten Nacht eingebrochen worden ist. Wir stellen demnach fest: Alles ist in einem eng begrenzten Gebiet geschehen und kann in Verbindung zueinander stehen.«

Hauptmann Leoni ging zum Schreibtisch zurück, setzte sich und überlegte: Der Überfall auf den Kellner Weiß geschah gegen 0.47 Uhr. Der Rentner hat die beiden Unbekannten gegen 0.30 Uhr gesehen, und der Schaufenstereinbruch in dem neuen HO-Laden hat sich nach den bisherigen Ermittlungen um 1.30 Uhr abgespielt. Während Leoni nachdachte, zeichnete sein Bleistift eine Skizze. »So ...«, sagte er schließlich und trug die Zeiten in die Skizze ein. »Fällt Ihnen etwas auf, Genosse Oberleutnant?«

Schneider hatte längst geschaltet. Seit ungefähr sechs Wochen befaßte er sich mit einer schlauen und raffinierten Einbruchsbande. Sie zerschossen mit einer Gummischleuder die Ladenscheiben. Blieb alles ruhig und ertönte keine Alarmklingel, machten sie sich ans Werk und räumten das Schaufenster aus. Was man am nächsten Morgen fand, war ein leeres Schaufenster, in dem Steine lagen, nämlich die von der Gummischleuder übriggebliebenen Geschosse. Die Bande hatte sich spezialisiert: Zigaretten und Zigarren lassen sich am leichtesten absetzen. Und optische Geräte waren die begehrtesten Waren der internationalen Schieber in Westberlin. Wenn es stimmt, daß man auf das Hehlernest gestoßen war, dann wäre das ein erster Erfolg, und der zweite – das Fassen der Diebesbande – würde nicht lange auf sich warten lassen. Bei den Strohs hatte man Zigarren, Zigaretten und optische Geräte gefunden!

Oberleutnant Schneider wurde in seinen Gedanken unterbrochen, und auch Hauptmann Leoni blickte auf, als ihm eine Meldung übergeben wurde. Der Rentner Paul Lehmel hatte noch einmal das Revier aufgesucht und ausgesagt, daß er sich erinnere, von einem der beiden Kerle sei der Name »Jimmy« gefallen.

»Kennen Sie einen ›Jimmy‹ ...?«

»Natürlich!«

»Ich glaube, wir fangen mit dem Verhör an!« Schneider war einverstanden.

Leoni wies an: »Bringen Sie mir zuerst ... Frau Stroh!«

Die Vernehmung dauerte nicht lange. Die Frau weinte, schimpfte, lachte, wurde gemein ... schrie. Mit ihrer Aussage konnte man so gut wie nichts anfangen. Und zuletzt wurde sie hysterisch: »Sie ... was wollen Sie überhaupt von mir? Ich bin für den freien Handel, so wie er in Westdeutschland besteht.«

»Erstens sind wir nicht in der Westzone, Frau Stroh«, sagte Leoni, »und zweitens heißt Ihr *freier* Handel im Strafgesetzbuch *Hehlerei.*«

»Lassen Sie mich mit Ihrem Strafgesetzbuch zufrieden. Eines Tages werden hinter Ihrem Schreibtisch die Amerikaner sitzen, und dann können Sie hier alle was erleben!«

»Hören Sie, wie schon jetzt meine Zähne klappern?« parierte Leoni gleichmütig diesen Unsinn.

Frau Stroh wurde aus dem Zimmer geführt. Dann saß Emil Stroh auf dem gleichen Stuhl.

»Guten Tag, meine Herren!« Er hatte sich gefangen, und süßlich kam seine Anrede.

»Sagen Sie mal, Herr Stroh, seit wann arbeiten Sie beim Tischlermeister Hildebrandt?«

»Warum soll ich lügen, Herr Kommissar. Ich habe gar nicht bei ihm gearbeitet.«

»So, Sie haben gar nicht ...«

»Nein, das war nur so ... zum Schein. Sie wissen doch, wie die lieben Nachbarn gleich immer reden. Und ich habe mit meiner Frau ein bißchen Erspartes. Davon können wir leben.«

Stroh sagte das mit einem Gesicht, wie ein Mensch, der kein Wässerchen trüben könnte.

Leoni wunderte sich über die überraschende Offenheit. »Wie kommt denn der Tischlermeister dazu, die Sache mit dem Scheinarbeitsverhältnis mitzumachen?«

»Ich sagte doch schon. Ich habe ein bißchen erspartes Geld. Einen Teil davon habe ich bei dem Tischlermeister untergebracht. Hildebrandt war vorher in einem volkseigenen Betrieb angestellt und hat sich dann selbständig gemacht. Dazu hat er Geld gebraucht; und da wir uns gut kennen, habe ich ihm das Geld eben gegeben. Dafür hat er mich pro forma angestellt.« In Strohs Augen schimmerte öliger Glanz.

»Wieviel war denn das, das bißchen Geld?«

»Ungefähr 3000 DM.«

»Irren Sie sich auch nicht?«

»Vielleicht waren es auch mehr ...«

»Na, wieviel ...?«

»Warum soll ich die Unwahrheit sagen. Es waren ganze 10 000 DM, Herr Kommissar.«

»So ... 10 000 DM also. Und die haben Sie dem guten Mann so einfach gegeben, weil Sie ihn gut kannten, und weil Sie nicht haben wollten, daß man über Sie spricht?«

»Ja.«

»Sie sagten doch, Sie wollen nicht lügen, Stroh?«

»Was soll ich da sagen, Herr Kommissar. Das Geld muß mir der Hildebrandt ja zurückgeben. Und ...«

»Und ...?«

»Ich muß ja wohl ehrlich sein. Ich ... ich konnte dadurch mit meiner Frau in der Sozialversicherung sein und bekam damals eine höhere Lebensmittelkarte*.«

»Und wer zahlte das Geld für die Sozialversicherung?«

»Der Hildebrandt natürlich. Das Geld wurde von den geliehenen 10000 DM und den Zinsen abgezogen.«

Leoni blickte zum Tisch, auf dem die beschlagnahmten Dinge lagen.

»Und wo wurde das dort abgezogen ...?«

Stroh lächelte mit feuchten, weichlichen Lippen.

»Ich gebe zu, daß ich geschoben habe.«

»Geschoben ...? Das ist alles gestohlen.«

»Ja.«

»Sie geben also zu, Stroh?«

»Ja, Herr Kommissar.«

Wieder wunderte sich Leoni. Er hatte diesen Stroh in anderer Erinnerung. Damals hatte er nichts zugegeben.

»Und wer hat Ihnen das ins Haus geschleppt?«

»Ein älterer Mann.«

Hauptmann Leoni beugte sich vor. »Wie heißt der ältere Mann?«

»Das ..., das weiß ich nicht!«

Leoni lächelte.

»Ich weiß das wirklich nicht. Herr Kommissar. Glauben Sie mir nicht?«

»Wir werden Ihnen jedes Wort glauben, Stroh – vorausgesetzt, daß es sich durch fünf unabhängige Zeugen beweisen läßt.«

»Aber ich muß wirklich bitten.«

»Stellen Sie sich nicht so dumm, Stroh! Sie wissen sicher auch nicht, wo er wohnt?«

»Das weiß ich wirklich nicht.«

»So, wissen Sie auch nicht ... Na, vielleicht fällt Ihnen das noch ein. Vielleicht ... auch noch mehr!«

Emil Stroh wurde aus dem Zimmer geführt. Als er in der Tür stand, rief ihn Leoni zurück.

»Stroh ...! Was für eine Blutgruppe haben Sie?«

In Leonis Stimme lag etwas, das Stroh unsicher machte.

»Blutgruppe ...?«

»Na, überlegen Sie mal ...«

Stroh wurde abgeführt.

Das Telefon läutete. Leoni hob den Hörer ab.

»Das Zeiß-Objekt Nr. 4 182 169 steht in Fahndung, Genosse Hauptmann.«

Leoni teilte es Oberleutnant Schneider mit.

»Dann hat Stroh Verbindung mit einer Einbruchsbande. Ob es die von uns gesuchte Bande ist, werden wir gleich wissen. Ich lasse feststellen, aus welcher Verkaufsstelle der Fotoapparat stammt«, sagte Oberleutnant Schneider und verließ das Dienstzimmer Leonis.

Leutnant Jacobs, der sich während des Verhörs im Hintergrund des Zimmers aufgehalten hatte, trat vor.

»Der Stroh gibt vieles zu schnell zu«, sagte Leoni, »da

stimmt etwas nicht. Ich habe das Gefühl, der will was anderes vertuschen.«

Jacobs erwiderte nichts.

»Jacobs!« Hauptmann Leoni stand auf. »Wir fahren beide noch einmal in Strohs Wohnung. Vielleicht hat Erdmann etwas übersehen. Diese Neuen ...«, fügte er noch hinzu, beendete aber den Satz nicht.

»Hab ich's nicht gesagt ...«, knurrte Leoni vor sich hin und holte aus der Speisekammer 2500 DM heraus. Die Geldscheine waren zwischen ausgelegten Zeitungen versteckt. Auf den Gardinenstangen der gesamten Wohnung verteilt lagen sechs wertvolle Fotoapparate. Jacobs hatte sie aufgestöbert. Aber das Wichtigste fand der Leutnant in einem Schubfach des Küchenbüfetts. Es waren mehrere kleine Zettel, auf denen ›Wolf 1000 DM‹, ›Wolf 700 DM‹, ›Wolf 1775 DM‹ notiert war.

»Genosse Hauptmann, hier.«

Jacobs gab die Zettel Leoni. Dabei fiel einer der Zettel zu Boden, und der Leutnant bückte sich, um ihn aufzuheben.

»Donnerwetter ...«, staunte er plötzlich.

Auf der Rückseite stand ein zweiter Name. Dieser aber war der Volkspolizei gut bekannt.

Leutnant Jacobs hielt den Zettel Hauptmann Leoni hin.

Leoni las. »Sieh mal an ... der Jimmy«, und dann steckte er sich den vierten Zigarillo an. »Die Stücke fangen an, richtig zusammenzupassen.«

Später im Präsidium ließ Leoni Unterleutnant Erdmann rufen und zeigte ihm, was sie bei der zweiten Wohnungsdurchsuchung noch gefunden hatten.

»Haben wir uns verstanden ...?«

»Jawohl ... Genosse Hauptmann.«

»Und ...?«

»Vielleicht habe ich es zu schnell gemacht.«

»Vielleicht ...? Sicher haben Sie das. Aber merken Sie

sich, Schnelligkeit darf nicht auf Kosten der Genauigkeit gehen. Sonst wird nichts ... Wer Erfolg haben will, muß präzise Arbeit leisten.«

Leoni wandte sich Jacobs zu: »Genosse Leutnant, fragen Sie mal nach, in welchem Bau Jimmy gerade sitzt?«

Jimmy war der Spitzname für Alfons Novak: Dieb, Schläger, Einbrecher, Hehler und Säufer! Leutnant Jacobs brachte in Erfahrung, daß er sich seit ungefähr zwei Monaten auf freiem Fuß befand.

»Alfons Novak wurde aus der Haftanstalt Rummelsburg entlassen, Genosse Hauptmann«, meldete Leutnant Jacobs. »Hier ist seine Adresse.«

»Fahren Sie hin und holen Sie den Vogel.«

Leutnant Jacobs wollte gehen.

»Warten Sie mal ...«, rief ihn Leoni zurück und blickte auf Unterleutnant Erdmann.

»Genosse Unterleutnant, fahren Sie!«

Erdmann wußte, daß ihn Leoni erneut prüfen wollte.

Als sich die Tür hinter Erdmann geschlossen hatte, griff Leoni zum Telefon und wählte: »Geben Sie mir bitte den Genossen Parteisekretär.«

Er mußte warten und fragte Jacobs, wie spät es sei, da seine Uhr stehengeblieben war. Es war kurz nach 14.00 Uhr. Der Parteisekretär meldete sich.

»Du wolltest mich sprechen? Ich habe gerade ein paar Minuten Zeit«, sagte Leoni.

Leutnant Jacobs verließ das Zimmer und traf auf dem Flur mit dem Parteisekretär zusammen.

»Na, Genosse Leutnant, wie macht sich Genosse Erdmann in der MUK?«

»Genosse Hauptmann, ich ...«

Jacobs wurde unterbrochen. Aus dem Zimmer Leonis, dessen Tür nur angelehnt war, klang die Stimme des Hauptmanns: »Darüber können wir beide sprechen, Genosse Hartung, komm rein.«

Hauptmann Hartung trat ins Zimmer.

»Was wolltest du von mir?«

»Mußtest du Leutnant Fiebig wegschicken?«

Hauptmann Leoni lehnte sich zurück und zog die Stirn in Falten. Leutnant Fiebig war vor kurzem der Morduntersuchungskommission zugeteilt worden. Leoni hatte aber seine Meinung durchgesetzt, daß der junge Genosse für diese Tätigkeit noch nicht geeignet sei. Er war daraufhin in eine andere Abteilung versetzt worden.

»Er war zu jung und unerfahren«, brummte Leoni.

»Zu jung und unerfahren ...? Wo soll er sich denn die Erfahrungen für eure Arbeit holen, wenn nicht bei euch selbst?«

»In allen Abteilungen kann er sich die Erfahrungen holen. Aber wenn er hierher kommt, dann muß schon was drinstecken.«

»Glaubst du denn, deine Meinung ist immer richtig und du machst keine Fehler?«

Hauptmann Leoni blieb eine Antwort schuldig.

»Genosse Leoni, du bist ein guter Spezialist. Aber auch du bist nicht als Kriminalist zur Welt gekommen. Wir haben gedacht, daß wir die Ausbildung neuer Kader in deine Hände legen können. Aber ich glaube ... deine Hände wollen nicht ...«

»Was soll das heißen?« Leoni brauste auf. »Meine Hände wollen schon. Es kommt aber auf das Material an, aus dem die Hände etwas machen sollen.«

»Du meinst, es kommt auf die *Menschen* an, die ausgebildet und erzogen werden müssen, und auf diejenigen, die ausbilden und erziehen sollen«, sagte Hartung.

»Du hast recht«, lenkte Leoni ein. »Aber ich werde dir mal etwas sagen. Während der Ermittlungen im Fall Weiß habe ich einen Abschnittsbevollmächtigten kennengelernt. Das heißt, ich kenne ihn nur per Telefon. Aber eines weiß ich genau ... er hat uns viel geholfen, weil er seinen Abschnitt wie die eigene Westentasche kennt.«

»Und ..., was willst du damit sagen?«

»Daß dieser ABV sicher kein junger Genosse ist. Verstehst du, ein junger Mensch, der hat noch nicht soviel Verantwortung im Leibe. Der hat noch viel zu sehr andere Dinge im Kopf – Mädels, Tanzen und was weiß ich.«

»Willi«, Hartung kämpfte gegen ein Gefühl der Bitterkeit an. »Es gibt manchmal Tage, da geht alles, aber auch alles schief, und jeder geht einem auf die Nerven. Dann soll man sich vor einen Spiegel stellen und überlegen, warum das eigentlich so ist ... Du mußt Erdmann Vertrauen schenken, ihm helfen, sein Selbstbewußtsein stärken!«

Sie wurden unterbrochen. Das Telefon auf dem Schreibtisch läutete. Hauptmann Leoni hob den Hörer ab.

»Wer ist da ...? Ja, soll kommen.«

Hauptmann Leoni legte auf. »Er kommt! Paß auf, mein Lieber, wir haben gerade von ihm gesprochen. Ich habe die Inspektion gebeten, den Abschnittsbevollmächtigten ins Präsidium zu schicken, weil ich dem Genossen für seine gute Arbeit danken möchte.«

Leutnant Jacobs trat ins Zimmer und meldete den Abschnittsbevollmächtigten ...

Herbert Krüger betrat das Dienstzimmer von Hauptmann Leoni. Er war groß, sehr schlank und ... sehr jung!

***

Froh gestimmt verließ Herbert Krüger das Präsidium. Die Besprechung war beendet, und er hatte Dienstschluß. Seine Gedanken waren bei Eva.

Einen netten Abend werden wir uns machen, dachte er, betrat ein HO-Geschäft und kaufte ein: Wein, Pralinen, Kaffee. Dann eilte er zu ihr.

Krüger stand vor der Wohnungstür. Erregt drückte er auf den Klingelknopf. Die Tür wurde geöffnet. Da war seine Eva. Er stellte die Aktentasche ab, umarmte das Mädchen und flüsterte »EVA«, immer wieder nur das eine Wort: »Eva!«

Eva kam nicht zum Sprechen. Sie mußte sich die stürmische Begrüßung gefallen lassen. Aber sie tat, als berühre sie Herberts Herzlichkeit nicht. Sie schmollte.

Er zog sie ins Zimmer. »Immer noch böse, Ev?« fragte er und schaute sie treuherzig an.

»Glaubst du, du kannst mit mir Katz und Maus spielen?«

»Aber Ev …«

Sie unterbrach ihn jäh. »Hattest du mir versprochen zu kommen, oder nicht?«

»Ja, aber es ging nicht.«

»So, ging nicht!«

Er nahm ihre Hände. »Sieh einmal, Ev, wir sind einem Verbrecher auf der Spur. Ich konnte dabei einen wichtigen Dienst leisten. Hätte ich sagen sollen: Tut mir leid, Genossen, meine Braut wartet auf mich, laßt den Kerl laufen?«

»Das ist ja Unsinn!«

»Na siehst du.« Er wurde nachdenklich.

»Es wird öfter passieren, daß wir uns verabreden, und es kommt etwas dazwischen. Du mußt dich entscheiden, ob …«

Eva hielt ihm den Mund zu und bat: »Nicht so, Herbert!« Und leise sagte sie: »Du weißt genau, ich habe dich lieb. – Aber es ist alles nicht so einfach. Du mußt versuchen, auch mich ein wenig zu verstehen.«

»Will ich, Ev, ganz bestimmt. Aber versprichst du mir, auch für mich und meine Arbeit so ein ganz klein wenig Verständnis aufzubringen?«

Sie schmiegte sich an ihn. »Ja, Herbert, ich will es versuchen!«

Krüger entkorkte die Weinflasche und füllte zwei Gläser. Er ergriff ein Glas.

»Darauf, Ev, daß bald alle Verbrecher in ›Nummer Sicher‹ kommen und …«

»… auf unsere Liebe«, ergänzte sie mit warmem Klang.

Er trank ihr zu: »Auf unsere Liebe!«

Inzwischen hatte Unterleutnant Erdmann gemeinsam mit einem zweiten Genossen die Wohnung von Jimmy gefunden. Die Wirtin führte sie sofort in das Zimmer.

»Nehmen Sie ihn nur sofort mit. Der wohnt seit zwei Monaten bei mir, zahlt keine Miete, telefoniert und treibt sich die Nächte herum. Aber für Schnaps, da ist Geld da.«

Sie stieß die Zimmertür auf. »Der schläft schon seit gestern abend.«

Das Bett war zerwühlt, Novak lag halb angezogen auf den Kissen. Seine Füße baumelten über dem Bettrand. Sie steckten in grauen, groben Socken. Sein Mund stand weit offen, und auf seinem Gesicht glänzte Schweiß. Er schnarchte.

Auf einem Tisch neben dem Bett standen eine leere Kognakflasche und eine Tasse, in der vor längerer Zeit einmal Kaffee gewesen sein mochte. In der Nähe der Flasche lag ein umgestoßenes Glas.

Unterleutnant Erdmann trat an das Bett und rüttelte Novak wach. Der riß die Augen weit auf. Sie waren glasig. Er versuchte, Erdmanns Hand wegzuschieben. Dann setzte er sich auf, griff nach dem umgeworfenen Glas und der Kognakflasche und wollte sich eingießen. Als er sah, daß weder im Glas noch in der Flasche etwas war, schleuderte er das Glas gegen Erdmann. Dem Unterleutnant gelang es, das Glas aufzufangen.

Er stellte es wieder auf den Tisch. Novak sah ihm nach, musterte ihn und leckte sich dabei widerlich über die Lippen.

»Was ist denn los ...?« krächzte er.

»Sind sie endlich wach?«

Jimmy nickte und fiel dabei beinahe vom Bett.

»Kriminalpolizei!«

Novak setzte die Füße auf den Boden und richtete sich mit einem Ruck auf. Dann kicherte er in plötzlicher Heiterkeit, tat drei unsichere Schritte, fiel aber hin.

»Hau'n Sie ab ...«, keuchte er. »Ich hab Freunde ...«

Dann erhob er sich, streckte den Zeigefinger gegen Erdmann und stieß mit Zunge und Zähnen einen scharfen Laut aus.

»Glauben Sie wohl nicht? ... Ich hab welche ...«

Er blickte zum Telefon, wieder ganz listig zu Erdmann zurück und torkelte auf das Tischchen zu, auf dem das Telefon stand.

»Meine ... Freunde werden schon ...« Er griff zum Telefon.

Unterleutnant Erdmann hielt den Genossen zurück, der verhindern wollte, daß der total Betrunkene telefonieren konnte.

»Sein lassen ...«, flüsterte er.

Novak wählte: »Zwei ... drei ... vier ... null ... eins ... eins.«

Nachdem er umständlich gewählt hatte, griffen die beiden Volkspolizisten zu.

Jimmy wurde festgenommen.

***

»Genosse Hauptmann, Stroh hat die Blutgruppe 0!«

»Hm ... hat 0.«

»Dann kann er nicht der Täter sein«, sagte Leutnant Jacobs.

»War auch nicht anzunehmen«, brummte Leoni und: »Ist Genosse Erdmann noch nicht zurück?«

»Nein.«

»Dann rufen Sie Oberleutnant Schneider und sagen Sie ihm, ich möchte Stroh noch einmal verhören.«

Jacobs holte Oberleutnant Schneider.

»Die drei Fotoapparate stammen aus einem Einbruch in der Stalinallee*«, berichtete Schneider, als er sich neben Leoni niedergelassen hatte.

Stroh wurde hereingeführt.

»Wir wollen noch einmal ganz von vorn anfangen,

Stroh«, sagte Leoni zu ihm. »Vielleicht erzählen Sie jetzt, was Sie vorhin weggelassen haben. Versuchen Sie nicht, erst zu sieben. Wir haben genug in der Hand, um zu kontrollieren, ob alles stimmt.«

»Ich habe alles gesagt, was ich weiß.«

»Nein, Stroh.«

»Doch.«

»So, Sie haben ... zum Beispiel vergessen, daß der eine Mann, der zu Ihnen in die Wohnung kam und das gestohlene Zeug bracht ... ›Wolf‹ hieß.«

»........«

»Warum so schweigsam, Stroh?«

»Ich überlege ja nur ... wie der zweite hieß.«

Der zweite war Jimmy, denn der Name war ebenfalls auf einem der Zettelchen in der Wohnung von Stroh gefunden worden. Leoni wußte das.

»Den zweiten kann ich Ihnen auch sagen ...«

»Nicht notwendig, Herr Kommissar, ich sag's schon. Er hieß ... Macky.«

Leonis Gesicht konnte man nichts entnehmen.

»Also ... dann sprechen Sie, Stroh.«

»Haha, daß ich nicht lache! Für wie dumm halten Sie mich?«

»Für noch dümmer. Wie heißen die Männer richtig?«

»Weiß ich nicht.«

»Wo wohnen sie?«

»Weiß ich auch nicht.«

»Sagen Sie, warum brachten Sie über Ihrer Wohnung die kleine Lampe an?«

»Der Treppenaufgang ist gerade in meiner Etage so dunkel.«

»Ihre Antwort ist auch dunkel. Meinen Sie, Sie können uns das einreden? Die Lampe reicht gar nicht aus, um den Treppenabsatz genügend zu beleuchten, noch dazu solch eine kleine Lampe!«

Stroh überlegte, blickte sich dann im Kreis um, sah auf

den Leutnant, den Oberleutnant und den Hauptmann, klopfte sich auf die Oberschenkel und sagte endlich: »Die Lampe ... die Lampe war speziell für die beiden gedacht. Auf diese Weise wollte ich vermeiden, daß sie mit Unberufenen in meiner Wohnung zusammentreffen. Sie hatten Anweisung, wenn das Licht an war, nicht zu klingeln.«

»So ... und wo wohnen die ›Berufenen‹?«

».................«

»Stroh ... Sie treten auf dünnes Eis.«

»Ich habe Ihnen alles gesagt, was ich weiß.«

»Mit Ihrer Aussage sind Sie aber nicht verheiratet«, meinte Leoni gleichgültig. »Ich gebe Ihnen Bedenkzeit.«

Stroh wurde wieder abgeführt.

Leoni hatte das Verhör abgebrochen, weil ihm Leutnant Jacobs ein Zeichen gegeben hatte. Unterleutnant Erdmann war zurück.

Er berichtete.

»Wie war die Telefonnummer ...?«

»23 40 11.«

Leutnant Jacobs hatte sich die Nummer aufgeschrieben. »Ich sehe nach, Genosse Hauptmann.«

»Sehen Sie nach ... Jacobs.« Und nach einer ganzen Weile meinte Leoni anerkennend zum Unterleutnant: »Das haben Sie ja ganz ordentlich gemacht.« Er hatte dabei an die Worte Hartungs denken müssen: Vertrauen schenken, helfen, Selbstbewußtsein stärken. Aber von diesen Gedanken ahnte Erdmann nichts.

»Seine Blutgruppe wird gerade überprüft«, schloß dieser seinen unterbrochenen Bericht.

»Wird gerade überprüft ... muß ja sein. Aber Jimmy ist nicht der Gesuchte. Der ist unten angekommen. Mit dem ist Schluß. Sonst wäre ihm das Ding mit dem Telefonieren nicht passiert. Den hätten Sie mal früher erleben müssen.«

Dann schwieg Leoni.

Durch das Telefon wurde die Blutgruppe von Jimmy gemeldet. Er hatte A.

»Das ist ja gut …«, Leoni rieb sich das Kinn. »Aber der trägt wohl keinen Parallelo.«

Jacobs kam zurück.

»Genosse Hauptmann, die Telefonnummer gehört einer Frau Zeuner. Sie hat einen Untermieter. Er heißt Max Schlüter.«

»Der Macky also …«

»Viermal vorbestraft: Körperverletzung, Körperverletzung, schwere Körperverletzung und noch einmal Körperverletzung«, meldete der Leutnant.

»Also, dann … rufen Sie den Wagen. Wir fahren alle drei.«

Leutnant Jacobs läutete. Die Tür wurde nicht geöffnet. In der Wohnung blieb alles ruhig.

Leoni verließ mit seinen Mitarbeitern das Haus. Sie begaben sich auf die Straße, damit sie im Haus nicht bemerkt werden konnten. Nach einer halben Stunde versuchten sie es erneut. Vergeblich.

Sie verließen abermals das Haus. Etwas später stand Jacobs wieder vor der Tür und läutete.

Hinter der Tür hörte man Geräusche.

Jacobs drückte auf die Klingel.

Eine männliche Stimme fragte: »Wer ist denn da?«

»Der Lichtmann!«

»Frau Zeuner ist nicht zu Haus«, antwortete es hinter der Tür.

»Ich will nur ablesen …«, sagte Jacobs.

Die Tür öffnete sich.

Der Leutnant stellte seinen Fuß sofort in den Spalt und drückte die Tür weiter auf. Leoni stand auf der Treppe. Er konnte nicht gesehen werden.

Vor Jacobs stand Max Schlüter. Der Leutnant wies sich aus.

Macky trug ein schwarzweiß kariertes Sporthemd, eine schwarze Hose ohne Gürtel und sah verschlafen aus.

»Was wollen Sie ...?«

»Sie stehen im Verdacht, mit Diebesgut zu handeln. Wir müssen deshalb Ihr Zimmer durchsuchen.«

Macky gab die Tür frei. Weder seine Augen noch seine Hände bewegten sich. Seine Lippen spannten sich hart.

In dem Augenblick zeigte sich Leoni und betrat zusammen mit Jacobs die Wohnung. Der Leutnant durchsuchte die Taschen Mackys. In der Hosentasche steckte ein Schlagring.

»So, nun können wir anfangen«, meinte Leoni und steckte den Schlagring ein, den ihm Jacobs zugereicht hatte. »Wo ist Ihr Zimmer?«

»Da ...«, sagte Macky.

Jacobs ging vor. Da erhielt Leoni plötzlich einen Schlag gegen den Kopf. Der Hauptmann taumelte gegen die Korridorwand und gab Macky den Weg frei. Der riß die Tür auf, stürzte die Treppen hinunter.

Leoni hatte einen Fehler gemacht. Er hatte die Wohnungstür nicht abgeschlossen und auch den Schlüssel nicht abgezogen.

Unterleutnant Erdmann stand im Hausflur. Er hörte das Aufreißen der Tür und hastig polternde Schritte auf der Treppe. Dann vernahm er Pfeifensignale.

»Halt! ... Stehenbleiben!«

Macky hielt sich mit der linken Hand am Geländer fest und ließ sich durch einen Schwung vorschleudern. Aber er landete vor Erdmanns Füßen.

»Hände hoch!«

Aus dem dritten Stockwerk kam Leutnant Jacobs angerannt. Etwas Metallisches klickte, und Mackys Hände waren gefesselt.

***

Vor dem Präsidium der Volkspolizei wurde der Posten abgelöst. Es war ein Uhr nachts.

Hauptmann Leoni traf beim Verlassen des Gebäudes mit Hartung zusammen.

»So spät noch …?«

»Ja …«

»Habt ihr ihn?«

»Ja …«

»Wer ist es denn?«

»Ein Max Schlüter ist es gewesen, ein alter Steher. Hat eben sein Geständnis unterschrieben. Gehörte einmal einer Goldschieberbande an. Die Bande ist damals aufgeflogen. Wir hatten aber nicht alle erwischt. Zwei Kerle gingen uns durch die Maschen. Die machten dann auf Einbruch … Fotoapparate und so. Ein gewisser Stroh verkaufte die Beute, und Novak …«

»Was denn, der Jimmy?«

»Ja, Jimmy brachte die Optiken nach drüben, zum Zoo. Und dieser Max Schlüter traf in der Nacht den Kellner Weiß, der ihn noch von der REGINA her kannte. Macky wollte gerade einen neuen ›Knack‹ machen, da wurde er von Weiß überrascht. Aus Angst, verraten zu werden, schlug er ihn nieder, um ihn, wie er sich ausdrückte, ›auszuschalten‹.«

Leoni wollte sich von Hartung verabschieden. Den Hansaplaststreifen an der linken Stirnseite Leonis hatte Hauptmann Hartung jedoch längst gesehen. Erst wollte er nicht fragen, aber dann tat er es doch.

»Hast du was abgekriegt …?«

»Wir machen ja schließlich alle mal einen Fehler«, sagte Hauptmann Leoni sauer lächelnd.

»So …? Na ja, wir müssen eben immer wieder lernen. Aber für heute Feierabend.«

Sie trennten sich. Bevor Hartung um die Straßenecke bog, schaute er sich noch einmal nach Leoni um.

Hat immer den richtigen Riecher, dachte er. Na, und das andere, das wird auch schon noch werden.

Dann strebte er eilig nach Hause.

BERND DIKSEN

Das Bad um Mitternacht

Auf Zehenspitzen schleiche ich die Treppe hinunter. Im Haus ist alles vorschriftsmäßig still. Kein Wunder, heute ist Sonntag, und außerdem ist es erst kurz nach fünf Uhr. Aber in diesem Bau hier erschrickt man auf dem Boden, wenn im Keller jemand hüstelt. Ein Glück auch, daß die Haustür nicht quietscht und nicht knarrt. Besser, mich hört niemand.

Mein Trabant hat nämlich eine Beule. Und das nach knapp zweitausend Kilometern. Irgend so ein Dussel hat mir gestern abend die Radkappe vom linken Vorderrad total eingedrückt. Aber bringen Sie das mal meiner Frau bei! Von Schwiegermutter ganz zu schweigen.

Die Beule muß schleunigst raus. Ich habe es nicht gern, wenn jemand an meiner Fahrtechnik zweifelt. Und deshalb schleiche ich mitten in der Nacht über Treppen, über Flur und durch den Garten. Die Garage steht zum Glück ganz hinten, und mein Hämmern wird hoffentlich keiner hören.

Außerdem, wir wollen nachher auf Tour. Meine Uschi tut zwar, als ob die Fahrt zur Talsperre ihr dringendster Wunsch sei, aber ich weiß Bescheid – seit wir den Trabant haben, findet Schwiegermutter immer neue Lücken in ihrer Heimatkunde. Mal ist dort eine Modenschau, dort ein Rosenfest, und da schmeckt die Schlagsahne ganz besonders sahnig. Und dann hat sie auch so eine verdammt spießbürgerliche Art, vor jeder Fahrt meinen Trabant zu mustern. Als wäre ich ihr Chauffeur, und als hätte mein Berechtigungsschein so viele Stempel* wie ein Eilbrief aus Kuba …

»Hallo!«

Verdammt! Welches Rindvieh brüllt denn da mitten in

der Nacht herum? Ich habe noch fast zehn Meter bis zur Garage – und bloß ein paar verkümmerte Buschbohnen als Deckung! Aber das muß wohl angeboren sein: Wenn jemand hallo brüllt, dreht man sich um.

Na, das ist doch allerhand! Ein Mensch, nur mit Badehose bekleidet, fegt durch das offene Tor auf einem Damenfahrrad in meinen Garten. Wie Täve* in der Zielgeraden legt er nun sogar noch einen Zahn zu. Und dann erkenne ich ihn. Es ist Walter Hecht.

Der Name paßt großartig auf ihn. Lang, geschmeidig und immer in Bewegung wie ein Raubfisch auf Futtersuche, das ist Walter. Sogar sein spitzes Gesicht hat sich dem Namen angepaßt.

Und außerdem, Walter Hecht ist unser Bademeister.

»Mensch«, keucht er und springt vom Rad, »komm bloß, Kurtchen! Bei mir ... in Kabine elf ... da ist einer! Tot!«

»Was ... wer?«

»Keine Ahnung! Nie gesehen!«

»Warte«, sage ich hastig, »oder nein! Fahr zurück! Laß keinen ran da! Klar?«

Ich muß mich erst umziehen. Es verstößt gegen alle Dienstvorschriften, in Turnhose und Trainingspullover eine Amtshandlung vorzunehmen.

Ich bin nämlich der Abschnittsbevollmächtigte.

Kabine elf ist weiter nichts als ein Verschlag aus gespundeten Fußbodenbrettern in einer ganzen Reihe von Verschlägen. Und verflucht eng, höchstens einen Quadratmeter groß. Tür und Fußboden sind aus dem gleichen Material. Nach oben wird die Kabine durch ein Gitter aus nebeneinandergenagelten Dachlatten abgeschlossen. Es soll dem Benutzer vermutlich ein Gefühl der Sicherheit gegen Diebstähle verleihen und vielleicht auch gegen lästige Blicke vom Nachbar.

Der Tote sitzt sehr unbequem mit angezogenen Beinen

auf dem Fußboden. Es sieht aus, als ob er bloß friedlich schläft.

Neben mir steht Dr. Gröhnert. Wer ihn nicht kennt und ihm eines Tages unverhofft gegenübertritt, dürfte das Gefühl haben, er solle ein Grundstück betreten, auf dem eine deutsche Dogge lauert und harmlos tut. Wie alt der Doktor ist, weiß ich nicht genau. Jedenfalls hat er mich schon als Kind gegen Ziegenpeter behandelt, und schon damals hatte er graue Haare. Und so klein wie jetzt war er damals auch.

Hinter dem Doktor steht lang und dürr Walter Hecht und schüttelt immer wieder den Kopf.

Der Mann auf dem Fußboden ist schlecht rasiert und mindestens sechzig Jahre alt. Aber er trägt einen hochmodernen Anzug aus knitterfreier Chemiefaser, dunkelgrau und seidig glänzend. Dazu ein weißes Nylonhemd und einen dezent silbergrauen Binder. Nicht ganz so gut paßt der breitkrempige Hut dazu. Zerstört aber wird der Gesamteindruck einer korrekten Kleidung durch die Halbschuhe. Sie sind zwar auf Hochglanz gewienert, aber rehbraun.

»Wollen wir denn nicht endlich …« Walter Hecht kann den Anblick anscheinend nicht mehr ertragen.

»Wohl empfindlich?« krächzt Dr. Gröhnert unfreundlich. »Sterben gehört zum Leben wie Zähne kriegen.« Dabei wendet er sich nicht einmal um, sondern bückt sich, als wolle er dem Toten tief in die Augen sehen.

Ich trete einen Schritt zurück.

»Komisch, was?« fragt Dr. Gröhnert und sieht mich verdammt mitleidig an. Doch das einzige, was ich komisch finde, ist außer dem alten Doktor der Umstand, daß sich ein Fremder ausgerechnet in die Kabine eines Freibades zum Sterben hinsetzt. Denn fremd ist der Mann hier. Als ABV kennt man sogar die Hauskatzen aller Einwohner in seinem Revier.

»Obwohl ich an einem Toten absolut nichts Komisches

finden kann«, sage ich, »sollen Sie meinetwegen recht haben.«

»Natürlich«, knurrt Dr. Gröhnert zufrieden und wendet sich reichlich uninteressiert ab. »Betrachten Sie sich doch mal die Schuhsohlen des Mannes!«

Gegen neun Uhr gibt es keinen dienstfreien Genossen mehr in unserem Städtchen. Das Bad ist gesperrt. Und das am Sonntag, bei achtundzwanzig Grad im Schatten.

Wir haben auch keine Langeweile, bewahre! Was da an Menschen aus allen Richtungen zusammenströmt, ist beängstigend. Ganze Familien mit Verpflegungskörben, Liebespärchen mit Decken unterm Arm und jede Menge Kinder mit phantastischen Tiernachbildungen aus Gummi in schreiend bunten Farben. Eine wahre Völkerwanderung.

Wir dürfen uns auch allerhand Freundlichkeiten anhören. Die höfliche Frage, ob wir bis zu Beginn der Eislaufsaison das Bad wieder der Allgemeinheit zugänglich machen, ist noch zahm. Eben habe ich eigenhändig einen zehnjährigen Bengel am Ohr aus dem Gelände entfernt. Was heißt hier grob – es war das dritte Mal. Und außerdem wäre ich dabei fast vom Sprungturm gesegelt. Ein bemerkenswert hartnäckiger Bengel. Wenn der später mit ähnlicher Energie an seinen Beruf geht, habe ich bestimmt einen zukünftigen Helden der Arbeit* mißhandelt. Aber der lausige Umfassungszaun hat ja auch mehr Löcher als Pfeiler. Bei der nächsten Ratssitzung muß ich deswegen mal auf den NAW*-Busch klopfen.

Hauptmann Poltz winkt mir eben aus dem Kassenfenster zu. Er ist aus der Kreisstadt zu uns gekommen. Dort ist er Kommissariatsleiter. Soll ziemlich trocken sein, der Genosse Hauptmann. Man hört hin und wieder von ihm.

Wenn ich Kassenraum sage, ist das natürlich auch stark übertrieben. Man hat da gleich die Vorstellung einer gedämpften Atmosphäre bei der Notenbank, Kreditabteilung. Hier meint man damit: Abstellraum, Tagesunterkunft, Kaffeeküche, Büro, Kasse und Ausschank.

An der Breitseite des Tischchens, auf drei übereinandergestapelten Bierkästen, hockt Leutnant Kellermann. Er sieht eher aus wie ein Student der Kunstgeschichte: blasses, schmales Gesicht, dunkle Hornbrille, gescheite Augen und zarte Händchen wie eine Hebamme. Jedenfalls so, wie ich mir früher Hebammenhände vorgestellt habe. Seit mein Mirko da ist, halte ich das von Hebammenhändchen für ein Märchen.

Der einzige Mensch, der hier hineinpaßt, ist Walter Hecht. Er steht unruhig neben der Tür und fühlt sich vermutlich wie ein Hecht auf dem Trocknen. Kein Wunder, es gab nämlich Überraschungen. Einen Teil davon konnte ich dem Hauptmann zeigen. Ich kann aber nicht sagen, daß ich besonders froh darüber bin. Aus dem Reiseplan dieser Wochen können wir die heutige Tour garantiert streichen. Und doch würde ich lieber mit drei Schwiegermüttern durch die Gegend gondeln.

Überraschung Nummer eins waren die Schuhe des Toten. Blank gewienert und rehbraun, ja, aber vollkommen neu! Als wenn man ein Paar im Konsum* kauft, damit zu Hause über den Teppich trampelt und sie anschließend mit einem Staubtuch wieder auf ungebraucht poliert. Für den Umtausch, weil sie zu klein sind.

Zuerst dachte ich: Na und? Es gibt ja wunderliche Leute, die schonen ihre Schuhe und laufen auf Strümpfen. Kleiner Irrtum. Die Strümpfe waren auch neu! Blieb nur noch die Möglichkeit, daß der Mann barfuß gegangen war. Sauber waren die Füße nämlich nicht.

Aber Überraschung Nummer zwei! Als wir ihn nach dem Fotografieren umbetteten, fiel ihm der Hut vom Kopf. Und Dr. Gröhnert behauptet, die etwas eingedrückte Stelle mitten auf der Schädeldecke sei ein glatter Schädelbruch.

Einen Ausweis hatte der Tote übrigens auch nicht.

Weder Angelkarte noch sonst eine Mitgliedskarte. Aber das ist nicht so schlimm.

»Wieviel Uhr war es genau, als Sie den Toten fanden, Herr Hecht?« Die Stimme des Hauptmanns würde besser zu Kellermann passen. Sie ist so melodisch.

»Ich sagte doch schon ... so gegen fünf Uhr.« Walter sieht mich hilfesuchend an. »Kurt! Du kannst das doch bezeugen!«

»Nicht direkt«, sage ich, und Walter schielt mich böse an.

»Es war jedenfalls elf Minuten nach fünf, als ich benachrichtigt wurde.«

»Also um fünf«, sagt Hauptmann Poltz und nickt Kellermann zu, der mit den Augen fragt, ob er die Zeitangabe als verbindlich notieren soll. »Immerhin, was machten Sie eigentlich so früh in den Kabinen, Herr Hecht?«

»Ich? Aber ... ich muß doch die Kabinen reinigen!«

»Besorgen Sie das immer um diese Zeit?«

»Nein. Meist schon abends. Aber gestern ging es nicht. Wegen der Übertragung.«

»Übertragung?«

»Ja doch! Der Schwimmländerkampf gegen die UdSSR*.«

»Mhm«, macht Hauptmann Poltz, »und heute morgen schlossen Sie also die Kabinen auf, ja?«

»Na ja doch! Zuerst die eine Seite, immer eine Kabine nach der anderen. Geht am schnellsten ... Wasserschlauch und so ... Kaputtgehen kann ja nichts dabei«, fügt er schnell entschuldigend hinzu! In die Verschläge kann man vermutlich mit einem C-Rohr der Feuerwehr reinhalten, ohne Volkseigentum zu beschädigen.«

»Na schön, Sie nehmen alle Schlüssel und öffnen, nicht wahr?«

»Gott behüte! Hier, ich habe einen Hauptschlüssel. Paßt in alle Schlösser.«

»So?« fragt Hauptmann Poltz und deutet unvermittelt

neben sich. »Und warum fehlen dann hier am Schlüsselbrett die Nummern elf und dreiundzwanzig?«

Walter Hecht glotzt einen Augenblick verwirrt auf die große Holztafel neben dem Schalter. Tatsächlich, alle Schlüssel hängen säuberlich unter ihrer Nummer. Nur die mit den Nummern elf und dreiundzwanzig fehlen.

»Nein doch! Nein!« Mit beiden Händen wehrt Walter einen gräßlichen Verdacht von sich. »Die fehlten doch gestern abend schon! Ja! Fragen Sie meine Frau. Die beiden da fehlten ... aber das kommt öfter vor.« Er poltert aufgeregt mit seinen Holzpantoletten auf dem Betonfußboden herum und haspelt weiter: »Manche vergessen ihn abzugeben. Manche denken allerdings auch, sie können dann am nächsten Tag umsonst eine Kabine beziehen. Wegen siebzig Pfennig!«

Na, siebzig Pfennig scheint mir der reinste Wucher zu sein. Man braucht bloß mal zu rechnen. Achtundzwanzig Kabinen mal siebzig Pfennig, das waren fast zwanzig Mark pro Tag bei einmal ermieten. Mal fünf Monate waren immerhin dreitausend Mark. Dafür konnte die Stadtverwaltung wenigstens ein bißchen Leimfarbe auf die Bretter pinseln. Mit drei Eimern ist die ganze Sache vergessen, und obendrein springt noch ein Pluspunkt im Wettbewerb der Nationalen Front* heraus.

»Soso«, macht Hauptmann Poltz wieder einmal, »und wer die Kabine elf gestern gemietet hatte, wissen Sie das zufällig?«

»Darüber denke ich schon den ganzen Morgen nach.«

»Verdient Anerkennung«, meint der Hauptmann. »Immerhin, Sie haben die Schlüssel gestern abend vermißt, ja? Wäre es dann nicht notwendig gewesen, die Kabinen zu überprüfen? Ich kann mir vorstellen, daß mal jemand vergißt, den Schlüssel abzuziehen.«

»Aber ...« Walter entrüstet sich, und auch ich sehe nicht recht ein, warum der Genosse Hauptmann so ausdauernd auf Walters Pflichtbewußtsein herumgaloppiert.

»Klar habe ich mich überzeugt! Aber weder die Nummer elf noch die Nummer dreiundzwanzig steckten. Die Nummer zwei, ja, die steckte. Hab ich ja auch abgezogen.« Seine anklagende Armbewegung ist überflüssig. Wir sehen automatisch zum Schlüsselbrett hin.

»Soso«, murmelt Hauptmann Poltz zum dritten Mal, und jetzt klingt es allmählich unangenehm, »dann erklären Sie mir bitte, wieso der Schlüssel an Kabine elf noch steckt, als ich kam?«

Und dabei kramt er einen Aluminiumschlüssel aus seiner Gabardinehose und legt ihn auf den Tisch. Ein Schlüssel, genau wie die anderen, die am Schlüsselbrett hängen, aber ohne Nummer.

Den Namen des Toten zu ermitteln ist nicht schwer. Wir haben ihn in unserer Kartei. Mit Fingerabdrücken, Alter und sonstigen Daten seines bisher ruhmlosen Lebens. Es ist der sechsmal vorbestrafte Heinrich Albert, wohnhaft in der nahen Kreisstadt. Und das schönste: Er ist erst vor neun Tagen aus der Haft entlassen worden. Er hatte zwölf Monate wegen Rückfalldiebstahls zu verbüßen.

Als uns das Hauptmann Poltz vorliest, berühren sich in meinem Gehirn zwei Polenden.

»Irgendwie kommt mir der Name bekannt vor«, sage ich voreilig.

»Kunststück«, sagt Hauptmann Poltz, »bei dem Register?«

»Nee, nee, da war mal was.«

»Bemerkenswert«, brummt er gemütlich vor sich hin. »Wissen Sie was? Fahren Sie mit mir, seine Wohnung besichtigen. Vielleicht fällt Ihnen schon unterwegs wieder ein, was da mal war.«

In zwanzig Minuten sind wir da. Mir ist bis jetzt noch nichts eingefallen.

Das Haus, in dem Heinrich Albert zur Untermiete wohnte, ist ein bißchen sehr schmalbrüstig. Aber wie ich hörte, soll die ganze krumme Gasse hier abgerissen werden. Trotzdem, für Albert dürfte auch diese Unterkunft gereicht haben. Er war ja häufig abwesend.

Als uns die Wirtin gegenübersteht und die ersten Sätze herausgeschleudert hat, halte ich es fast für möglich, daß Albert vor ihr auf ständiger Flucht war und deshalb ... na ja. Auf jeden Fall dürfte ihm diese Frau das Leben hübsch abwechslungsreich gestaltet haben.

»Was?« kreischt sie, beide Hände in die unverschämt breiten Hüften gestemmt. »Polizei? Schon wieder? Dieser gottvergessene Lump! Aber diesmal ist endgültig Schluß! In meine Wohnung kommt er nicht mehr!«

»Wird er auch nicht«, stoppt Hauptmann Poltz den Ausbruch von Nächstenliebe. Sie schielt ziemlich mißtrauisch und gibt uns nur zögernd den Weg in Alberts Zimmer frei. Nur als sie der Hauptmann hindert, mit schöner Selbstverständlichkeit mit ins Zimmer zu kommen, wird sie wieder munter.

»Aber beeilen Sie sich ... ich muß noch weg!«

Das Zimmer ist überraschend ordentlich. An Ordnung scheint man den Verstorbenen beim Strafvollzug immerhin gewöhnt zu haben. Es ist hier so gut aufgeräumt, daß nichts zu finden ist, was uns irgendwie helfen könnte. Aber man sieht, daß es höchste Zeit wird, die Buden hier abzureißen. Der Fußboden hat eine Neigung zu den Fenstern hin von mindestens zehn Grad.

Schließlich steht Hauptmann Poltz einige Minuten vor dem geöffneten Kleiderschrank. »Rufen Sie mal die Frau«, sagt er über die Schulter zurück und klappt die Schranktür zu. Sie kommt nicht nur eilig und im besten Schwarzseidenen, sie hat auch plötzlich viel Zeit.

»Sagen Sie, wann ging Herr Albert gestern abend fort?«

»Wann? Na, so gegen acht Uhr etwa. Er geht ja immer weg. Fragen Sie doch im ›Gambrinus‹. Was anderes als Kneipe kennt der Mensch ja nicht ...«

»Und wissen Sie auch, was Herr Albert für Kleidung trug?« unterbricht sie der Hauptmann.

»Wie immer. Seinen alten Kordanzug natürlich.«

»Aha«, macht Hauptmann Poltz zufrieden, »und hatte er etwas bei sich? Eine Tasche oder so?«

»Der? Tasche? Kann der gar nicht gebrauchen!«

»Und wieso nicht?«

»Weil er seine Hände immer in den Hosentaschen hat.«

Wirklich, sehr freundlich ist die Gute nicht. Doch der Hauptmann scheint mir ihr zufrieden zu sein.

»Danke«, murmelt er und nickt ihr zu. Sie stellt sich schwer von Begriff.

»Was ist denn überhaupt schon wieder los? Darf man doch fragen, nicht wahr? Ich weiß ja sowieso, daß der Kerl dauernd mit der Polizei zu tun hat. Die Katze läßt das Mausen nicht. Gott soll ihn strafen ...«

»Danke«, wiederholt der Hauptmann und wartet geduldig, bis sie widerwillig durch die Tür schlurft. Dann zieht er die Kleiderschranktür wieder auf. Ein uraltes Möbel übrigens. Mahagoni auf gedrechselten Füßen und mit Kullern oben. Aus so einem Ding habe ich mir ein Regal für Abschmierfett und ähnliche Pflegeartikel geschustert. Stand sowieso nur auf dem Boden herum.

»Sehen Sie mal«, sagt der Hauptmann und zeigt auf die Innenseite der Tür.

Ich sehe da nichts Besonderes. Wie fast überall ist da mit Reißzwecken ein schmales Band befestigt, und darüber hängen Krawatten. Ich habe es auch nicht vornehmer. Und auch bei mir hängen die meisten Krawatten gleich mit Knoten über dem Band. Ich sehe weiter nichts, als daß die Binder alle reichlich altmodisch sind. Schräge Streifen, Pünktchen, Pünktchen, Komma, Strich ...

»Richtig«, sagt der Hauptmann, als ich mir Alberts Binder betrachte, und er hält mir die Aufnahme des Toten vor die Nase. »Sehen Sie sich diesen Binder hier an, und vergleichen Sie mit den anderen.«

Zuerst denke ich, daß Heinrich Albert am letzten Tag seines Lebens einen modernen silbergrauen Binder trug, spricht doch höchstens für seine gehobene Geschmacksbildung, aber dann habe ich es doch kapiert, worauf der Hauptmann hinauswill.

Ich trabe nachdenklich hinter ihm her zum Wagen. Die Fahrt geht nur um drei Ecken. Im »Gambrinus«, Herrn Alberts Stammkneipe, herrscht schon beste Frühschoppenstimmung. Der Wirt sieht erstaunlich gepflegt aus. Wie einer, der sein Schäfchen längst im trocknen hat und nun mit größeren Objekten liebäugelt.

»Der Heinrich?« fragt er zurück, als ihn der Hauptmann Poltz nach Albert befragt. »Klar, war der hier. Und wie lange? Warten Sie ... so bis halb elf, glaube ich. War übrigens auch Zeit für ihn. Reichte nämlich, quatschte schon ziemlich verdreht.«

»Und was quatschte er so?«

»Gott«, wehrt der elegante Wirt ab, »was man so faselt, nicht? Große Pläne, große Erfolge, alles mit einer Hand. Können Angetrunkene ja gut. Gestern wollte Heinrich übrigens noch baden. Stellen Sie sich vor ... mitten in der Nacht baden!«

»Demnach wollte er in ein Bad?«

»Sage ich doch gerade! Hier foppte ihn noch ein Gast, er solle sich aber nicht vom Bademeister erwischen lassen. Heinrich meinte darauf großartig, der Bademeister wäre sein bester Freund. Nee, nee, kann man nicht für voll nehmen, die Angesäuselten.«

»Sie müssen es ja wissen«, sagt Hauptmann Poltz etwas grob. Er ärgert sich wohl, daß der Wirt erst bereitwillig jede Menge Alkohol in die Menschheit schüttet und sich hinterher mokiert, weil sie dann besoffen ist. »Und was trug Herr Albert?«

»Was? Na, seinen alten Kordanzug natürlich. Anders kenne ich den gar nicht. In dem Ding wird er wohl noch mal sterben.«

»Bestimmt nicht«, knurrt Hauptmann Poltz und fragt noch, ob Albert Gepäck bei sich hatte. Er hatte nicht.

Leutnant Kellermann winkt mit einem Zettel, als wir wieder im Bad eintreten. Er hüstelt und sieht uns merkwürdig an.

»Ist was?« fragt der Hauptmann.

»Allerhand«, murrt Kellermann und glättet sein Zettelchen etwas umständlich. Warum er ausgerechnet in der flachen Betonkuhle steht, über der an dünnen Rohren vier Brausen hängen, weiß er sicherlich nicht. Und warum wir, der Hauptmann, Walter Hecht und ich, uns auch noch dazustellen, weiß ich noch weniger.

»Die Gerichtsmediziner haben angerufen«, sagt der Leutnant. »Also: Der Mann ist ungefähr um ein Uhr nachts gestorben. Er hatte eine schwere Gehirnerschütterung und einen Schädelbruch. Merkwürdig ist, daß bestimmte Merkmale, wie zum Beispiel Erbrochenes, fehlen. Ferner soll der Mann stark betrunken gewesen sein, und außerdem wäre er nie und nimmer in der Kabine gestorben.«

»Das ist alles?«

»Reicht das nicht? Der Rest kommt später, nach der Obduktion.«

»Eigentlich reicht es doch«, sagt Hauptmann Poltz und scheint keineswegs überrascht. »Demnach hat man hier einen Toten in die Kabine elf gesetzt. Und zwar nach Mitternacht ... Ist was, Herr Hecht?«

»Nein, nein«, wehrt der hastig ab. Er ist nervös, weil wir ihn nun auch noch alle anstarren. Er macht einen ungeschickten Schritt rückwärts, und plötzlich regnet es munter und eiskalt auf uns herab. Walter stellt zwar den Hebel, gegen den er sich gelehnt hatte, schnell wieder auf Betriebspause, aber wir hüpfen, uns schüttelnd, über den Rasen. Kellermann flucht auch noch unfein dazu, weil sein Zettelchen inzwischen eine Art Waschlappen geworden ist.

»Habe ich hier nicht irgendwo einen Busfahrplan hängen sehen?« fragt Hauptmann Poltz den Unglücksraben. Der beeilt sich, auf die Innenseite seiner Kassentür hinzuweisen.

Diesmal begreife ich schneller. Wenn Heinrich Albert gegen halb elf in der Nacht noch Mollen stemmte, wie ist er dann nach hier gekommen? Es fährt nämlich kein Bus zwischen zehn und zwölf Uhr abends. Der »Lumpensammler« fährt erst zehn Minuten nach Mitternacht von der Kreisstadt ab.

»Wie mag der Albert das also gemacht haben?« Hauptmann Poltz fragt alle und niemanden.

»Fahrrad«, sage ich und komme mir recht gescheit vor. »Mit einem Fahrrad kann man die zwölf Kilometer bequem schaffen.«

»Kann man«, bestätigt der Hauptmann. »Da müßte er aber sein Fahrrad vorher in die Aufbewahrung gegeben haben, nicht wahr? Oder ...«, er wendet sich an Walter, »haben Sie irgendwo ein Fahrrad gefunden? – Na also«, sagt er zufrieden, als Walter heftig verneint. »Genosse Kellermann, instruieren Sie die Genossen vom Kreisamt. Sie möchten sich umgehend darum kümmern, ob Heinrich ein Fahrrad besaß, welche Marke, und ob es bei ihm irgendwo steht ... Allmählich wird die Sache etwas verwirrend, was? Heinrich Albert wurde zuletzt in der Kreisstadt in einem alten Kordanzug gesehen. Daß er sich nach einem tödlichen Unfall noch umzog, um in eine Badekabine zu gehen und zu sterben, ist doch wohl seltsam, was?«

»Wieso danach?« wirft Kellermann rasch ein.

»Weil die Gerichtsmediziner bestimmte Merkmale vermissen, die eine schwere Gehirnerschütterung begleiten. Erbrochenes unter anderem. So etwas fand sich ja nicht auf Alberts piekfeinem Anzug, nicht wahr? Folglich hat er ihn erst später angezogen, oder ... er ist ihm angezogen worden.«

»Könnte also Mord sein«, schlußfolgert Kellermann, ehe er geht.

»Könnte«, murmelt der Hauptmann hinter ihm her. Ich finde, daß die Sonne gar nicht mehr so fröhlich scheint.

Auch Walter Hecht weist diese Entwicklung weit von sich.

»Ein Mord? In meinem Bad? Nein!«

»Wissen Sie eine andere Erklärung? Übrigens, Erklärung ... Fiel Ihnen eigentlich nicht gleich früh auf, daß Heinrich Albert nicht allein in die Kabine gekommen sein konnte? Ohne Schlüssel? Der hätte doch stecken müssen, nicht wahr? Sie aber hatten ihren eigenen. Also? Blieb die Möglichkeit, daß er den Schlüssel oben herausgeworfen hat. Warum aber? Und haben wir ihn gefunden? Haben wir, gewiß, aber im Schloß. Entweder also, Herr Hecht ...«

»Was, entweder?« fragt Walter beklommen.

»Entweder ist der Schlüssel nachträglich gebracht worden, dann allerdings nur vom Täter – oder Sie haben uns belogen. Wobei ich allerdings gern wüßte, warum?«

»Aber ... ich ...«

»Später«, unterbricht Hauptmann Poltz, »wir kommen gleich darauf zurück. Aber«, und das gilt mir, »Sie erinnern sich? Die Krawatten in Alberts Schrank? Schön! Heinrich Albert nämlich würgte sich seine Binder nach der guten alten Sitte um den Hals, wie in den zwanziger Jahren. Aber der silbergraue Binder war nach den letzten Erkenntnissen der Herrenmode gebunden. Folglich hat er sich nicht allein umgezogen. Vermutlich auch nicht freiwillig.«

Da sieht man wieder, wieviel man noch zu lernen hat. Sogar Walter Hecht sieht mich von der Seite an, als wollte er sagen: Ich wußte noch gar nicht, daß du so unwissend bist!

Aber er bekommt seinen Dämpfer umgehend. Hauptmann Poltz geht dicht an ihn heran und knüpft an seine vorherige Rede an.

»Nehmen wir einmal an, Sie sagen die Wahrheit. Dann hätten Sie nicht gewußt, daß in Kabine elf eine Leiche saß. Sie waren also weder aufgeregt noch argwöhnisch, hätten mit Sicherheit einen steckenden Schlüssel bemerkt. Sie haben aber nicht, sondern erschraken, wie ich annehmen darf, schwangen sich auf das Fahrrad und brausten zum ABV. Und nur in dieser Zeit, während Sie nicht im Bad waren, könnte dann der Schlüssel gebracht worden sein, nicht wahr? Haben Sie jemanden hier gesehen? Als Sie zurückkamen zum Beispiel?«

»Nein doch!« braust Walter rauf und sagt dann bedeutend vorsichtiger. »Das heißt ... niemanden außer dem Doktor.«

»Den haben Sie gerufen, nicht?« Hauptmann Poltz nickt mir fast anerkennend zu, aber ich protestiere lebhaft.

»Wieso ich? Ich denke ... das warst du doch, Walter?«

»Ich? Aber ... ich habe mich noch gewundert, daß Doktor Gröhnert schon da war!«

»Fabelhaft«, sagt Hauptmann Poltz grimmig und mustert uns, als seien wir die Täter. »Erfährt man so nebenbei. Menschenskind! Der Anruf kann doch nur vom Täter selbst stammen, zum Teufel! Und das könnte eigentlich nur der Mann sein, der die Kabine elf zuletzt gemietet hatte.« Er wendet sich wieder an Walter: »Und an den können Sie sich ja nicht erinnern!«

»Doch«, gesteht Walter Hecht zur allgemeinen Überraschung, »jetzt weiß ich's wieder ... Peter Kahle! Ja, der kam erst gegen Abend, und ich sagte noch, daß es sich doch gar nicht mehr lohnt.«

»Merkwürdig«, sagt Hauptmann Poltz, »daß Sie sich jetzt so plötzlich erinnern.«

Peter Kahle ist natürlich unauffindbar. Er soll mit seinem Motorrad unterwegs sein. An einem Sonntag ist das nicht weiter verwunderlich.

»Mit seiner Verlobten ist er weggefahren«, erklärt Hauptmann Poltz, als er nach längerer Abwesenheit wieder eintrifft. Den Dr. Gröhnert erwähnt er mit keinem Wort. »Interessant ist natürlich, daß dieser Peter seit gestern abend nicht mehr zu Hause war. Theoretisch könnte er also, bloß …« Er bricht zweifelnd ab und starrt in die Kabine, vor der wir uns wieder mal versammelt haben.

»Ein Haken bei der Sache?« fragt Kellermann.

»Häkchen«, korrigiert der Hauptmann. »Dieser Peter ist ein Kerlchen von, na, sagen wir, zartem Körperbau. Jedenfalls nach den Bildern zu urteilen, die mir seine Mutter bereitwillig zeigte. Und einen Toten von der Statur eines Heinrich Albert hierher in diese enge Bucht zu schleifen, dürfte gewisse Anstrengungen gekostet haben.«

»Da waren es eben zwei«, werfe ich ein.

»Schön, also zwei Mann. Dann aber nicht irgendwelche, sondern zwei gute Bekannte, nicht wahr? Bloß, warum haben sie sich die Mühe gemacht, den Toten umzuziehen? Und wo hatten sie so schnell Kleidung her? Das sieht doch mächtig vorbereitet aus. Dilettantisch bleibt es trotzdem, wozu also der Aufwand? Man hätte den Albert doch ruhig in seinem alten Kordanzug lassen können, was?«

»Vielleicht waren Blutspuren dran?« überlegt Kellermann laut.

»Vielleicht«, sagt Hauptmann Poltz zweifelnd. »Immerhin, einen Grund muß die Sache jedenfalls haben … Was meinen Sie, Herr Hecht?«

Walter zuckt wieder nervös zusammen. Allmählich finde sogar ich, daß er sich reichlich komisch benimmt. Und was er auf die Frage stammelt, hat mit reinem Gewissen auch wenig zu tun. »Ich … ich weiß überhaupt nichts.«

»Jaja«, brummt der Hauptmann so vor sich hin, »Ihr Gedächtnis! Inzwischen haben Sie ja sogar vergessen, daß Sie Peter Kahle sehr gut kennen, nicht wahr?«

Walter stiert bloß vor sich hin. Er hört wohl nicht einmal, daß der Hauptmann seinen Leutnant anweist: »Lassen Sie mal ein bißchen nach diesem Peter suchen. Ausflugsziele der Umgebung abklappern und so weiter. Und«, wendet er sich nun wieder an Walter, »den Toten kannten Sie natürlich auch nicht?«

»Nein, wirklich ... Kurt!« Ausgerechnet bei mir sucht er Hilfe! Wie soll ich ihm denn helfen, wenn er sich so ungereimt benimmt? Bißchen leid tut er mir ja.

»Es ist nämlich seltsam, Herr Hecht, daß Heinrich Albert gestern abend gegen halb elf geäußert hat, er wolle noch ein bißchen baden gehen. Und da er nicht ins Bad der Kreisstadt stieg, sondern nach hier fuhr, sieht das doch seltsam aus, nicht wahr? Außerdem sagte er, der Bademeister wäre sein Freund. Wie erklären Sie sich das? Übrigens ... wo waren eigentlich Sie um Mitternacht?«

»Vermutlich im Bett«, sagt Walter dumpf.

Mit einer Stunde Verspätung gehe ich zum Mittagessen. Vom Peter Kahle ist bisher noch nichts zu sehen gewesen. Aber das wundert mich wahrhaftig nicht. Bei uns stiebt an freien Tagen alles, was einen fahrbaren Untersatz besitzt, in die nähere Umgebung. Und wenn die Sonne scheint, dann erst recht.

Manche behaupten zwar, unsere Landschaft hier sei alles andere als reizvoll. Es wird im Zusammenhang mit unseren ehemaligen Tagebauen mitunter von einer Mondlandschaft gesprochen. Aber erstens ist das seit dem Tag überholt, an dem ein Lunik* Originalfotos vom Mond zur Erde funkte, und zweitens haben wir durch die abgesoffenen Kohlengruben paradiesische Badeteiche.

Nur, in dem üblichen Trubel einen ganz bestimmten Menschen zu finden, dürfte nicht ganz einfach sein. Außerdem haben ja Pärchen meist eine Schwäche für Abgeschiedenheit und so.

Ich quäle mich mit Schwiegermutters Spezialität, grünen Klößen, herum und kann sie nicht schnell genug hinterkriegen. Ich hatte nämlich dem Hauptmann vorgeschlagen, noch über Mittag die Strafakte des letzten Verfahrens gegen Heinrich Albert einzusehen.

Die Klößeproduzentin glaubt mir natürlich kein Wort, als ich den Trabant nehme, um in die Kreisstadt zu rasen. Würde mich gar nicht wundern, wenn sie mir ein Verhältnis andichtet. Zum Glück ist Uschi ein paar Nummern gescheiter.

Der Genosse Kreisgerichtsdirektor ist auch nicht sehr entzückt, als ich ihn bei der Verdauungszigarre störe. Ich muß ganz schön reden, ehe er mit mir ins Gerichtsgebäude hinübergeht. Aber es lohnt sich, für mich nämlich. Ordnung hat er in seinem Haus. Mit zwei Handgriffen findet er die Strafakte.

»Und was wollen Sie nun damit?« fragt er übellaunig.

»Mal lesen«, sage ich vergnügt. Es dauert nur zehn Minuten, dann ist er mich wieder los.

Als ich gegen drei Uhr wieder im Bad erscheine, kann ich mein Wissen nicht gleich an den Mann bringen. In der sogenannten Kasse sitzen nämlich Peter Kahle und das Fräulein Braun. Sie ist ein hübsches Kind, schwarzhaarig und angemessen niedlich. Peter Kahle ist tatsächlich nur einen Meter und gute fünfzig Zentimeter groß. Vom Sehen kenne ich ihn, obwohl er nicht in meinem Revier wohnt.

Dieser Peter ist nämlich Kreismeister im Gewichtheben seiner Klasse. Muß so 'ne Art Minifliegengewicht sein. Trotzdem dürfte er einen Klotz wie Heinrich Albert einige Minuten in der Schwebe halten können.

»So«, sagt der Hauptmann eben, »Sie waren also gestern abend zum Gartenfest der Kleingärtner. Mit Fräulein Braut natürlich?«

»Klar!« schmettert Peter hell und ziemlich forsch.

»Und die Braut kann das bestätigen?« wendet sich Poltz an die reizende Kleine. »Übrigens, wie war doch gleich der

Name?« Die Frage hätte er sich natürlich sparen können. Beide Ausweise liegen aufgeklappt vor ihm.

»Karin Lippert ... Wir waren zusammen, das stimmt.«

Mhm, scheint Ärger bei den Gartenfreunden gegeben zu haben. Der Hauptmann merkt es natürlich auch.

»War wohl nichts los, wie?«

»Zuviel!« Karin sieht ihren zukünftigen Haushaltungsvorstand so böse an, daß ich mir an seiner Stelle die Sache mit der Hochzeit noch gründlich überlegen würde.

»Hatte zuviel getankt«, gibt Peter eilfertig zu und faßt sich an den Magen, als sei ihm jetzt erst richtig übel.

»Aber ... wo Sie um Mitternacht waren, daran werden Sie sich noch erinnern können?«

»Wie soll man das so genau wissen?« murmelt Peter vorsichtig und schielt seine Karin flehend an. Aber die ist wirklich nicht gut auf ihn zu sprechen. Die Frage kommt ihr so recht, wie einem Lebenslänglichen die Begnadigung.

»Aber ich weiß es!« faucht sie los. »Mit dieser Ilona hat er sich herumgetrieben! Ich hab's doch gesehen. Über eine Stunde warst du ...«, und jetzt redet sie bloß noch mit ihm, wir sind überhaupt nicht mehr da, höchstens Kulisse, »mit ihr verschwunden. Pilze suchen, was? Du denkst wohl, ich habe keine Augen im Kopf?«

Na, ihre glitzernden Kohleaugen kann nicht mal ein blind Verliebter übersehen, und denen sagt man ja auf diesem Gebiet katastrophale Leistungen nach.

Peter zieht hübsch bescheiden den Kopf ein und beschwört sie: »Karin, bitte, doch nicht hier!«

»Gerade«, verkündet sie entschlossen, »hier mußt du nämlich mal zuhören!« Und dann schmettert es auf den Ärmsten herab, daß sie seine Tändeleien mit der »fetten Kuh«, der Ilona, schon längst bemerkt habe. Jawohl! Von wegen rein dienstlich, weil sie im gleichen Betrieb in der Werkzeugausgabe sei und so. Er werde wohl jeden Tag ein Dutzend Bohrer abbrechen und Fräser versauen, bloß um dauernd bei ihr hocken zu können. Jawohl!

»Das macht doch lieber unter euch aus«, greift endlich der Hauptmann ein und fragt den Sünder: »Sie bestreiten das natürlich?«

»Aber feste!«

»Schade«, bekennt der Hauptmann.

»Was?« Karin Lippert starrt ihn entgeistert an und beschuldigt ihn kühn. »Sie sind wohl auch so einer?«

Hauptmann Poltz grinst belustigt und schüttelt den Kopf über soviel Temperament, ehe er den Sünder weiter befragt: »Wenn Sie also nicht auf Abwegen wandelten, wo dann?«

»Weiß der Teufel«, würgt Peter kläglich heraus. »Mir war eben hundeelend. Ich mußte dauernd kot ... brechen. Kann man das mitten im allgemeinen Trubel? Nee, nicht wahr? Und da bin ich eben irgendwo durch die Botanik gestolpert.«

»Und wie weit ist die Anlage, in der das Gartenfest über die Bühne ging, von hier entfernt?«

»Höchstens zehn Minuten«, sage ich vorlaut.

»Zehn Minuten«, wiederholt der Hauptmann, »sieh mal an. Sagen Sie, Herr Kahle, Sie kannten doch einen gewissen Heinrich Albert?«

»Wen? Albert? Meinen Sie etwa den alten Ganoven? Klar kenne ich den! Wer kennt den nicht?«

»Eben! Sie sind ja erst vor einem halben Jahr aus der Kreisstadt zugezogen. Übrigens ... Sie waren doch gestern auch hier baden, nicht? Welche Umkleidekabine hatten Sie doch gleich?«

»Klar war ich baden. Aber ... was ist denn überhaupt los? Man wird doch noch baden gehen dürfen?«

Leider kommt in diesem Augenblick Walter Hecht angeklappert. Er hat noch immer seine albernen Holzpantoletten an den Füßen. Auch seine behaarte Brust hält er sicher für sehens- und bewundernswert.

»Der Bürgermeister hat eben angerufen«, sagt er vorwurfsvoll.

»Die halbe Menschheit beschwert sich, weil das Bad noch immer ...« Dann stutzt er, weil er nun erst den Raum voll überblicken kann. »Karin, du?«

»Ach, Sie sind verwandt miteinander?« fragt Hauptmann Poltz sarkastisch. »Ist wohl Betriebsgeheimnis, was? Na, darüber reden wir auch noch. Und den Bürgermeister vertrösten Sie auf morgen. Vorläufig«, hängt er nachdenklich hinten dran.

Walter will sich schleunigst verdrücken, aber der Hauptmann hält ihn am Arm zurück. »Sie sagten doch, Herr Kahle habe als letzter die Kabine elf benutzt?« Walter nickt unbehaglich und sieht angestrengt an seinem zukünftigen Verwandten vorbei.

»Na und?« kräht der sofort los. »Klar hatte ich die Kabine elf! Warum auch nicht? Was ist denn damit?«

Er schüttelt verständnislos den Kopf, und seine Karin sieht ihn gar nicht mehr böse an. Sie wittert Gefahr für ihren Peter, und da hört alle Feindschaft auf. An seiner Stelle würde ich sie doch heiraten.

»Wissen Sie das nicht?« Hauptmann Poltz tut recht erstaunt und spielt mit dem Schlüssel, der so plötzlich aufgetaucht sein muß. »Aber vielleicht erinnern Sie sich, warum Sie den Schlüssel erst heute morgen brachten?«

»Heute morgen? Ich?«

Peter und Karin sehen sich an, als sei der Genosse Hauptmann nicht ganz bei Trost.

Ich möchte wetten: Die beiden hatten in der letzten Nacht nur mit dem Schlüssel zu tun, mit dem sie ihr gemeinsames Nachtlager gegen Störenfriede sicherten. Peter feixt sogar hinterhältig, als er sagt: »Der Kabinenschlüssel liegt bei mir zu Hause. Hinterm Kachelofen, in meiner Aktentasche. Hatte ich glatt eingesteckt, gestern.«

»Hoffentlich«, knurrt der Hauptmann, erstmals etwas gereizt. Dann greift er ziemlich unvermittelt zum Telefonhörer, wählt eine Nummer und sagt nach kurzer Wartezeit in den Hörer: »Herr Doktor? Können wir dann mal? – Danke. Einen Moment!«

Damit reicht er den Hörer dem verblüfften Peter und befiehlt knapp: »Bitte, reden Sie!«

»Was soll ich denn …?«

»Mir egal. Erzählen Sie meinetwegen über die letzte Motorradpanne und daß Sie sich bessern wollen!«

Was Peter darüber denkt, kann man unschwer seinem Gesichtsausdruck entnehmen. Dann fragt er recht schnoddrig den Doktor am anderen Ende, wie es ihm ginge und ob er auch gern badet.

»Reicht's?«

»Durchaus«, knurrt Hauptmann Poltz, nimmt den Hörer, sagt etwas milder: »Na, Herr Doktor?« und lauscht einige Sekunden. »Geht weiter«, mahnt er dann und winkt Walter Hecht zu sich. »So, und jetzt Sie. Melden Sie Doktor Gröhnert, daß in Ihren Kabinen ein Toter liegt.«

Walter gehorcht zwar achselzuckend, aber ohne Widerstreben. Wortlos gibt er nach beendeter Pflichtübung den Hörer zurück, und nun ist wieder der Hauptmann dran.

»Mhm, dachte ich mir … danke … ja?« Wieder lauscht er und wird immer nachdenklicher »Feucht?« erkundigt er sich schließlich. »Irren Sie sich auch nicht? Vielleicht … Schweiß? – Ach ja, entschuldigen Sie. Na, vorläufig meinen besten Dank, danke.«

»Holen Sie bitte den Schlüssel von Herrn Kahle«, sagt er zu mir und blinzelt mir dabei zu. »Sie gehen natürlich mit!« Das gilt Peter Kahle. »Und kommen Sie ja nicht ohne den Schlüssel wieder, klar?«

Als ich stramm hinter dem kleinen Peter aus dem Raum trabe, höre ich den Hauptmann Walter fragen: »Sagen Sie, Ihre Frau ist doch drüben in Ihrer Wohnung? Ja? Interessiert mich, ob sie gegen Mitternacht auch schlief. Was meinen Sie?«

»Nichts«, murmelt Walter resignierend.

Obwohl ich fast glaube, einen neuen Rekord aufgestellt zu haben, sieht mir der Hauptmann ungeduldig entgegen. Wortlos überreiche ich ihm den Schlüssel der Kabine elf mit anhängendem Nummernschildchen.

Gleich nach mir stelzt auch Leutnant Kellermann heran und meldet unlustig: »Nichts gefunden. Wir haben das Gelände bald umgepflügt, aber nichts. Keine Kleidungsstücke, kein Fahrrad Marke Diamant mit auffallend großem Gepäckträger, nichts. Leere Konservenbüchsen dafür in Mengen. Aber darauf legen Sie ja wohl wenig Wert.«

»Schicken Sie die Verlobten nach Hause«, befiehlt Hauptmann Poltz knapp und, wie mir scheint, zusammenhanglos. Trotzdem, ein sympathischer Befehl. Verlobte sollen sich auch mit anderen Dingen befassen als mit Verbrechen und ähnlichem Zeug.

Hauptmann Poltz wendet sich kurz ab und marschiert in Richtung Badekabinen.

Vor der Nummer elf bleibt er stehen und probiert den richtigen Schlüssel. Paßt einwandfrei. Walter Hecht steht unruhig dabei und scheint angestrengt zu überlegen. Er merkt nicht einmal, daß ihn der Hauptmann kritisch mustert und ihn plötzlich anfährt.

»Vielleicht können Sie uns nun endlich verraten, was Sie um Mitternacht im Bad zu tun hatten?«

Walter trampelt nervös von einer Pantolette auf die andere.

»Schön«, sagt der Hauptmann, »Sie brauchen etwas Nachhilfeunterricht. Bitte. Wenn auch Ihre Frau nicht mit Sicherheit sagen kann, was Sie um die fragliche Zeit taten ... sie kann es sich aber ausrechnen. Nämlich, was taten Sie, ehe Sie zum Fernseher eilten?«

»Die Ventile öffnen«, murmelt Walter ergeben.

»Richtig, pflichtgemäß sozusagen. Aber, wie lange läuft das Wasser ab?«

»Ungefähr vier Stunden.«

»Auch richtig. Was also mußten Sie vier Stunden nach zwanzig Uhr tun?«

»Ventile schließen.« Walter schrumpft zusammen, als stiege er in eiskaltes Wasser. So ähnlich wird ihm auch zumute sein.

»Na also. Und das war dann gerade so um Mitternacht. Eigenartig, was? Und weil Sie das so hartnäckig verschwiegen haben ... ich wüßte gern den Grund. Umgehendst, wenn ich bitten darf.«

Walter sieht mich wieder mal hilfesuchend an.

»Genieren Sie sich nicht«, mahnt Hauptmann Poltz, »ich halte Sie nicht für einen Mörder, wenn es Sie beruhigt. Aber ich könnte Ihnen jetzt erhebliche Schwierigkeiten bereiten, Herr Bademeister. Also bitte, was haben Sie um Mitternacht gesehen?«

»Herr Hauptmann ... ich ... ich ...«

»Kippen Sie bloß nicht gleich um«, muntert ihn der Hauptmann brummig auf und winkt dann ab. »Na schön, sage ich es Ihnen. Ich tippe, Sie haben Peter Kahle gesehen, den Verlobten Ihrer Nichte – das ist doch die Karin, wie? Und erschüttert waren Sie erst, als wir von einem Verbrechen redeten.« Als Walter dazu schwach nickt, wird er allerdings merklich schärfer. »Lassen Sie in Zukunft bloß solche Faxen! Sie erschweren uns nicht nur die Arbeit, sondern bringen ausgerechnet den in Verdacht, den Sie eigentlich schützen wollen. Und sich selbst gleich noch mit. Stellen Sie sich doch mal vor, Peter Kahle hätte den Schlüssel nicht gehabt! Und wenn er ihn bloß verbummelt hätte – was dann? Hätte nun außerdem Doktor Gröhnert nicht mit Entschiedenheit gesagt, daß Kahles Stimme am Telefon nicht mit der des Anrufers am Morgen identisch ist – was dann?«

Es wird dem Walter reichen, denke ich. Auch für den Hauptmann ist der Fall wohl erledigt. »Hier«, sagt er ruhig und reicht ihm den überzähligen Schlüssel, »probieren Sie bitte aus, in welches Schloß er noch paßt. Oder wissen Sie es zufällig?« Walter hebt abwehrend beide Hände. Aber er ist jetzt äußerst pflichtbereit und stürzt sich an die Arbeit. Hauptmann Poltz steht einige Sekunden, als ginge ihn die ganze Sache nun nichts mehr an, kommandiert, dann aber ungeduldig: »Sie brauchen nur in der zwanziger Reihe zu probieren!« Dabei betrachtet er mich und nickt dazu. »Der geheimnisvolle Anrufer informierte Doktor Gröhnert aufgeregt, daß hier etwas Schreckliches passiert sei. Und er sprach von einer Kabine, in der die Zahl zwanzig vorkam. Wie finden Sie das?«

Walter enthebt mich einer Antwort. Nicht bloß, daß hier die Leimfarbe auf den Brettern fehlt, auch die Schlösser sind zum Teil minderwertige Gebrauchsartikel, im Dutzend billiger. Der Schlüssel öffnet anstandslos die Kabine dreiundzwanzig.

Und die liegt nicht nur der Kabine elf genau gegenüber, sondern auch dazu fehlt der Schlüssel.

»Wertarbeit, was?« Ausgerechnet mich sieht der Hauptmann wieder an, als gehöre es zu den Pflichten eines Abschnittsbevollmächtigten, Schlösser in Badekabinen auf ihre Zuverlässigkeit zu kontrollieren.

Immerhin, schaden könnte es allerdings auch nichts, wie man sieht.

»Und wer die Dreiundzwanzig gestern gemietet hat, weiß wohl nicht jemand so nebenbei?« Der Hauptmann meint sicher den Bademeister, wenn er auch bloß so vor sich hin fragt.

»Also, beim besten Willen ...«, murmelt Walter enttäuscht.

Aber jetzt! Jetzt bin ich dran! Und ich platze los: »Entweder Horst Kramer ... oder Detlef Unitz oder beide zusammen!«

»Selbstmord war es jedenfalls nicht«, sagt Leutnant Kellermann später im Wagen störrisch. Wir mußten uns zu einer Reise von einer kleinen Autostunde entschließen.

Walter konnte sich trotz lobenswerten Übereifers nicht darauf besinnen, ob Kramer oder Unitz gestern zur Überfüllung des Bades beitrugen oder nicht.

Heute hingegen baden die beiden mit Sicherheit nicht. Dafür begleiten sie unsere Fußballer als treue Schlachtenbummler. Ob das die Elf der BSG Motor* allerdings vorm Abstieg in die Kreisklasse retten kann, ist noch zweifelhaft. Mehr als anfeuernd brüllen können Zuschauer auch nicht, von geworfenen Flaschen abgesehen. Und mit Geschrei kann man ja Hühner aus den Erbsen jagen, aber keine Fußbälle ins gegnerische Tor.

Also, dieser Genosse Hauptmann macht mich allmählich nervös.

»Mord aber auch nicht«, sagt er eben beiläufig. Erst findet er ganz selbstverständlich, daß von einem Freitod nicht die Rede sein kann, aber ein gewaltsames Ende akzeptiert er auch nicht. Und Gedanken kann er scheinbar auch noch lesen.

»Sie stimmen mir nicht bei?«

»Nein, das heißt ...«, stottere ich unentschlossen. »Ich weiß nicht recht ... Er kann doch unmöglich seine Sachen, das Fahrrad und so, selbst versteckt haben? Und dann ... die neuen Schuhe! Wirklich, ich weiß nicht ...«

»Geht mir auch oft so«, gibt er ganz ungeniert zu. »Immerhin, das mit den beiden Burschen haben Sie doch ganz gut durchdacht. Mir scheint ein Racheakt auch nicht ausgeschlossen.«

»Und jetzt doch?« Kellermann ist immer noch unzufrieden.

»Halb und halb«, murmelt der Hauptmann nachdenklich.

»Erst als Doktor Gröhnert andeutete, daß die Haare des Toten noch feucht gewesen seien. Der festsitzende Hut hat die Feuchtigkeit wohl konserviert.«

»Logisch«, behauptet Kellermann einleuchtend, »man mußte ja sicher Blut abwaschen.«

»Eben nicht, es gab ja keine offene Wunde.« Hauptmann Poltz wendet sich recht unvermittelt wieder an mich. »Übrigens, wie kamen Sie auf die beiden?«

»Wie? Genau weiß ich das auch nicht. Mir spukten ganz einfach die neuen Sachen im Kopf herum. Und da war irgendwann mal etwas mit gestohlenen Kleidungsstücken.«

»Ganz recht, die Sachen«, sagt der Hauptmann. »Erzählen Sie mal.« Und nun kann ich endlich meine Weisheit, die ich mir mittags im Gerichtsgebäude angelesen habe, an den Mann bringen.

Dieser Heinrich Albert nämlich war vor über einem Jahr auf die nicht ganz neue Idee gekommen, als Transportarbeiter bei einem Auslieferungslager kleine Paketchen für seinen Privatbedarf abzupacken. Und weil mit dem Abpacken erst die Hälfte gewonnen war, hatte er sich einfach der beiden Kraftfahrer Kramer und Unitz bedient, die im Auftrag des Kraftverkehrs Geschäfte in nah und fern belieferten. Beide waren später, nicht vorbestraft und durchaus besserungsfähig, mit Bewährung davongekommen.

»Mord«, fängt der Hauptmann nach einer Weile wieder an, »wird ja zum Glück bei uns selten wie Sechzehnjährige ohne Moped. Und ich bin wahrhaftig nicht böse darüber. Schon das Wort allein ist fürchterlich. Und alles Fürchterliche ist umgehend abzuschaffen.«

Dagegen ist wahrhaftig nichts einzuwenden, also schweigen wir, bis er weiterspricht. »Wenn man sich die Geschichte richtig überlegt, wozu hätte ein Mörder sein Opfer erst noch umkleiden sollen? Er, also ein berechnender Mensch, hätte sich doch an zwei Fingern abzählen können, daß wir ausgerechnet darüber stolpern würden. Albert war ziemlich betrunken – warum ihn nicht einfach ins Becken werfen? Hätte doch wenigstens noch nach einem Unfall ausgesehen, nicht wahr?«

Den Rest des Weges schweigen wir. Als wir ankommen,

gehen die Jungens unserer Motorelf gerade still und gesittet vom Platz des Gegners. Es erübrigt sich also, nach dem Resultat zu fragen.

Kramer und Unitz stehen etwas abseits vom Schlachtenbummlerbus. Sie sehen aus, als ginge ihnen die Niederlage furchtbar zu Herzen, und beteiligen sich nicht einmal an der leidenschaftlichen Diskussion über die völlige Fehlleistung des Schiedsrichters.

Sie sehen auch aus wie Brüder. Beide tragen Campinghemden gleichen Schnitts und gleicher Farbe. Auch die Hosen dürften selbst in der Größe übereinstimmen. Und sogar die pompösen Sonnenbrillen stammen aus der gleichen Presse. Nützen werden sie freilich nur dem Bankkonto des Herstellers.

Die Köpfe der beiden, mit angenehm kurz gehaltenen Haaren, senken sich auch schön brüderlich, als sich Hauptmann Poltz vorstellt. Sie sehen keineswegs aus wie Verbrecher und sind hoffentlich auch keine.

»Wir wollten sowieso ...«, murmelt Kramer und winkt niedergeschlagen ab. Als wir sie zum Wagen führen, zerrt er einen zerknitterten Brief aus der Gesäßtasche und seufzt: »Ein Glück, daß ich den aufgehoben habe.«

»Steckte vorgestern bei uns im Briefkasten«, fährt er gepreßt fort, als er ihn dem Hauptmann ausgehändigt hat, »er hätte dringend mit mir zu sprechen, steht ja drin. Ich habe natürlich gleich Detlef Bescheid gesagt.« Er winkt wieder ab und wartet, bis Hauptmann Poltz die wenigen Zeilen gelesen hat.

»Um Mitternacht am Bad! Hörte sich ja an wie 'ne Verschwörung zum Hochverrat. Na, gingen wir eben hin. Albert wartete auch prompt schon. Besoffen natürlich, wie immer. Mit 'n Fahrrad stand er an der Straße. Und auf dem Gepäckträger einen großen Karton.«

»Mit Kleidungsstücken, wenn ich nicht irre?« fragte der Hauptmann.

»Genau! Und das Zeug sollten wir, oder eigentlich bloß

ich, ihm abkaufen. Stellen Sie sich das vor! Sie wissen ja gar nicht, wie der Kerl uns damals reingerissen hat …«

»Vielleicht doch?« fragt Hauptmann Poltz ruhig.

»Eben nicht!« schreit Kramer plötzlich los, und ich fasse unwillkürlich zu meiner Dienstwaffe, aber er ist bloß mächtig aufgeregt. »Nicht mal das Gericht hat uns damals geglaubt! Der Albert, der hatte ja großzügig zugegeben, daß er zehn Anzüge, Schuhe, Hemden und ähnliche Artikel geklaut hat. Der alte Fuchs hatte eben Erfahrungen mit Gerichten. Und wir hingen natürlich mittendrin. Dabei wußten wir anfangs gar nicht, daß Albert für sich Kartons auf die Ladefläche gepackt hatte. Irgendwo beim Abladen tauchte er dann auf, nahm seinen Karton, sagte danke, feixte und verschwand. Und als wir ihm an den Kragen wollten, hat er uns sehr anschaulich ausgemalt, was Beihilfe zum Diebstahl ist. Erpreßt hat er uns, das Schwein!

Na, und bei der Verhandlung fehlten dann einige Kleidungsstücke. Und da stellte sich der Kerl frech und reumütig hin und behauptete, was nun noch fehlt, sei unser Anteil! Dabei haben wir gerade fünfzig ganze Mark bei der Geschichte verdient … und das Gericht hat dann natürlich schön auf uns herumgehackt, wo wir die Sachen hätten und so. Bis dann Albert unschuldig – mit Tränen in den Augen! – fragte, ob man denn schon mal in unserem Wagen gründlich nachgesehen hätte. Ja, und eigentlich sei er, der Albert, bloß das Opfer gewesen. Die Idee nämlich hätte von uns gestammt … Na, das jedenfalls haben sie ihm denn doch nicht abgenommen. Aber dafür fanden sie tatsächlich im Batteriekasten unseres Wagens einen Anzug. Hübsch von Säure zerfressen – wer sieht denn im Sommer groß nach Batterien?

Den Rest kennen Sie ja sicher: je sieben Monate auf Bewährung. Albert bekam sein Jährchen, und wir mußten obendrein noch den Geldwert der unauffindbaren Sachen ersetzen. Dafür muß ich heute noch mit ’n Bus zur Arbeit fahren statt mit dem geplanten Motorrad ... Und nun stellen Sie sich vor: Bietet uns der Lump Sachen zum Kauf an, die wir schon bezahlt haben und obendrein nie gesehen! Für sechzig Mark einen kompletten Anzug. Besonders preiswert, alte Freundschaft und so ...«

Wir stehen noch immer neben dem Wagen, und beide schauen jetzt etwas sehnsüchtig dem Schlachtenbummlerbus nach, der in einer Staubwolke hinter Häusern verschwindet.

»Und weiter?« mahnt Hauptmann Poltz, als sich Kramer nervös eine Zigarette angezündet hat.

»Weiter! Die Wut hat uns gepackt, und wie! Und weil wir gerade so günstig neben dem Bad standen, habe ich zu Detlef geschrien: ›Los! Schmeißen wir den Hund ins Wasser und lassen ihn nicht eher raus, bis er unterschreibt, daß er uns damals reingelegt hat.‹ So schnell konnte der gar nicht schalten in seinem Suff, da hatten wir ihn schon durch ein Loch im Zaun gezerrt. Bloß dann wurde er mächtig munter, riß sich los und riß aus, genau auf das Becken zu. Wir natürlich hinterher, aber Sie glauben gar nicht, wie der noch in Form war! Und Angst hatte der auch keine, jedenfalls nicht vor uns. Gelacht hat er sogar noch, als er auf das Meterbrett turnte und für sein Alter verblüffend elegant nach unten hechtete. Bloß ...«

Und nun stehen Sie da und senken wieder die Köpfe. In jener Sekunde dürfte aus dem Spaß eines nächtlichen Bades bitterer Ernst geworden sein. Es war um Mitternacht.

»Bloß«, sagt Hauptmann Poltz, unwillkürlich auch leise, »dem Bad fehlte genau das, was ein Bad eigentlich erst ausmacht, nicht wahr?«

»Das Wasser«, murmelt Detlef und schüttelt sich.

Zum Glück muß sich inzwischen herumgesprochen haben, daß unser Freibad vor morgen nicht mehr benutzt werden kann. So bleibt den beiden der Spießrutenlauf durch eine neugierige Menge erspart, als wir im Bad eintreffen.

Hauptmann Poltz führt uns zum Meterbrett. Walter Hecht, der natürlich neugierig näher kommt, zieht mißmutig wieder ab, als der Hauptmann energisch abwinkt.

»Noch mal«, verlangt er dann, »hier also sprang Heinrich Albert. Wo waren Sie da?«

Wieder ist es Horst Kramer, der zögernd beginnt. »Wir kamen kurz nach ihm. Und dann – kein Wasser war aufgespritzt, dunkel war es auch, und ... und es hatte bloß so komisch dumpf gepoltert. Es war gräßlich, als wir begriffen: Das Becken ist leer! Nicht ganz, vielleicht fünfzig Zentimeter Wasser stand noch drin, aber das wurde auch immer weniger. Und Wasser war auch nur hier, an der tiefsten Stelle. Und Heinrich, vom Meterbrett aus mit dem Kopf zuerst ... auf Stahlbeton! Wir kletterten natürlich sofort hinterher. Er lag da und stöhnte, und gegurgelt hat er auch ... Wir haben ihn rausgeholt und dort auf die Wiese gelegt neben der Rutschbahn.

Plötzlich kam jemand. Ein kleines Kerlchen, auch ziemlich blau. Der taumelte quer durch das Bad, blieb hier stehen und stolperte da und verschwand wieder, weiß der Teufel wohin.

Albert gurgelte hin und wieder. Und als der Kleine drüben im Licht der Straßenlaterne verschwand, wollten wir wieder hoch. Aber ... da stand hinten am Beckenrand ein Mensch in Badehose und starrte auch hinter dem Kerlchen her. Er stand eine ganze Weile da, gähnte ein paarmal und verschwand schließlich auch wieder. Und von irgendwoher klang immerzu Tanzmusik ... und der Heinrich lag da in seinen nassen Klamotten ... Es war scheußlich, kann ich Ihnen nur sagen.

Aber dem Heinrich schien nicht viel passiert zu sein. Er wollte immer hoch, sitzen oder was weiß ich. Wir haben ihn dann gestützt, und da fing er an zu kotzen ... na ja, war doch so! Und wir waren mächtig froh, bestimmt. Wir dachten, jetzt kommen der Suff und das verschluckte Wasser zusammen raus.

Detlef meinte, der Heinrich könnte sich in den nassen Klamotten den Tod holen. Ich bin dann durch das Loch im Zaun zurück und habe den Karton geholt. War ja 'n kompletter Anzug drin. Na ja, wir haben ihn eben umgezogen, und ... liegenlassen wollten wir ihn hier auch nicht, und ich hatte doch noch den Kabinenschlüssel in der Tasche ...«

»Aber doch nicht für die Kabine elf?«

»Das habe ich auch erst früh gemerkt. Es war doch finster in dem Bau, und die Kabinen liegen sich gegenüber!«

»Hätten Sie ihn bloß liegengelassen, den Albert!« Hauptmann Poltz schüttelt bekümmert den Kopf. »Einen Menschen mit schwerer Gehirnerschütterung sitzend in eine enge, muffige Kabine zu sperren ... etwas Dümmeres konnte Ihnen gar nicht mehr einfallen. Und vor allem: Warum riefen Sie keinen Arzt?«

»Aber, aber ... wir haben es doch gut gemeint. Er sollte sich nicht erkälten im Freien. Und nachdem er sich erbrochen hatte, haben wir gedacht, nun ist alles gut, nun braucht er nur noch Ruhe und muß seinen Rausch ausschlafen. Morgens, wenn er wieder nüchtern war, wollten wir ihn rauslassen aus der Kabine. Ich hatte doch noch immer den verdammten Schlüssel in der Tasche. Bloß ... als wir kamen, da standen schon 'n paar Kabinen offen, und der Heinrich ... Herrgott, der saß immer noch so da und rührte sich nicht. Da haben wir dann Doktor Gröhnert angerufen ...«

»Und sich anschließend verkrümelt, wie?«

»Wir hatten Angst ... Polizei, Gericht ... und wer hätte uns denn geglaubt?« Die Jungens sehen uns mutlos an.

»Jetzt müssen wir es ja auch. Oder?« Hauptmann Poltz sieht nachdenklich in das klare Wasser. »Blieben noch das Fahrrad und der Kordanzug.«

Verlegen deutet Horst Kramer über sich, denn wir stehen schräg unter dem Fünfmeterturm.

»Oben, auf der Plattform.«

Hauptmann Poltz sieht seinen zerknirschten Leutnant höchst bedeutsam an und wendet sich wortlos ab.

Am Abend bin ich ganz froh, daß meine Radkappe verbeult ist. Bei zuviel Neugier hilft nur beschleunigte Flucht. Natürlich hat sich die Geschichte inzwischen herumgesprochen. Und Schwiegermama geht mir auf die Nerven mit ihrem Gerede über den »Mord« im Freibad. Soll sich lieber Gedanken machen, wie man zum Sonntagsbraten ohne grüne Klöße auskommt.

»Es war ein Unfall, zum Donnerwetter!« Sogar angeschnauzt habe ich sie. Darauf ging sie nur beleidigt in ihr Zimmer, machte aber noch verächtlich: »Komischer Unfall.«

Und damit hat sie sogar recht. Zumindest war es ein ungewöhnlicher Unfall. Dazu noch ein tödlicher, aber eben kein Mord. Und das wenigstens ist gut an der Geschichte. Hauptmann Poltz hat ganz recht: Alles Fürchterliche ist umgehend abzuschaffen.

GÜNTER PRODÖHL

Solange die Spur warm ist ...

Sprechfunkdurchsage des Funkwagens Toni 87 in der Nacht vom 16. zum 17. Februar 1956 gegen zwei Uhr morgens: In Hausruine am Hackeschen Markt eine fast nackte, nur noch mit Kleiderfetzen und zerrissenem schwarzen Pelzmantel bekleidete, zirka 30 Jahre alte Frau, bewußtlos im Schnee liegend, aufgefunden. Schwere Verletzungen an Kopf und Oberkörper zu erkennen. Identifizierung nicht möglich. Handtasche nicht zu finden. Unbekannte wurde offensichtlich mit einem Mauerstein niedergeschlagen, vergewaltigt und beraubt. Überführung ins Krankenhaus eingeleitet. Übernehmen Tatortsicherung bis Eintreffen von MUK. – Ende.

Für Kommissar Schulz beginnt der Fall wie hundert andere zuvor: Mitten in der Nacht klingelt das Telefon. Mit der linken Hand greift er automatisch nach seinen Sachen, mit der rechten angelt er sich den Hörer vom Nachttisch und knurrt in die Muschel: »Ja doch, ich höre ja, macht doch nicht das ganze Haus rebellisch!«

Zwischen dem Überstreifen von Hose und Hemd drückt er seine Frau wieder in die Kissen zurück. »Bleib liegen, Lisa, sonst wird der Junge wach.«

Dann hört er auch schon, wie unten vor der Haustür der Einsatzwagen vorfährt.

Der Nachtarzt der Unfallstation hebt entsetzt die Hände: »Vernehmen? Um Gottes willen! Die Frau hat eine Schädelbasisfraktur, ist frisch operiert. Lebensgefahr! An eine Vernehmung ist vorläufig überhaupt nicht zu denken, Herr Kommissar!«

So einfach ist der Kommissar nicht abzuwimmeln.

Unentwegt redet er auf den Arzt ein: »Ich gehe nicht eher weg, bis ich die Frau gesprochen habe. Wir tappen völlig im dunkeln, wissen nicht einmal, wer sie ist. Sie können sich doch jetzt nicht auf Ihre Krankenhausordnung berufen. Hier ist eins der gemeinsten Verbrechen verübt worden. Sie wissen doch am besten, wie die Frau zugerichtet wurde. Sie tragen die Verantwortung für ihr Leben, schön, wir aber tragen die Verantwortung für die öffentliche Sicherheit. Es muß doch möglich sein, diese Frau, wenn sie zu sich kommen sollte, kurz zu vernehmen.«

Immer wieder schüttelt der Arzt den Kopf, aber schließlich läßt er sich erweichen: »Gut, ich will es auf mich nehmen. Aber nur ganz kurz und nur in meinem Beisein. Beschränken Sie sich auf die wichtigsten Fragen.«

Zwölf Stunden später ist es soweit. Die Schwester winkt ihn ins Zimmer. Auf Zehenspitzen tritt der Kommissar ans Bett heran. Ein Bündel blutdurchtränkten Mull erkennt er, eine Nasenspitze und die Lippen, die sich jetzt kaum merklich bewegen, nach Wasser verlangen.

»Mit wem waren Sie zuletzt zusammen?« Schulz wagt es nicht, laut zu sprechen, so daß der Arzt, der neben dem Bett sitzt und den Puls der Frau kontrolliert, die Frage wiederholt.

Vergeblich warten sie auf Antwort.

»Waren Sie in irgendeinem Lokal? Haben Sie Männerbekanntschaften gemacht? Wer sind Sie?«

Geradezu beschwörend stellt Schulz immer wieder die gleichen Fragen, bis der Arzt unwillig den Kopf schüttelt, ihm bedeutet, die Vernehmung abzubrechen.

Plötzlich aber bewegen sich die Lippen schneller. Schulz liest es mehr den Bewegungen ab, als daß er es hört: »Hafeneck.« Und nach einer Pause: »Am Osthafen.«

»Mit wem? Wie hieß der Mann? Kannten Sie ihn?«

Die Fragen überstürzen sich nun, aber eine Antwort kommt nicht mehr. Dann erhebt sich auch der Arzt. »Es hat keinen Sinn mehr. Sie ist schon wieder bewußtlos.«

Auf eine Zigarettenlänge stehen sie draußen noch zusammen. »Hat es sich wenigstens gelohnt, daß Sie sich hier die vielen Stunden um die Ohren gehauen haben? Wird Ihnen der Name der Kneipe weiterhelfen?« fragt der Arzt, nun selbst an der Arbeit des Kommissars interessiert.

Schulz bläst ein paar Rauchringe vor sich hin, zuckt dann mit den Schultern, als wolle er sagen: Wer kann das wissen. Dann antwortet er: »Sehen Sie, ich bin Ihnen hier zwölf Stunden auf den Wecker gefallen, mein Kollege hat inzwischen unzählige Hausbewohner, Kneipiers, Kellner ausgequetscht und sich bei ihnen unbeliebt gemacht, und im Präsidium durchwühlen ein halbes Dutzend andere Genossen Karteien und Akten. Möglich, daß es völlig überflüssig ist, zu dieser Kneipe am Osthafen rauszufahren. Wer soll schon Auskunft geben können über eine Frau, von der ich nicht einmal sagen kann, wie sie aussieht, kein Bild vorlegen kann. Soll ich den Budiker fragen: Kennen Sie eine kleine Frau im schwarzen Pelzmantel, die jetzt aussieht wie eine Mumie aus der Cheopspyramide? – Eins zu hundert steht die Chance. Aber wenn man weiterkommen will, muß man jede Chance ausnutzen. Unser Chef sagt immer: Solange die Spur warm ist, muß man schnuppern. Ich werde eben mal am Osthafen schnuppern. Also, Herr Doktor, nicht böse sein, wenn ich die Besuchszeit überschritten habe, es ging nicht anders.«

Einen Augenblick hält der Arzt die Hand des Kommissars fest und betrachtet den schmalen goldenen Ring: »Familienleben ist wohl auch ein Fremdwort für Sie?«

Schulz lächelt. »Ein ausgesprochener Engpaß sogar, wegen konstanter objektiver Schwierigkeiten. Aber meine Frau hat sich früh daran gewöhnt. Damals, als wir vom Standesamt kamen, war eine Hochzeitskutsche vorgefahren, die ich gar nicht bestellt hatte – der Dienstwagen! Kleiner Doppelmord in Biesdorf, dauerte drei Tage und vier Nächte. Aber wie gesagt, man gewöhnt sich an alles.

Und für einen kleinen Manfred hat die Zeit doch noch gereicht. Also nochmals, Herr Doktor, tschüß und herzlichen Dank.«

Der einzige Kellner des Bierrestaurants »Hafeneck« braucht einige Zeit, bis er sich der Gäste des Vortages erinnert: »Warten Sie mal, Herr Inspektor, lassen Se mich mal nachdenken«, beginnt er recht umständlich die Rekonstruktion der Geschehnisse in der Kneipe und kommt erst zu konkreten Erinnerungsbildern, als der Kommissar eine Runde doppelten Spezi in Auftrag gibt.

»Ja, jetzt fällt's mir wieder ein. Da am Tisch vorm Fenster saß sie, mit dem schwarzen Pelzmantel, und nachher, als es voll wurde, kamen drei junge Herren dazu. Aber wie die heißen oder wo die her waren, kann ick Ihnen nu och nich verraten. Die war'n det erstemal in unserm Laden, genau wie det Fräulein in dem Pelzmantel ...«

Nach einer weiteren Runde Spezi erinnert er sich, wie die jungen Herren aussahen. »Nicht älter als 20 bis 25 Jahre. Na, Sie kenn' ja det halbfertige Gemüse. Der eene blond und bullig, der zweite mittelbraun und murklig und der letzte semmelblond und picklig.«

Schließlich, bei der dritten Lage, überkommt den Kellner die große Erinnerung. Vertraulich beugt er sich zu Schulz hinunter: »Der eine, der blonde Bullige, der dem Mädchen immer auf den Pelz rückte, hieß Rochus mit Vornamen. Als er mir beim Bestellen seinen Ausweis zeigte, war mir das aufgefallen, weil das doch so'n ulkiger Vorname für'n jungen Mann ist. Und da fällt mir auch gleich ein, mit dem Mädchen hat er sich über'n Widder unterhalten. Sie sagte nämlich zu ihm, Widder paßt gut zu 'ner Zwillingsfrau, stand im ›Stern‹, da werden wir uns doch gut verstehen.«

Rochus und Widder! Kommissar Schulz hat eigentlich nur noch mit halbem Ohr zugehört, war mit seinen Gedanken schon ganz woanders, doch jetzt stutzt er. Es sind nicht nur die beiden Namen, die ihn fesseln. Irgendwie spürt er plötzlich: Das kann der Schlüssel des Geheimnisses sein.

Dankbar drückt Schulz nun dem Kellner die Hand, sagt ihm, ehe er zum Ausgang geht, ein paar freundliche Worte, die noch mal das Erinnerungsvermögen des Mannes beflügeln.

»Herr Inspektor, Herr Inspektor ...«, rennt er Schulz in den Vorraum der Kneipe nach, verbessert sich sogar noch, »Herr Kommissar, mein ich natürlich«, und flüstert dann geheimnisvoll: »Mir fällt da noch was ein, der eine von den dreien hat'n Motorrad. So'n uraltes D-Rad mit'n Zündappbeiwagen. Jedenfalls hat er dem Mädchen 'ne Fotografie davon gezeigt, gerade als ich 'ne neue Lage servierte. Vielleicht könn' Se damit was anfangen.«

Auf der Fahrt zum Präsidium kreisen die Gedanken des Kommissars um drei Dinge: um das Sternzeichen Widder, um den seltsamen Vornamen Rochus und um ein uraltes D-Kraftrad mit Zündappbeiwagen.

»Deine Frau hat schon ein paarmal angerufen, Walter. Du möchtest dich doch auch mal wieder bei ihr melden«, empfängt ihn Unterkommissar Brugsch.

»Ach ja, werd ich gleich machen, hab ich ganz vergessen. Aber vorher: Wie weit bist du?«

Brugsch zuckt mit den Schultern. »Das Übliche. Hundert Anfänge des Knäuels, aber noch kein Ende. Um den Tatort liegen im Umkreis von fünf Minuten drei Ballhäuser, zwei Cafés und 17 Kneipen. In ihnen waren nach den oberflächlichen Angaben der Garderobenfrauen Freitag abend 24 Frauen mit schwarzen oder zumindest dunklen Pelzmänteln. Bis zur Polizeistunde haben acht allein und der Rest in Herrenbegleitung die Lokalitäten verlassen. Die Herren befanden sich im Alter zwischen 17 und 60 Jahren, die Frauen ebenfalls. Von den in der Umgebung des Tatortes wohnenden ...«

»Hör auf mit der Statistik«, unterbricht ihn Schulz gereizt, läßt sich in seinen Schreibtischsessel fallen und reibt sich die von der Müdigkeit entzündeten Augen. »Eine Frage nur: War unter den Kavalieren deiner 16 Damen mit Kaninchenpelz ein etwa 20 bis 25 Jahre alter Bursche, der entweder semmelblond und picklig oder mittelbraun und murklig oder blond und bullig aussah?«

Brugsch blättert wortlos in seinem Notizbuch und stellt nach einer Weile sachlich fest: »Möglich, hier, in Tante Friedas Ballhaus, war gegen halb zehn ein Pärchen aufgekreuzt, bei dem deine Beschreibung hinhauen könnte. Er war etwa 23, blond und sah aus wie ein Boxer. Sie trug einen schwarzen Pelzmantel und war erheblich angetrunken. Leider hat die Garderobenfrau nicht gesehen, wann sie gegangen sind. Aber das ließe sich sicher noch ermitteln.«

Schulz winkt ab: »Hat noch Zeit, erst was anderes. Hast du schon geschlafen?«

»Ja, zwei Stunden, ehe du kamst, im Sessel.«

»Sehr schön, dann kannst du weitermachen. Paß auf: An alle Reviere, ABV's und Funkwagen. Sonderfahndung nach uraltem D-Motorrad mit Zündappbeiwagen. Garage und Standort ermitteln, Fahrzeughalter feststellen und vorläufig festnehmen, sofort herschaffen. Ferner: Aus der Einwohnermeldekartei ist ein 20 bis 25 Jahre alter Mann mit Vornamen Rochus, geboren unter dem Sternzeichen Widder, herauszufinden. Erkundige dich am besten bei den Sekretärinnen, welcher Monat da in Frage kommt, die wissen mit der Astrologie besser Bescheid als wir. So, und bis dahin hau ich mich hin, hänge bitte das Sitzungsschild an die Zimmertür.«

Zwei Stunden später führen zwei Volkspolizisten den zwanzigjährigen semmelblonden Werner F., Fahrzeughalter des D-Motorrads mit Zündappbeiwagen, ins Zimmer. Eingeschüchtert von der überraschenden Festnahme, beginnt er zu weinen. Doch vergeblich warten Schulz und Brugsch auf ein Geständnis.

»Ja, ich war mit meinem Freund Fredi Freitag abend im ›Hafeneck‹. Wir saßen auch an dem Tisch, an dem die Frau mit dem Pelzmantel war. Ja, mein Freund ist mittelblond und murklig. Er wohnt bei mir im Nebenhaus. Nein, den Blonden kenne ich nicht. Er saß schon an dem Tisch, als wir ins Lokal kamen. Wir sind ins Gespräch gekommen, auch zusammen aus dem Lokal gegangen. Draußen ist er dann mit dem Mädchen allein weitergezogen, wir sind nach Hause gegangen.«

Das ist alles, was aus ihm herauszubekommen ist. Schulz hat eigentlich nicht das Gefühl, daß er lügt, dennoch kann er ihn jetzt nicht laufen lassen. Er könnte die anderen beiden warnen, überlegt er, als das Telefon klingelt.

»Einwohnermeldekartei«, flüstert er Brugsch schnell zu und notiert auf einem Zettel: »Rochus Gebhardt, geboren 21.3.32, Köpenick, Landstraße, wiederholt vorbestraft wegen Körperverletzung und Einbruchdiebstahls.«

Seit Schulz und Brugsch bei der MUK sind, fährt VP-Meister Otto sie zu den Einsätzen. Zu jeder Tages- und Nachtzeit, aber nie, ohne ihnen wie ein besorgter Vater mit Ratschlägen und Mahnungen den Weg zu pflastern. »Kinderchen, seid hübsch vorsichtig. Man weiß nie, wen man vor sich hat. Als Krankenwagenfahrer bin ich untauglich, ich kann nun mal den Karbolgeruch nicht vertragen. Gelt, seid schön vorsichtig, daß ich nachher kein' Kummer mit euch habe.«

Vor dem Hause angekommen, steigt er mit aus. »Ich muß mir in der Zwischenzeit die Beine vertreten, da drin halt ich das nicht aus. Ich bin immer so aufgeregt.«

Der junge Mann, der die Tür mit dem Schild »Gebhardt« öffnet, ist nicht sehr groß, aber ungemein kräftig gewachsen. Als er die braune Metallplakette der Kriminalpolizei sieht, zuckt er zusammen, tritt aber wortlos in den Korridor zurück und sagt: »Bitte, treten Sie näher.«

Hinten am Ende des Korridors öffnet sich eine Zimmertür, eine zierliche junge Frau steht auf der Schwelle, fragt unsicher: »Was ist denn, Rochi?«

Ohne sich umzudrehen, kommandiert Gebhardt: »Bleib im Zimmer, das ist hier nichts für dich.«

Sofort schließt sich hinten auch die Tür. Wesentlich freundlicher fragt Gebhardt nun: »Sie wünschen von mir?«

»Eine Auskunft, was Sie in der Nacht vom Freitag zum Sonnabend gemacht beziehungsweise wo Sie sich aufgehalten haben«, sagt Schulz sehr kurz, beinahe unfreundlich. Das überhebliche Verhalten dieses Burschen gefällt ihm nicht.

»Zu Hause war ich, bei meiner Frau. Das heißt, genau gesagt, ab halb elf. Vorher bin ich ein bißchen versackt. Meine Frau wird Ihnen das bestätigen können.« Ruhig, ohne erkennbare Erregung sagt Gebhardt das und ruft auch schon nach seiner Frau. Sofort öffnet sich wieder die Tür. »Ja, Rochi!«

»Sag doch mal den Herren, wann ich gestern zu Hause war.«

»Genau zwanzig nach zehn, die Sportnachrichten waren gerade zu Ende, und sie sagten im Radio die Zeit an, als du geklingelt hast.«

Brugsch wirft Schulz einen Blick zu, der andeuten soll: das widerlege denen erst mal, und sagt dann zu Gebhardt: »Und wo waren Sie vorher? Wo sind Sie versackt? Wollen Sie damit andeuten, daß Sie so betrunken waren, daß Sie sich an nichts mehr erinnern können?« Schärfer als beabsichtigt kommen die letzten Worte, und eine lauernde Spannung schwingt in ihnen nach.

Sekundenlang ist es ganz still zwischen den dreien, und nur das leise Geräusch der Atemzüge ist zu hören. Ganz unerwartet beginnt dann Gebhardt zu lächeln, legt den

Zeigefinger auf seine Lippen, flüstert »pst« und deutet zur Küchentür. Nachdem er die Tür sorgsam geschlossen hat, sagt Gebhardt halblaut, aber noch immer lächelnd: »Meine Frau braucht das jetzt nicht zu hören. Sie verstehen, ich hab nämlich 'nen kleinen Schwubber gemacht. In so 'ner Kneipe am Osthafen lernte ich ein Mädchen kennen. Die hatte es wohl auf mich abgesehen. Sie spendierte eine Lage nach der anderen, und später fing sie mit Astrologie an, erzählte mir immer, Zwilling und Widder passen so gut zusammen. Na schön, ich hab sie in dem Glauben gelassen und bin dann noch mit ihr durch ein paar andere Lokale gezogen. Zum Schluß landeten wir in solch komischem Ballhaus am Hackeschen Markt. Sie war aber schon so voll, daß man sich mit ihr blamierte. Außerdem mußte ich ja nach Hause, meine Frau wartete. Als sie zur Toilette ging, habe ich schnell die Kurve gekratzt und bin nach Hause gefahren. Das andere haben Sie schon gehört. Aber, bitte, verraten Sie mich nicht, meine Frau kann ein Biest sein. Aber was anderes: Sie kommen wohl zu mir, weil die Kleine die Zeche nicht bezahlt hat? Na schön, ich werde das regulieren. Aber bitte nicht jetzt, haben Sie Verständnis für meine Situation. Ich verspreche Ihnen, daß ich das klarmache.«

Schulz und Brugsch hat es die Sprache verschlagen. Die Enttäuschung ist ihnen an der Nasenspitze abzulesen. Alles war umsonst gewesen. Das ganze so mühsam zusammengetragene Indiziengebäude hat dieser Mann mit ein paar Worten zum Einsturz gebracht. Schulz macht sich nicht mehr die Mühe, noch abzuwägen, ob die Erzählung über den Ablauf des Abends stimmt oder erlogen ist. Sie läßt sich nicht widerlegen, daran ist nicht vorbeizukommen. Aber aufgeben will er nicht. Eine letzte Möglichkeit sieht er noch. Die Gegenüberstellung mit der bewußtlosen Frau im Krankenhaus. Ein Bluff, eine Überrumpelung, nicht mehr, aber er ist bereit, alles zu versuchen. Freundlich sagt er: »Dankeschön für Ihre Auskunft, Herr Gebhardt. Ich habe keinen Anlaß, an Ihren Worten zu zweifeln, deshalb möchte ich Sie auch bitten, kommen Sie gleich mit ins Präsidium, dann können wir das Protokoll anfertigen, und die Sache ist für Sie erledigt.«

Als der Wagen durch das Portal des Krankenhauses fährt, zuckt Gebhardt zusammen, reckt sich aus dem Polster und schimpft: »Das ist eine Unverschämtheit von Ihnen. Was soll denn das? Ich hab doch keine Lust, am Sonnabendabend mit Ihnen spazierenzufahren. Unerhörte Behandlung.«

»Eine Formalität nur, Herr Gebhardt. Ich vergaß vorhin, Ihnen zu sagen, daß Ihre Dame von Freitagabend nicht die Zeche geprellt hat, sondern Opfer eines Notzuchtverbrechens geworden ist. In Ihrem Interesse wird es liegen, daß Sie nicht als Täter verdächtigt werden. Schon wegen Ihrer eifersüchtigen Frau. Wir werden Sie jetzt kurz der Überfallenen gegenüberstellen, um auch die letzten Zweifel an Ihrer Unschuld zu beseitigen.«

Stumm, als habe er die letzten Sätze überhaupt nicht gehört, geht Gebhardt zwischen den Kriminalpolizisten die Treppe zur Chirurgischen Abteilung hoch, doch mit jeder Stufe wird er langsamer, und als sie den Gang betreten, der an den Krankenzimmern vorbeiführt, bleibt er plötzlich stehen.

Sofort faßt ihn Brugsch beim Arm und zieht ihn weiter.

»So ein junger Mensch wie Sie und keine Puste mehr«, sagt Schulz mit freundlicher Ironie und sieht, wie Gebhardt die Schweißperlen auf der Stirn stehen. Bis zum nächsten Quergang trottet er wortlos mit, dann ist er mit seiner Nervenkraft am Ende. »Herr Kommissar«, wie ein Aufschrei hört sich das auf dem langen Korridor an.

Doch Gebhardt kommt nicht mehr dazu weiterzusprechen. Aus einem Zimmer tritt der Stationsarzt, erkennt den Kommissar und sagt, ohne sich unterbrechen zu lassen: »Überall versuch ich schon, Sie zu erreichen. Gut, daß ich Sie hier treffe. Die Frau ist vor einer Stunde gestorben!«

Zu spät hat Schulz den Finger auf die Lippen gelegt.

»Nu versteh ick gar nichts mehr«, brummt Fahrer Otto, als Gebhardt vor seiner Haustür wieder abgesetzt wird und Kommissar Schulz sich bei ihm auch noch entschuldigt. Als will er seiner Enttäuschung hörbaren Ausdruck geben, läßt er den Motor aufheulen, ehe er anfährt. »Erst ist alles geklärt, und nun bringt ihr den Burschen höchstpersönlich wieder nach Hause? Soll det 'ne neue Strategie sein? Ich denke, er ist überführt gewesen?«

Schulz kann jetzt nicht mehr an sich halten. »Überführt? Nichts ist er! Die einzige Zeugin, die ihn belasten konnte, ist vor einer Stunde gestorben, und eine Sekunde vor seinem Geständnis verrät ihm das der Arzt. Für einen eventuellen Indizienbeweis besitzt er ein zu gutes Alibi. Seine Frau bestätigt ihm, daß er um zwanzig Minuten nach zehn Uhr zu Hause war, da mach was gegen!«

»Moment«, sagt jetzt Otto nur, bremst, wendet den Wagen und fährt zurück. »Sofort holt ihr den Knaben wieder runter, ehe er endgültig eine Fliege macht. Von wegen um zwanzig nach zehn zu Hause gewesen. Da hat euch die liebe Frau Gebhardt vielleicht einen Bonbon ans Hemd geklebt. Als sie euch das Märchen auftischte, hab ich mir doch ein bißchen die Beine vertreten und mich dabei mit so 'ner alten Dame aus dem Hause unterhalten, die Parterre aus dem Fenster sah. Die hat mir 'ne ganze Menge über die Familie Gebhardt erzählt. Zum Beispiel, daß er jeden zweiten Abend besoffen nach Hause kommt, seine Alte verdrischt und manchmal sogar noch 'ne Freundin mitbringt. Freitag war wieder so 'n Theater gewesen. Bis ein Uhr hatte die Frau ihren Mann in sämtlichen umliegenden Kneipen gesucht. Um zwei Uhr kam er glücklich heim und zerhackte die Kommode, als sie ihm den Marsch blasen wollte. Dabei wird er ihr auch gleich eingebleut haben, daß er um halb elf zu Hause war ...«

Wieder vertritt sich Otto die Beine, als Brugsch und Schulz zum zweiten Male ins Haus gehen, um Gebhardt festzunehmen. Zufällig lehnt er am Gitter des Vorgartens, betrachtet ahnungslos den Nachthimmel und sieht plötzlich, wie aus der Dunkelheit etwas Weißes herunterschwebt. Kein Schnee, sondern ein Taschentuch mit großen, trockenen Blutflecken, wie unter der nächsten Laterne zu erkennen ist. Auch nicht aus heiterem Himmel kommt es geflogen, sondern vom Balkon der Gebhardtschen Wohnung im dritten Stock, geworfen von Rochus Gebhardt in dem Augenblick, als Kommissar Schulz und Unterkommissar Brugsch zum zweiten Male und diesmal mit entsicherten Pistolen an der Wohnungstür klingeln.

WOLFGANG MITTMANN

Der Tod in den Dünen

Manche Leute halten mich für überspannt, weil ich die Sonntage früh mit dem ersten Hahnenschrei beginne, einige Zeit in dem kleinen Garten hinter unsrem Einfamilienhaus werkele und dann, trotz meiner sechsundfünfzig Jahre, ausgiebig kalt dusche.

Schnaufend genieße ich das stechende Prickeln des eiskalten Wasserstrahls. Es ist ein herrlicher Sonntag, ein Tag voller Heiterkeit und Sonne. Als ich vorhin im Garten die Blumenrabatte gejätet habe, ist mir aufgefallen, daß meine Rosen noch heute in voller Pracht aufblühen würden. Ja, ich liebe Blumen. Für mich, einen Mann, der mit dem Tode zu tun hat, sind Blumen Symbole des Lebens. Natürlich klingelt das Telefon auch an diesem Morgen wieder im unpassendsten Augenblick, zwingt mich, die Duschprozedur vorzeitig zu beenden. Ich drehe den Wasserstrahl ab, frottiere mich und tappe dann, in das Badetuch gehüllt, ins Wohnzimmer hinüber. Die letzten Wassertropfen aus meinem Schnurrbart streichend, nehme ich den Hörer von der Gabel und brumme: »Major Zander!«

»Was ist denn nun schon wieder los?« fragt meine Frau, die mit dem Frühstückstablett aus der Küche tritt.

»Mußt du weg?«

»Ein Leichenfund am Strand von Boltendorf!«

»Wir sollen doch heute zu Barbara, Hans und den Kindern«, erinnert meine Frau. »Die Kleinen haben Zeugnisse bekommen und freuen sich schon lange auf den Besuch. Du kannst sie doch nicht wieder enttäuschen, Franz. Schick doch Gabriel oder einen anderen Genossen.«

»Es gibt nur einen Leiter der Morduntersuchungskommission«, unterbreche ich geduldig, »und dieser Leiter heißt nun mal Franz Zander.«

Seufzend stellt sie das Tablett auf den Tisch. »Wann schreibst du endlich dein Entlassungsgesuch?« Und dann, schon wieder fast versöhnt: »Na komm schon, du Meisterdetektiv, trink deine Milch!«

Eine viertel Stunde später hupt draußen der Wagen, an dessen Steuer Oberleutnant Gabriel sitzt.

»Morgenstunde hat nicht immer Gold im Munde«, witzelt er, während ich neben ihm in das Wagenpolster plumpse. Gabriel legt den Gang ein. Noch bevor ich die Tür richtig eingeklinkt habe, riskiert er einen Blitzstart. »Zum Teufel!« knurre ich ungehalten. »Wann wirst du dir endlich einen anständigen Fahrstil angewöhnen?«

Gabriel grient respektlos. Der dreißigjährige Oberleutnant ist schlank und hochgewachsen, hat das dunkelblonde Haar stets sorgfältig frisiert. Die randlose Brille, eine korrekte, nahezu elegante Kleidung und das goldene Kettchen, das vom Revers seines Anzuges zur Brusttasche führt, in der seine Taschenuhr steckt, geben ihm ein seriöses Aussehen. Der Wagen hat das Weichbild der Bezirkshauptstadt erreicht. Die letzten Siedlungen bleiben zurück. Kornfelder dehnen sich zu beiden Seiten der belebten Straße. Hinter einer Hügelkuppe glänzt die graublaue Wasserfläche der Ostsee. Ich kurbele das Fenster auf meiner Seite herunter, lehne den Arm bequem auf den Türrahmen. Auf dem Meer kreuzen weiße Segelboote. Gabriel seufzt vernehmlich: »Eigentlich war ich mit einem Mädchen verabredet. Wir wollten raus zur Regattastrecke.«

Offen gestanden, ich habe eine Schwäche für meinen Mitarbeiter. Sein Temperament, sein jugendlicher Elan gefallen mir. Während ich 1945 als Streifenwachtmeister im Revierdienst angefangen hatte und dann mühsam Stufe für Stufe im Kriminaldienst emporgeklettert war, gehört Gabriel zu der jüngeren Generation von Kriminalisten, die mit dem Abitur in der Tasche die Polizeifachschule absolvierten und dann an der Universität Kriminalistik studierten. Zwei Jahre ist es nun her, daß sich Gabriel bei mir zum Dienstantritt meldete. Anfangs habe ich seine Arbeitsergebnisse mit Skepsis aufgenommen, aber schon bald wurde mir klar, daß dieser junge Mann zu besten Hoffnungen berechtigt.

Das Ortseingangsschild von Boltendorf kommt in Sicht. Gabriel nimmt den Fuß vom Gaspedal, drosselt die Geschwindigkeit. Der Wagen holpert über Kopfsteinpflaster. Aus roten Backsteinen erbaute, mit Schilfrohr gedeckte Fischerhäuser prägen das Antlitz des Dorfes, an dessen Ende wir die Fahrzeuge der Genossen entdecken. Zu Fuß durchqueren wir einen schmalen Streifen Kiefernwald. Die Brandung ist bereits zu hören. Der Strand, etwa dreißig Meter breit, ist mit angeschwemmtem Treibholz sowie mit Steinen und Tangbündeln übersät. Eine aus Holzpfählen gesetzte Buhne ragt ins Meer. Am Ufer stehen Menschen, auf die Männer starrend, die mit verschiedenen Geräten neben einem leblosen Körper hantieren.

Wir steigen noch von der Höhe der Dünen hinab, waten durch den Ostseesand, der noch kühl und feucht ist und unter unseren Füßen wie frischer Mörtel knirscht. Die Neugierigen machen nur widerwillig Platz. Gabriel hält dem Absperrposten einen Dienstausweis unter die Nase, dann treten wir zu den Genossen.

Staatsanwalt Keller, ein nervöser, schmächtiger Mann, aber wegen seiner geschliffenen Plädoyers berühmt, reicht mir wortlos die Hand.

Es ist Mord! Ich sehe es auf den ersten Blick. Um den Hals der unbekannten jungen Frau laufen ausgeprägte Würgemerkmale. Die Tote liegt im Sand, die Füße noch immer von den auslaufenden Wellen umspült.

»Sie ist hinterrücks erwürgt worden«, sagt Dr. Bellmann, unser ständiger Mitarbeiter vom Gerichtsmedizinischen Institut. »Die typischen Ertrinkungsmerkmale – Schaumpilz im Nasen- und Rachenraum – fehlen. Ich nehme an, sie war bereits tot, als sie ins Wasser kam.«

»Was meinen Sie, Doktor, wie lange hat die Frau schon im Meer gelegen?«

Der Gerichtsmediziner wiegt skeptisch den Kopf. »Na ja, so genau läßt sich das natürlich nicht bestimmen, Zander. Ich würde sagen: nach der Waschhautbildung zu urteilen, achtundzwanzig bis dreißig Stunden. Länger auf keinen Fall.«

»Sonst noch was?«

»Im Augenblick nicht.«

»Wann ist mit dem Obduktionsbefund zu rechnen?«

»Wir sezieren morgen früh. Schicken Sie mir Ihren Fotografen, wegen der Bilddokumentation.«

Dr. Bellmann und der Staatsanwalt verabschieden sich. Grübelnd betrachte ich die vor mir liegende Gestalt. Die Frau ist noch jung, höchstens dreiundzwanzig, schätze ich. Sie hat kurzgeschnittenes blondes Haar, ist mit einem blauen Samtkleid, Unterwäsche und Strümpfen bekleidet. Tangfäden haften in ihrer Kleidung, haben sich in den blonden Haarsträhnen verfangen. Die Schuhe fehlen, vielleicht sind sie im Wasser verlorengegangen. Mein Blick wandert an der Buhne entlang, über die endlose Wasserfläche und wieder zurück zu der Toten. Das ist nun ein Mensch, der seine Arbeit, seine Freuden, seine großen und kleinen Sorgen hatte. Warum und durch wen war dieses Leben auf solch heimtückische Weise ausgelöscht worden? Zugegeben, ich habe in meiner langjährigen Dienstzeit schon viele Tote gesehen, aber das Schlimmste sind für mich immer wieder Mord und Totschlag, das Gefühl der Hilflosigkeit, des Endgültigen, des Nichtwiedergutzumachenden. Nur Zyniker gehen daran gefühllos vorbei, und die, so meine ich, gehören ganz einfach nicht in unseren Beruf. Oberleutnant Gabriel, der mit den beiden Kriminaltechnikern gesprochen hat, tritt zu mir. »Die Genossen sind fertig«, berichtet er. »Fotoaufnahmen, Spurensicherungsbericht, Fundortskizze – alles erledigt.«

»Hinweise auf die Identität der Toten?«

Gabriel schüttelt den Kopf. »Nichts. Keine Handtasche, kein Ausweis!«

»Dann werden wir den Strand absuchen müssen. Veranlassen Sie alles Notwendige!«

Ich krame meine Tabakspfeife aus der Tasche, beginne zu rauchen. »Kennen Sie die Tote?« wende ich mich an den uniformierten Abschnittsbevollmächtigten.

»Nein, Genosse Major, zu den Einwohnern gehört sie nicht.«

»Vielleicht war sie im Dorf zu Besuch«, gibt Gabriel zu bedenken.

»Wir werden das nachprüfen«, sage ich. »Wer hat die Leiche eigentlich gefunden?«

»Konrad Benken«, meldet der Abschnittsbevollmächtigte. »Ein Schriftsteller, der hier seinen Urlaub verbringt. Er schreibt Kriminalromane, wie er mir mal erzählt hat. Frühmorgens ist er immer der erste am Strand. Er sagt, wegen der Ruhe, da kämen ihm immer die besten Einfälle für seine Romane.«

»Ich halte nicht viel von Kriminalromanen«, knurre ich unwillig. »Und schon gar nichts von Leuten, die so was schreiben.«

»Und warum?« fragt eine weiche, dunkle Stimme hinter mir. Ich nehme die Pfeife aus dem Mund, drehe mich langsam um. Da steht ein hagerer junger Mann mit asketischem Aussehen und einer dunklen Sonnenbrille vor den Augen, die Arme in den Hüften eingestemmt.

»Das will ich Ihnen sagen«, brumme ich. »Weil Kriminalromane das Überflüssigste sind, das je ein Mensch erdacht hat!«

»Kriminalromane sind etwas Nützliches. Das hat schon Heinrich Mann gesagt!« pariert er knapp.

»Etwas Nützliches?« raunze ich. »Sicher, die Leser finden einen Kriminalfall unterhaltsam, amüsant, bisweilen sogar schockierend. Sie sind am Geschehen beteiligt, ohne direkt betroffen zu sein. Aber das hier«, ich deute auf die tote Frau zu unseren Füßen, »ist das amüsant?« Jäh wende ich mich ab, sauge heftiger an meiner Pfeife.

»Nehmen Sie's ihm nicht übel«, ergreift Gabriel Partei. »Mein Chef hat nun mal etwas gegen Krimis. Ehrlich gesagt, ich lese sie furchtbar gern.«

»Mhmmmm!« verziehe ich das Gesicht. »Dann kümmere dich gleich mal um Herrn Benkens Aussage über das Auffinden der Leiche!«

Gabriel klappert emsig auf der Schreibmaschine. Wir sitzen im Dienstzimmer des Abschnittsbevollmächtigten. Ich habe das Jackett ausgezogen und über die Stuhllehne gehängt. Hemdsärmelig, mit gelockertem Schlips hocke ich auf der Schreibtischkante und versuche, mit der Bezirkshauptstadt zu telefonieren. »Vermittlung ...? Verbinden Sie mich bitte mit Oberstleutnant Ahrenz! Hallo, wie bitte?« Ich decke die Sprechmuschel ab, wende mich an Gabriel: »Nun hör doch endlich mal mit dem verdammten Geratter auf. Man versteht ja kaum das eigene Wort!« Und dann wieder in den Hörer: »Was ist los ...? Der Oberstleutnant ist nicht im Hause? Dann geben Sie mir seinen Wohnungsanschluß!«

Es knackt ein paar Mal in der Leitung, dann meldet sich Ahrenz, der Leiter der Abteilung Kriminalpolizei in der Bezirksbehörde. In kurzen, knappen Worten berichte ich dem Chef über den bisherigen Stand unserer Ermittlungen.

»Wenn ich Sie also recht verstanden habe, Genosse Zander«, faßt der Oberstleutnant zusammen, »dann ist die Tote bis zum gegenwärtigen Zeitpunkt noch nicht identifiziert. Welche Maßnahmen wurden eingeleitet?«

»Am Nachmittag wurde der Strand abgesucht. Ohne Erfolg. Gegenwärtig sind der Abschnittsbevollmächtigte und seine freiwilligen Helfer unterwegs und überprüfen alle Haushalte in Boltendorf. Es ist möglich, daß die Frau hier zu Besuch war. Die ABV der Nachbarabschnitte sind gleichfalls verständigt.«

»In Ordnung, Genosse Zander. Ich lasse vom Kriminaldienst über Fernschreiber eine Fahndungsinformation an die Kreisämter absetzen.«

»Ich bitte um die Vermißtenmeldungen der letzten achtundvierzig Stunden.«

»Sie erhalten die Unterlagen. Falls Sie für die nächsten Tage Einsatzkräfte benötigen, fordern Sie diese an. Ende.«

Während Gabriels Schreibmaschinenstakkato wieder einsetzt, setze ich mich an den Schreibtisch und versuche, einen Untersuchungsplan zu entwerfen. Viel ist es nicht, was sich in dem dreispaltigen Schema unterbringen läßt. Allzu viele Fragen stehen noch offen, die Untersuchungshandlungen sind begrenzt. Ergebnisse liegen noch nicht vor. Für begründete Verdachtsmomente fehlen Fakten. Ich schrecke aus meinen Gedanken auf. Obermeister Hoffmann tritt ins Zimmer, nimmt die Uniformmütze ab und blickt mißbilligend auf die Tabakschwaden, die sich unter der Decke ballen. Mit dem Seufzer des passionierten Nichtrauchers geht er zum Fenster und stößt beide Flügel auf.

»Haben Sie was erreicht, Genosse Hoffmann?«

»Nichts, Genosse Major«, meldet er mit einem mißbilligenden Seitenblick. »Wie ich schon sagte, die Frau stammt nicht aus dem Dorf.«

Das war natürlich zu erwarten, tröste ich mich. Wäre ja auch außergewöhnlich.

»Diktieren Sie das Ergebnis als Aktenvermerk dem Genossen Gabriel. Haben Sie uns Quartiere besorgt?«

»Jawohl, im Gasthof. Hat zwar einige Überredung gekostet, aber dann hatte Strube doch noch ein Doppelbettzimmer frei.«

Mit einem Grunzer gebe ich meiner Zufriedenheit Ausdruck, rücke den Schlips gerade und ziehe die Jacke an.

»Sie gehen noch mal weg?« fragt Gabriel, als er sieht, daß ich die Türklinke in der Hand habe.

»Ja, ein bißchen an die frische Luft. Wir treffen uns dann im Gasthof.«

Es hat sich kaum abgekühlt. Drückende Schwüle lastet über dem Dorf. Ich schlendere die Dorfstraße entlang, an Häusern mit geöffneten Fenstern vorbei. Für einen Augenblick muß ich an meine Enkelkinder denken, die jetzt gewiß vor dem Fernsehgerät sitzen, enttäuscht, daß ich heute wieder nicht zu Besuch gekommen bin. Ich fühle mich abgespannt. Sicher, die Hitze ist auch daran schuld, schließlich ist man mit sechsundfünfzig nicht mehr der Jüngste, und in unserem Beruf zählen die Jahre doppelt, aber es bedrückt mich die Tatsache, in den ersten acht Stunden der Lösung des Falles keinen Schritt nähergekommen zu sein. Eine alte kriminalistische Weisheit sagt, je größer der Vorsprung des Täters ist, um so schwerer wird die Aufklärung. Ich biege von der Straße ab, folge einem schmalen Weg, der zum kleinen Hafen des Fischerdorfes führt. Fischkutter schaukeln träge in der Dünung. Aus den Booten, die an den glitschigen Pfählen der Anlegestelle vertäut sind, werden Fischkisten gereicht. Am Ufer flicken Männer zum Trocknen gespannte Netze. Es riecht nach Teer, Brackwasser, Seetang und Fisch. Gemächlich schlendere ich über den schmalen Bohlensteg, der weit ins Wasser hinausragt, stütze mich auf das hölzerne Geländer und sehe einem Angler zu, der den Köder mit stoischem Gleichmut ins Wasser hält. Meine Spannung löst sich allmählich. Jetzt fehlt mir eigentlich nur noch eines – meine geliebte Pfeife. Ich ziehe den Tabaksbeutel hervor, drücke das feingeschnittene braune Kraut in meine Pfeife, als ich von dem Angler angesprochen werde. »Stop mi ok mal so'n Piep, min Jung«, sagt er. Schmunzelnd erfülle ich seinen Wunsch, reiche ihm den gestopften Knösel zurück. Während wir unsere Dampfkolben in Brand setzen, mustere ich ihn. Eine weiße Bartkrause umrahmt ein faltiges, von Wind und Wetter gegerbtes Gesicht. Helle Augen unter buschigen Brauen. Der Alte, er muß die Siebzig schon überschritten haben, trägt eine abgetragene Seemannsjacke und eine speckige Kapitänsmütze. Wir rauchen, starren schweigend auf das Wasser zu unseren Füßen. Schließlich spuckt der Alte ins Wasser und sagt: »Die Diern von'n Strand, die is nich ut'n Dörp!«

»Nanu, Sie kennen mich?« frage ich überrascht.

»Klor, du bis doch man dei Käpp'n von die Kriminals.«

»Sie haben mich heute früh am Strand gesehen, wie?«

Der Alte nickt bedächtig. »Äwers dei Diern«, wiederholt er hartnäckig, »dei is nich ut'n Dörp!«

»Und doch ist sie offensichtlich hier ins Wasser gestürzt.«

Der Alte schüttelt den Kopf. »Nee!« Und dann schweigt er.

Ich wappne mich in Geduld, warte. Diese kauzigen, aufs Altenteil gesetzten Fahrensleute sind mir zur Genüge bekannt. Sie mit Fragen zu löchern hat keinen Sinn. Wenn der Alte mir etwas erzählen will, dann wird er schon reden. Und richtig. Nach kurzer Zeit nimmt er erneut den Knösel aus dem Mund, sagt: »Dei Frau is von weither angespült wor'n. Die Strömung, min Jung, dei Strömung. Wi hadden doch man gestern 'n bannig steifen Nordwest. Wat meinst, wat bi so'n Wind an'n Strand so allens angespült wird. Nee, nee, dei Frau is bestimmt nich ut'n Dörp!« Der Alte klopft den Knösel aus, holt das Angelzeug ein.

»Und was meinen Sie«, frage ich gespannt, »woher die Frau gekommen ist?«

»Tjä, von drüben!« Der Alte deutet mit seinem Daumen über die Schulter. »Von annern Ufer! Solch Tangzeugs, wie dei Frau an'n Rocke hatte, dei gibt's bei uns nöch!« Er wendet sich langsam zum Gehen, bleibt dann aber nochmals stehen und blickt zum Himmel. »Giwt nachtens Storm. Na, denn tschüssing ok!«

Es dunkelt bereits, als ich den Gasthof erreiche. Das altertümlich wirkende Äußere der Dorfschenke steht in überraschend krassem Gegensatz zur hellen und modernen

Einrichtung der Gaststube. Ich entdecke meinen Mitarbeiter in der hintersten Ecke des Raumes, in angeregter Unterhaltung mit dem Schriftsteller Konrad Benken. Der Gastwirt räumt gerade einen Berg Geschirr vom Tisch – das sicherste Zeichen, daß Gabriel bereits ausgedehnt gespeist hat.

»Sagen Sie, Herr Benken, wo nehmen Sie eigentlich immer die Anregungen für Ihre Kriminalgeschichten her?« fragt Gabriel gerade, als ich mich auf einem der freien Stühle am Tisch niederlasse.

»Oh«, meint Benken, »diese Frage ist gar nicht so leicht zu beantworten. Es ist schwer, an einen guten Stoff heranzukommen. Manchmal werde ich durch eine Pressenotiz zum Schreiben inspiriert. Hin und wieder lädt uns auch die Staatsanwaltschaft zu Besprechungen ein und gibt diesen oder jenen Fall zur Bearbeitung frei. Doch was dabei herauskommt, kann man kaum als Krimi im klassischen Sinne bezeichnen. Mehr oder weniger sind es Variationen von Gerichtsberichten oder Strafakten in Romanfassung.« Benken hebt seinen Kognakschwenker, starrt für einen Augenblick gedankenabwesend auf die goldbraune Flüssigkeit.

»Ihren Krimis mangelt es an Realität«, nehme ich den Fehdehandschuh wieder auf.

»Genau das haben die Kritiker allen meinen Büchern vorgeworfen. Das echte Leben, es ist nicht wirklichkeitsgetreu gezeichnet.«

»Aber die tote Frau am Strand, das ist doch die Realität, die Sie suchen«, bemerkt Gabriel.

Benken nickt. »Wissen Sie schon, wer die Frau ist?«

»Nein.«

Er schenkt mir einen nachdenklichen Seitenblick. »Hören Sie, Herr Major, ich habe eine Bitte. Lassen Sie mich an Ihren Ermittlungen teilhaben. Dieser Fall ist für mich die einmalige Chance, alles aus unmittelbarer Nähe mitzuerleben. Ich möchte Milieu und Eindrücke sammeln, um darüber zu schreiben.«

»Nein«, sage ich unwillig, »auch wenn Sie die Tote gefunden haben, geht es nicht. Es ist gegen die Dienstvorschrift.«

»Aber, so verstehen Sie mich doch, der Tod dieser Frau berührt mich wirklich. Ich möchte wissen, wer ...«

»Hören Sie mal, junger Mann«, unterbreche ich den Satz, »unter normalen Umständen mögen Sie ja ein netter Gesprächspartner sein, aber jetzt gehen Sie mir auf die Nerven!«

Der Schriftsteller erhebt sich wortlos und verläßt niedergeschlagen den Raum.

»Ich glaube, Sie waren doch ein bißchen grob zu ihm«, wirft mir mein Mitarbeiter vor. »Schließlich hatte er keine schlechten Absichten.«

»Absichten hin, Absichten her, wo kommen wir hin, wenn jeder Laie seine Nase in unsere Ermittlungstätigkeit steckt. Dem geht es doch nur um einen Fall, aus dem sich Geld herausschlagen läßt«, versuche ich mein Gewissen zu beruhigen. »Und nun Schluß damit!«

Ich winke den Gastwirt heran, bestelle mir ein Steak und einen halben Liter Bier zum Abendbrot. Eine knappe Stunde später suchen wir unser Zimmer auf. In dem kleinen Raum mit dem Doppelbett, einem einfachen Schrank und einer Waschschüssel riecht es muffig, so, als wäre nicht gelüftet worden. Ich öffne darum sofort das kleine Fenster.

Kurz nach Mitternacht werde ich wach. Der Wind fährt heulend um den Hausgiebel, raschelt im Strohdach und zerrt an den Fensterflügeln. Ich krieche aus dem Bett, um das Fenster zu schließen. Am Himmel jagen dunkle Wolken dahin. »Giwt nachtens Storm«, höre ich noch im Halbschlaf die Stimme des alten Käpt'n, und dann: »Tjä, von drüben, von annern Ufer!«

In den Morgenstunden läßt der Sturm nach. Es klart allmählich auf. Gegen neun Uhr sitzen wir im Dienstzimmer des ABV und legen die Aufgaben des Tages fest. Es duftet nach frischgebrühtem Kaffee. Meine Gedanken kreisen noch immer um den alten Seemann und dessen Wettervorhersage. Während wir den von Obermeister Hoffmann kredenzten Kaffee genießen, erzähle ich den beiden Genossen mein Erlebnis.

»Das kann nur Käpt'n Hinrichs gewesen sein«, sagt der Abschnittsbevollmächtigte. »Solche wie den finden Sie heute kaum noch. Das ist wirklich ein alter Fahrensmann. Er hat die ganze Welt gesehen. Nach 1945 war er einer der ersten Kapitäne, die mit unserer Fischereiflotte wieder auf Fangfahrt gingen. Sie müßten ihn mal hören, wenn er sein Seemannsgarn spinnt.«

»Aber eines muß man ihm lassen«, entgegne ich, »mit dem Meer und dem Wetter kennt er sich aus.«

»Sie glauben, an seiner Behauptung ist was dran?«

»Unbedingt. Die Meeresströmungen haben eigene Gesetze!«

»Die Frau könnte ja auch von einem Schiff gestürzt sein«, stellt Gabriel eine weitere Theorie auf. »Wir liegen hier dicht an der internationalen Schiffahrtsroute!«

Ich schiebe die Kaffeetasse zurück, erhebe mich und beginne im Zimmer auf und ab zu marschieren. »Ob Schiff oder anderes Ufer«, sage ich, »solange wir es nicht exakt beweisen können, bleibt alles reine Spekulation. Hier kann uns nur einer helfen: Dr. Drechsler vom Ozeanographischen Institut!«

Meine Bekanntschaft mit Dr. Drechsler begann im Frühjahr 1945. In den letzten Kriegswochen war mir die Flucht aus einem Häftlingstransport des KZ Neuengamme geglückt. Abgehetzt und halb verhungert irrte ich damals durch die Dünen. So fand mich Dr. Drechsler, ein Wissenschaftler, der sich wie viele Intellektuelle vor den Nazis in die innere Emigration begeben hatte. Drechsler nahm mich, den unbekannten Flüchtling, auf und verbarg mich vor den Suchkommandos des SD*.

Mit aufrichtiger Herzlichkeit empfängt uns der kahlköpfige, quicklebendige Wissenschaftler, der heute als Leiter des Ozeanographischen Instituts arbeitet. Ich stelle ihm meinen Mitarbeiter Gabriel vor, den Drechsler mit seiner Vorliebe für Spitznamen natürlich sofort zum »Erzengel« ernennt. Nach den ersten Fragen über Wohlergehen der Familie, letztem Urlaubsaufenthalt und andere Belanglosigkeiten stoße ich zum Kern der Sache vor. »Hör mal, Kurt«, sage ich, »soweit ich unterrichtet bin, befaßt sich euer Institut mit der Erforschung der Ostsee.«

»Ganz recht«, nickt Dr. Drechsler. »Verhalten von Flora und Fauna der submarinen Trasse, chemische, physikalische, biologische Vorgänge im Meer, Strömungsverhalten und so weiter und so weiter.« Sicher hätte er noch mehr Aufgaben heruntergerasselt, wenn ich nicht mit erhobenen Händen abgewehrt hätte. »Ich will keinen Vortrag. Ich brauche deine Hilfe.«

Drechsler schmunzelt. »Na, dann schieß mal los!«

»Ja, wir sitzen da an einem Fall, mit dem wir nicht so recht von der Stelle kommen. Kurz gesagt, es handelt sich um eine Leiche, die gestern morgen am Strand von Boltendorf angelandet wurde. Uns interessiert, ob die Leiche von einem Boot, einem Schiff oder gar von Land ins Meer gebracht wurde.«

»Hm«, Drechsler streicht sich nachdenklich über den kahlen Schädel, »ob von einem Boot oder einem Schiff, werde ich euch kaum verraten können. Das zu ermitteln dürfte eure Angelegenheit sein. Die einzige Möglichkeit, die ich sehe, wäre, den ungefähren Ort zu bestimmen, an welchem die Leiche ins Wasser kam. Aber dazu brauche ich Fakten. Wie lange, sagtest tu, hat die Leiche im Wasser gelegen?«

»Der Gerichtsmediziner meint, achtundzwanzig bis dreißig Stunden.«

»Weitere Hinweise?«

»Diese Tangfäden hier.« Ich reiche ihm ein kleines etikettiertes Fläschchen. »Unsere Kriminaltechniker haben sie an der Kleidung und im Haar der Toten gefunden.«

»Vortrefflich«, sagt Drechsler. »Blasentang und, soweit ich sehe, eine äußerst seltene Spezies. Damit läßt sich schon eher etwas anfangen.« Er beugt sich über die Wechselsprechanlage ...

Eine knappe Stunde später hat Dr. Drechsler mehrere Bogen Papier auf seinem Schreibtisch.

Er studiert sie aufmerksam, schiebt dann die Brille auf die Stirn und winkt uns vor eine große Seekarte, die eine Wand des Arbeitszimmers bedeckt. »Zuerst möchte ich euch kurz die Lage erklären. Dieser Kartenausschnitt zeigt die Seehagener Bucht. Hier auf dem westlichen Ufer liegt Boltendorf, der Ort, an dem eure Leiche gefunden wurde. – Unser Meteorologe hat zunächst Wetter- und Windverhältnisse der fraglichen dreißig Stunden bestimmt. Selbstverständlich beeinflussen sie maßgeblich die Meeresströmungen. Aber allein daraus läßt sich noch nicht bestimmen, welche Route die Leiche im Wasser treibend zurückgelegt haben muß. Der Schlüssel zur Lösung des Ganzen sind diese Tangfäden hier. Ich sagte ja schon, sie gehören zu einer seltenen Art. Unsere Biologen finden sie nur hier, in diesem Küstenbereich.« Er umrandete mit dem Zeigefinger einen drei Kilometer langen Uferstreifen vor dem Badeort Seehagen. »Fazit: Mit Sicherheit kann gesagt werden, daß die Leiche etwa hier, also am Strand von Seehagen, ins Wasser kam. Die einzelnen Berechnungen und die dazugehörigen Beweisführungen findest du hier in diesem Bericht. Genügt das?«

»Danke dir, das ist mehr, als sich erhofft habe.« Ich nehme befriedigt die Blätter entgegen.

Strahlender Sonnenschein liegt über dem Ostseebad Seehagen. Braungebrannte Urlauber flanieren auf den Promenaden, die Eis- und Limonadenverkäufer haben Hochkonjunktur. Die bunten Strandkörbe sind belegt.

Kein Windhauch, keine Wolke, dafür Sonnenölduft und kurvenbetonende Bikinis. Ich habe Gabriel zum Strand hinuntergelotst, stapfe neben ihm durch den heißen, mit Flaschenverschlüssen, Papierschnipseln und Zigarettenkippen gespickten Sand.

»Verflixt noch mal, Chef, müssen wir denn ausgerechnet in dieser Mittagshitze hier herumtraben?« murrt er, bleibt stehen und läßt ein Häufchen Sand aus seinen Schuhen rieseln.

»Selbstverständlich!« sage ich ungerührt. »Falls du es seit der Universität vergessen haben solltest: Das Studium des Tatortes gehört noch immer zu den Grundregeln der Kriminalistik!«

»Schöner Tatort! Ich sehe hier nichts von einem Verbrechen. Nur Urlauber und Bikinis!« seufzt er. »Welche Spuren wollen wir denn hier am Strand finden? Der Mord ist Freitag nacht geschehen und heute ist bereits Montag. Hier sind inzwischen Hunderte von Urlaubern herumgelaufen. Spurensuche – ha, ein fast aussichtsloses Unternehmen!«

»Ist auch gar nicht meine Absicht. Ich will mir einen Überblick verschaffen, einen allgemeinen Eindruck, weiter nichts. Du hast recht, der Mord ist Freitag nacht geschehen. Aber wo? Vielleicht dort drüben in dem Strandkorb – oder dort oben zwischen den Dünen?«

»Oder draußen auf See, in einem Boot zum Beispiel.«

»Wieso?« Ich entzünde ein Streichholz, setze meine Pfeife in Brand.

»Na ja, ich wollte sagen, der Mörder hat die Frau am Strand erwürgt, legte sie dann in ein Boot, ruderte auf See hinaus und warf die Leiche dort ins Wasser.«

»Unfug! Dann hätte er auch am Strand ein paar Steine gefunden, die Leiche damit beschwert und dann im Meer versenkt.«

»Wo sollte der Täter die Steine hernehmen?«

Stimmt, überlege ich, Gabriel hat recht. Ich sehe nämlich auch keine Steine. Schweigend stapfen wir weiter. Aber die Idee mit dem Boot scheint meinem Mitarbeiter nicht aus dem Sinn zu gehen.

»Es kann doch sein«, fängt er wieder an, »daß es zwischen Täter und Opfer erst auf See zu einem Streit kam, und dann ...«

»Mord im Affekt?«

»So ungefähr. Aus Angst vor der Entdeckung seiner Tat hat der Mann die Tote einfach über Bord gestoßen.«

»Wo nimmt man so schnell ein Boot her? Am Strand sehe ich nur die Fahrzeuge vom Wasserrettungsdienst. Abends werden sie überall angeschlossen! Und noch etwas: Wie kommst du überhaupt darauf, daß der Mörder ein Mann ist?«

»Die Frau wurde hinterrücks erwürgt. Es gehört immerhin einige Kraft dazu ...«

»Glatter Trugschluß! Es gibt Frauen von ausgeprägt maskuliner Statur. Das einzige, was wir im Augenblick wissen ist, daß der Mord Freitagnacht verübt wurde und daß es hier irgendwo am Strand geschah.«

Gabriel schüttelt wieder Sand aus seinem Schuh. Kindergeplapper ist ringsumher. Das bunte Durcheinander von Sandburgen, Wasserbällen, großen und kleinen Nackedeis.

»Vordringlichste Aufgabe ist jetzt die Identifizierung der unbekannten Toten«, fahre ich in dozierendem Tonfall fort. »Das heißt: Überprüfung aller polizeilichen Meldezettel, Kontrollen in den Ferienheimen, auf dem Campingplatz, im Urlauberdorf und in den Privatquartieren. Ich werde ein halbes Dutzend Ermittler für diese Aufgabe einsetzen.«

»Kämen wir mit einer Durchsage im Strandfunk nicht schneller zum Ziel?«

»Nein«, sage ich, »keine Durchsage! Seehagen hat ungefähr achthundert Einwohner und gegenwärtig schätzungsweise dreitausend Urlauber, also knapp viertausend

Menschen. Niemand ahnt, daß ein Mörder unter ihnen ist. Wir müssen schnell und ohne Aufsehen ermitteln. Kein Mensch darf vorerst von diesem Verbrechen erfahren. Diesmal müssen wir schon auf die Mitwirkung der Öffentlichkeit verzichten. Es darf unter gar keinen Umständen zu irgendeiner Unruhe kommen!«

Gerichtsmedizinischer Obduktionsbefund: Feine, stichartige Blutungen in den Weichteilen der Augenhöhlen, in den Augenlidern und den Augenbindehäuten bestätigen eindeutig den Tod durch Erwürgen. Die Lage der als Hautunterblutungen am Hals der Leiche ausgeprägten Würgemale zwingen zu der Schlußfolgerung, daß der Täter bei der Ausführung seines Verbrechens unmittelbar hinter dem Opfer gestanden hat. Nach der Waschhautbildung war der Körper etwa 25 bis 30 Stunden im Wasser ...

Da ich im Augenblick wenig Lust verspüre, den gesamten Obduktionsbefund durchzulesen, lege ich die Blätter zur Seite, sage: »Nun ja, mit der Todesursache sehen wir klar.«

Dr. Bellmann drückt seine Zigarette im Aschenbecher aus, die dritte seit meiner Ankunft. Nach Bellmanns Theorie ist Nikotin das sicherste Desinfektionsmittel, und so trifft man ihn kaum ohne seine gefürchteten Glimmstengel der Marke »Rodopi« an.

»Sie hätten weiterlesen sollen, Zander«, sagt er. »Das Wichtigste kommt noch. Die Frau war im vierten Monat schwanger!«

»Teufel noch eins!« Ich blättere überrascht in dem Befund. »War sie verheiratet?«

»Ich glaube nicht. Am rechten Finger fanden sich jedenfalls keine Anzeichen, daß sie einen Ring getragen hat.«

»Die Schwangerschaft könnte ein Tatmotiv sein. Und sonst? Irgendwelche besonderen Kennzeichen?«

»Keine!«

»Rückschlüsse auf ihren Beruf?«

»Stark belastete Fußgelenke. Vermutlich eine Tätigkeit, bei der sie viel stehen oder laufen mußte.«

»Also Verkäuferin, Briefträgerin, Maschinenarbeiterin ...«

Dr. Bellmann nickt zustimmend. »So ungefähr. Wobei ich aber letzte Berufsgruppe bereits wieder ausklammern möchte. Ihre Fingernägel waren gut gepflegt. Nur die Nägel am linken Ring- und am rechten Mittelfinger sind vor kurzer Zeit abgebrochen.«

»Vielleicht beim Kampf mit dem Mörder«, vermute ich.

»Ob ein Kampf stattgefunden hat, läßt sich leider nicht eindeutig beurteilen«, sagt Dr. Bellmann.

»Nanu? Keine Hautfetzen unter den Fingernägeln der Toten?«

Der Gerichtsmediziner schüttelt den Kopf. »Das ist es ja. Die Leiche lag immerhin dreißig Stunden im Meer. Das Salzwasser hat allen Schmutz unter den Fingernägeln der Toten weggewaschen. Es ist zwar anzunehmen, daß es einen Todeskampf gegeben hat und daß der Täter Kratzspuren auf dem Handrücken haben kann, aber es läßt sich nicht beweisen.«

Wenig optimistisch verlasse ich das ungastliche Haus, hinter dessen Rundbogenfenstern das Reich der Gerichtsmediziner liegt. Sechsunddreißig Stunden sind seit dem Auffinden der Leiche vergangen, und noch immer haben wir keinen Hinweis, wer die unbekannte Tote ist. Eine Verkäuferin vielleicht, eine Briefträgerin?

Am Nachmittag des gleichen Tages kommt es zu jenem berühmten Schnittpunkt zweier Kausalketten, den man gemeinhin Zufall nennt, ohne den auch wir Kriminalisten nicht auskommen. Dieser Zufall ist ein Telefonanruf. Gabriel und ich lassen alles stehen und liegen, springen in den Wartburg – diesmal habe ich nichts an Gabriels Blitzstart auszusetzen – und rasen zur Kurverwaltung Seehagen. Eine ältliche Dame mit weizenblondem, zu einer kunstvoll geflochtenen Krone aufgestecktem Haarkranz stellt sich als Fräulein Hinkeldey, Sachbearbeiterin für Fundangelegenheiten, vor.

»Das ist sie!« sagt das Fräulein und legt eine Damenhandtasche aus schwarzem Lackleder auf den Tisch. »Herr Hiesgen, bei uns als Dünenwart tätig, hat sie vorgestern früh am Strand gefunden. Sie lag in den Dünen.«

Während Fräulein Hinkeldey mit aufgeregter Stimme erzählt, nehme ich die Tasche, stülpe sie kurzerhand um und breite den Inhalt auf der Schreibtischplatte aus. Taschentuch, Personalausweis, Schlüsselbund, Portemonnaie mit zwei Fünfzigmarkscheinen, einem Zehnmarkschein und verschiedenen Münzen, eine Puderdose, ein Fläschchen Kölnisch Wasser, Augenbrauenstift sortiere ich sorgfältig auseinander. Am meisten interessiert mich aber der Personalausweis.

»Die Eigentümerin ist bei uns als Serviererin gemeldet«, fährt Fräulein Hinkeldey in ihrem Bericht fort. »Sie arbeitet im Ferienheim ›Haus Seeblick‹. Ich habe Herrn Schulte, den Heimleiter, angerufen, Fräulein Holm solle ihre Tasche abholen. Aber Herr Schulte sagte mir, daß Fräulein Holm nicht im Hause sei. Da eine sofortige Rückgabe der Fundgegenstände damit unmöglich war, habe ich die Polizei verständigt. Das war Ihnen doch recht, oder ...?«

»Selbstverständlich, meine Dame, Sie haben absolut korrekt gehandelt«, erwidere ich und deute im Sitzen eine knappe Verbeugung an. Über die rosigen Bäckchen des ältlichen Fräuleins fliegt ein freudiges Erröten. Sittsam senkt Fräulein Hinkeldey den Kopf mit dem korngelben Haarkranz.

Ich klappe den Personalausweis auf, lese: Holm; Vorname: Karin; geboren am 23. Mai 1946 in Dresden; ledig; Beruf: Serviererin. Ich reiche den Ausweis Gabriel, deute auf das Paßfoto. Es zeigt das Antlitz der Frau, deren Leiche am Strand von Boltendorf gefunden wurde!

Mit forschen, federnden Schritten und einem freundlichen Lächeln im Gesicht eilt der Leiter des Ferienheimes »Haus Seeblick« auf uns zu. Trotz der Hitze des Tages hat er einen dunklen Anzug an und trägt eine silbergraue Krawatte zum weißen Nylonhemd. »Bitte sehr, die Herrn, womit kann ich behilflich sein?«

»Kriminalpolizei, Major Zander«, stelle ich mich vor. »Das ist mein Mitarbeiter, Oberleutnant Gabriel.«

Edmund Schulte stutzt, sieht eine Augenblick ratlos von einem zum anderen, bittet dann, ihm zu folgen und führt uns in ein helles, freundlich ausgestattetes Büro. Wir nehmen Platz. Eisgekühlte Zitrone wird serviert. Angesichts der tropischen Temperaturen bringe ich es nicht fertig abzulehnen. Schulte ist eine ausgesprochen sympathische Erscheinung. Schlank, hochgewachsen, mit weißblondem, sorgfältig gescheiteltem Haar und einem eleganten Bärtchen auf der Oberlippe. Kurz gesagt, der Typ von Mann, der den Frauen gefällt. So, wie er vor uns sitzt, könnte man ihn für einen erfolgreichen Schlagerstar halten. Nur daß er sich mit manchen Antworten ein bißchen viel Zeit läßt und daß er von Zeit zu Zeit auffallend nervös an seinem Bärtchen zupft, will mir nicht so recht gefallen.

»Soso, wegen der Handtasche kommen Sie?« wundert er sich. »Aber, daß man deswegen gleich die Kriminalpolizei bemüht?«

»Routineüberprüfung, Herr Schulte, nichts weiter.« Ich stelle die Handtasche auf den Tisch. »Wenn Sie jetzt so freundlich sein wollen und Fräulein Holm herbitten ...«

»Tja, meine Herren«, er zupft an seinem Bärtchen, »das ist leider nicht möglich. Wissen Sie, nun ja, Fräulein Holm ist nicht im Hause.«

»Sie hat dienstfrei?« erkundige ich mich mit harmloser Miene.

»N-n-nein. Jedenfalls nicht direkt. Am besten, Sie lassen die Tasche hier. Ich werde Sie Fräulein Holm geben.«

»Das geht leider nicht«, wehre ich ab. »Die Vorschriften. In der Tasche befindet sich ein Personalausweis. Der darf nur persönlich ausgehändigt werden. Fräulein Holm muß uns außerdem bestätigen, daß aus der Handtasche nichts gestohlen wurde.«

»Na ja, dann muß ich es Ihnen wohl doch sagen, Herr Major. Ich habe Fräulein Holm schon seit Freitagabend nicht mehr gesehen.«

»Soll das heißen, daß sie seitdem verschwunden ist?«

»Sicher haben Sie die Polizei verständigt?« echot Gabriel.

Schulte zupft unruhig an seinem Bärtchen. »Ehrlich gesagt, nein. Ich hab gedacht, sie würde am Sonntag oder wenigstens heute, am Montag, wieder auftauchen. Ich dachte, vielleicht hat sie den Mann fürs Leben kennengelernt ...«

Er hat sich bei diesen Worten in eine Erregung gesteigert, schlägt jetzt mit der flachen Hand auf den Tisch: »Aber das hat man nun von seiner Nachsichtigkeit! Nichts als Ärger! – Entschuldigen Sie!« Er läßt sich im Sessel zurückfallen, zieht ein Kavaliertüchlein aus der Brusttasche und tupft die Schweißperlen von der Stirn.

Ich durchquere den mit Spannteppich ausgelegten Raum, bleibe am offenen Fenster stehen und sage: »Sie werden zugeben, Herr Schulte, daß Ihre Geschichte etwas merkwürdig klingt. Fräulein Holm ist seit drei Tagen verschwunden und Sie haben noch nicht einmal die Volkspolizei verständigt!«

Der Heimleiter erblaßt. »Sie glauben, daß ihr etwas passiert ist?«

»Nicht doch, nicht doch«, beruhige ich ihn wider besseren Wissens. »Aber Sie kennen die polizeilichen Meldebestimmungen!«

»Das schon«, sagt er kleinlaut. »Ich hab die Sache nicht wichtig genommen.«

»Also gut, ich hoffe, daß sich alles schnell aufklären wird. Wo wohnt Karin Holm? Hier im Ferienheim?«

»Ja«, gibt Schulte bereitwillig Auskunft. »Alle Saisonkräfte wohnen bei uns. Karin Holm teilt ihr Zimmer mit der Serviererin Monika Hellmann. Ich glaube, die zwei sind sogar befreundet.«

»Dann möchten wir jetzt mit der Freundin sprechen!«

Edmund Schulte erhebt sich. »Ich werde sie sofort rufen. Mich brauchen Sie dann wohl nicht mehr.« Er macht eine Verbeugung, die Tür fällt hinter ihm ins Schloß. Ich drehe mich wieder zum Fenster um, genieße den Ausblick auf das Meer. Schön hat er es hier, dieser Herr Schulte. Man hätte auch Heimleiter werden sollen.

»Nun, was halten wir von der Geschichte?« frage ich meinen hoffnungsvollen Famulus.

»Reichlich verdächtig, Chef, finden Sie nicht auch?« antwortet er. »Er hat ganz einfach Angst, daß wir ihn wegen Verletzung der Meldepflicht drankriegen. Kann ihn immerhin die Kleinigkeit von dreihundert Märker kosten.«

»Das mag schon sein. Aber ist das tatsächlich der alleinige Grund für seine auffallende Nervosität?«

Ein Klopfen an der Tür unterbricht unseren Disput. Monika Hellmann tritt ins Zimmer. Die weiße Bluse, der dunkle Minirock, die Servierschürze und das weiße Häubchen auf ihrem kastanienbraunen Haar strahlen natürliche Frische aus. Ihre lebhaften Augen und einige Sommersprossen auf der Nase lassen sie jünger erscheinen, als sie sicher in Wirklichkeit ist.

»Ich heiße Hellmann«, sagt sie unbefangen. »Sie wollten mich sprechen?«

Ich nicke, zeige ihr meinen Ausweis und bitte sie, uns einige Fragen zu beantworten. »Es geht um Ihre verschwundene Freundin«, füge ich erklärend hinzu.

»Also hat Herr Schulte Sie doch endlich angerufen«, stellt sie erleichtert fest.

»Hatten Sie ihn denn darum gebeten?«

»Aber natürlich. Schon am Sonntag. Mir kam die Sache

einfach nicht geheuer vor. Karin hätte doch Sonnabend früh wieder da sein müssen. Als sie nicht kam, dachte ich zuerst, sie hätte bei irgendwelchen Bekannten übernachtet, die ich nicht kenne. Aber dann erschien sie auch am Sonntag nicht zur Arbeit, und da habe ich dann doch zu Herrn Schulte gesagt, daß die Polizei verständigt werden muß.«

»Herr Schulte meint, Karin wäre vielleicht mit einem Mann zusammen, daß sie ohne Genehmigung der Arbeit ferngeblieben ist.«

»Das ist nicht wahr! So eine ist Karin nicht!« Monika Hellmann schüttelt in ehrlicher Entrüstung den Kopf. »Schulte war es doch, der ihr immerfort nachgelaufen ist. Donnerstagabend ist er sogar zu ihr ins Zimmer geschlichen. Aber bei Karin kam er an die falsche Adresse. Rausgeschmissen hat sie ihn und ihm gesagt, daß sie Anzeige machen werde, wenn er sie weiter belästigt.«

Die Ungewißheit, ob die Holm ihre Drohung wahrgemacht und Anzeige erstattet hat, erklärt seine Unsicherheit. Als Heimleiter in einem FDGB-Ferienheim* wäre er damit untragbar. Sollte darin vielleicht sogar das Motiv für die Mordtat zu suchen sein? Ich versuche, mir Schultes Gesicht vorzustellen, seine kühlen blauen Augen und seine flatternde Angst, als er uns vorhin das spurlose Verschwinden des Mädchens eingestehen mußte.

»Wann haben Sie Karin Holm zum letzten Mal gesehen?« höre ich Gabriel fragen.

»Das war Freitagabend. Wir hatten frei, und Karin wollte tanzen gehen. Sie war mit zwei Bekannten im ›Strandcafé‹ verabredet. Ich sollte eigentlich mitgehen, hatte aber nicht viel Lust. Deshalb ist Karin allein gegangen. Na ja, und von diesem Tanzabend kam sie nicht mehr zurück.«

»Wer sind diese beiden Bekannten?« fragt Gabriel weiter.

»Zwei Jungen, die auf dem Campingplatz zelten. Sie

sind mit einem Motorrad hier. Karin kennt beide aus Dresden. Hanno heißt der eine – und der andere ... Siggi.«

»Und das Motorrad? Können Sie es beschreiben?«

»Das muß eine rote Jawa sein, die Nummer weiß ich natürlich nicht.«

»Sagen Sie, Fräulein Hellmann, was ist Ihre Freundin eigentlich für ein Mensch?« übernehme ich wieder den Gesprächsfaden.

»Karin? Was soll ich da sagen? So genau kenne ich sie nicht. Sie kommt aus Dresden, und ich wohne in Magdeburg. Kennengelernt haben wir uns erst vor zwei Monaten, hier im Heim. Außerdem ist sie schon vierundzwanzig, vier Jahre älter als ich. Ich meine, sie ist ehrlich und zuverlässig. Karin weiß, was sie will.«

Diesen Eindruck gewinne ich auch, als wir wenig später das Zimmer der beiden Mädchen in Augenschein nehmen. Etwas Wäsche, Dinge des persönlichen Bedarfs, kaum benutztes Briefpapier und ein paar unbeschriebene Ansichtskarten finden sich in Karin Holms persönlichem Nachlaß. Alles einfach, nüchtern und sachlich. Auf dem Nachttisch liegt ein aufgeschlagenes Buch. »Die Kameliendame« von Alexandre Dumas.

Wir treten auf die Straße hinaus. Es dämmert. Auf den Promenaden, im Park und vor der Eiskonditorei drängen die Urlauber. Ausgelassen, sorglos und zufrieden. Auch ich bin mit den Ergebnissen des heutigen Tages zufrieden. Es ist uns gelungen, das tote Mädchen zu identifizieren. Es müssen sich nun die Beziehungen finden lassen, die zwischen ihr und ihrem Mörder bestanden.

»Komm, mein Junge«, sage ich zu Gabriel, »gehen wir ein Bier trinken. Heute haben wir es uns wirklich verdient.«

Der nächste Tag beginnt mit einer Fahrt zum Campingplatz. Er nimmt die beachtliche Fläche von mehr als einem Quadratkilometer ein. Rote, blaue und gelbe Zeltleinwände prägen das Bild der Campingsiedlung. Gabriel fährt den Wagen auf den Parkplatz. Zu Fuß dringen wir in das Labyrinth der engen Gassen zwischen Zeltleinwänden, Wohnwagenanhängern und umherstehenden Campingmöbeln ein.

Kofferradios plärren in unterschiedlichen Lautstärken, Wäsche flattert auf einer Leine, Kindergeschrei erfüllt die Luft. Mir scheint, hier kommen die Menschen nie zur Ruhe. Ich kann mir beim besten Willen nicht vorstellen, warum manche auf einen »Urlaub unterm Zeltdach« schwören. Für mich alten Mann wäre dieser Trubel wohl kaum eine Erholung.

Ein Schild weist uns den Weg zur Zeltplatzverwaltung. Endlich kommen wir zum Büro, das sich in einer kleinen Holzbaracke am Rande der Campingsiedlung befindet. Wir treten in den Raum, der durch eine Holzbarriere geteilt wird. Hinter dem Schreibtisch sitzt ein älterer, einarmiger Mann.

»Einen schönen guten Morgen«, sage ich.

»Morjen«, brummt er. »Anmeldung ausfüllen und abgeben! Vorher weise ich keine Parzelle an!«

Er ist ein bißchen mürrisch, der alte Herr. Wer weiß, was ihm am frühen Morgen über die Leber gelaufen ist.

»Ärger gehabt?« erkundige ich mich mit freundlicher Miene.

»Hören Sie bloß auf«, knurrt er aufgebracht. »Sehen Sie sich mal den hier an!« Er tippt auf ein vor ihm liegendes Anmeldeformular. »Der Herr Kunstmaler aus Leipzig. Wußte kaum, wie er treten sollte. Konnte nicht mal guten Morgen sagen. Aber gestern abend, als er abgereist ist, hätten Sie mal seine Parzelle sehen müssen. Was da an leeren Flaschen, alten Zeitungen und Konservengläsern liegengeblieben ist. Das ist wirklich allerhand. Wir sind doch nicht dazu da, andren den Dreck nachzuräumen. Nee, nee, ich danke für solche Zeitgenossen!«

Nun ist er erst mal seinen Ärger los. Gabriel hält ihm

einladend unser »Dienst-Zigarettenetui« unter die Nase, und der Mann greift ohne Zaudern hinein. Über den Rand seiner Brille blinzelnd sagt er: »Na, keine Sorge, auch wenn Sie noch keinen Zeltschein haben, es läßt sich immer was machen.«

»Leider haben wir heute andere Sorgen.« Ich zücke meinen Dienstausweis.

Der Mann kneift verschmitzt das rechte Auge zu. »Ah, Kripo! Muß wohl geheim bleiben, wie?«

»Erraten!« schmunzele ich. »Wir suchen zwei junge Burschen, etwa achtzehn bis zwanzig Jahre alt, die hier auf dem Campingplatz zelten. Sie sind aus Dresden. Wir wissen nur ihre Vornamen: Hanno und Siegfried – und daß sie eine rote Jawa besitzen.«

»Tschä, das kann ich aus dem Gedächtnis nicht sagen. Ich sehe hier am Tage so viele Burschen mit Motorrädern. Da müssen wir schon mal in den Zeltscheinen nachsehen.«

Er legt einen Packen zusammengehefteter Formulare auf den Tisch. Wir beginnen zu dritt mit der Durchsicht. Zuerst sieben wir alle männlichen Personen aus Dresden aus, dann kommen die Siegfrieds und Hannos dran. Zuletzt sortieren wir noch zwei ältere Jahrgänge heraus und übrig bleiben zwei Scheine: Siegfried Moch und Hanno Neubert aus Dresden!

»Das sind doch die beiden, die Sonnabend früh abgereist sind«, erinnert sich der Platzwart. »Na klar, das waren doch die beiden mit dem roten Motorrad, denen's hier plötzlich nicht mehr gefallen wollte. Dabei war ihre Zeltgenehmigung noch gar nicht abgelaufen.«

»Haben Sie eine Ahnung, wo die beiden hin sind?«

»Der eine, der kleinere Rotblonde, der wollte ja unbedingt nach Hause. Während sein Freund, der Schwarzhaarige, noch weiterfahren wollte. Ich glaub, noch'n Stück nach Stralsund rüber.«

»Danke!«

Wir gehen zum Wagen zurück. »Nun?« animiere ich meinen Mitarbeiter zum Meinungsaustausch.

»Diese überstürzte Abreise – ja, ich weiß nicht, sieht aber so aus, als hätten wir da eine heiße Spur.«

»Kann Zufall sein«, erwidere ich. »Hören müssen wir die beiden unter allen Umständen.«

Gabriel klemmt sich hinter das Lenkrad, ich greife zum Hörer der Sprechfunkanlage und rufe die Funkleitstelle. »Großfahndung auf allen Campingplätzen im Ostseebezirk!*« ordne ich an. »Gesucht werden Hanno Neubert und Siegfried Moch aus Dresden!«

Das »Strandcafé« erweist sich als ein Mittelding zwischen Tanzbar und kleinbürgerlichem Gartenrestaurant, dessen Innenräume mit sehr viel Spiegelglas, intimer Tischbeleuchtung und einer barähnlichen Theke etwas modernisiert wurden. »Ab 11 Uhr Mittagstisch« verkündet ein Schild am Gaststätteneingang. Es ist jetzt gerade dreiviertel elf und wir platzen mitten in die Mittagsvorbereitungen. Bestecke klappern auf Porzellan, gedämpftes Gläserklirren. Weißbejackte Kellner flitzen hin und her. Ich frage nach dem Objektleiter, und einer der Kellner deutet mit dem Kopf zum Kücheneingang.

Wir schlängeln uns in den weitläufigen Raum, an dessen überdimensionalem Gasherd Köche und Küchenhilfen hantieren. Intensiver Bratenduft, Hitze und zur Decke wallender Dampf füllen den Raum. Über allem aber hängt die Stimme eines Mannes, der das Jackett ausgezogen und die Ärmel aufgekrempelt hat, der pausenlos vorgewärmte Teller und Platten heranschleppt.

»Los, los, Kinder, macht, macht! Die Rouladen müssen noch raus!«

Ich tippe dem Mann auf die Schulter. »Sie sind sicher der Objektleiter? Hätten Sie vielleicht ein paar Minuten Zeit für uns?«

»Momentchen, bin gleich soweit!« Er erteilt noch einige Anweisungen, dann gehen wir in einen kleinen Büroraum, der mit Schreibtisch, zwei Stühlen, Telefon und einem Aktenschrank vollgestellt ist. Gerahmte Urkunden an den Wänden zeugen von den Erfolgen des Gaststättenkollektivs, das sich um den Titel »Kollektiv der sozialistischen Arbeit« bemüht. Wir halten uns nicht lange bei der Vorrede auf. Ich ziehe das vergrößerte Paßbild der toten Karin Holm aus der Tasche, lege es dem Objektleiter vor. »Kennen Sie dieses Mädchen?«

Er nimmt das Foto in die Hand, starrt lange und nachdenklich auf das Gesicht. »Ja, ich weiß nicht, möglich ist es schon. In unserer Gaststätte verkehren viele Urlauber.«

»Wir wissen, daß sie am Freitagabend hier gewesen ist.«

»Am Freitag? Ja, da war die Tanzveranstaltung. Kann sein, daß sie hier war. Ich selbst bin allerdings nicht im Hause gewesen. Wir hatten daheim eine kleine Familienfeier. Vielleicht haben die Kellner das Mädchen gesehen. Wir können ja mal fragen.«

»Ich bitte darum.«

Er reibt sich das Kinn. »Hm, Sie haben sich zwar einen denkbar ungünstigen Zeitpunkt ausgesucht, aber ich will mal sehen, was sich machen läßt.«

Wir bleiben allein im Büro zurück. In der nächsten halben Stunde defilieren sieben Serviererinnen und Kellner an uns vorüber. Siebenmal die gleiche Szene. Gleichgültige, neugierige oder erstaunte Blicke, dann der Griff nach dem Foto, Stirnrunzeln, angespanntes oder mäßiges Interesse, Kopfschütteln. Die knappe Feststellung: »Nein, nie gesehen!«

Erneuter Auftritt. Der Oberkellner im dunklen Frack. Ein älterer Herr, der mich mit seinen gemessenen Bewegungen, einer unbewegten Miene und nahezu würdevollen Stimme unwillkürlich an einen früheren Filmkomiker erinnert. Auch er blickt lange auf das Foto, hebt dann plötzlich den Zeigefinger der rechten Hand und sagt:

»Sehr wohl, meine Herren, die Dame war am Freitagabend bei uns zu Gast. Ich erinnere mich, daß sie am Tisch sieben mit zwei jüngeren Herren Platz genommen hatte.«

»Können Sie die beiden beschreiben?«

Er legt die Fingerspitzen der linken Hand an die Stirn, schließt für eine Sekunde die Augen. »Der eine Herr war etwas kleiner, etwa neunzehn oder zwanzig Jahre alt und hatte rotblondes Haar. Der andere war größer und kräftiger, wohl auch ein oder zwei Jahre älter und hatte schwarzes, ungepflegtes Haar. Aber da war noch etwas. Lassen Sie mich bitte einen Augenblick überlegen. Ach, richtig! Die junge Dame hatte mit einem der beiden Herren eine Meinungsverschiedenheit.«

»Worum ging es?« fährt Gabriel dazwischen.

»Aber, mein Herr«, entgegnet der Befrackte pikiert, »ein Kellner lauscht nicht!«

Ich muß mir nun wirklich ein Lachen verkneifen. Ich beruhige den würdigen Herrn und frage dann: »Mit welchem der Herren hatte die Dame denn ihre Meinungsverschiedenheit?«

»Mit dem kleinen Rotblonden.«

»Und woraus schließen Sie, daß es sich um eine Meinungsverschiedenheit handelte?«

Prompt kam die Antwort: »Weil sie zu ihm sagte: ›Nein, es hat keinen Zweck. Ein für allemal, es ist vorbei und vergessen!‹ Dann stand sie auf und ging hinaus. Er blieb allein am Tisch zurück. In seinen Augen lag so etwas Drohendes, etwas Böses!«

Mit einem gelassenen Neigen des Kopfes registriert der Herr Oberkellner meinen erneuten Dank. Er schreitet zur Tür, bleibt zögernd stehen und dreht sich nochmals um.

»Wenn ich mir noch eine Bemerkung erlauben darf – vielleicht hilft es den Herren Kommissaren –, am Freitag war doch auch der Herr Charlie hier und hat Fotoaufnahmen gemacht.«

Der Objektleiter springt auf, schnippt mit dem Finger.

»Aber ja, daß ich daran nicht gleich gedacht habe.« Er kramt in einem Schreibtischfach und wirft eine Geschäftskarte auf den Tisch. »Charlie ist unser Fotograf. Er fotografiert auf Wunsch während der Tanzveranstaltungen und verkauft die Bilder dann. Sie wissen doch, die Urlauber lieben so was!«

Unter einem Fotografen, den man Charlie nennt, habe ich mir immer einen Mann in Wildlederjacke, Baskenmütze und vor der Brust baumelnder Kamera vorgestellt. Der Mann, der uns in Karl Weicherts Fotoatelier gegenübertritt, bevorzugt saloppe, elegante Kleidung. Sein dunkler Vollbart erinnert an Schnee und Eiswüste, an das Leben der Forscher auf polaren Meeren. Mit einer einladenden Handbewegung bittet er uns, näherzutreten.

Der Raum ist mit Fotolampen, Stativen, Dekorationsteilen und einer großen Atelierkamera ausgestattet. An den Wänden bemerke ich Fotos. Porträtaufnahmen sind darunter, Aktfotos, ein Stilleben, mehrere Landschaften, Fotos von ungewöhnlicher künstlerischer Aussagekraft.

Weichert bemerkt mein Interesse. »Wahrscheinlich wundern Sie sich«, sagt er, »auf der einen Seite anspruchsvolle Arbeiten und andererseits die Fotos am Strand. Aber das ist ganz einfach zu erklären. Wirklich gute Aufnahmen gelingen höchst selten, und von den Honoraren könnte ich kaum leben, geschweige denn dieses Atelier unterhalten. Also bin ich ganz einfach auf diese Wald- und Wiesenfotografiererei angewiesen. Doch ich nehme an, Sie sind nicht bei mir, um darüber zu plaudern.«

»In gewissem Sinne schon, Herr Weichert. Es geht uns nämlich um Ihre Wald- und Wiesenfotografiererei. Wir versprechen uns sogar größten Nutzen. Sie haben doch am Freitagabend im ›Strandcafé‹ fotografiert?«

Er überlegt kurz. »Sie meinen diesen Tanzabend?«

»Ja, wir hätten uns die Aufnahmen gern angesehen.«

»Da haben Sie Glück. Ich habe die Bilder heute vormittag entwickelt.«

Er verschwindet hinter der Tür seiner Dunkelkammer, kehrt mit einem Päckchen Fotografien zurück.

Ich nehme die Bilder, Einzel- und Gruppenaufnahmen. Die Gesichter fröhlicher, ausgelassener Menschen. An einem Tisch stößt man mit Sektgläsern an. Auf dem Parkett tanzende Pärchen. Und dann ein Bild, auf dem Karin Holm zu sehen ist. Ein schwarzhaariger junger Mann hat den Arm um ihre Schultern gelegt. Der Beschreibung nach ist es Siegfried Moch. Daneben, mit säuerlichem Lächeln, Hanno Neubert. Flüchtig sehe ich mir den Rest der Bilder an, will sie schon zur Seite legen, stutze aber nochmals bei der letzten Aufnahme. Sie zeigt wieder eine Ansicht des Tanzparketts, tanzende Paare und ganz im Hintergrund die Saaltür. Neben der Tür steht Karin Holm, die sich mit einem mittelgroßen dunkelhaarigen Mann von etwa dreißig Jahren unterhält.

»Nanu, wer ist denn das?« fragt Gabriel, der mir über die Schulter blickt.

»Keine Ahnung!«

»Darf ich mal sehen?« Charlie Weichert nimmt mir die Aufnahme aus der Hand. »Meinen Sie den hier im Hintergrund? Er kommt mir bekannt vor. Hab ich ihn nicht neulich am Strand fotografiert, mit seiner ganzen Familie?«

Er legt das Foto auf den Tisch, sucht hastig in mehreren Regalen, um schließlich mit einem triumphierenden »Na also!« und einer Papiertüte, in der mehrere Fotos stecken, an den Tisch zu treten.

Vier Aufnahmen ziehe ich heraus und lege sie auf die Tischplatte. Sie zeigen alle das gleiche Motiv. Unter einer Papp-Palmen-Dekoration sitzen drei Menschen am Strand. Jener unbekannte dunkelhaarige Mann, eine junge Frau im Badeanzug und ein etwa sechsjähriges Mädchen. Ein Familienidyll!

»Die Adresse«, sage ich. »Sie haben doch sicher die Anschrift der Leute.«

»Die steht vorn auf dem Umschlag. Wenn Sie mal nachschauen wollen.«

Ich drehe die Papiertüte herum und lese: »Dietram Becker, Seehagen, Urlauberdorf.«

Das Urlauberdorf ist eine inmitten gepflegter Rasenflächen und Blumenrabatten gelegene Bungalowsiedlung. Bunt und zwanglos sind die kleinen, behaglich eingerichteten Häuschen in die Landschaft eingefügt. Die Tür zum Bungalow Nr. 14 steht weit offen. Ich klopfe gegen die Glasfüllung. Leichte Schritte, die junge Frau, die wir schon auf dem Foto gesehen haben, steht uns gegenüber.

Ich lüfte den Hut. »Guten Tag. Sind Sie Frau Becker? Wir möchten Ihren Gatten sprechen.«

»Mein Mann ist nicht da. Er ist heute morgen nach Rostock gefahren.«

»Darf ich fragen, wann Ihr Gatte zurück sein wird?«

»Er ist mit dem Wagen unterwegs. Wahrscheinlich wird es spät. Kann ich etwas ausrichten?«

»Nein, danke. Wir brauchen eine persönliche Auskunft. Vielleicht versuchen wir es morgen noch einmal.«

Wir machen uns auf den Weg zum Volkspolizei-Kreisamt. Ein Zettel auf dem Schreibtisch erinnert mich, den Oberstleutnant anzurufen. Also setze ich mich ans Telefon und erstatte wieder einmal Bericht. Danach erledigen wir die Schreibtischarbeit. Aktenvermerke, Protokolle.

»Fassen wir zusammen!« sage ich. »Erstens: Die vierundzwanzigjährige Serviererin Karin Holm wurde in der Nacht von Freitag zu Sonnabend am Strand von Seehagen erwürgt. Wir wissen, daß sie kurz vor ihrem Tode an einer Tanzveranstaltung im ›Strandcafé‹ teilgenommen hat. Sie war in Begleitung ihrer angeblichen Bekannten Hanno Neubert und Siegfried Moch. Die beiden jungen Männer sind am Morgen nach der Tatnacht überraschend aus Seehagen verschwunden. Warum?

Zweitens: Karin Holm war im Ferienheim ›Haus Seeblick‹ beschäftigt. Bekannt ist, daß Heimleiter Schulte ihr nachgestiegen ist. Die Holm ließ ihn abblitzen, drohte sogar mit einer Anzeige. Ein Umstand, der unweigerlich zu Schultes Entlassung geführt hätte und daher auch neue Aspekte hinsichtlich des Mordmotivs bietet. Wo war Schulte Freitagnacht? Warum hat er das spurlose Verschwinden seiner Angestellten nicht gemeldet?«

»Drittens«, ergänzt Gabriel, »was hat dieses Foto zu bedeuten? Welche Beziehungen bestanden zwischen Karin Holm und diesem Dietram Becker?«

Fragen über Fragen, auf die wir noch keine Antwort wissen. Aber wir werden das Dunkel lichten! Wir werden? Wir müssen!

»Hör zu, Gabriel, es ist an der Zeit, daß wir etwas mehr über Karin Holm in Erfahrung bringen. Wir müssen wissen, wer sie war, wie sie lebte. Ich habe mit dem Oberstleutnant gesprochen. Du fliegst morgen früh mit der ersten Maschine von Barth* nach Dresden. Sieh zu, was du über Karin Holm in Erfahrung bringen kannst. Informiere dich über ihre Vergangenheit, rekonstruiere ihren Lebenslauf. Verwandte, Bekannte, Freunde. Mit einem Wort: alles, was für die Aufklärung von Nutzen sein könnte!«

Die mit vier Triebwerken ausgerüstete IL 18 zieht eine weite Schleife über dem Häusermeer der Stadt. Oberleutnant Gabriel beugt sich zum runden Kabinenfenster. Eintausend Meter unter ihm liegt Elbflorenz, die Stadt der Künste und Museen. Gabriel entdeckt den Zwinger, den Großen Garten, die verglaste Kuppel des Hauptbahnhofes, unter der das stählerne Geflecht von Weichen und Schienen endet. Seitab grüßt der Fernsehturm von Dresden-Wachwitz.

Die Stewardeß bittet die Fluggäste, sich anzuschnallen.

Schneller und schneller, so erscheint es ihm, stürzt der Riesenvogel jetzt der Erde entgegen. Die Rollbahnmarkierungen flitzen vorbei, zwei, drei sanfte Stöße, dann rollt die IL 18 über die Landepiste. Mit freundlichem Lächeln geleitet die Stewardeß ihre Fluggäste zum Empfangsgebäude. Unschlüssig blickt sich Gabriel in der Halle um. Ein junger Mann tritt hinter einer Säule hervor und schlägt dem Oberleutnant auf die Schulter: »Hallo, Gabriel!« Der Oberleutnant fährt herum: »Mensch, Lindner, was machst du denn hier?«

»Na warten, mein Gutster, auf dich natürlich. Du wurdest uns doch von Rostock avisiert. Ich bin beauftragt, dich zu unterstützen. Hab 'nen Wagen draußen. Gehen wir!«

Leutnant Lindner hakt seinen Gast freundschaftlich unter, führt ihn zu einem lindgrünen Skoda auf dem Parkplatz.

Die beiden Kriminalisten kennen sich vom gemeinsamen Studium an der Karl-Marx-Universität*. Erinnerungen austauschend klettern sie in den Wagen. Geschickt fädelt sich Lindner in den Verkehr auf der Zubringerstraße. Als sich der Fahrzeugstrom ein wenig lichtet, angelt er ein großes Kuvert vom Rücksitz und reicht es Gabriel. »Hier ist das Material, das wir über Hanno Neubert und Siegfried Moch zusammengestellt haben«, sagt er. »Wir fahren jetzt zum Revier sechsundzwanzig. Dort erwartet uns der Abschnittsbevollmächtigte, der für den Wohnbezirk der Holm zuständig ist. Einverstanden?«

Gabriel nickt zustimmend. Die Genossen in Dresden haben ausgezeichnete Vorarbeit geleistet. Während der Wagen stadteinwärts saust, vertieft er sich in den Ermittlungsbericht.

Der achtzehnjährige Hanno Neubert lebt bei seinen Eltern, einem ehrlichen und fleißigen Arbeiterehepaar. Nach Ansicht der Nachbarn ist er ein ruhiger und bescheidener junger Mann, höflich und hilfsbereit. Er arbeitet als

Feinmechaniker in den Dresdener Kamera- und Kinowerken. Ein Auszug aus der Kaderakte und eine Beurteilung des Betriebes liegen vor. Zur Brigade* hat Neubert ein gutes Verhältnis, gilt seinem Charakter nach jedoch als Einzelgänger. In letzter Zeit ist aufgefallen, daß er besonders zurückhaltend und schweigsam war. Bemühungen der Brigade, die Ursache zu ergründen, lehnte er ab. Dies sei sein Problem, so sagte er, es gehe niemanden etwas an, und er würde schon allein damit fertig.

Das ist im wesentlichen alles, was zu Hanno Neubert ermittelt wurde. Die Angaben sind kurz und knapp und bieten keinen direkten Hinweis zur Klärung des Verbrechens. Neuberts Name ist im Strafregister nicht enthalten. Der einzige fragwürdige Punkt in seinem Leben ist wohl die Freundschaft zu Siegfried Moch, einem großtuerischen, unbeliebten Neunzehnjährigen, der wegen Rowdytums vorbestraft ist.

Mochs Vater war ein Trinker. Die Mutter arbeitet in einem schweren Beruf, als Küchenhilfe. Sie schimpfte sehr viel mit ihren vier Kindern, und sie schimpfte ohne Erfolg. Am wenigsten kam sie mit dem Jüngsten zurecht. Er hörte nicht auf sie und gab laute und freche Antworten. Mit sechzehn schloß er sich einer Clique an. Gemeinsam pöbelten sie Leute an, belästigten Frauen und Mädchen. Nach seiner Entlassung aus dem

Jugendstrafvollzug begann er als Güterbodenarbeiter bei der Deutschen Reichsbahn zu arbeiten. Gebummelt hat er bisher nicht, sagt sein Meister, der Junge arbeitet zuverlässig.

Vor kurzem hat Moch sein Herz für den Motorsport entdeckt und sich ein Jawa-Motorrad gekauft. Wie es zu der Freundschaft zwischen Neubert und Moch, zwei so unterschiedlichen Charakteren, kam, läßt sich aus den Unterlagen nicht ersehen. Aber das ist im Augenblick auch gar nicht Gabriels Problem. Mochs Strafvermerk spukt ihm im Kopf herum, formt sich zu einer Untersuchungsversion, die er mir unverzüglich per Fernschreiber übermittelt: »Kann es sich im Mordfall Holm um ein mißglücktes Sittlichkeitsdelikt handeln?«

Meine erste Reaktion darauf ist: Nein!
Je länger ich aber über diese Theorie nachdenke, um so mehr sehe auch ich diese Version in den Bereich des Möglichen rücken. Vielleicht ist dieser Moch mit dem Mädchen am Strand gewesen, wurde zudringlich, wollte sie seinem Willen gefügig machen. Sie hat sich gewehrt und wollte davonlaufen. Da ist es dann passiert. Er hat sie hinterrücks erwürgt.

Nun, ich denke, daß ich mir in den nächsten Stunden darüber Klarheit verschaffen kann. Moch und Neubert wurden nämlich auf einem Campingplatz bei Graal-Müritz entdeckt. Wie man mir heute morgen mitteilte, werden sie noch im Laufe des Vormittags nach hier überstellt. – Zwei Stunden später sitze ich Hanno Neubert gegenüber. Er ist mittelgroß, schmal und wirkt mit seinem rotblonden Haarschopf durchaus sympathisch.

»Herr Major, ich verstehe das alles nicht«, protestiert er schwach gegen seine Festnahme. »Das kann doch nur ein Irrtum sein. Warum hält man uns hier fest?«

»Nein, Herr Neubert, das ist kein Irrtum. Freitagnacht ist in Seehagen ein Mädchen verschwunden.«

»Was haben wir damit zu tun?«

»Das ist das Mädchen!« Ich lege ihm das Tischfoto aus dem »Strandcafé« hin, beobachte gespannt jede Regung in seinem Gesicht.

Neubert schnellt von seinem Sitz hoch. »Karin?«

»Seit wann kennen Sie Karin Holm?« stoße ich sofort nach.

»Ich ... ich war mit ihr verlobt!«

»Richtiggehend verlobt?«

»Ja!«

Das ist nun wirklich eine Überraschung. Ich brauche ein

paar Sekunden, um diese Neuigkeit zu verdauen. Aber schon melden sich erste Bedenken.

»Sie sagten, Sie waren verlobt, Herr Neubert. Sind Sie es denn jetzt nicht mehr?«

Der junge Mann schüttelt langsam und resigniert den Kopf. Dann beginnt er zu erzählen, breitet Wort für Wort sein geheimes Inneres vor mir aus. Schweigend höre ich ihm zu, und ich spüre, Neubert ist ganz einfach froh, endlich einmal Gelegenheit zu haben, sich alles Quälende von der Seele zu reden.

Neubert lernte Karin Holm vor mehr als einem Jahr auf einem Betriebsausflug kennen. Für ihn war es das, was man Liebe auf den ersten Blick nennt. Bevor er Karin kannte, waren ihm solche Gefühle fremd. Sicher, es hatte ein paar flüchtige Bekanntschaften gegeben. Mädchen, die man beim Tanz oder auf dem Rummelplatz traf. Verabredung fürs Kino, Begleitung bis zur Haustür, dann und wann einen Kuß, mehr gab es nicht. »Mit Karin war das anders«, erzählt er. »Sie war die erste Frau in meinem Leben. Ich weiß nicht, ob Sie das verstehen, Herr Major, aber ich war glücklich, wenn sie bei mir war. Nur das zählte für mich.«

»Ich verstehe das sehr wohl, mein Junge«, sage ich. »Es sind die Qualen der ersten Liebe, die wir auch einmal durchlebten.«

Neubert nickte versonnen. »Und eines Tages war das alles zu Ende. Genau drei Monate ist es her, da hat sie plötzlich mit mir Schluß gemacht. Ich glaube, sie hatte einen anderen gefunden. Gesehen habe ich ihn zwar nie, aber so was spürt man ja. Manchmal hat mich Karin nicht mehr in die Wohnung gelassen. Dann fand ich ein paar Mal Zigarettenkippen in ihrem Aschenbecher. Begreifen Sie, wo sie doch nie geraucht hat!« Schweigend starrt Neubert zu Boden, hängt seinen Erinnerungen nach. Ich lasse ihn ungestört. »An jenem Sonntag im Mai«, nimmt er nach längerer Pause seinen Bericht wieder auf, »ging ich vergeblich zu Karin. Sie war fort, einfach abgereist, ohne mir etwas zu sagen. Sie wohnt nicht mehr in Dresden, sagte mir Frau Lohmann, die Wirtin. Alles war plötzlich leer und sinnlos für mich. Nach Tagen erfuhr ich dann, daß Karin an der Ostsee ist und daß sie in Seehagen in einem Ferienheim arbeitet. Ich habe alles unternommen, um sie wiederzusehen, ich habe im Betrieb Urlaub genommen und Siggi überredet, auf seiner Jawa hierher zu fahren.«

»Und? Haben Sie Ihre Verlobte wiedergesehen?«

»Ich bin ins Ferienheim gegangen, zwei- oder dreimal. Aber sie ist mir immer ausgewichen. Am Freitag habe ich sie dann eingeladen, zum Tanz ins ›Strandcafé‹.«

»Diese Einladung hat sie angenommen?«

»Ja. Ich wollte mit ihr sprechen, es sollte wieder alles so wie früher sein. Karin sagte, daß alles aus ist zwischen uns, daß es keinen Zweck mehr hat. Und dann ist sie gegangen.«

»Wo haben Sie denn das da her?« frage ich und deute auf die dürftig verheilte Wunde an Neuberts rechtem Handgelenk.

Neubert fährt zusammen. Mit einer Handbewegung sucht er die Narbe meinen Blicken zu entziehen. »Ich ... ich weiß nicht. Ich hab mich Freitagnacht ... also da habe ich mich vor Kummer betrunken. Auf dem Heimweg bin ich dann in eine Hecke geraten. Da muß ich mich verletzt haben. Jaja, so war es!« Und dann plötzlich angstvoll: »Aber, Sie glauben doch nicht, daß ich ... daß ich Karin etwas angetan habe. Nein, nein, das dürfen Sie nicht glauben, Herr Major. Warum fragen Sie denn nicht den Siggi. Er hat sich doch auch für sie interessiert. Erst zwei Stunden nach mir kam er ins Zelt zurück! Ganz verdreckt war sein Anzug!«

Siegfried Moch ist breit und stämmig, von untersetzter Statur. Das ungepflegte schwarze Haar hat er in kühnem

Schwung über die Stirn gedreht. Betont lässig nimmt er auf dem Stuhl Platz.

»Nun bin ich aber gespannt, was Sie von uns wollen.«

Ich habe mich entschlossen, das Ziel direkt anzuvisieren, frage: »Sie kennen Karin Holm?«

»Na klar, ist doch Hannos Verflossene.«

»Die beiden hatten ein Verhältnis?«

»Hach, und was für eins. Wie ein Dackel ist er ihr nachgelaufen. Dabei hatte sie längst Schluß gemacht. Verrückt müßte man sein, ein Mädchen so ernst zu nehmen.«

»Sie waren mit der Holm am Freitagabend im ›Strandcafé‹?«

»Ist doch wohl nicht verboten, oder?«

»Die Fragen stelle ich. Daran müssen Sie sich schon gewöhnen, Herr Moch!«

»Meinetwegen!«

»Wer hat die Holm an diesem Abend nach Hause gebracht, Sie?«

»Nein, obwohl ... Na ja, also gut, ich hatte die Absicht. Karin zeigte plötzlich Interesse für mich. Warum sollte ich meine Chance nicht nutzen?«

»Sie haben sich also verabredet?«

»Ja, vor dem ›Strandcafé‹.«

»Sie waren mit ihr in den Dünen?«

»Nein, ich ... Hören Sie mal, was soll'n die Fragerei?«

»Karin Holm ist seit dieser Tanzveranstaltung verschwunden!« sage ich hart.

Moch ist sichtlich erschrocken.

Ich lasse ihm keine Zeit, sich zu sammeln. »Sie waren mit ihr in den Dünen!« wiederhole ich eine Nuance schärfer.

»Nein, ich wollte, aber ...«

»Sie kamen zwei Stunden nach Neubert zum Zelt zurück?«

Er duckt sich unter meinen Vorwürfen zusammen. »Hören Sie doch endlich auf. Ja, ja, ich war am Strand unten, weil ich mit ihr verabredet war. Aber sie hat mich schließlich versetzt!«

»Was haben Sie in den zwei Stunden gemacht?«

»Was soll ich schon gemacht haben? Gewartet hab ich. Erst vor dem ›Strandcafé‹ und dann unten am Strand. Überall bin ich rumgelaufen, habe gesucht, an den Strandkörben, in den Dünen und oben auf der Promenade. Aber ich hab sie nicht gefunden, verstanden! Ich laß mir von Ihnen keine krumme Sache anhängen!«

Klingt nicht sehr wahrscheinlich, denke ich. Andererseits – unmöglich ist es auch wieder nicht. Gesetzt den Fall, Moch spricht die Wahrheit, dann hat doch aber auch Neubert für diese Zeit kein Alibi. Denn wer will bezeugen, daß er tatsächlich in der fraglichen Zeit im Zelt gewesen ist?

»Sagen Sie mal«, erkundige ich mich, »warum hatten Sie es am Sonnabend mit Ihrer Abreise so eilig? Die Zeltgenehmigung war doch noch gar nicht abgelaufen?«

»Das war Hannos Einfall. Der war ganz schön sauer. Na, Sie wissen doch, wegen Karin, weil sie ihm den Laufpaß gegeben hatte. Er wollte nichts mehr hören und sehen. Da sind wir eben abgehauen.«

Unzufrieden klingle ich nach dem Wachtmeister, lasse Moch in die Zelle zurückführen. Irgend etwas gefällt mir an dieser Geschichte nicht. Irgendwo steckt noch ein Widerspruch. Aber wo? Was habe ich übersehen? Wie ich die Sache auch drehe und wende, ich kann keinen Fehler entdecken. Dabei hat mich mein Gefühl selten getrogen.

Zum Mittagessen fahre ich in das »Strandcafé«. Ich setze mich an den Tisch, an dem Karin Holm, Hanno Neubert und Siegfried Moch gesessen haben. Der Kellner bedient mich höchstpersönlich, empfiehlt Kalbsnierenbraten mit Champignons. Satt und wohlgelaunt lehne ich mich zurück, tupfe mit der Serviette meinen Schnurrbart ab. Und dann habe ich es plötzlich. Karin Holm soll sich mit Moch in den Dünen getroffen haben? Nein, das paßt nicht zu dem Bild, das ich mir von dem Mädchen gemacht habe. Vielleicht hat sie zugesagt, um ihn loszuwerden und hat ihn versetzt. Wie mag Moch das aufgenommen haben? Hat er mit Gewalt sein Ziel zu erreichen versucht? Bei seinem Charakter durchaus denkbar! Nein, Moch kann aus dem Kreis der Verdächtigen nicht ausgeschlossen werden! Die Version vom mißglückten Sittlichkeitsdelikt bleibt bestehen!

Unterleutnant Hösel ist groß, kräftig und sehr beweglich, mit dem Brustkorb eines Ringers. Kein Wunder, daß es in seinem Abschnitt kaum noch Ärger gibt, wie der Revierleiter, ein Hauptmann in Uniform, versichert. Gabriel reicht dem Abschnittsbevollmächtigten freundschaftlich die Hand. »Sind Sie schon lange in Ihrem Abschnitt?«

»Über zehn Jahre. Mit der Zeit lernt man die Sorgen und Freuden der Leute kennen«, sagt der Unterleutnant. Der Name Karin Holm ist ihm geläufig. Kopfnickend schiebt er das Foto, das Gabriel ihm gezeigt hat, wieder über den Tisch zurück. »Ja, das ist sie. Ein nettes, bescheidenes Mädchen. Sie wohnt in der Puschkinallee bei einer Frau Lohmann.«

»Was war sie für ein Mensch? Wie lebte sie?«

»Sie hat es in ihrem Leben nicht leicht gehabt, Genosse Oberleutnant. Als sie acht Jahre alt war, sind ihre Eltern tödlich verunglückt. Das Mädchen kam in ein Kinderheim, beendete die Schule und erlernte den Beruf einer Serviererin. Vor sechs Jahren ist sie wieder nach Dresden gezogen.«

»Wo hat sie gearbeitet?«

»Im Restaurant ›Ganymed‹. Der Objektleiter ist bei mir VP-Helfer*. Ich habe mit ihm über Karin Holm gesprochen. Bei den Gästen war sie sehr beliebt, erhielt immer reichliches Trinkgeld, obwohl sie nie darauf aus war. Meiner Meinung nach war sie ein unauffälliges junges Mädchen, eine Durchschnittsbürgerin wie viele andere auch.«

»Ihr Bekanntenkreis?«

»Darüber kann ich nur wenig sagen. Ein paar Mal habe ich sie im Stadtbad mit einem jungen Mann gesehen, rotblond. Meiner Schätzung nach war er zwei oder drei Jahre jünger.«

»Das wird Neubert gewesen sein«, meint Gabriel. »Und sonst? Was wissen Sie noch über die Holm?«

»Anfang Mai hat sie eine Nebenwohnung angemeldet, aus beruflichen Gründen. Soweit ich weiß, in Seehagen an der Ostsee. Es war übrigens das erste Mal, daß sie als Saisonkraft an die Küste ging.«

Nach dem Essen fahre ich erneut zum Urlauberdorf. Zur Mittagsstunde trifft man die meisten Urlauber in ihren Unterkünften an. Ein gutaussehender, sportlich wirkender Mann mit dunklen, an den Schläfen leicht angegrauten Haaren rekelt sich auf einem Liegestuhl, als ich an die Tür des Bungalows Nr. 14 klopfe.

»Zu wem wollen Sie?« fragt er ungehalten. Ich habe seine Siesta gestört.

Nach dem Foto erkenne ich ihn sofort. »Sie sind Dietram Becker, ja?«

»Allerdings. Und Sie?«

»Major Zander. Kriminalpolizei.«

»Wollten Sie mich gestern sprechen?«

»Ja.«

»Hm, Kriminalpolizei? Ich wüßte nicht, was ich mit dieser Institution zu bereden habe.«

»Ich möchte eine Auskunft. Sagt Ihnen der Name Karin Holm etwas?«

»Holm? Karin Holm? Nie gehört.« Ruhig und ohne erkennbare Erregung sagt er das.

»Herr Becker, Sie sind Stammgast im ›Strandcafé‹. Wie lange haben Sie sich am Freitagabend dort aufgehalten?«

»Oh, das weiß ich zufällig genau. Kurz nach neunzehn

Uhr waren wir, das heißt meine Tochter, meine Frau und ich, hier im Bungalow. Die Nachrichten im Deutschlandsender waren gerade zu Ende. Sicher brauche ich noch ein Alibi für den Rest des Abends?«

»Wie kommen Sie denn darauf?«

Er zieht die Mundwinkel spöttisch herab. »Ich dachte, bei der Kriminalpolizei ist das so üblich.«

Was wiegt eigentlich schwerer in diesem Menschen? Arroganz oder Einfalt? Ich habe schon eine gepfefferte Antwort auf der Zunge, bezwinge mich aber und frage: »Haben Sie denn eins? Ich meine, ein Alibi?«

»Selbstredend. Ich war im Kino. Zur Zwanzig-Uhr-Vorstellung. Meine Frau kann es Ihnen bestätigen. Ich werde sie gleich rufen.«

»Moment«, halte ich ihn zurück, »vielleicht sehen Sie sich das hier erst mal an.«

Entschlossen, die Sache zu einem raschen Ende zu bringen, halte ich ihm das Foto aus dem »Strandcafé« unter die Nase. Irre ich mich, oder wird er nun wirklich blaß?

»Sicher haben Sie auch dafür eine plausible Erklärung!« Diesmal ist die Ironie auf meiner Seite.

»Herr Major«, sagt er schließlich mit verlegener Miene, »ich muß Ihnen etwas gestehen. Kommen Sie!« Er führt mich ein paar Schritte zum Hauptweg zurück. »Meine Frau braucht das nicht unbedingt zu hören. In ihrer Eifersucht kratzt sie mir noch mal die Augen aus. Nun ja, ich habe das Mädchen auf dem Foto am Freitagabend im ›Strandcafé‹ gesehen. Aber ich wußte nicht, daß sie Karin Holm heißt. Ich hatte mich an diesem Abend mit meiner Frau gestritten, einer Lappalie wegen, und da bin ich dann nochmals zum ›Strandcafé‹ gegangen. Ich kam mit dem Mädchen zufällig ins Gespräch. Gut, ich gebe auch zu, ich war einem Flirt nicht ganz abgeneigt, aber sie ließ es erst gar nicht dazu kommen und ist weggelaufen. Das ist schon alles, Herr Major. Ich hoffe, ich kann mich auf Ihre Diskretion verlassen.«

Obwohl es mir schwerfällt, muß ich ihm dieses Zugeständnis machen. Soweit kein öffentliches Interesse vorliegt, gehen uns Beckers Eheverhältnisse kaum etwas an.

»Wenn Sie eine Frage gestatten, Herr Major, was ist mit dem Mädchen?«

»Sie ist verschwunden!« entgegne ich knapp.

»Mein Gott, ist sie tot?«

»Wir wissen noch nichts«, halte ich mich an unsere für die Öffentlichkeit bestimmte Version. »Einen hübschen Wagen haben Sie da.« Ich deute auf den funkelnagelneuen Wartburg neben dem Bungalow. »Was machen Sie eigentlich beruflich?«

»Ich bin Kfz-Ingenieur. Mein Schwiegervater hat in Cottbus eine Autowerkstatt. Ziemlich gutgehendes Geschäft. Wenn Sie mal zufällig in Cottbus sind und eine Panne haben, kommen Sie ruhig vorbei. Ich helfe gern.«

Im Treppenhaus riecht es nach Wäsche und Bohnerwachs. Die Tür zur Wohnung steht spaltbreit offen und im Briefschlitz steckt eine »Sächsische Tageszeitung«. In einem der Zimmer summt ein Staubsauger. Frau Lohmann, die auf Gabriels Klingeln im Korridor auftaucht, ist Ende Fünfzig. Eine nette, zierliche Frau, die Unterleutnant Hösel kaum bis an die Schultern reicht. Trotzdem verrät sie Energie. Die Art, wie sie den ABV nach dem Grund des Besuches fragt, zeugt davon. »Nanu, Herr Hösel, Sie bringen doch nicht etwa schlechte Nachrichten? Kommen Sie rein!« Sie läßt Gabriel und den ABV in ihr Wohnzimmer treten, in dem es vor Sauberkeit nur so blitzt. Unterleutnant Hösel stellt Gabriel der Wirtin vor.

»Ich nehme an, Sie kennen Fräulein Holm sicherlich recht gut«, beginnt der Oberleutnant im Plauderton das Gespräch.

»Das will ich wohl meinen, Herr Gabriel. Wenn man vier Jahre unter einem Dach wohnt, sollte man sich schon kennen. Fräulein Karin ist ein sehr liebes Mädchen, immer sauber und ordentlich. Und wie oft sie mir schon geholfen hat!« Offenbar ist Frau Lohmann ihrer Untermieterin sehr zugetan, denn sie spricht in Tönen höchsten Lobes. »Ich kann wirklich nur Gutes von ihr sagen.«

»Man hat mir berichtet, Fräulein Holm arbeite als Serviererin«, unterbricht der Oberleutnant.

»Das ist doch keine Arbeit für ein junges Mädchen, sage ich immer wieder zu ihr. Sie soll sich doch etwas anderes suchen. Aber Fräulein Karin will nicht. ›Die Gastronomie ist etwas Wunderbares‹, hat sie mir geantwortet, ›eine Kunst, die erlernt sein will.‹ Was sagen Sie dazu?«

»Sicher liebt sie ihre Arbeit ... Hat Fräulein Holm Männerbekanntschaften?«

»Nein, nein, Herr Gabriel! Sie hatte einen Freund, den Herrn Neubert. Aber das Richtige war es nicht. Er war kein Mann für Fräulein Karin. Zu jung, und deshalb hat sie sich wohl auch von ihm getrennt. Leichtgefallen ist ihr dieser Entschluß nicht. Sie befürchtete immer, Herr Neubert würde die Trennung nicht überwinden. Er war doch so sensibel.«

»Könnte ein anderer Mann hinter dieser Geschichte stecken?«

»Im Vertrauen, Herr Gabriel, ich vermute es. Sie hat ihn wohl im Februar bei einem Faschingsvergnügen kennengelernt.«

»Haben Sie diesen Mann schon mal gesehen?«

»Nein, aber er muß einige Male bei ihr in der Wohnung gewesen sein. Wissen Sie, ich arbeite als Platzanweiserin in den ›Park-Lichtspielen‹. Da gehe ich nachmittags aus der Wohnung und komme erst kurz vor Mitternacht zurück. Ich habe es auch nur bemerkt, weil es im Korridor manchmal nach Zigarettenqualm roch. – Nun möchte ich aber auch mal eine Frage stellen, Herr Gabriel. Sie sind nämlich schon der zweite, der sich nach Fräulein Karin erkundigt. Was ist eigentlich los?«

Oberleutnant Gabriel blickt die Frau verdutzt an. »Augenblick mal, Frau Lohmann. Sagten Sie wirklich, daß sich schon jemand nach Karin Holm erkundigt hat?«

Die Wirtin nickt eifrig. »Jaja, gestern war so ein junger Mann hier. Er sagte, daß er Fräulein Karin kenne und daß er sich mit mir einmal über sie unterhalten wolle.«

»Was war das für ein Mann?« fragt Gabriel gespannt.

»Ja, ist denn das so wichtig?« Frau Lohmann kann sich Gabriels Erregung gewiß nicht deuten.

»Es ist sogar sehr wichtig, Frau Lohmann.« Gabriel entschließt sich, die Wahrheit zu offenbaren. »Karin Holm ist tot. Sie wurde das Opfer eines Verbrechens!«

»Nein! Nein!« Frau Lohmann preßt die Hand auf den Mund. »Das ist nicht wahr!« Sie umklammert Gabriels Handgelenk. »Das kann doch nicht sein, daß Sie hier sitzen und mir so schreckliche Dinge erzählen. So sagen Sie doch, daß es nicht wahr ist!«

»Doch, Frau Lohmann«, erwidert Gabriel behutsam, »leider ist es die Wahrheit. Verstehen Sie jetzt, warum dieser Mann so wichtig ist?«

»Er ... ist der Mörder, nicht wahr?«

»Ich vermute es«, bestätigt der Oberleutnant ihren Verdacht. »Können Sie ihn beschreiben?«

Frau Lohmann braucht einige Zeit, um sich zu sammeln. Dann erzählt sie: »Er war vielleicht so alt wie Sie, Herr Gabriel. Schlank, dunkles Haar, sehr nett und freundlich. Ich glaube, ein Büromensch. Er hat mir auch seinen Namen gesagt, aber ich habe ihn vergessen. Er erzählte, daß er Fräulein Karin an der Ostsee kennengelernt habe und daß er sich sehr für sie interessiere. Ich sollte ihm von ihr erzählen. Und dann hat er sich ihr Zimmer zeigen lassen.«

»Soso, ihr Zimmer«, wiederholt der Oberleutnant nachdenklich. »Was kann er dort gewollt haben? War er einige Zeit allein in dem Zimmer?«

»Nein«, sagt die Wirtin entrüstet, »das hätte ich nicht

zugelassen.«

Karin Holms Zimmer ist ein behaglicher, modern möblierter Raum, der den guten Geschmack des Mädchens erkennen läßt.

Frau Lohmann durchquert langsam das Zimmer und mustert eindringlich die Möbel. »Übrigens habe ich ihm aus dem Fenster nachgesehen, als er unten auf der Straße in sein Auto stieg.«

»Auto?«

»Na ja, er war mit seinem Auto hier. So einen neuen Wartburg mit viereckiger Form!«

»Was sagst du?« brülle ich in das Telefon. Dresden scheint wieder einmal auf der anderen Seite des Erdballes zu liegen. »Ihren Nachlaß hast du durchgesehen? Briefe, Adressen, Tagebuchaufzeichnungen – nichts von alledem? Eine erschreckende Ordnungsliebe! Ja, Ordnungsliebe sagte ich. Sieh zu, daß du die nächste Maschine für den Rückflug bekommst!« Ich will das Gespräch schon beenden, aber Gabriel hat sich das Beste wieder einmal bis zum Schluß aufgehoben. »Genosse Major«, sagt er streng dienstlich, »da wäre noch die Sache mit dem roten Wartburg.«

Ich höre mir seinen Bericht an. »Ein roter Wartburg? Pontonform?« brülle ich vergnügt. »Na, und ob ich so ein Ding gesehen habe!«

Beim K-Leiter des Kreisamtes fordere ich zwei zuverlässige Kriminalisten an. Ich weise die Genossen kurz ein, dann fahren wir zum Urlauberdorf. Die Männer bleiben am Wagen zurück, während ich allein über die knirschenden Kieswege gehe. Dietram Becker pusselt an seinem Wartburg 353 herum. Der dunkelrote Lack glänzt matt im Schein der Abendsonne. »Hallo!« macht Becker, als er meiner ansichtig wird. »Schon wieder Sie? Worum geht's diesmal?«

»Um Ihren gestrigen Ausflug. Wo waren Sie eigentlich

mit dem Wagen?«

»Habe ich Ihnen das nicht gesagt? In Rostock war ich!«

»Ich schätze, so ein neuer Wartburg schafft Hin- und Rückfahrt spielend in einer reichlichen Stunde. Was haben Sie also während der übrigen Zeit gemacht?«

Becker reibt seine Hände an einem Putzlappen ab. Unwillig sagt er: »Ich weiß zwar nicht, was die Fragerei soll, aber bitte, wenn sich Ihre Neugier nicht auf andre Weise befriedigen läßt – ich bin nach Rostock gefahren, um mir die Stadt anzusehen. Manchmal brauche ich eben solche Stunden des Alleinseins. Ich bin durch die Stadt gebummelt, hab eine Hafenrundfahrt gemacht und in Warnemünde im ›Teepott‹ gesessen. Auf der Rückfahrt hatte ich eine Panne. Hinter Bad Doberan waren die Zündspulen hin. Was blieb mir anderes übrig, als neue aufzutreiben. Sind Sie nun zufrieden?«

»Noch nicht ganz. Sie haben sich hoffentlich den Namen der Werkstatt gemerkt?«

»Natürlich!« antwortet er selbstsicher. »Klüterjahn in Bad Doberan!«

»Sehr schön, Herr Becker, dann werden Sie verstehen, daß ich Sie jetzt bitten muß, mich zur Dienststelle zu begleiten. Ihre Angaben werden überprüft.«

Dietram Becker würdigt mich keiner Antwort. Mit einem vielsagenden Blick wirft er den Putzlappen in die Ecke, streift sein Sommerjackett über und geht stumm vor mir her auf unseren Dienstwagen zu.

Es ist kurz nach zweiundzwanzig Uhr. Ich stehe am offenen Fenster und starre in die laue Sommernacht. Dort, hinter den Wipfeln der Bäume, ertönt das Rauschen der Brandung, liegt die tintenschwarze Fläche des Meeres. In rhythmischer Folge schwenkt der alte Leuchtturm seinen Lichtfinger im Kreise. Ein Gefühl der Leere ist über mich gekommen. Der Telefonanruf vor einer Stunde hat mein ganzes Kartenhaus zusammenstürzen lassen. Meine Kombinationen sind keinen Pfennig wert. Das VP-Revier in Bad Doberan bestätigte, daß Dietram Becker tatsächlich in den gestrigen Nachmittagstunden in der Autoreparaturwerkstatt Klüterjahn war. Nach den Gesetzen der Logik kann er nicht zur gleichen Zeit bei Frau Lohmann in Dresden gewesen sein. Wer ist der Mann, mit dem Karin Holm ihr letztes Rendezvous in den Dünen hatte? Ist es Dietram Becker? Wenn ja, wie liegt das Motiv? Wie sind wir überhaupt auf die Person des Ingenieurs gestoßen? Durch Charlie Weicherts Fotoaufnahmen aus dem »Strandcafé«! Karin Holm war eine Zufallsbekanntschaft, hat Becker gesagt. War es wirklich nur Zufall, daß er in das Netz unserer Ermittlungen geriet? Eigentlich ist Becker der einzige, für dessen Tatverdacht kein erkennbares Motiv zu finden ist.

Anders liegt der Fall bei Hanno Neubert. Er war mit der Holm verlobt, könnte also auch der Vater des Kindes sein, das sie erwartete. Neubert hat sie zum Tanz in das »Strandcafé« eingeladen, um sich mit dem Mädchen auszusöhnen. Sie aber erklärt ihm, daß es endgültig aus ist. Und dann passiert das Schlimmste für ihn. Er muß anhören, wie sich die Holm mit Moch am Strand verabredet. Vollgepumpt mit Haß und Zorn schleicht er dem Mädchen nach, um seiner ehemaligen Verlobten aufzulauern. So ließe sich die Herkunft der Kratzwunde an Neuberts Handgelenk und auch die überstürzte Abreise am Morgen nach der Tat erklären. Andererseits wissen wir aus dem Strafregister, daß Siegfried Moch gewalttätig ist, auch Frauen gegenüber. Es könnte am Strand zwischen ihm und der Holm zu einem Kampf gekommen sein. Daher vielleicht der Hilferuf, von dem uns Moch selbst berichtete. Deshalb kam er in jener Nacht mit verschmutzter Kleidung zum Zeltplatz zurück. Und dann ist da noch Eddy Schulte, der Mann, der fürchten muß, durch Karin Holms Aussagen seine Position zu verlieren. Unaufhörlich wirbeln die Gedanken im Kreise, wägen jedes Für und

Wider gegeneinander ab. Vier Verdächtige. Jeder könnte der Täter gewesen sein, aber keinem ist die Tat eindeutig nachzuweisen. Beinahe wie im klassischen Krimi. Der Schriftsteller fällt mir plötzlich ein, der die Leiche gefunden hat. Wie war doch gleich sein Name? Ach, richtig, Konrad Benken. Wer weiß, wie sein Romandetektiv diesen Fall aufklären würde? Ich bin kein Romandetektiv, sondern Leiter der Morduntersuchungskommission, und in spätestens acht Stunden muß ich entscheiden, gegen wen der Haftbefehl zu beantragen ist. Länger als vierundzwanzig Stunden darf ich keinen der Verdächtigen in unserer Dienststelle zurückhalten. Wenn man wenigstens einen Hinweis hätte, einen Anhaltspunkt, so gewichtig, daß ich die anderen aus dem Verdächtigenkreis ausschließen kann! Auf dem Schreibtisch klingelt das Telefon. Die Genossin aus der Fernschreibzentrale teilt die Ankunft eines Fernschreibens mit.

»Gut«, sage ich, »bringen Sie es in genau vierzig Minuten zu mir herauf!«

In diesem Augenblick weiß ich nämlich, wie das Rätsel zu lösen ist. Ich habe eine Möglichkeit gefunden, den Mörder aus dem Dunkel hervorzulocken. Ich rufe die Bereitschaftsgruppe, ordne die Vorführung der vier Verdächtigen an. Es dauert ein Weilchen, denn Edmund Schulte muß erst aus dem Ferienheim geholt werden. Vierzig Minuten später sind sie vor meinem Schreibtisch versammelt.

»Meine Herren«, sage ich kalt und geschäftsmäßig, »das Geheimnis um die verschwundene Karin Holm ist gelüftet. Sie wurde Freitagnacht das Opfer eines Überfalles. Aus dem Krankenhaus erfahre ich soeben, daß sie alles halbwegs überstanden hat. Sie hat sich von ihrem Schrecken erholt und wird in wenigen Sekunden zur Tür hereinkommen, um den Täter zu identifizieren!« Ich hebe den Arm und deute zur Tür. Draußen vom Korridor sind Schritte zu hören. Kurze Schritte mit Stöckelschuhen einer jungen Frau. Die Schritte werden lauter, kommen näher. Das unerbittliche, gleichbleibende Tacken zerrt an den Nerven. Ich höre das geräuschvolle Atmen der Männer, sehe in ihre Gesichter. Die Schritte halten vor der Tür, dann wird die Klinke heruntergedrückt. Jetzt weiß ich, wer der Mörder ist. Drei der Verdächtigen haben aufgeregt zur Tür gestarrt, der vierte nicht! Daß Karin Holm wirklich tot ist, wissen nur wir und der Mörder, denn in den Vernehmungen haben wir immer nur von ihrem Verschwinden gesprochen, nicht aber von Mord. Bei meiner Eröffnung hatte der Mörder eine Falle gewittert und sich vorgenommen, nicht darauf zu reagieren. Mit seiner gespielten Uninteressiertheit verriet er sich. Ja, er ist überaus intelligent, aber auch intelligente Mörder machen gravierende Fehler! Eine uniformierte Genossin tritt ins Zimmer. Dankend nehme ich das angekündigte Fernschreiben entgegen. Ich werfe einen kurzen Blick auf das Blatt und bin meiner Sache nun vollends sicher. Ich erhebe mich und trete vor den Mörder hin. »Herr Becker, Sie sind wegen Mordes an der Serviererin Karin Holm festgenommen. Aus Dresden erfahre ich soeben, daß Sie bis Mai Fernstudent an der Technischen Hochschule waren. Ich habe wohl recht, daß Sie der Mann sind, der zwischen Karin Holm und Hanno Neubert stand.«

Becker antwortet mit einem eisigen Blick. »Hirngespinste!« sagt er verächtlich. »Diesen Unsinn müssen Sie erst einmal beweisen!«

»Va banque gespielt!« kommentiert Gabriel meinen Teilerfolg. »Ich weiß nicht, Chef, auf der Uni haben wir so was nicht gelernt.«

»Na schön«, gebe ich zu, »es entspricht nicht ganz unseren üblichen Methoden. Aber was blieb mir denn in dieser Situation anderes übrig? Sollte ich die Männer laufen lassen, darunter einen Mörder? Oder alle vier in Haft behalten und damit auch drei Unschuldige einsperren?

Nein, Gabriel, dieses Recht haben wir nicht.«

»Und der Mann mit dem roten Wartburg in Dresden?« erinnert Gabriel.

»Ich habe da so eine Ahnung«, sage ich schmunzelnd. »Kommen Sie mal zum Fenster!«

Auf dem Parkplatz vor dem Kreisamt kurvt soeben ein weinroter Wartburg 353 ein. Der Schriftsteller Konrad Benken klettert aus dem Wagen, steuert zielbewußt auf den Torposten zu.

»Was denn?« macht Gabriel. »Der? Woher haben Sie das gewußt, Chef?«

»Gewußt nicht, aber ich vermutete es!« Ich stecke mir eine Pfeife an, sage, während wir auf Benken warten: »Nun erzähl doch endlich, was hast du überhaupt in Dresden erreicht?« Gabriels Miene, auf der sich nämlich seit seinem Erscheinen verborgener Triumph malt, hat mich stutzig gemacht. Er muß in Dresden etwas entdeckt haben. Etwas sehr Wichtiges sogar, wie ich glaube.

»Wissen Sie, Genosse Major, als ich gestern abend in meinem Dresdner Hotelbett lag, hatte ich dauernd das Gefühl, bei Frau Lohmann etwas übersehen zu haben. Ich habe lange überlegt, bis der Blitz der Erleuchtung kam. Frau Lohmann war eine Sauberkeitsfanatikerin, sagte ich mir. Als ich in Karin Holms Zimmer stand, war kein einziges Stäubchen zu entdecken. Ein Zeichen, daß die Wirtin regelmäßig saubermachte. Und dann stand da in diesem Zimmer ein Papierkorb. Und dieser Papierkorb, so sagte ich mir, muß doch auch mal einen Inhalt gehabt haben. Wo war dieser Inhalt geblieben? Verbrannt? Die Lohmannsche Wohnung ist mit Zentralheizung ausgestattet, um diese Jahreszeit wird nicht geheizt. Ich bin also aus dem Bett, habe mir ein Taxi geschnappt und habe Frau Lohmann aus den Federn getrommelt. Die halbe Nacht habe ich in ihrem Keller zugebracht und Papierabfälle umgedreht. Aber es hat sich gelohnt. Dieses Stück Papier ist der Beweis, den wir suchen.« Er reicht mir einen zerknitterten, wieder sorgfältig geglätteten Zettel. Kleine schnörkellose Buchstaben. Einzelne Sätze sind durchgestrichen, neu formuliert. Karin Holm hat sie geschrieben. Ein Briefentwurf. Und dieser Entwurf ist an Dietram Becker gerichtet. Er gibt Auskunft über die Beziehungen, die zwischen ihr und ihrem Mörder bestanden.

Es klopft. Konrad Benken wird ins Zimmer geführt. Wir nehmen Platz.

»Herr Major, mich treibt das schlechte Gewissen«, beginnt der Schriftsteller mit reichlich verlegener Miene. »Ich muß Ihnen ein Geständnis machen.«

»Ich weiß, Herr Benken, ich weiß. Sie haben ein wenig Detektiv gespielt!«

»Was denn, Sie wissen ...?«

»Natürlich!« brumme ich. »Woher hatten Sie überhaupt die Heimatanschrift der Toten?«

»Den Namen habe ich vom ABV in Boltendorf und die Adresse im Ferienheim von einer Freundin der Toten.«

»Mit Ihrer Detektivspielerei haben Sie unseren jungen Freund«, ich deute mit dem Pfeifenmundstück auf Gabriel, »und, wie ich zugeben muß, auch meine Überlegungen ganz schön durcheinandergebracht.«

»Ja, dieser Vorwurf ist berechtigt«, gibt Benken zu. »Erinnern Sie sich noch an unser Gespräch im Gasthof Boltendorf? Vermutlich haben Sie damals gedacht, ich sei nur hinter einer interessanten Story her. Nun, das wäre ein bißchen zu einfach. Der Tod dieses Mädchens ist auch für mich voller Tragik. Sie zu ergründen, mehr aus dem Leben dieses Mädchens zu erfahren, zu wissen, warum sie sterben mußte und darüber zu schreiben, das ist meine Absicht. Deshalb bin ich nach Dresden gefahren und habe mit Frau Lohmann gesprochen.«

Als die Tür hinter dem Schriftsteller ins Schloß gefallen ist, gebe ich Befehl, Becker erneut vorzuführen. Diese Vernehmung wird die Entscheidung bringen. Für den Mörder gibt es kein Ausweichen mehr.

Ein junger Tag steht über der unendlichen Weite des Meeres. In schneller Folge rollen die Wogen ans Ufer, zersprühen gischtend auf rundgewaschenem Kiesel, fluten zurück, bis der nächste Wellenkamm heranrauscht. Der Pulsschlag des Meeres. Mit heiseren Schreien stoßen die Möwen auf die über Nacht ans Ufer gespülten Tangbündel herab. Ich stehe am Wasser und schaue dem Spiel der Wellen zu.

»Hat er gestanden?« fragt Konrad Benken, der wenige Schritte hinter mir an einem Strandkorb lehnt.

»Ja, es blieb ihm keine andere Wahl.«

»Und das Motiv?«

»Becker war Fernstudent in Dresden«, erzähle ich. »Anfang des Jahres lernte er auf einem Faschingsvergnügen Karin Holm kennen. Dieses Mädchen hat er dann unter Alkohol verführt und schließlich ein festes Verhältnis mit ihr unterhalten, bis sie ihm erzählte, daß sie ein Kind von ihm erwartete. Von diesem Zeitpunkt an wollte er nichts mehr mit ihr zu tun haben. Es läßt sich heute nicht mehr feststellen, ob es Zufall war, daß sich die Wege der beiden erneut in Seehagen kreuzten. Ich neige zu der Annahme, daß Karin Holm wußte, daß Becker im Sommer seinen Urlaub an der Ostsee verleben wollte, daß sie den Mann, der ihre Briefe nicht beantwortete, hier in Seehagen treffen mußte. Sie erfuhr, daß Becker verheiratet ist, es war ein schwerer Schlag für das Mädchen. Freitagnacht traf sie sich mit Dietram Becker am Strand. Es kam zu einer Aussprache. Er beschwor sie, seine Ehe zu retten, flehte sie an, nichts von seiner Vaterschaft zu sagen. Das junge Mädchen aber blieb fest. Sie wollte, daß er den geraden Weg geht. Becker geriet in Wut. Es kam zu einem Streit, und schließlich erwürgte er sie.«

»Mit den gleichen Händen, die einst das Mädchen zärtlich kosten«, wirft Benken nachdenklich ein. »Wie widersinnig ist das alles!«

Kopfnickend stimme ich ihm zu, sage: »Wir werden das schreckliche Handeln dieses Menschen wohl kaum deuten können, wenn wir nicht auch die Verhältnisse sehen. Becker lebt mit seiner Frau und seiner kleinen Tochter im Hause der Schwiegereltern. Kleinbürgerliches Denken, spießige Moral- und Ehrauffassungen umgaben ihn. Für die Eltern seiner Ehefrau wäre es der schlimmste Makel gewesen, von seinem ›Fehltritt‹ zu erfahren. Niemals wäre er unter diesen Umständen einmal Erbe der schwiegerväterlichen Kfz-Werkstatt geworden. Dieses Vermögen wollte Becker sich jedoch nicht entgehen lassen. Er fürchtete ›Schmach und Schande‹. Reine Habgier trieb ihn zum Handeln. Er wollte den angesehenen Ehrenmann spielen und wurde zu einem gewissenlosen Mörder.«

Ich sehe dem Flug der Möwen nach, beobachte den Schlag ihrer Schwingen, wie sie gegen den Wind hochsteigen, abdrehen und sich treiben lassen. Allmählich wird es lebhaft am Strand. Die ersten Badegäste treffen ein. Bald wird das bunte Durcheinander der Strandkörbe, Luftmatratzen, Wasserbälle und Sandburgen zu vollem Leben erwachen.

»Herr Major ...« Benken wirft mir seinen berühmten Seitenblick zu.

»Jaja, ich weiß schon«, unterbreche ich ihn lächelnd. »Also gut, schreiben Sie. Nur um eines muß ich Sie bitten: Machen Sie keinen superklugen Helden aus mir! Ohne Gabriel würde mir noch jetzt der endgültige Beweis fehlen. Und ob ohne einen solchen so ein Mensch wie Becker gestanden hätte ...?«

WOLFGANG NEUHAUS

Die Raritäten des Herrn Zaprock

Auf den ersten Blick sah ich, daß es Zaprock war, der vor mir lag. Straßenbauarbeiter hatten ihn aus der Pleiße gefischt, als er an einem Wehr hängenblieb. Hier in der Nähe der Landwirtschaftsausstellung ist der Fluß ziemlich reißend, von violetter Farbe und verbreitet einen üblen Geruch. So ähnlich wie der Fluß sah auch der Tote aus. Er mußte mindestens zwei Tage im Wasser gelegen haben, und das bei einer Temperatur von vierunddreißig Grad im Schatten.

Noch während ihn der Arzt untersuchte, sprach Oberleutnant Lauckner mit den Straßenarbeitern. Oberwachtmeister Krampe stand neben dem Kriminaltechniker, und der Fotograf wartete auf Arbeit. Ich ging hin und her, rauchte dabei und fragte mich, wie der Briefmarkenhändler Guido Zaprock in die Pleiße kam. Vermutlich ein Unfall. Ich wußte, daß der Alte hin und wieder gern einen über den Durst trank, und wenn ich an das ungarische Restaurant auf dem Ausstellungsgelände dachte, wo es echten Tokajer gab, konnte es schon sein, daß Zaprock im Rausch in den Fluß gefallen war. Wer sollte denn ein Interesse daran haben, den harmlosen Briefmarkenhändler umzubringen?

Der Arzt bestätigte meine Vermutung. »Wahrscheinlich ein Unfall«, sagte er, »die Schürfspuren am Kopf und an den Händen sind noch verhältnismäßig frisch. Die hat er sich im Wasser geholt. Andere Verletzungen sind nicht festzustellen.«

»Und die Unfallzeit?« fragte ich gewohnheitsmäßig.

Der Arzt kratzte sich nachdenklich am Kinn. »Ich schätze, vorgestern zwischen zweiundzwanzig und dreiundzwanzig Uhr.« Er tippte grüßend an den Hut. »Wir sehen uns ja noch bei der Sektion.«

Nachdem der Kriminaltechniker mit seiner Arbeit fertig war und an Oberwachtmeister Krampe die Utensilien des Toten übergeben hatte, machte der Fotograf seine Aufnahmen. Dann ließ ich den Leichnam wegbringen und sah dem Sanka nach, der sich schnell entfernte, eine Wolke trockenen Staubes hinter sich herziehend. Armer Zaprock. Da fährst du nun dahin, und dein Leben ist ausgelöscht, und was du zurückläßt, ist ein leerstehender Briefmarkenladen. Ob Zaprock Verwandte hatte, wußte ich nicht.

Seit drei Jahren war ich sein Stammkunde, damals begann ich Weltraummotive zu sammeln, obwohl ich früher nie ein Briefmarkenfanatiker gewesen bin.

Oberleutnant Lauckner trat heran und riß mich aus meinen Gedanken. »Genosse Hauptmann«, meldete er, »die Arbeiter haben heute morgen den Leichnam am Wehr entdeckt und herausgezogen. Danach haben sie die Polizei verständigt. Besondere Beobachtungen gab es keine.«

»Danke.« Ich nickte. »Fahren wir zurück ins Präsidium.«

Im Wagen dachte ich daran, daß von Zaprock nichts weiter bleiben würde als ein Bericht, der nach einigen Tagen ins Archiv wanderte, um dort zu verstauben. Das heißt natürlich, falls sich nicht noch etwas herausstellte ... Aber was sollte sich denn noch herausstellen? Die Sektion wird nichts ergeben und die Überprüfung seines kleinen Ladens mit der anschließenden Wohnung dahinter auch nicht. Was jetzt kam, war nichts weiter als eine Routineangelegenheit, die wir von der Mord- und Unfalluntersuchungskommission, gewohnt sind. Nur ich würde mich nach einem anderen Briefmarkenhändler umsehen müssen.

Mit dem Sammeln war das so eine Sache. Mein Freund Karel in Prag, ein tschechischer Kollege, mit dem ich zusammen vor drei Jahren einen höchst verwickelten Fall klärte, hatte es mir beigebracht. Zuerst hatte mich seine Leidenschaft, mit der er hinter diesen bunten Bildern aus aller Welt her war, nur amüsiert, und ich begriff einfach nicht, wie man sein Herz an Briefmarken hängen konnte. Aber als er mir dann seine Palästina-Sammlung zeigte, mit der er einige Medaillen auf internationalen Ausstellungen erworben hatte, begriff ich, daß diese buntbedruckten Marken, die Fehldrucke und Abarten, mehr sind als nur ein zeitraubendes und kostspieliges Hobby. An ihnen läßt sich die Geschichte eines ganzen Landes ablesen. Mit Hilfe von Karel begann ich meine Weltraummotivsammlung aufzubauen, und so wurde Zaprock mein Briefmarkenhändler, der mir übrigens den Haiti-Block billig überlassen hat.

In meinem Büro breitete ich die Utensilien des Toten auf meinem Schreibtisch aus. Viel war es nicht, was er bei sich getragen hatte: ein Taschentuch, ein Schlüsselbund, den noch einigermaßen leserlichen Sammlerausweis des Deutschen Kulturbundes*. Das erstaunte mich nicht, gewöhnlich sind Briefmarkenhändler zugleich auch selbst Sammler. Schließlich noch einen Kugelschreiber, etwas Kleingeld, ein Feuerzeug und eine völlig aufgeweichte Zigarettenschachtel Marke »Juwel«, endlich die Brieftasche. Der Personalausweis war verklebt, das Geld, ungefähr sechzig Mark, durchnäßt und kaum noch zu erkennen, das Foto einer etwa dreißigjährigen Frau war einigermaßen erhalten geblieben. Dann fand ich noch eine kleine, luftdicht abgeschlossene Plastetüte. Neugierig machte ich sie auf.

Was ich jetzt sah, verschlug mir die Sprache. Vor mir lagen zehn postfrische Kleinbogen der Luxemburg-Europa, der Satz zu drei Stück, die im Lipsia-Katalog unter den Nummern 555, 556 und 557 angegeben sind.

Ich rief Lauckner. »Sehen Sie sich das einmal an, Genosse Oberleutnant«, sagte ich und deutete auf den Schatz vor mir.

Lauckner zuckte die Schultern. »Briefmarken.« Er legte alle Verachtung in seine Stimme, und da er nicht wußte, daß ich sammelte, fügte er noch hinzu: »Etwas für Kinder und Narren.«

Ich überhörte den letzten Satz. »Immerhin war der Tote Briefmarkenhändler«, sagte ich.

Jetzt steckte Oberwachtmeister Krampe seine Nase durch die Zimmertür. »Ich höre immer Briefmarken!« Er kam unaufgefordert näher, warf einen Blick auf die Papierbilder, holte tief Luft, und dann entfuhr es ihm völlig unvorschriftsmäßig: »Mensch, die Luxemburg-Europa-Marken. Und das in Bogen!«

Sieh mal an, dachte ich, der Krampe ist schon über fünfzig und sammelt auch. Das ist ja interessant. Der Oberwachtmeister hatte sich wieder in der Gewalt. Um seinen Fehler von vorhin gutzumachen, fragte er einigermaßen korrekt: »Wo haben Sie die denn her, Genosse Hauptmann?«

Ich schwieg zunächst und sah nur Lauckner an, der nichts von Briefmarken verstand und für den Sammler Narren oder Kinder sind. Na, dem würde ich es aber geben. Lauckner ging zum Fenster, öffnete es und sagte ruhig: »Hier stinkt's nach Pleiße.«

Das war zuviel. »Diese Marken, Genosse Oberleutnant«, dozierte ich, »sind im Lipsia-Katalog von 1963 für einen postfrischen Satz mit einem Katalogpreis von fünfundsechzig Mark angegeben.«

»Ein Jahr später«, ergänzte Krampe, »betrug der Preis im gleichen Katalog bereits zweihundertfünfzig Mark.«

»Und heute«, fuhr ich fort und dehnte meine Worte absichtlich lang, »kostet der gleiche postfrische Satz bereits vierhundertfünfundsiebzig Mark.«

»Im Katalog.« Diesmal war Krampe wieder an der Reihe. Uns machte es Freude, dem Oberleutnant Zunder zu geben. »Aber für dieses Geld bekommen Sie die Marken nicht.«

»Der Satz ist ziemlich selten«, fiel ich ein.

»Im vergangenen Jahr wurde er auf einer Auktion angeboten ...«

»Ach nee«, rutschte es mir heraus, »wo denn?«

»In Berlin. Wissen Sie, was er gebracht hat?«

Ich schüttelte den Kopf.

»Zwölfhundert!« Krampe triumphierte. »Wehberg hat ihn übrigens auch«, fuhr er fort, »Sie kennen doch die Briefmarkenhandlung?« Da ich nickte, erzählte er weiter. »Er verkaufte ihn für achthundert Mark. Tja, da konnte Zaprock nicht mit. Wehberg hat die stabilsten Preise.«

»Und Homann«, ergänzte ich.

Diesmal lächelte Krampe. »Kein Wunder, Homann ist ja Wehbergs Schwager.«

Das wußte ich noch nicht, auch nicht, daß Krampe Zaprock gekannt hatte. Aber ich sagte nichts und sah Lauckner wegen seiner Unkenntnis strafend an, wobei mir wieder die Narren und Kinder einfielen. Doch der Oberleutnant gab sich noch nicht geschlagen. »Ich wüßte nicht«, knurrte er mißmutig, »was diese ... Marken da mit dem Unglück zu tun haben.«

»Diese Bogen«, verbesserte ich ihn, »sind sehr wertvoll und selten. Legen wir den Verkaufspreis der Briefmarkenhandlung Wehberg zugrunde, dann beträgt die Summe immerhin runde sechzehntausend Mark. Würden Sie vielleicht mit sechzehntausend Mark in der Tasche seelenruhig auf der Landwirtschaftsausstellung herumspazieren und sich dabei noch einen andudeln?« Und da Lauckner nicht antwortete, schloß ich: »Na, also!«

In der Tat: Was hatte Zaprock mit diesen Marken auf der Ausstellung zu suchen? Er war Händler und kannte nicht nur ihren Preis, sondern auch den Seltenheitswert. Jeder Sammler wäre froh über den Besitz eines solchen Satzes gewesen, hätte ihn sicher verwahrt und niemals abgegeben. Zaprock besaß diesen Satz in Kleinbogen, den andere Händler, wenn sie ihn überhaupt haben, höchstens ein- oder zweimal besitzen. Wahrscheinlich war Zaprock der einzige Briefmarkenhändler der DDR, der zehn Kleinbogen dieser Luxemburg-Europa-Marken besaß. Er hätte jetzt die Preise diktieren können. War das vielleicht der Grund des »Unfalls«? Und wo hatte Zaprock die Marken überhaupt her? Unmöglich, daß er sie bei einzelnen Händlern aufgekauft hatte. Sollte vielleicht hinter dem bedauerlichen Unglücksfall mehr stecken, als wir am Anfang vermutet hatten?

Ich sah mir den Plastebeutel genau an. Gewöhnlich bekam man an den Sammlerschaltern der Post Papiertüten ausgehändigt, in die man die gekauften Briefmarken verstauen konnte, Händler benutzten Zellophantaschen, aber eine wasserdichte Plastetüte hatte ich noch nirgends gesehen. Sie war praktisch, undurchsichtig, von weißer Farbe, und wenn man sie luftdicht verschließen wollte, brauchte man nur den oberen Rand anzufeuchten und zusammendrücken. Die Herstellerfirma war leider nicht aufgedruckt. Auch Krampe hatte den Beutel nirgendwo gesehen. »Ein Fabrikat der DDR scheint es nicht zu sein«, meinte er. Ich überlegte eine Weile und griff dann zum Telefon, um Rudi anzurufen. Rudi Kastler war Oberkommissar beim Binnenzoll, von dem wir manchmal Informationen bekamen. Ich tat es nicht gern, denn immer, wenn wir miteinander sprachen, redete er mich mit »alter Schmuggler« an. Dabei ist diese Geschichte längst vergessen. Ich habe nämlich in Ungarn einen Tauschpartner. Als dort der Sonderblock XXXI zum ersten Jahrestag des ersten Weltraumfluges eines Menschen erschien, frankierte ich meinen Brief mit unserem Kosmonautenblock und bat meinen Partner, mir den XXXIer-Block zu schicken. Da ich ihm außerdem für den Satz »Vom Ikarus zur Weltraumrakete« noch einige Marken schuldig war, klebte ich den DDR-Satz German Titow* mit darauf. Dadurch war mein Brief überfrankiert. Irgendein Zollangestellter fragte bei Rudi an, ob eine Überfrankatur gestattet sei. Auf diese Weise kam Rudi dahinter. Selbstverständlich ist eine Überfrankatur keine strafbare Handlung, da es sich um gültige Postwertzeichen handelt. Rudi aber hatte nun einmal seine Freude an dem »alten Schmuggler«.

Knapp eine Viertelstunde später saßen wir uns gegenüber. Rudi hatte vorgesorgt, auf dem Tisch standen ein Kännchen Kaffee und zwei Tassen. Die Fenster seines Dienstzimmers waren weit geöffnet, der warme Sommerwind wehte herein. Der starke heiße Kaffee tat mir gut, ich streckte die Beine unter dem Tisch aus, und nachdem wir eine Weile über alles mögliche geredet hatten, legte ich den Plastebeutel aus Zaprocks Brieftasche auf den Tisch.

Rudi betrachtete ihn aufmerksam und gab ihn mir zurück. »Von Oreck aus Braunschweig«, sagte er. »Eine Neuentwicklung der weltbekannten Briefmarkenhandlung Oreck. Seit etwa einem halben Jahr im Handel, luft- und wasserdicht abgeschlossen. Wurde damals mit großem Geschrei in der westdeutschen Sammlerzeitung angepriesen. Wenn du das genaue Datum brauchst, sehe ich gleich nach.«

»Nicht nötig.« Ich winkte ab und trank einen Schluck Kaffee. Rudi war die Briefmarkenkapazität des Zolls, gegen ihn war ich ein Waisenknabe. Da der Schmuggel mit Briefmarken nach dem 13. August* angestiegen ist, hatte Rudi im Laufe der Zeit seine Fähigkeiten so weit entwickelt, daß er in allen Katalogen und Fachzeitschriften der Welt zu Hause war. Er ging mit der Quarzlampe um und mit dem Wasserzeichensucher wie ein Ingenieur mit dem Rechenschieber, und obwohl er keine Zulassung als amtlicher Prüfer besaß, konnte man seinem Urteil über die Echtheit einer Marke genauso vertrauen, als sei es von Fläschendräger oder Starauschek, die immerhin international anerkannt sind. Dabei sammelt er nicht einmal.

»Die Briefmarkenhandlung Oreck wurde 1893 gegründet«, erzählte er weiter. »Am ersten September 1910 gab der Gründer der Firma, Richard Oreck, erstmalig die sogenannten Oreck-Alben heraus, Vordrucke also, in die dann die Marken geklebt wurden. Damals bestand die Philatelie erst sechzig Jahre, und noch heute sind die Oreck-Alben in Westeuropa beliebt, obwohl unsere Schaubeck-Alben durchaus gleichwertig sind.«

Schön, der Beutel war ein westdeutsches Fabrikat, damit wußte ich, woher er stammte, aber noch nicht, wie er in Zaprocks Brieftasche gekommen war. So sagte ich, wie nebenbei: »In diesem Beutel befanden sich zwanzig Sätze der Luxemburg-Europa!«

»Lipsi 555, 556 und 557?« fragte er zurück, denn es gibt noch andere Europa-Marken aus Luxemburg, die nicht so wertvoll sind.

»Ja.«

Rudi reichte mir die geöffnete Zigarettenschachtel, und als wir rauchten, sagte er: »Es gibt Anzeichen dafür, daß in der letzten Zeit mehr Briefmarken illegal eingeführt werden, als uns guttut. Nach wie vor sind Briefmarken das beste Devisengeschäft für jeden, der den Wert der Marken kennt. Neulich las ich in der Zeitung, daß der Ungarnblock XXXI, also der Weltraumblock I Ungarns, mit einhundertvierzig Mark verkauft wird, wenn er gestempelt ist. Bei Erscheinen kostete dieser Block zehn Forint. Ein Ungar brauchte nur für hundert Forint zehn Blocks zu kaufen, heute bekommt er bei uns eintausendvierhundert Mark dafür.« Er rührte in seinem Kaffee und fuhr fort: »Ich wollte dir damit nur sagen, wie ernst die Lage ist. Bei uns ist der Außenhandel mit Briefmarken Monopol des Staates, und da sich unser Außenhandel auf den Volkswirtschaftsplan aufbaut, also planmäßig abwickelt, unterliegen auch Ex- und Import von Briefmarken der Planung. Die entsprechenden Devisen sind natürlich im Außenhandelsplan vorgesehen.«

»Völlig klar«, bestätigte ich.

»Wenn nun Lipsia-Werte von einigen Millionen Devisen

plötzlich illegal auftauchen oder verschwinden, was geschieht dann?«

»Dann kommt der Devisenplan des Außenhandels durcheinander.«

Rudi nickte. »Wir vermuten, daß ganze Banden existieren, die mit Briefmarken schieben und alle erdenklichen Schmuggelwege benutzen. Daher haben wir jetzt unter meiner Leitung Expertengruppen gebildet und die Kontrollen verschärft, um einige Fäden in die Hand zu bekommen. Wir stehen noch ganz am Anfang, viel haben wir noch nicht erreicht.« Er blies den Rauch seiner Zigarette durch die Nase. »Eines aber wissen wir. Auch private Briefmarkenhändler führen einen außergewöhnlich hohen Auslandsfrankaturtausch, mir ist noch ein Name in Erinnerung: Guido Zaprock. Du kennst ihn ja.«

»Zaprock ist tot«, sagte ich. »Schon seit zwei Tagen.«

Nachdenklich fuhr ich zur Sektion, und als ich wieder in meinem Dienstzimmer stand, hatte ich zwei doppelte Edel bitter nötig. Ich hatte vorsichtshalber die Flasche schon kalt gestellt. Während ich trank, blickten meine Mitarbeiter wie gewöhnlich diskret zum Fenster hinaus. Und wie sonst schüttelte ich mich und sagte den überflüssigen Satz: »Ich kann mich eben immer noch nicht daran gewöhnen. Einfach scheußlich, so etwas.« Nach einer Weile fuhr ich fort: »Das ärztliche Gutachten sagt uns nicht viel mehr, als wir schon wissen. Zaprock ist ertrunken. Im Magen fanden sich Speisereste und Alkohol, genauer gesagt – 2,8 Promille. Er muß also an der Grenze der Volltrunkenheit gewesen sein. Natürlich ist durchaus möglich, daß er von selbst in den Fluß gestürzt ist. Ich neige aber vielmehr zu der Ansicht, daß ihn jemand hineingestoßen hat.«

Erst jetzt bemerkte ich, daß Oberleutnant Lauckner den neuen Lipsia-Permanentkatalog vor sich liegen hatte. Er schien also Fortschritte zu machen.

»Ich neige deshalb zu der Ansicht, weil der Schmuggel

mit Briefmarken als nutzbringendes Devisengeschäft in der letzten Zeit gestiegen ist, weil sich kein normaler Mensch mit solchen wertvollen Marken in der Tasche von selbst betrinkt, es sei denn, er ist bewußt betrunken gemacht worden. Im übrigen ist der Plastebeutel, worin sich die Marken befanden, eine Entwicklung der westdeutschen Briefmarkenhandlung Oreck.«

»Aha«, machte Krampe.

»Abgesehen von den Sehenswürdigkeiten unserer Stadt, die Anziehungspunkte für viele ausländische Touristen sind«, sprach ich weiter, »ist sie Mittelpunkt bedeutender internationaler Ereignisse, wie der Messe oder gegenwärtig der Landwirtschaftsausstellung. Ich halte es für möglich, daß diese Ereignisse von Briefmarkenschmugglern mißbraucht werden. Da Zaprocks Leiche in der Nähe des Ausstellungsgeländes gefunden wurde, liegt der Verdacht auf der Hand, daß sich Zaprock dort mit einem Lieferanten getroffen hat – mit jenem Mann also, der ihm die Sätze der Luxemburg-Europa in dem westdeutschen Plastebeutel verkauft hat. Natürlich ist das alles nur eine Vermutung.«

»Und das Motiv?« fragte Lauckner. »Was soll das Motiv der Tat sein?«

Ich zuckte die Schultern. »Das weiß ich auch nicht. Aber vielleicht wissen wir mehr, wenn wir uns Zaprocks Laden angesehen haben.«

Zaprocks Briefmarkenhandlung lag in einer der verkehrsreichen Nebenstraßen der Innenstadt. Sie hatte nur ein Schaufenster, das mit einem Sonnenschutz versehen und wie die Eingangstür mit eisernen Gittern gesichert wurde. Obwohl der Laden seit zwei Tagen geschlossen war, hatte sich bisher noch niemand über den Grund erkundigt, und mich wunderte, daß es die Hausbewohner so stillschweigend und sorglos hinnahmen.

Wir betraten das Geschäft durch das Treppenhaus.

Einer der bei dem Toten gefundenen Schlüssel paßte. Wir standen in einem Flur von etwa sechs Quadratmetern, die Tür linker Hand führte ins Bad, eine daneben ging in einen kleinen Raum, worin sich ein Bett, ein Kleiderschrank und eine Anrichte befanden. Offensichtlich war es Zaprocks Schlafzimmer gewesen. Erst die letzte Tür führte in den Wohnraum, an den der Laden grenzte. Das Zimmer war aufgeräumt und sauber, an den Fenstern, die zum Hof führten, standen Blumentöpfe. Obwohl der Raum nicht mit übermäßiger Eleganz ausgestattet war, wirkte er doch behaglich und bequem.

Wir hatten uns kaum umgesehen, da klingelte es. Im Treppenhaus stand eine kleine korpulente Frau in einer Kleiderschürze. Sie hielt einen Besen aufrecht in der Hand wie ein Grenadier die Fahnenstange. Neben ihr stand ein voller Wassereimer. Als sie mich sah, stammelte sie erschrocken: »Ach, entschuldigen Sie ... Ich dachte, es wäre Herr Zaprock.« Sie fügte erklärend hinzu: »Ich bin nämlich die Hauswartfrau.«

»Treten Sie ein!«

Sie kugelte durch die Tür ins Wohnzimmer, und als sie dort Krampe und Lauckner sah, rief sie: »Um Himmels willen – was ist denn passiert?«

Krampe schob ihr einen Sessel hin. »Nehmen Sie Platz.«

Ich überlegte, ob ich der Frau die Wahrheit sagen sollte, aber noch ehe ich den Mund aufmachen konnte, fragte sie: »Liegt Herr Zaprock im Krankenhaus?«

»Wie kommen Sie darauf?«

»In der letzten Zeit klagte er über Schmerzen im Rücken. Und er hatte so einen eigenartigen Husten. Ich dachte, er sei zum Arzt gegangen und der habe ihn gleich dabehalten.«

Das war also die Erklärung, weshalb sich niemand wegen des geschlossenen Ladengeschäftes Gedanken gemacht hatte.

»Sie kannten Herrn Zaprock schon lange?« fragte ich.

Sie hob die Schultern ein wenig. »Wie man's nimmt. Seit er hier wohnt. Und das sind immerhin zehn Jahre. Gleich als er Witwer wurde, ist er hier eingezogen, und ich habe ihm zweimal die Woche sauber gemacht. Aber wieso ›kannten‹? Ist ihm etwas zugestoßen?«

Ich entschloß mich zur Wahrheit. »Ja. Er ist verunglückt.«

»Doch nicht etwa schlimm?« fragte sie ehrlich besorgt.

»Leider. Er ist tot.«

Im Zimmer herrschte Schweigen. Die Hauswartfrau blickte mich entsetzt an und brachte kein Wort heraus. Als sie sich gefaßt hatte, sagte sie: »Aber das kann doch nicht möglich sein. Er war immer so höflich und so korrekt.«

»Hat Herr Zaprock Angehörige, Frau ...«

»Küppers, Erna Küppers«, antwortete sie. »Ich wohne hier im Haus. Und was den armen Herrn Zaprock betrifft, er hat eine Tochter, Frau Wiese, sie wohnt in Erfurt.«

Ich legte das Foto auf den Tisch, das wir in der Brieftasche des Toten gefunden hatten und fragte: »Ist das Frau Wiese?«

Erna Küppers nickte. »Die genaue Adresse weiß ich nicht, aber Sie finden sie dort.« Dabei zeigte sie auf den Radiotisch. »Hier bewahrt er ihre Briefe auf.« Sie erhob sich und wollte gehen.

»Einen Augenblick noch, Frau Küppers«, sagte ich, »wir haben noch eine Frage.« Sie setzte sich gehorsam wieder hin und sah mich auffordernd und ein wenig mißtrauisch an. »Wir sind nämlich von der Polizei«, fuhr ich fort, »und da interessiert uns, wann Herr Zaprock vorgestern weggegangen ist und mit wem.«

»Ich spioniere den Leuten nicht nach«, entgegnete sie frostig.

»Davon sind wir überzeugt«, sagte Lauckner liebenswürdig. Er hatte eher als ich gemerkt, daß die kleine blonde Frau trotz ihrer Rundlichkeit und Aufmachung noch verhältnismäßig jung und hübsch war, und er spielte nun den Kavalier. Da er wußte, daß seine Art bei Frauen Eindruck machte, probierte er wieder einmal seine Talente aus. Er hatte richtig gerechnet, Frau Küppers lächelte freundlich und sagte: »Er ist am Nachmittag gegen fünf Uhr weggegangen. Ich kam gerade vom Einholen zurück. Da traf ich ihn vor dem Haus.«

»Schloß er den Laden öfter so zeitig?« fragte ich. »Die gesetzliche Frist geht doch bis sechs Uhr.«

»Ja. Wahrscheinlich hatte er sich wieder mit so einem Ausländer verabredet.«

Ich horchte auf, ließ mir aber nichts anmerken. »Was denn für Ausländer?«

Die Frau plapperte weiter: »Ach, er kannte eine ganze Menge Leute. Neger waren auch darunter. Sie kamen ihn besuchen, nicht in den Laden, nein, durchs Treppenhaus; und hier in der Wohnstube hat er dann mit ihnen verhandelt. Manchmal trafen sie sich auch irgendwo, und dann machte er eben seinen Laden dicht.«

»Wissen Sie, was er mit diesen Leuten verhandelte?«

»Nein. Wahrscheinlich ging es um Briefmarken. Vielleicht hat er Marken verkauft oder was weiß ich. Ich habe mich wirklich nicht darum gekümmert.«

»Natürlich«, sagte Lauckner, »Sie hatten ja auch keinen Grund, stimmt's?« Er nickte ihr freundlich zu, und sie lächelte kokett zurück.

»Sie bringen einen ganz durcheinander mit dieser Fragerei.« Sie lächelte immer noch und blies sich dabei eine Haarsträhne aus der Stirn. »Es ist doch wirklich nichts weiter als ein Unfall?«

»Ein bedauerlicher Unfall«, bestätigte Lauckner. Er brachte sie zur Tür, und sie kugelte hinaus.

Unser Verdacht, daß Zaprock illegal eingeführte Briefmarken aufkaufte, war damit erhärtet worden. Wer hätte das von dem hochgewachsenen schlanken Mann, Mitte der Fünfzig, mit gestutztem Schnurrbart, gedacht, der immer höflich und liebenswürdig blieb, auch wenn man ihm die seltsamsten Sammlerwünsche antrug?

Und ich war sein Kunde gewesen und hatte nichts gemerkt. Jetzt war mir auch klar, weshalb er auf meine Frage, ob er mir die Ziolkowski-Überdruckmarke beschaffen könne, nicht gleich mit der Hand abgewinkt, sondern gesagt hatte: »Ich werde sehen, was sich machen läßt, Herr Wendt.« Jeder Weltraummotivsammler weiß, wie schwer heute diese Marke mit dem Aufdruck »4.10.57 / Erster künstl. Erdsatellit der Welt« zu bekommen ist, die mit Recht als die klassische Weltraummarke gewertet wird. Sogar in Moskau, Leningrad und Kiew, wo ich als Tourist meinen Urlaub verbracht hatte, war sie nicht aufzutreiben gewesen. Das unmöglich Scheinende hatte Zaprock möglich gemacht. Jetzt wußte ich zwar, aus welchen dunklen Quellen sein Warenbestand stammte, und ich wunderte mich, daß mir früher nicht der Schatten des Verdachtes gekommen war. Der so harmlos aussehende Briefmarkenhändler mußte ein schlauer Fuchs gewesen sein, und uns würden wahrscheinlich die Augen noch übergehen, wenn wir im Laden sein Warenlager fanden.

Ich ging zum Radiotisch, wo unter einem Briefbeschwerer die Post seiner Tochter lag. Obenauf befand sich ein Telegramm: »Bin dienstlich am Montag zur Landwirtschaftsausstellung. Erwarte dich 17 Uhr 30. Christa.« Die übrigen Briefe und Karten enthielten nichts Bemerkenswertes für uns. Nur das Telegramm war wichtig. Am Montag ist Zaprock in der Nähe der Landwirtschaftsausstellung ertrunken. Und am selben Abend hatte ihn seine Tochter auf das Ausstellungsgelände bestellt. Also waren sie vor dem Unglück zusammen. Lauckner pfiff durch die Zähne, als ich meine Mitarbeiter mit dem Inhalt der Depesche bekannt machte.

Krampe murmelte: »Interessant, interessant.«

Vielleicht aber war das Telegramm auch gefälscht? Unzweifelhaft stammte es aus Erfurt, wo seine Tochter Am Anger wohnte. Konnte es aber nicht auch der Mörder aufgegeben haben, der von Zaprocks Familienverhältnissen wußte, oder vielleicht der Verkäufer der Luxemburg-Europa-Marken? War vielleicht der Verkäufer mit dem Mörder identisch?

Die zweite Überraschung erlebten wir im Laden. Obwohl wir sicher waren, daß Zaprock illegal Marken aufkaufte, fanden wir nicht, was wir suchten. In seinem Bestand waren zwar einige Luxusgegenstände wie ein prachtvolles Eckrandstück der sowjetischen Aluminiumraketenmarke mit dem roten Aufdruck »XXII. Parteitag der KPdSU«, die mein Herz höher schlagen ließ, auch der Währungsgeschädigtenblock und der Saarländer Hochwasserblock und noch einige andere wertvolle Stücke, aber das, was wir suchten, war nicht darunter. Auf Lager hatte Zaprock lediglich die sogenannten »gängigen« Motive; die DDR-Ausgaben, die Sätze der Volksdemokratien, Motive von Sport, Blumen, Tieren und Weltraum, verschiedene Marken aus aller Welt, offenbar nur das, was er von der DIA, der Deutschen Innen- und Außenhandelsgesellschaft, bekam. Ich suchte weiter und stieß schließlich in einem Rollschrank auf mehrere Zigarrenkisten, in denen mit Marken gefüllte Zellophanbeutel lagen. Als ich einen davon gegen das Licht hielt, stieß ich überrascht einen Pfiff aus.

Krampe fragte: »Was ist?«

»Bitte.« Ich gab ihm den Beutel.

»Das ist ja ein Ding.« Er legte ihn auf den Tisch.

In der Tüte befand sich die Kuban-Brückenkopf-Päckchenmarke aus dem Jahre 1943, eine Marke aus der Nazizeit. Und das Handeln mit faschistischen Postwertzeichen* ist bei uns streng verboten, diese Marken sind auch nicht im Lipsia-Katalog angegeben. Wir untersuchten die Zigarrenkisten näher und förderten Nazimarken zu Hunderten ans Tageslicht. Als wir einige davon mit dem westdeutschen Netto-Katalog verglichen, merkten wir, daß sie einen hohen Wert besaßen. Allein die Kuban-Brückenkopf-Päckchenmarke kostete 750 Michelmark.

Lauckner war unserem Gespräch gefolgt, ohne sich einzumischen. Nun fragte er mit verständnislosem Gesicht: »Michelmark und Lipsiamark, was ist denn das?«

Krampe stöhnte, aber ich warf ihm diesmal einen vorwurfsvollen Blick zu, daß er sofort verstummte. Schließlich brauchten wir Lauckner für unsere Arbeit; dafür, daß er nicht Bescheid wußte, konnte er nicht. »Wenn man von dem Wert einer Briefmarke spricht«, begann ich, »so sagt man nicht, diese Marke kostet hundert Mark der Deutschen Notenbank, sondern hundert Lipsiamark. Das kommt daher, weil in der DDR für die Briefmarkensammler der Lipsia-Katalog gültig für die Wertbestimmung ist.«

Lauckner nickte, er hatte mich verstanden. Krampe ergänzte: »Wenn unter einer Marke die Zahl 100 steht, so ist das gewissermaßen nur die Kennzahl, der wirkliche Wert der Briefmarke kann sowohl höher als auch niedriger sein.«

»In Westdeutschland richtet man sich nach dem Michel-Katalog, daher der Name Michelmark. Auch hier ist die Zahl nur Kennziffer.«

Lauckner nickte wieder, aber ich sah ihm an, daß er noch nicht alles verstanden hatte. Krampe beschäftigte sich noch weiter mit ihm. Indessen prüfte ich Zaprocks Geschäftskorrespondenz. Dabei stieß ich auf eine Mappe mit abgehefteten Anzeigen verschiedener Briefmarkenhändler der Republik. Die Preise der wertvollen Sätze aus dem Saarland, Westberlin, aus Thailand und anderen Ländern waren rot unterstrichen. Je länger ich in der Mappe blätterte, desto mehr sah ich, daß Zaprock hier systematisch vorgegangen war und seit Jahren eine Art Bedarfs- und Preisforschung betrieben hatte. Nur wirklich seltene, wertvolle Marken war unterstrichen, es handelte sich dabei immer um die gleichen, ständig wiederkehrenden Ausgaben. Ähnlich war er auch in den zahlreichen Auktionskatalogen vorgegangen; auch hier waren die gleichen, in den Annoncen angestrichenen Sätze gekennzeichnet.

Hinter dem Auktionspreis stand noch eine zweite, mit Bleistift geschriebene Zahl, offensichtlich die Höhe der Summe, die auf der Auktion erzielt worden war. Noch konnte ich mir nicht erklären, was das alles zu bedeuten hatte, auch Krampe wußte keinen Rat. Das Rätsel löste sich erst, als ich in der Briefmappe eine von Zaprock getippte Annonce fand, die er aufgeben wollte.

»Genosse Krampe«, rief ich, »sagten Sie nicht, daß Wehberg die stabilsten Preise hat?«

»Hat er auch.«

»Dann sehen Sie sich das an.« Ich gab ihm das Blatt, worauf in Handschrift stand: »Ganzseitig!«

In dieser Annonce hatte Zaprock die wesentlichsten, wertvollsten, seit Jahren unregelmäßig in der DDR angebotenen Ausgaben um 25 Prozent unterboten, wobei er mitunter sogar weit unter den Lipsia-Katalogpreis ging.

»Tatsächlich! Zaprock hätte mit einem Schlag die Preise diktieren können«, sagte er.

»Schön«, entgegnete ich, »nehmen wir das an. Wenn einer die Preise diktieren will, dann muß er so viel Raritäten haben, daß er zunächst alle Händler unterbieten kann. Zwingt er sie, ebenfalls herunterzugehen und ihre Ausgaben zu verkaufen, kann er dann die Preise so hochschrauben, wie er will. Eine raffinierte Spekulation, weiter nichts. Aber«, ich machte eine Pause, »wo sind sie denn, die Raritäten des Herrn Zaprock?«

Wir durchsuchten jeden Winkel der Wohnung und auch den Keller, wir fanden lediglich Zaprocks Privatsammlung altdeutscher Staaten, die fast vollständig war; die in der Annonce angegebenen Marken waren wie vom Erdboden verschluckt.

»Raritäten hin, Raritäten her«, begann Lauckner wieder, »ich begreife das wirklich nicht. Wir leben in einem sozialistischen Staat, und hier will ein Briefmarkenhändler das Monopol an sich reißen. So etwas gibt es doch gar nicht.«

»Hören Sie mal gut zu«, sagte ich, »auch wenn das nicht in Ihren Kopf will. Im Briefmarkenhandel gibt es keine sogenannten staatlichen Festpreise.«

»Das heißt also«, sagte Lauckner, »den Wert der Briefmarke bestimmen Angebot und Nachfrage.«

Krampe strahlte. »Er hat's begriffen.«

»Ja«, sagte ich, »je seltener die Marke ist, desto wertvoller ist sie. Damit verstehen Sie auch Zaprocks Zeitungsannonce richtig. In allen Briefmarkenkatalogen der Welt ist die Verrechnungseinheit der Dollar. In Westdeutschland ist das Verhältnis eins zu vier, in der DDR ist ein Dollar gleich zwei Mark fünfzig. Da in den kapitalistischen Ländern die Briefmarken nicht vom Staat ein- und ausgeführt werden, sondern von Großhandelsunternehmen, liefern sie die Marken ihrer Länder nicht zum Dollarkurs an uns, sondern nach Westdeutschland.«

Krampe griff dieses Thema sofort auf. »Das heißt mit anderen Worten, kein Briefmarkenhändler der DDR bezieht von der DIA offiziell kapitalistische Briefmarken, zum handelsüblichen Preis. Wenn er diesen Satz wie die Luxemburg-Europa besitzt, so kann er die Marken entweder durch Kauf von einem Kunden erworben haben, der sie auf dem genehmigten Tauschweg von einem Partner aus einem kapitalistischen Land bekommen hat, oder diese Sätze sind illegal eingeführt und illegal aufgekauft worden.«

»Wenn also Zaprock eine Reihe Ausländer an der Hand hatte, die ihn mit illegal eingeführten Briefmarken versorgten, so konnte er durchaus bei geschickter Manipulation bestimmte wertvolle Marken und Sätze preismäßig festsetzen.«

»Kompliziert«, entgegnete Lauckner, »aber einleuchtend. Praktisch ist hier gar keine Preiskontrolle möglich.«

»Jedenfalls sehr schwer.« Ich zerdrückte meine Zigarette und stand auf. »Bisher ist alles nur Vermutung, was Zaprock betrifft. Die Beweise sind seine Raritäten, und die fehlen.«

Im Wagen sagte Krampe: »Wahrscheinlich hat er die Marken irgendwo ausgelagert. Sicherlich hat er Kontrollen gefürchtet. Wäre diese Annonce erschienen, hätte sie in der Briefmarkenwelt Aufsehen erregt.«

Das gleiche hatte ich auch gedacht. Aber wo konnte er sie ausgelagert haben? War vielleicht jener, der sie aufbewahrte, schuld am Unfall Zaprocks?

»Oder sie sind gestohlen worden«, sagte Lauckner.

»Die Wohnung sieht nicht danach aus, als wenn einer lange gesucht hätte.«

»Sie vergessen das Telegramm aus Erfurt, Genosse Hauptmann. Wenn es eine Fälschung ist, kannte jene Person, die es aufgab, Zaprocks Familienverhältnisse. Warum sollte sie nicht auch wissen, wo er die Marken hatte?«

»Und wenn es nicht gefälscht ist?«

»Bleibt immer noch die Tochter.«

Auch diese Theorie hatte etwas für sich. Aber ohne handfeste Beweise war sie eben nur eine von den berühmten Möglichkeiten.

Im Präsidium faßte ich noch einmal das Ergebnis des heutigen Tages zusammen: »Wir wissen, daß Zaprock sein Ladengeschäft gegen siebzehn Uhr verließ. Am gleichen Tag hatte er ein Telegramm von seiner Tochter aus Erfurt erhalten, das dort sieben Uhr zwanzig aufgegeben und von unserem Hauptpostamt neun Uhr dreißig aufgenommen wurde. Somit war Zaprock spätestens zehn Uhr dreißig im Besitz dieses Telegramms.« Ich machte eine Pause und bot Zigaretten an, wir rauchten, und ich fuhr fort: »In dieser Depesche wird Zaprock von seiner Tochter aufgefordert, sie um siebzehn Uhr dreißig in der Landwirtschaftsausstellung aufzusuchen, wo sie dienstlich zu tun hat. Ob er dort eingetroffen ist, ist noch nicht geklärt. Da der Tote eine Plastetüte westdeutscher Herkunft mit zehn Kleinbogen Briefmarken im Werte von sechzehntausend Mark bei sich trug, ist nicht anzunehmen, daß er die Marken von zu Hause mitgenommen hat.«

»Warum?« fragte Lauckner.

»Weil erwiesen ist, daß er auf-, aber nicht verkaufte.«

»Und wenn seine Tochter ihm die Marken gebracht hat?«

»Ich wüßte zwar nicht, woher sie die Sätze haben sollte«, sagte ich, »aber trotzdem muß man diese Möglichkeit mit in Betracht ziehen.«

»Sie kann ja in seinem Auftrag aufgekauft haben.«

Ich zog an der Zigarette und nickte. Wir hatten uns im Laufe der Zeit diese legeren Dienstbesprechungen angewöhnt, weil sie jedem von uns die Gelegenheit gaben, das Tagesergebnis noch einmal zu rekapitulieren und neue Gedanken oder Einwände hinzuzufügen.

»Als erwiesen kann man ansehen«, begann ich von neuem, »daß Zaprock illegal eingeführte wertvolle Briefmarken von Ausländern aufkaufte. Die in seinem Geschäft gefundenen Unterlagen beweisen eindeutig, daß der Verunglückte die Absicht hatte, den Preis für seltene, wertvolle und besonders gesuchte Marken zu diktieren. Diese Marken konnten nicht gefunden werden, sie sind entweder gestohlen oder ausgelagert.«

Ich schwieg, auch die anderen sagten nichts, jeder hing seinen Gedanken nach und überlegte, ob nicht die eine oder andere Variante möglich sein konnte. Es dauerte eine ganze Weile bis Krampe sagte: »Immerhin kann sich noch herausstellen, daß Zaprock tatsächlich verunglückt ist. Wir brauchen ja nur die Marken zu finden.«

»Eben. Bloß wo können Sie sein? Auch wenn Zaprock wirklich nur verunglückt sein sollte, woran ich nicht glaube – dann scheint mir sein Geschäftsgebaren immerhin recht aufschlußreich. Mich interessiert sowieso, wie Wehbergs stabile Preise zustande kommen.« Meine Mitarbeiter nickten, und ich sagte: »Sie, Genosse Lauckner, fahren aufs Ausstellungsgelände und sehen sich heute abend die Lokale an. Vielleicht erinnert sich noch ein Kellner an Zaprock.« Ich schob eine Fotografie des Briefmarkenhändlers über den Tisch, die ich mir in seiner Wohnung ausgeliehen hatte. »Bei diesem Quantum Alkohol hätte er selbst noch unter Betrunkenen auffallen müssen. – Ich kümmere mich inzwischen um die Tochter aus Erfurt.«

»Und ich?« fragte Krampe, der sich übergangen fühlte.

»Sie können Genossen Lauckner begleiten.«

Nachdem die beiden das Zimmer verlassen hatte, rief ich meine Kollegen in Erfurt an und bat sie, Frau Wiese vom Unglücksfall ihres Vaters zu verständigen und sie zu mir zu schicken, ohne sie aus den Augen zu lassen. Anderthalb Stunden später erhielt ich die Nachricht, daß Frau Wiese am Mittag des kommenden Tages eintreffe.

Am nächsten Morgen war der Sonnenschein der letzten Tage verschwunden. Ein wolkenverhangener Himmel stand über der Stadt, und in den Straßen dampfte drückende Schwüle, die das Atmen schwer machte. Krampe und Lauckner betraten schwitzend mein Zimmer, beide strahlten, ich sah ihnen an, daß sie Erfolg gehabt hatten.

»Zaprock war im Restaurant am See«, platzte Lauckner heraus.

Ich kannte dieses repräsentative Restaurant, es lag im Ausstellungsgelände, unmittelbar an der Nähe der Pleiße.

»Der Kellner, der Zaprock bedient hat, erkannte ihn auf Anhieb wieder. Zaprock saß auf der Terrasse, seit wann, konnte der Kellner nicht genau sagen; er vermutete, gegen achtzehn Uhr. Zaprock war erst eine Weile allein, er trank einen Kaffee, dazu einen doppelten Weinbrand. Später kamen zwei Herren, mit denen er offensichtlich verabredet war. Zuerst haben sie miteinander verhandelt, dann haben sie Sekt getrunken, drei Flaschen insgesamt, wobei jeder eine springen ließ. Der Kellner kann sich auch entsinnen, daß einer der Herren einen Trinkspruch sagte, etwa in dem Sinn: ›Auf gute Zusammenarbeit.‹«

Lauckner schwieg, und Krampe berichtete weiter: »Alle drei sind gegen zweiundzwanzig Uhr gegangen, jedenfalls haben sie gemeinsam die Terrasse verlassen.«

»War Zaprock betrunken?«

»Nicht sehr. Nach Aussage des Kellners war er etwas angeheitert.«

»Dann müssen sie irgendwo weitergetrunken haben.«

»Wahrscheinlich.«

»Und wer die beiden Herren waren, wißt ihr natürlich nicht?«

Krampe lächelte pfiffig. »Nach Aussage des Kellners«, entgegnete er betont langsam, wie immer, wenn er eine Überraschung bereithielt, »paßt die Beschreibung auf Wehberg und Homann.«

Vor Überraschung verschluckte ich mich. Mit einer solchen Wendung hatte ich nicht gerechnet. Wehberg und Homann und der Trinkspruch »Auf gute Zusammenarbeit«, was hatte das zu bedeuten? Zusammenarbeit beim Aufkauf von illegal eingeführten Briefmarken? Mir fielen Krampes Worte ein: »Wehberg hat die stabilsten Preise. Da kommt Zaprock nicht mit.« Und Homann! »Kein Wunder. Das ist ja Wehbergs Schwager.«

Ich erhob mich. »Kommen Sie, Genosse Krampe, wir fahren sofort zu Wehberg.« Und an Lauckner gewandt: »Falls wir uns verspäten, unterhalten Sie Frau Wiese. Ich habe einige Fragen an die Dame.«

Die Briefmarkenhandlung Martin Wehberg unterschied sich schon rein äußerlich von Zaprocks Ladengeschäft. Die lag in einer der Hauptgeschäftsstraßen, in der Nähe des Marktes, war mit Leuchtreklame ausgestattet, und die drei breiten hohen Schaufenster waren geschmackvoll dekoriert. In dem weitläufigen Raum drinnen standen abwaschbare Schaumgummisessel, an den Wänden Vitrinen mit buntbebilderten Marken aus allen Ländern; hinter dem Ladentisch zwei hübsche Verkäuferinnen, eine blonde und eine dunkelhaarige. Auch darin hatte man die Auswahl.

Krampe war hier bekannt, er wurde freundlich begrüßt, und als er Herrn Wehberg verlangte, trat der Chef des Hauses sofort aus dem Büro. Er war groß und schlank, mit silbernen Fäden im Haar, und der hellgraue Anzug, den er trug, stammte von einem erstklassigen Schneider.

»Oh, Herr Krampe.« Wehberg drückte dem Oberwachtmeister die Hände und sprudelte los: »Ich habe eine Überraschung für Sie. Sie sammeln doch Österreich, und was denken Sie, was ich hereinbekommen habe? Sie werden es nicht glauben: Die Zehn-Schilling-Dollfuß-Marke. Ein Prachtstück. Aber nur zum Anschauen, nur zum Anschauen, Sie wissen ja ... der Preis.« Er verzog bedauernd das Gesicht.

»Ich bin dienstlich hier«, entgegnete Krampe kurz. »Darf ich vorstellen: Hauptmann Wendt.«

»Kriminalpolizei«, sagte ich und zog den Dienstausweis.

In Wehbergs Gesicht zuckte kein Muskel. »Darf ich die Herren in mein Büro bitten?« entgegnete er steif.

Das Büro, ein mittelgroßer Raum, war mit hellen Möbeln geschmackvoll ausgestattet. Wir nahmen an einem Rauchtisch Platz, Wehberg selbst verschanzte sich hinter dem Schreibtisch, offensichtlich, um uns besser im Auge zu haben.

»Ich habe eine Frage«, begann ich und betrachtete aufmerksam sein schmales gebräuntes Gesicht mit den hellen stechenden Augen. Er wich meinem Blick nicht aus und sagte: »Bitte.« Und ich fragte unvermittelt: »Wo waren Sie am letzten Montagabend?«

»Bei meinem Schwager.« Die Antwort kam schnell, überraschend zu schnell. Immerhin war heute Donnerstag; jeder Mensch, der plötzlich gefragt wird, wo er den Abend vor drei Tagen verbracht hat, braucht einen Augenblick zum Nachdenken, wenn sich an diesem Abend nicht etwas Besonderes ereignet hat. Wehberg hatte überhaupt kein Überlegen nötig.

»Irren Sie sich nicht?« fragte ich. »Waren Sie vielleicht an diesem Abend mit Herrn Zaprock zusammen?«

»Ausgeschlossen!« rief er und hob die Hände. »Da ist überhaupt kein Irrtum möglich. Was sollte ich auch mit Herrn Zaprock zu tun haben? Er ist ja für mich gewissermaßen die Konkurrenz.«

Ich warf Krampe einen Blick zu, er verstand und ging hinaus. Einen Augenblick später vernahm ich durch das halbgeöffnete Fenster das Brummen des Motors unseres Wagens.

»Sie sagten soeben Konkurrenz«, begann ich wieder, »ich glaube kaum, daß Herr Zaprock Ihnen gegenüber konkurrenzfähig ist. Sie sind etwas billiger als er, Ihr Laden ist größer, das Warenangebot höher.«

In seinen Augen stand deutliches Mißtrauen, als er antwortete: »Ich habe gehört, daß Herr Zaprock in der letzten Zeit bestimmte Marken billiger als ich verkauft hat.«

Das konnte wahr sein. Es bestand durchaus die Möglichkeit, daß Zaprock billiger verkauft hatte, um mit Wehberg und Homann ins Geschäft zu kommen. Zu dritt diktieren sich die Preise besser, und Wehbergs Trinkspruch auf der Terrasse des Restaurants am See ließ diesen Schluß zu.

»Von wem wissen Sie das?« fragte ich nachdenklich.

»Es spricht sich herum. Ich weiß es auch von Kunden.«

»Und um welche Marken handelte es sich?«

»Um wertvolle Sätze des kapitalistischen Auslands.«

Sein Blick war immer noch mißtrauisch und seine Haltung gespannt. Alles an ihm schien zu fragen, was weißt du, und was weißt du nicht?

»Sie sind sehr gut informiert, Herr Wehberg.« Ich lächelte, und er lächelte zögernd mit.

»Das gehört zum Geschäft«, erwiderte er um eine Spur freundlicher.

»Glauben Sie«, nahm ich den Faden wieder auf, »daß Herrn Zaprocks Methode durch unlauteres Geschäftsgebaren zustande gekommen ist?«

»Wie soll ich das verstehen?« Er war schlau und stellte sich ahnungslos.

»Nehmen wir an, Herr Zaprock hat eine Quelle, aus der er die Marken billiger als Sie einkaufen kann, so kann er sie demzufolge auch billiger abgeben. Und nehmen wir ferner an, diese Quelle ist etwas undurchsichtig.«

Sein Gesicht wurde eisig, er blieb wachsam. »Es tut mir leid«, sagte er kurz, »davon ist mir nichts bekannt.«

Hinter mir öffnete sich die Tür, Krampe war wieder da. Er nickte mir zu. Also hatte Homann das Alibi bestätigt.

»Noch eine letzte Frage, Herr Wehberg.« Ich klappte das Notizbuch zu und steckte es ein. »Mit Herrn Zaprock standen Sie in keinerlei Geschäftsverbindung?«

»In keiner Weise«, bestätigte er und erhob sich.

Ich entschuldigte mich für die Störung, und als ich wieder im Wagen saß, sagte ich zu Krampe: »Wehberg hat sich recht eigenartig benommen. Weiß er nun, daß Zaprock tot ist, oder weiß er es noch nicht? Jedenfalls ist er ein Fuchs. Schaffen Sie mir auf alle Fälle den Kellner heran, Genosse Krampe. Mit dem habe ich noch etwas vor.«

Gegen vierzehn Uhr erschien Zaprocks Tochter. Frau Wiese trug Trauerkleidung, ihr Gesicht ähnelte dem ihres Vaters, sie hatte auch die gleiche schlanke Figur wie der Briefmarkenhändler. Ihr Augen waren noch vom Weinen gerötet, und als sie Platz genommen hatte, begann sie nach den ersten, konventionellen Worten von neuem zu schluchzen. »Herr Hauptmann ... wie ist denn das gekommen ... ich begreife einfach noch nicht.« Sie schien sehr erschüttert zu sein.

Ich brachte ihr den Vorfall so schonend wie möglich bei und lenkte dann ihre Aufmerksamkeit auf die nächstliegenden Dinge, die sie tun mußte, damit der Leichnam unter die Erde kam. Auf diese Weise hatte ich sie einigermaßen abgelenkt und konnte meine erste Frage stellen.

»Wir haben in der Wohnung Ihres verunglückten Vaters ein Telegramm gefunden. Sie hatten ihn für Montagabend in die Landwirtschaftsausstellung gebeten.«

Sie hatte sich einigermaßen gefaßt und nickte. »Ja, natürlich.«

»Und Sie haben ihn auch gesprochen?«

»Nein. Er ist nicht gekommen.« In ihren Augenwinkeln glitzerten wieder Tränen, wahrscheinlich dachte sie daran, daß sie ihren Vater dann noch einmal lebend gesehen hätte. Danach stimmte also die Vermutung nicht, daß sie ihm die zehn Bogen der Luxemburg-Europa-Marken überbracht hatte. Vorausgesetzt natürlich, daß sie die Wahrheit sagte.

»Wäre es nicht besser gewesen«, bohrte ich weiter, »wenn Sie Ihrem Herrn Vater den Weg zur Ausstellung erspart hätten und selbst in die Stadt gefahren wären?«

»Das ging leider nicht. Wir blieben nur knappe zwei Stunden im Ausstellungsgelände.«

»Wer ist denn das: wir?«

»Mein Chef und ich«, sagte sie. »Ich bin in der Verkaufsabteilung eines Erfurter Gartenbaugerätebetriebes beschäftigt. Wir haben einen Pavillon auf der Landwirtschaftsausstellung, den wir am Montagnachmittag aufgesucht haben. Dann wollten wir gegen neunzehn Uhr mit dem Wagen nach Rostock weiter, um die Vorbereitungen für die Ostseewoche* zu treffen.«

Das klang einleuchtend. »Und warum wollten Sie Ihren Vater unbedingt sprechen? Hatten Sie einen bestimmten Grund?«

»Nein«, entgegnete sie zögernd, »das nicht. Wir hatten uns ein halbes Jahr nicht gesehen.«

Ich sah ihr an, daß sie nicht die Wahrheit sprach, und unter meinem forschenden Blick senkte sie die Augen.

»Wirklich nicht?« fragte ich streng.

Es dauerte eine Weile, bis sie antwortete: »Sie fragen so eigenartig, Herr Hauptmann. Liegt etwas gegen meinen Vater vor ... War es vielleicht gar kein Unglücksfall?« Ihr versagte die Stimme. Wie aber kam sie darauf? Wußte sie mehr, als sie zugab, hatte sie eine Ahnung von Zaprocks illegalen Briefmarkenaufkäufen, hatte sie ihn vielleicht vor seinem Tode doch noch gesprochen? Oder wollte sie mit ihrer Gegenfrage nur ablenken? Ich antwortete nicht, sondern forderte: »Weshalb wollten Sie ihn unbedingt sprechen?«

Sie sah an mir vorbei zum Fenster hinaus, zögerte lange und entgegnete leise: »Ich brauchte Geld.«

Ich war verblüfft. Diese Ehrlichkeit überraschte mich, und ich fragte mich jetzt ernsthaft, ob diese Frau eine so gute Schauspielerin war und ob ihr ein Mord zuzutrauen sei. Aber dann hätte sie doch bestimmt die Bogen mit den Luxemburg-Europa-Marken an sich gebracht.

Noch ehe ich etwas sagen konnte, fuhr sie fort: »Wir sind in finanzielle Schwierigkeiten geraten, mein Mann und ich. Er ist seit einem Jahr krank, bekommt Rente, wissen Sie. Und vorher hatten wir die Wohnung bekommen und eingerichtet und dabei Schulden gemacht. Würde er noch arbeiten, wäre es uns nicht schwergefallen, das Geld zurückzuzahlen. Aber jetzt muß ich alles allein tragen.«

»Wie hoch ist die Summe?«

»Knapp fünftausend Mark. Ich spreche nicht gern darüber, verstehen Sie ...«

Die Summe war nicht sehr hoch. Bringt man deswegen den eigenen Vater um? Wohl kaum. Wenn nun aber Frau Wiese von den dunklen Geschäften ihres Vaters gewußt hat und den Wert der Briefmarken kannte, der so hoch war, daß sie, wenn sie günstig umgesetzt wurden, ihr die Möglichkeit gaben, eine Weile sorgenfrei zu leben? Wie war überhaupt das Verhältnis zwischen Vater und Tochter gewesen?

»Wußte Ihr Vater von Ihrer Situation?«

»Ich habe ihm etwa vor einem halben Jahr einige Andeutungen gemacht, aber da sagte er mir, daß er jetzt sein Geld flüssig haben muß. Er wollte sein Geschäft neu aufziehen.«

»Was verstehen Sie darunter?«

Sie zuckte mit den Schultern. »Er hat mir nichts weiter darüber gesagt.«

Ich sah sie voll an und fragte: »Wirklich nicht?«

»Nein ... das heißt, seit Jahren ist es sein Ziel, einer der angesehensten Briefmarkenhändler zu werden. Im Laufe der Zeit ist das zur fixen Idee geworden. Aber das hat doch wohl nichts zu bedeuten.«

Immerhin konnte diese fixe Idee die Ursache zu einem umfangreichen Briefmarkenschmuggel sein, dachte ich und fragte weiter: »Sie lebten mit Ihrem Vater in einem guten Verhältnis?«

»Natürlich. Er hätte mir auch sofort geholfen, wenn es ihm möglich gewesen wäre.«

»Aber er ist nicht in die Ausstellung gekommen, und Sie fuhren nach Rostock.«

»Nein. Ich bin zu Vater gefahren.«

Wieder nahm das Gespräch eine andere Wendung. Ich bemühte mich, ruhig zu bleiben, konnte aber nicht verhindern, daß meine Stimme erstaunt klang, als ich fragte: »In die Wohnung?«

»Ja. Ich war gegen achtzehn Uhr dreißig bei ihm. Der Laden war geschlossen, auch in der Wohnung meldete sich niemand. Sicherheitshalber sah ich ins ›Biereck‹ und in die ›Bärenschenke‹, weil ich dachte, er hat mein Telegramm nicht erhalten. Da er in seinen Stammlokalen auch nicht war, nahm ich an, er hat sich verspätet und ist zur Ausstellung gefahren. Aber dort war er auch nicht gewesen ...«

»Woher wissen Sie das?«

»Von der Kollegin Frohberg – das ist die Leiterin unseres Pavillons; er hätte sich dort gemeldet.«

»Gut. Und was geschah weiter?«

»Inzwischen ist mein Chef allein weitergefahren, sehr aufgebracht, wie Sie sich denken können. Ich hatte mich ja nicht abgemeldet. Da bin ich wieder zu Vater, er war noch immer nicht da. Daraufhin ging ich zum Bahnhof, löste mir eine Fahrkarte nach Rostock. Früh gegen ein Uhr dreißig fuhr ich dann mit dem Zug nach Norden.«

»Was haben Sie in der Zwischenzeit gemacht?«

»Im Wartesaal der Mitropa* gesessen und Kaffee getrunken. Zwischendurch war ich noch zweimal bei Vater, aber ohne ihn anzutreffen. Dann bin ich zum Zug gegangen, ich war sehr enttäuscht, das können Sie mir glauben.«

Eine Weile blieb es still zwischen uns. Frau Wiese hat also kein Alibi, dachte ich, in der Zeit des Unglücks ist sie hiergewesen; wie sie behauptet, auf dem Bahnhof. Zeugen dafür hat sie nicht. Zaprock dagegen ist vom Kellner auf dem Ausstellungsgelände erkannt worden, allerdings hat Frau Wiese nicht mit ihm auf der Terrasse des »Restaurants am See« gesessen. Die Sache war undurchsichtig, irgendwie war sie faul. Lauckners Vermutung, daß Frau Wiese die wertvollen Marken an sich genommen hatte, konnte stimmen. Dann aber hätte sie vom Tod ihres Vaters informiert sein müssen. Fragt sich nur, von wem, wenn sie nicht selbst dabeigewesen war.

»Die Fahrkarte nach Rostock«, fragte ich betont langsam, »die haben Sie doch noch?«

Sie schüttelte betrübt den Kopf. »Leider nicht. Dafür bekomme ich keine Spesen, ich habe ja den Wagen verpaßt.«

»Noch eine letzte Frage, Frau Wiese«, sagte ich, »wußten Sie, daß Ihr Vater viel mit Ausländern verkehrte?«

»Davon ist mir nichts bekannt.«

Ich erhob mich, unser Gespräch war beendet, wenigstens vorläufig, denn ich hatte das Gefühl, daß wir uns noch einmal wiedersehen würden. Ich empfahl ihr Oberleutnant Lauckner als Hilfe, falls sie irgendwelche Schwierigkeiten haben sollte, bedauerte, daß ich das Siegel an Zaprocks Wohnung noch nicht entfernen konnte, und verabschiedete mich. Lauckner, der die ganze Zeit über schweigend dagesessen hatte, verbeugte sich höflich.

Als wir beide allein waren, ging ich zum Du über, was wir gewöhnlich anwendeten, wenn wir unter uns waren, und fragte: »Was hältst du von der ganzen Sache?«

»Ich hätte sie an deiner Stelle gleich hierbehalten. Sie hat kein Alibi, war zur Unfallzeit hier, brauchte Geld ...«

»... und bringt deshalb ihren eigenen Vater um«, unterbrach ich ihn. »Machst du es dir nicht ein bißchen zu einfach?«

»Du vergißt die fehlenden Briefmarken; immerhin beachtliche Wertstücke, wie wir vermuten. Nimm an, Zaprock hat sie seiner Tochter zur Aufbewahrung übergeben. Sie brauchte Geld, hat den Bestand angegriffen und einiges verkauft. Nun ist sich Zaprock mit Wehberg und Homann einig geworden ... Ich kenne so einen Fall aus der Landwirtschaft; in einem Dorf schließen sich die großen Bauern zu einer LPG* zusammen und die kleinen zu einer anderen. Natürlich sind die wirtschaftsstarken Bauern im Vorteil, sie haben mehr Vieh, mehr Land ...«

»Was hat das mit Zaprock zu tun?«

»Er hat die meisten und besten Marken, Wehberg und Homann die stabilsten Preise. Zu dritt sind sie ein Monopol.«

Ähnliche Gedanken hatte ich auch schon, Lauckner sprach sie nur aus. »Und jetzt meinst du«, spann ich seinen Gedanken weiter, »hat Zaprock die Marken von seiner Tochter zurückverlangt, aber da sie nicht mehr vollständig waren ...«

»Genau!« Diesmal ließ er mich nicht ausreden. »Zaprock wäre nach den Verhandlungen mit Wehberg und Homann ins Hintertreffen geraten. Frau Wiese erfuhr das alles von ihm, sie sah keine andere Möglichkeit und täuschte den Unfall vor.«

»Auch wenn deine Theorie stimmt«, sagte ich, »halte ich eine Haussuchung bei Frau Wiese für zwecklos. Sie hatte inzwischen genügend Zeit, die Marken so unterzubringen, daß wir sie nicht finden. Es ist anzunehmen, daß sie die Wertstücke zu Geld machen wird. Das heißt für uns: beobachten, so lange nicht aus den Augen lassen, bis sie sich verrät.«

Ich traf die nötigen Maßnahmen, damit Frau Wiese überwacht wurde. Lauckners Verdacht konnte sich bestätigen, aber wir mußten auch noch andere Möglichkeiten in Betracht ziehen. Der Bericht des Genossen von der Kriminalpolizei aus Erfurt ergab nichts Besonderes. Frau Wiese hatte die Nachricht vom Tode ihres Vaters tief getroffen, sie hatte nur einmal das Haus verlassen, um zu telefonieren. Eine Rückfrage ergab, daß sie mit ihrem Betrieb gesprochen und um Urlaub gebeten hatte, der ihr auch bewilligt worden war. Dann war sie sofort zu uns gekommen, ohne mit jemand Verbindung aufzunehmen. Die Fürsorge für ihren kranken Mann, der die Wohnung nicht verlassen konnte, überließ sie einer hilfsbereiten Nachbarin. Das alles sprach zu ihren Gunsten, bewies aber nicht ihre Unschuld. Ich bat die Genossen in Erfurt, Frau Wieses Aussage über ihre Montags-Dienstreise zu überprüfen und ihren Mann nicht aus den Augen zu lassen. Am Abend erhielt ich über Fernschreiber Bescheid: Ihr Chef bestätigte, daß die Tochter des Briefmarkenhändlers unabgemeldet das Ausstellungsgelände verlassen hatte und mit dem Zug nach Rostock nachgekommen war. Als Entschuldigungsgrund gab sie an, ihren Vater gesucht zu haben. Aber ob sie ihn gesprochen hatte, wußte auch der Leiter der Verkaufsabteilung nicht. Damit war uns auch nicht viel weitergeholfen.

Ich schickte Oberwachtmeister Krampe wieder ins Ausstellungsgelände. Er bekam den Auftrag, im Pavillon der Erfurter Firma festzustellen, ob Zaprock seine Tochter gesucht hatte. Außerdem sollte er den Kellner für den nächsten Tag zu mir bestellen. Dann fuhr ich zum Polizeirevier in Wehbergs Wohngegend. Natürlich wäre es für mich einfacher und bequemer gewesen, die beiden Briefmarkenhändler ins Präsidium vorzuladen und sie dem Kellner gegenüberzustellen. Aber nicht immer ist der einfachste Weg der beste. Von der Gegenüberstellung hing ab, ob der Kellner Wehberg und Homann als jene Gäste wiedererkannte, die mit Zaprock Sekt getrunken hatten. Würde ich sie vorladen, würde ich von vornherein auf das Überraschungsmoment verzichten. Wenn sie wissen, daß sie zur Kriminalpolizei kommen müssen, hätten sie Gelegenheit, sich vorher jede Einzelheit abzusprechen. Ich unterhielt mich mit dem Revierleiter, und als wir feststellten, daß Wehbergs Paß nur noch bis zum Jahresende gültig war, forderten wir ihn über den Abschnittsbevollmächtigten auf, ihn am nächsten Tag zwischen elf und zwölf Uhr verlängern zu lassen.

Am nächsten Vormittag meldete sich der Ober vom »Restaurant am See«, ein älterer Herr mit weißem Haar, sehr zurückhaltend. Er erklärte sich sofort bereit, uns zu helfen. Ich ließ mir noch einmal bestätigen, daß er Zaprock bedient hatte, dann fuhren wir mit dem Wagen zum Gebäude der VP-Reviers. Es war zehn Uhr fünfundvierzig. Wir parkten dicht an der Bordsteinkante und blieben im Wagen sitzen. Wenn Wehberg kam, mußte er an uns vorbei. Höfer, der Kellner, saß vorn neben dem Fahrer. Jetzt konnte ich nichts mehr tun, nur abwarten, ob Höfer Wehberg erkennen würde. Ich hatte ihm im Präsidium genau erklärt, wie er sich verhalten sollte. Wenn er Wehberg erkannte, war sicher, daß Homann der zweite Partner gewesen sein mußte; die Gegenüberstellung würde Lauckner dann in Homanns Geschäft vornehmen. Wir rauchten, die Zeit verstrich, ich rutschte unruhig hin und her, nur Höfer saß unbeweglich und ließ die Straße nicht aus den Augen.

Ich sah Wehberg schon von weitem um die Ecke biegen und blickte unwillkürlich auf die Uhr. Wehberg wirkte elegant und selbstsicher, auch Höfer mußte ihn jetzt bemerken; ich starrte auf seinen Nacken, und da sah ich, wie er sich vorbeugte, um besser zu sehen, und sich mit der Hand über die Augen wischte. Leise sagte er: »Das ist er!«

»Wer?«

»Der Herr im blauen Anzug.«

Ich riß die Tür auf und stieg aus dem Wagen. Wehberg war keine fünf Schritte von mir entfernt, er stutzte, als er mich erblickte. Röte schoß ihm ins Gesicht, seine Lippen preßten sich fest zusammen, und er starrte an mir vorbei. Da erst sah ich, daß Lauckner und Höfer hinter mir standen. Offenbar hatte er den Kellner erkannt. »Guten Tag, Herr Wehberg«, sagte ich und deutete auf Höfer, »ich glaube, die Herren kennen sich.« Der Fahrer, der alles mit angehört hatte, öffnete einladend die Wagentür. »Ich muß Sie leider bitten, mit mir zu kommen. Es handelt sich um einen Widerspruch in Ihrer Aussage.«

Sein Protest war nur schwach. Im Wagen saß er steif und hölzern neben mir und sah starr geradeaus. Jetzt war sein Gesicht nicht mehr rot vor Wut, sondern bleich. Auf der Fahrt ins Präsidium sagte er kein Wort, und auch während der Vernehmung mußte ich jede Silbe aus ihm herausquetschen.

»Sie haben also behauptet, Herr Wehberg«, begann ich absichtlich kühl und sachlich, »daß Sie am vergangenen Montagabend bei Ihrem Schwager waren.«

»Ja.«

»Herr Homann hat uns diese Aussage bestätigt.«

»Ich weiß.«

»Sie haben sich also abgesprochen. Darf ich wissen, warum?« Da er offensichtlich nicht gewillt war, zu antworten, fuhr ich fort: »Sie wurden mit Ihrem Schwager und Herrn Zaprock zusammen auf der Terrasse des ›Restaurants am See‹ gesehen. Sie haben dort Sekt getrunken und sind gegen zweiundzwanzig Uhr gemeinsam aufgebrochen.«

»Herr Zaprock ist noch geblieben.«

Schnell hakte ich ein. »Wo?«

»Im Restaurant. Er hat uns nur bis unter die Terrasse begleitet. Dann hat er sich verabschiedet und ist in die Bar verschwunden.«

Verdammt, dachte ich, weshalb sind wir nicht selbst darauf gekommen? An die Bar hat keiner von uns gedacht, dabei kannte ich sie sogar. Man betritt sie entweder vom Restaurant aus oder durch einen separaten Eingang an der südlichen Hälfte des Hauses. Ohne mir meinen Ärger anmerken zu lassen, fragte ich weiter: »War er dort verabredet?«

»Das entzieht sich meiner Kenntnis.«

»Und was bedeutete der Trinkspruch: ›Auf gute Zusammenarbeit‹?«

»Zaprock hatte uns ein Geschäft vorgeschlagen.«

»Und Sie sind darauf eingegangen?«

»Wir hatten keine andere Wahl.«

»Was war das für ein Geschäft?«

Wehberg nahm bedächtig seine Brille ab, putzte sie umständlich und setzte sie wieder auf. Aber ich sah, daß seine Ruhe nur gespielt war. Er schien zu merken, daß er nicht mehr zurück konnte, und als er fragte, ob er rauchen dürfe, war das die erste Reaktion, die Schlüsse auf seine seelische Verfassung zuließ.

»Ich sagte Ihnen bereits«, begann er, »daß Herr Zaprock in einigen Fällen unsere Preise unterboten hatte. Das sollte gewissermaßen eine Warnung sein, aber ich habe ihn nicht für konkurrenzfähig gehalten und abgelehnt. Leider machte er Ernst.«

»Also erst einen Preissturz bestimmter Marken und Sätze und dann ein Preisdiktat?«

»Ja.«

Unsere Vermutungen stimmten, wir waren von Anfang

an auf der richtigen Fährte gewesen. Bloß, wie ging es weiter? »Zaprock wollte also mit Ihnen den großen Schlag führen«, sagte ich. »Er zwang Sie an den Verhandlungstisch?«

»Mich und meinen Schwager – gewissermaßen.«

Seine Antworten wurden wieder kurz und lakonisch, ich durchschaute seine Absicht, nicht unbedingt mehr als nötig zu sagen. So ging ich zur Offensive über. »Woher wollten Sie denn wissen, daß ihm nicht nach den ersten Verkäufen der Atem ausgehen würde?« Da er schwieg, gab ich die Antwort an seiner Stelle: »Weil Sie erfahren hatten, daß er seit Jahren von Ausländern illegal eingeführte Briefmarken aufkaufte und seinen Lagerbestand an seltenen und wertvollen Sätzen größer ist als Ihrer.« Ich legte die Bogen mit den Luxemburg-Europa-Marken vor ihn hin. »Hat Zaprock Ihnen diese Sätze am Montag gezeigt?«

Er nickte.

»Wann hat er sie gekauft?«

»Eine halbe Stunde vorher. Im Forsthaus.«

»Von wem?«

»Von einem Ausländer.«

»Kannten Sie Zaprocks Bestand?«

»Ja.« Wehberg nannte Katalognummern und Zahlen, und mir gingen die Augen über. Der Katalogwert betrug fast zwei Millionen Lipsia-Mark, vom Kaufwert gar nicht zu sprechen.

»Wo hatte Zaprock eigentlich das Geld her?« fragte ich.

»Sein Geschäft ging nicht schlecht, und er machte immer Bargeld flüssig. Meistens aber kaufte er Ware gegen Ware.«

»Wie meinen Sie das?«

»Zaprock ist seit vierzig Jahren selbständig; in dieser Zeit sind Marken an Wert gestiegen, für die er früher Pfennige bezahlt hat. Nehmen wir nur die Sätze der Hitlerzeit und die Kriegsmarken. Die werden heute im

Westen gehandelt. Was hier Makulatur ist, ist drüben ein vollgültiges und teilweise sogar wertvolles Zahlungsmittel. Und als Briefmarkenhändler hatte Zaprock alle faschistischen Marken auf Lager, die 1945 ungültig wurden.«

»Er zahlte also mit Nazimarken?«

»Ja.«

»Auch mit DDR-Sätzen?«

»Soviel ich weiß – ja.«

So also lagen die Dinge. Mit Sätzen der DDR, die er zum Händlerpreis erhielt, und mit Marken, die den faschistischen Krieg verherrlichten, schaffte sich Zaprock seinen Zweimillionen-Lipsia-Wert an kapitalistischen Marken an. Ich fragte: »Haben Sie seinen Bestand gesehen?«

»Nein.«

»Und Sie hatten keinen Grund zu zweifeln?«

»Weshalb auch?« Er hob die Arme, ließ sie aber gleich wieder resigniert sinken. Er senkte den Kopf, zögerte und sagte dann stockend: »Wir haben selbst aufgekauft, Herr Hauptmann, von Ausländern auch ... sonst wären unsere Preise doch nicht zu halten gewesen. Zaprock ist dahintergekommen, er hat uns das abgesehen und die Marken gehortet. Dann machte er sein Angebot: gegenseitige Abstimmung der Preise, Austausch des Materials, der Kunden und Verkäufer bei gleicher Gewinnbeteiligung und Preisdiktat.«

»Das bedeutet, auch die staatlichen Händler hätten ihre Preise den veränderten Bedingungen anpassen müssen?«

»Ja.«

»Sie wissen, daß das strafbar ist, Herr Wehberg. Mehrerlös, Steuerhinterziehung, Devisengesetz. Das kann Sie die Konzession kosten.«

Er nickte ergeben und war in sich zusammengesunken.

»Aber mich interessiert der Montagabend. Sie saßen also mit Zaprock und Ihrem Schwager auf der Terrasse im ›Restaurant am See‹?«

»Ja.«

»Dort zeigte Ihnen Zaprock die Luxemburg-Europa-Sätze, die er im Forsthaus gekauft hatte.«

»Ja.«

»Sie wurden sich einig, tranken darauf und gegen zweiundzwanzig Uhr verließen Sie gemeinsam die Terrasse. War Zaprock betrunken?«

»Leicht. Wie wir auch.«

»Dann gingen Sie gemeinsam in die Bar und tranken weiter, nicht wahr? So bis etwa gegen dreiundzwanzig Uhr ...«

»Nein.« Er sprang auf, sein Gesicht war aschfahl, die Augen weit aufgerissen. »Das ist nicht wahr.«

»Und dann stießen Sie ihn in die Pleiße. Oder Ihr Schwager. Damit waren Sie den leidigen Konkurrenten los.«

Er hatte mit angehaltenem Atem zugehört, jetzt ließ er sich in den Sessel zurückfallen und schlug die Hände vors Gesicht. »Ich war es nicht«, stammelte er, »ich war es nicht.« Und er wiederholte den Satz zwei-, dreimal.

»Wer dann?«

»Das weiß ich nicht.«

»Aber Sie wußten doch, daß er tot ist – von wem?«

»Von Frau Küppers.«

Ich schwieg, er nahm die Hände vom Gesicht, sah mich entsetzt an, von der Stirn liefen Schweißtropfen, er wischte sie nicht einmal ab. Wehberg war ein gebrochener Mann, ich sah es auf den ersten Blick, und er wußte auch, daß er erledigt war. Jetzt hatte er den Punkt erreicht, an dem er gestanden hätte, wenn er der Mörder gewesen wäre.

»Wann sprachen Sie mit Frau Küppers?« fragte ich.

»Am Abend nach Ihrem Besuch. Zaprock meldete sich nicht mehr, obwohl wir uns für den nächsten Tag verabredet hatten. Da ging ich zu ihm, traf ihn aber nicht an, und die Hauswartsfrau erzählte mir alles. Von diesem Tag an hatte ich Angst.«

Ich schickte ihn ins Nebenzimmer, er hatte eine Pause nötig.

Lauckner hatte die Vernehmung abgewartet, jetzt kam er herein. »Na, was hat er gesagt? Homann sitzt draußen, ich habe ihn mitgebracht.« Er nahm eine Zellophanhülle aus seiner Brieftasche und schüttete ihren Inhalt auf den Tisch. Es waren Briefmarken. »Habe ich mir gekauft«, erklärte er stolz, »hübsch, was?« Es war die Sonderausgabe »Schmetterlinge« der CSSR vom 27. November 1961.

»Ich denke, das ist nur etwas für Narren und Kinder?«

Er winkte verächtlich, packte die Marken ein und fragte: »Erzähl schon. Hat Wehberg gestanden?«

Ich teilte ihm kurz das Ergebnis der Vernehmung mit, und Lauckner kommentierte: »Also noch immer der alte Stand. Von Homann wirst du auch nicht mehr erfahren.«

Wehbergs Schwager war klein, untersetzt, und seine dunklen Augen standen nicht einen Augenblick still. Er schnaufte vor Erregung und überschüttete mich mit einem Schwall von Worten, aus denen ich nur hin und wieder ein Wort des Protestes verstand.

Ich unterbrach sein Gerede: »Herr Homann, spielen Sie kein Theater. Kommen wir zur Sache!« Er holte tief Luft, aber ich ließ ihn gar nicht erst zu Wort kommen. »Ihr Schwager, Herr Wehberg, hat bereits alles gestanden. Sie haben illegal eingeführte Briefmarken aufgekauft, Zaprocks Angebot angenommen, und Sie waren die letzten, die mit ihm zusammen gesehen wurden. Stimmt das?«

Er schnaufte wieder, krächzte dann: »Was hat das mit mir zu tun?« Offenbar wollte er sich nicht so schnell ergeben.

»Darüber reden wir später«, entschied ich. »Sie und Herr Wehberg haben jedenfalls zusammen mit Zaprock die Terrasse verlassen. Wann war das?«

»Gegen zweiundzwanzig Uhr«, entgegnete er unwillig.

»In welche Richtung sind Sie gegangen?«

»Durch das Haupttor.«

»Zaprock hat Sie begleitet?«

»Nein. Er ist in die Bar gegangen.«

»Und was haben Sie getan?«

»Wir sind mit der Straßenbahn zurückgefahren.« Er schnaufte wieder, aber da ihn Lauckner unwillig ansah, putzte er sich die Nase.

»Wann war das?« fragte ich.

»Etwa ... etwa gegen zweiundzwanzig Uhr zwanzig.« Er nannte die Linie.

»Haben Sie Zeugen?«

»Nein ... das heißt ... warten Sie einmal ...« Er sprach hastig, die Worte überstürzten sich fast, er wußte, was von dieser Frage für ihn abhing. »Wir standen im zweiten Wagen hinten auf dem Perron und unterhielten uns über das Gespräch mit Zaprock. Nach zwei Stationen, oder – warten Sie einmal – es können auch drei gewesen sein, habe ich ihn dann im Wagen sitzen gesehen. Ja, nach drei Stationen, jetzt weiß ich es wieder. Ich habe ihn gegrüßt, und er hat mir zugenickt, er muß sich noch an mich erinnern. Herr Schneider, ein Eisenbahner, er fuhr zur Nachtschicht. Das ist einer meiner Kunden, Brunnenstraße 6. Fragen Sie ihn, er wird es bestätigen.« Erschöpft hielt er inne.

»Danke, das genügt mir vorläufig.«

Als wir wieder allein waren, bot ich Lauckner eine Zigarette an; er nickte mir zu und sagte: »Das war zu erwarten.« Auch ich zweifelte nicht an Homanns Alibi, schickte aber Krampe sicherheitshalber zu diesem Eisenbahner und zu Frau Küppers, um die Aussagen zu überprüfen. Dann übergab ich den Fall Wehberg und Homann den Kollegen des Dezernates für Wirtschaftsdelikte. Lauckner ging allein in die Kantine. Mir war der Appetit vergangen.

Ich saß in meinem Zimmer, rauchte eine Zigarette nach

der anderen, starrte auf die Protokolle und überlegte. Im Grunde genommen waren wir bisher nicht weiter als am Anfang. Ob Zaprocks Unfall absichtlich herbeigeführt worden war oder nicht, war immer noch nicht geklärt. Zwar sprach alles für einen beabsichtigten, gewaltsamen Tod, aber vom Mörder gab es keine Spur. Wehberg und Homann schieden aus. Blieb Zaprocks Tochter, Frau Wiese. Sie wurde überwacht, die Ergebnisse, die vorlagen, besagten nichts. Sie benahm sich unauffällig und hatte die Bestattung ihres Vaters vorbereitet, die übermorgen war. Auch aus Erfurt wurde nichts gemeldet, ihr Mann verließ nicht die Wohnung. Und daß Zaprock seine Tochter auf der Ausstellung nicht gesprochen hatte, stand auch fest. Krampe hatte ihre Chefin, Frau Frohberg, befragt. Wo also lag der Fehler? Nur an der Bar, die wir vergessen hatten? Durchaus möglich. Ob Zaprock dort verabredet gewesen war, ist unbekannt, und gerade jene Person konnte der Mörder sein.

Ich rief mir noch einmal all unsere Gespräche in Erinnerung. Wehberg und Homann haben die stabilsten Preise, und wir wußten jetzt auch, wie sie zustande gekommen waren. Dann fanden wir die Kataloge und die Annonce, die Zaprock aufgeben wollte, falls sich das Geschäft mit Wehberg und Homann zerschlagen hätte. Wo aber waren die Marken? Lauckners Worte fielen mir ein: »Nimm an, er hat sie seiner Tochter zur Aufbewahrung übergeben. Sie hat den Bestand angegriffen und einiges verkauft.«

War das die Lösung? Wo es einen Verkäufer gibt, muß auch ein Käufer sein. Wer kam dafür in Frage? Privatleute? Wohl kaum. Briefmarkenhändler? Das ist nicht anzunehmen. Jeder erfahrene Sammler weiß, daß er vom Händler nicht den wirklichen Wert der Marke bekommt. Frau Wiese weiß das auch, sie ist in einer Briefmarkenhandlung groß geworden, also mit den Gepflogenheiten der Händler vertraut. Wo würde sie die Marken abstoßen? Auf einer Auktion? Dort kann sie den Schätzpreis selbst bestimmen, ihr Name wird nicht genannt, weil die einzelnen Marken als Lose ausgegeben werden, und wenn es notwendig sein soll, werden die Marken vom Auktionsbüro auf ihre Echtheit von anerkannten Prüfern begutachtet.

Um mich zu vergewissern, fragte ich Oberwachtmeister Krampe, als er zurückkam und meldete, daß Wehbergs und Homanns Angaben stimmen: »Sag mal, wem würdest du deine Österreich-Sammlung verkaufen, wenn es sein müßte?«

Er sah mich verdutzt an und erwiderte: »Ich verkaufe überhaupt nicht.«

»So meine ich das nicht. Wenn du gezwungen wärst. Würdest du an einen Händler verkaufen?«

»Nie!« erklärte er überzeugt. »Auf einer Auktion wirst du nicht übervorteilt.«

»Na also.« Ich setzte ihm meine Vermutung auseinander. Er nickte nur und sagte: »Die Auktionskataloge liegen bei Zaprock. Fahren wir hin.«

Kurze Zeit später standen wir wieder in der kleinen Junggesellenwohnung des Briefmarkenhändlers. Alles war unverändert, nur ein bißchen Staub hatte sich angesammelt. Krampe holte die Auktionskataloge, und wir begannen, sie systematisch durchzuarbeiten, wobei wir unser Augenmerk auf die wertvolleren Lose richteten. Dabei stellte sich nach und nach heraus, daß bei einer der letzten Auktionen die gleiche Nummer des Einsenders immer wieder auftauchte. Im Katalog sah das so aus:

Los-Nr.:			*Lipsiaw.:* *Schätzpreis:*
	Israel:		
485	250 bis 1000 Mils, Nr. 7 Nadelstich, sonst übl. Zahnmgl. fein (111)	7/9	1.000,-

	Luxemburg:		
1016	Brf. 1957 Sonderausgabe auf FDC (111)	572/4	350,-
	Schweiz:		
1304	1945 Pax Satz kpl. 2 Fr. zusätzl. Kopierstiftentw. sonst fein (111)	449/61	550,-
	Westberlin:		
2442	1949 Aufdruck rot fein (111)		1.200,-

Immer wieder fand ich die in Klammern gesetzte 111. Diese Nummer ist das Kennzeichen des Einsenders, des Verkäufers. Auch wenn die Marken an verschiedenen Tagen abgesandt werden, erhält der Verkäufer immer wieder die gleiche Kennummer. Auffällig war, daß diese 111 nur bei verhältnismäßig teuren Losen zu finden war. Auch bei wertvollen Marken der Auktionen in Meiningen, Dresden und Zittau tauchte oft die gleiche Zahl auf, einmal war es die 293, dann wieder die 308, nur bei den Auktionen in unserer Stadt fanden wir keine oft wiederkehrende Kennzahl. Auch das war verdächtig.

»Was meinen Sie«, fragte Krampe, »wollen wir noch weitersuchen?«

Ich klappte den Katalog zu. »Das genügt. Wir werden ja sehen, ob Frau Wiese einer dieser Einsender ist.« Dabei war ich meiner Sache bereits völlig sicher.

Im Präsidium verwandelte ich die Fernschreibzentrale für einige Stunden in einen Kommandostab. In folgenden Städten fanden nächstens Auktionen statt: Dresden, Meiningen, Berlin und Zittau. Lauckner übernahm die Nachforschungen in Meiningen mit Hilfe der dortigen Genossen, Krampe beschäftigte sich mit Dresden, und ich bat die Berliner Kollegen, den Namen des Einsenders festzustellen.

Die erste Meldung kam aus Berlin. Hinter der verdächtigen Nummer 111 verbarg sich der Name Herbert Ziemer.

Das enttäuschte mich, ich hatte fest mit Frau Wiese gerechnet. Ich ließ mir die Adresse geben. Der Mann stammte aus unserer Stadt und wohnte am Forsthaus 7. An jenem Forsthaus vielleicht, an dem Zaprock von einem Ausländer Marken gekauft hatte? Zum Nachdenken blieb nicht viel Zeit. Meiningen meldet sich und nannte den Namen: Herbert Ziemer, Am Forsthaus 7. Und auch Dresden berichtete: Einsender Herbert Ziemer, Am Forsthaus 7.

Wir sahen uns an. Niemand hatte mit einer solchen Wendung gerechnet, ein uns völlig unbekannter Mann war Verkäufer von Marken, deren Wert bereits in die Zehntausende ging. Im Wagen schwiegen wir, eine ungewöhnliche Spannung lastete auf uns, und ich fragte mich, wer dieser Herbert Ziemer sei.

Der Mann, der uns öffnete, war etwa 35 Jahre alt, sein Gesicht war verquollen, die Augen gerötet und die Haare zerzaust; alles an ihm wirkte ungewaschen und ungepflegt.

»Sind Sie Herr Ziemer?«

Er war so verdattert, daß er nur nicken konnte.

»Kriminalpolizei!« Wir traten ein. In der Wohnung roch es nach kaltem Tabakrauch, abgestandenem Bier und Fusel. Nichts war aufgeräumt, auf dem Tisch standen noch Speisereste, Kleidungsstücke lagen herum; alles im verwahrlosten Zustand.

»Herr Ziemer«, sagte ich, »uns ist bekannt, daß Sie etliche wertvolle Briefmarken auf verschiedenen Auktionen versteigert haben.«

»Na und? Seit wann ist das verboten?«

»Natürlich ist das nicht verboten. Wir möchten nur wissen, woher Sie die Marken haben?«

»Die sind aus meiner Sammlung.«

»Kann ich die mal sehen?«

»Tut mir leid. Habe ich verkauft.«

Ich bemerkte, daß Lauckner unverwandt unter das Sofa sah, dort blickte die Ecke eines braunen Lederkoffers hervor. Auch Ziemer schien es gesehen zu haben, rutschte nervös auf dem Stuhl hin und her.

»Was haben Sie eigentlich am Montagabend gemacht«, fragte ich, »kurz nach dreiundzwanzig Uhr?«

»Am Montag?« wiederholte er. »Da habe ich geschlafen. Ich gehe immer zeitig zu Bett.«

»Kennen Sie eigentlich Herrn Zaprock?«

Er grinste. »Na klar. War ja mein Vater. Bin sozusagen sein Sündenfall.«

»Also unehelich. Aber wieso war er Ihr Vater?«

Er zuckte zusammen. »Na ja, na ja«, stotterte er, »ich meine ...«

Lauckner stand wortlos auf, holte den Koffer hervor und öffnete ihn. Es waren Zaprocks Marken, die hier fein säuberlich in Schutzhüllen verpackt waren. Sogar die Aufstellung lag dabei, ich erkannte Zaprocks Handschrift.

»Woher haben Sie die Marken?« fragte ich.

Ziemer schluckte. »Mein Vater hat sie hier ausgelagert.«

»Warum haben Sie ihn umgebracht?« fragte ich leise.

Er schluchzte trocken, dann schrie er: »Aber ich wollte es nicht, Herr Kommissar, glauben Sie mir, ich wollte es wirklich nicht. Bestimmt.« Er sah mich flehend an, ich antwortete nicht. »Er war blau, als ich ihn in der Bar traf. Und er erzählte mir, daß er sich geeinigt hat mit Wehberg und Homann ... Ich wollte ihm die Wahrheit sagen, daß ich Marken verkauft habe, glauben Sie mir doch, und dann ... dann auf der Brücke wurde ihm schlecht ...«

Ich kannte die Brücke im Ausstellungsgelände, die über die Pleiße führt. Das Geländer war nur einen halben Meter hoch.

»Er beugte sich darüber, und auf einmal, auf einmal ...« Er weinte jetzt, und ich sagte hart: »Sie stießen ihn ins Wasser!«

»Ja. Aber ich wollte es wirklich nicht ... Glauben Sie doch.«

»Kommen Sie!«

Wir nahmen ihn in die Mitte, er folgte willig wie ein Kind. Während der Fahrt fragte ich ihn: »Haben Sie oder Ihr Vater die Marken von Ausländern aufgekauft?«

Er sagte: »Beide.«

Den Rest der Fahrt weinte er still vor sich hin.

TOM WITTGEN

Die kleine Bell

Auch ein schlechtes Gewissen, dachte Karl Lehwald verwundert, kann ein sanftes Ruhekissen sein. Er hatte tief geschlafen und lange, viel zu lange. Kein Wunder nach dieser Nacht! Vorsichtig richtete er sich im Bett auf. Bohrender, dumpfer Kopfschmerz ließ ihn stöhnen. »Das hast du nun davon«, brummelte er vor sich hin; »du weißt genau, wie wenig du verträgst, aber schüttest in dich hinein, als seiest du ein Faß ohne Boden. Kein Wunder, daß du es dann lustig findest, wenn der Berti irgendwelchen Blödsinn vorschlägt, und dabei sogar mitmachst! Jetzt kommst du zu spät zur Arbeit und mußt obendrein dem Nölle etwas beichten.«

Karl Lehwald preßte die Hände gegen die Schläfen und ging ins Bad. Das Wasser, eiskalt und prickelnd, vertrieb den Kopfschmerz, und Lehwald sah die Ereignisse der vergangenen Nacht weniger pessimistisch. Hatten sie denn nicht Grund gehabt zum Feiern? Weidenborn war als schönstes sozialistisches Dorf des Bezirkes ausgezeichnet worden. Und das nicht von ungefähr, dachte Karl Lehwald stolz. Sie hatten an manchem Wochenende auf Skat, Bier und Kino, auf ein Buch oder den Ausflug mit der Familie verzichtet und Böden entrümpelt, Häuser verputzt, Zäune gestrichen, den Kindergarten renoviert und erweitert und dem Rathausplatz ein neues Gesicht gegeben. Dort standen jetzt Bänke unter frisch gepflanzten Bäumen, blühten Blumen auf einem Rundbeet, und inmitten der Blumen erhob sich eine Plastik, »Spielende Kinder« hieß sie, und Karl Lehwald fand, daß sie jeden fröhlich stimmte, der sie ansah.

Der Nölle hatte auf einer Verkaufsausstellung bildender Künstler in der Stadt diese Plastik für das Dorf erstanden.

Der war für diese Aufgabe genau der Richtige gewesen, der hat nämlich Geschmack, sozusagen einen feinen Sinn fürs Schöne.

Wenn Karl Lehwald an Schönheit erinnert wurde, sah er allerdings zuerst ein Mädchengesicht vor sich, das Gesicht von Heidi Eger.

Mit einem leisen Fluch setzte er die Kaffeetasse auf den Tisch zurück und wischte mit dem Handrücken über die Lippen, doch das böse Wort, das ihm entschlüpfte, galt nicht nur dem Kaffee, der stark und viel zu heiß war und auf der Zunge brannte, es galt auch dem Nölle, der diesen feinen Sinn für alles Schöne hatte – auch bei Frauen.

Die Heidi scheint es noch nicht verwunden zu haben, grübelte Lehwald, daß der Nölle sie hat sitzenlassen. Das war aber auch schäbig von ihm gewesen! Steckt er den Verlobungsring, den er angeblich für die Heidi in der Tasche trug, kurzerhand der Maria an den Finger, kaum daß die ihren Mann unter die Erde gebracht hatte. Den Mann, der ihr ein Haus und ein hübsches Vermögen hinterließ. – Lehwald schüttelte mißbilligend den Kopf. So einer war der Nölle.

Als er dann von der Dorfstraße in den Feldweg einbog, kam er auf seine Frühstückssinniererei zurück und schüttelte wieder den Kopf. Was für ein Unsinn! So ist der Nölle natürlich nicht, das heißt, nicht nur so – egoistisch. Daß Weidenborn ausgezeichnet wurde, war zum großen Teil sein Verdienst. Immer wieder war er mit neuen Ideen angekommen, was man noch machen könnte und vor allem wie. Jedes Wochenende hatte er mitgeschuftet und war sich für keine Art zu fein gewesen. Und wie gesagt, er hatte die Plastik »Spielende Kinder« für das Dorf erstanden.

Karl Lehwald stellte sich vor, man hätte ihn zu dieser Verkaufsausstellung geschickt. Er hätte das erstbeste Stück genommen, das man ihm angeboten hätte. Otto Stark gar, der Schweinezüchter, der hätte gewiß irgendeine wuchtige Gestalt angebracht, die einen Hammer schwang, einen Spaten in der Hand hielt oder die Faust ballte. Und wohl jeder, der an ihr vorübergegangen wäre, hätte ein schlechtes Gewissen bekommen, weil ihn diese Figur an eine nicht eingehaltene Selbstverpflichtung oder eine versäumte Versammlung erinnerte. Der Nölle dagegen hatte genau das Richtige gewählt. Abends beim Lindenwirt hatte er dann die Fotografie der Plastikgruppe herumgereicht und gesagt: »Die paßt zu unserem Dorf. Wo Kinder spielen, ist die Welt in Ordnung.«

Vielleicht hat er auch dabei an die kleine Bell gedacht, spekulierte Lehwald. Als er damals vorschlug, den Kindergarten zu einem Schulhort zu erweitern und die alten Räume zu renovieren, hatte er vor allem an sie gedacht. »Dann kann der Hinrich nicht mehr behaupten, der Hort sei so eng, daß man lieber Karnickel statt Kinder hineinsperren sollte, und er wird die kleine Bell endlich hinschicken«, hatte er gesagt.

Zweifellos hing der Nölle nicht einfach an dem Mädchen wie fast alle anderen im Dorf, er liebte das Kind und fühlte sich sonderbarerweise für die Kleine verantwortlich. Sei es, da er ein entfernter Verwandter ihrer verstorbenen Mutter war oder daß es ihn einfach empörte, wie Hinrich Golzow das Kind erzog. Seit der Postvorsteher Golzow Witwer war, wohnte er allein mit Isabell, seiner zwölfjährigen Tochter. Er lehnte es ab, eine Haushälterin zu suchen oder seine Tochter am Nachmittag der Obhut des Schulhortes anzuvertrauen. Er erzog seine Tochter nach Gutdünken, und er hielt es für das beste, ein Kind frei von Vorschriften und Zwang heranwachsen zu lassen. So lebte Isabell ganz nach ihrem Willen und ihren kindlichen Einfällen.

Ihre ersten Worte waren Mama, Papa und Bell gewesen. Mit »Bell« hatte sie sich selbst gemeint und wurde fortan auch von den Erwachsenen so genannt. »Die kleine Bell kommt mit einem Telegramm«, hieß es, oder: »Gib den Brief der kleinen Bell mit.«

Karl Lehwald wußte, daß Detlef Nölle dem Vater der kleinen Bell manchen Ratschlag für die Erziehung des Mädchens gab und daß der Postvorsteher jeden Rat in den Wind schlug. Ebendeshalb wollte der Nölle ihn dazu bringen, die Kleine nach Unterrichtsschluß im Hort zu lassen. Das wäre wirklich das beste, dachte Karl Lehwald und nahm sich vor, seinen Kollegen bei seinem Bemühen zu unterstützen. Aber jetzt mußte er über die Dummheit von heute nacht mit ihm sprechen – leider. Wenn der Mann in solchen Situationen nicht nur so arrogant tun würde, so, als könne ihm derartiges nie passieren und als sei man das Letzte, was ihm bislang unter die Augen gekommen ist. Und er wappnete sich innerlich gegen den Blick, mit dem der Nölle ihn unweigerlich mustern würde, jetzt, eine Viertelstunde nach Arbeitsbeginn.

Als Karl Lehwald die Scheune sah, das Ziel seiner allmorgendlichen Wanderungen, lief er schneller. Doch plötzlich blieb er stehen und rieb sich die Augen. Auf einem zweiten Feldweg hastete eine Gestalt auf die Scheune zu und riß das Tor auf.

»Das gibt's doch nicht«, sagte Karl Lehwald laut zu sich selbst, »der Nölle hat auch verschlafen!«

Das Scheunentor knarrte. Detlef Nölle schob den Torflügel weit zurück und pflockte ihn fest. Als er aufblickte, konnte er in der Morgendämmerung die beiden Traktoren erkennen, die in der Scheune standen, daneben die Rübenkombine und davor, dem Ausgang am nächsten, den Mähdrescher. »Du Miststück«, knurrte Detlef Nölle leise zu dem Mähdrescher hin. Dann schickte er sich an, den zweiten Torflügel zu öffnen.

Karl Lehwald kam auf die Scheune zugelaufen, blinzelnd, immer noch die Augen reibend. Er stolperte, ruderte mit den Armen, um das Gleichgewicht nicht zu verlieren. »'n Morgen, Nölle.«

»Dir selber einen guten Morgen«, erwiderte der junge

Mann, »hoffentlich wirst du bald wach.« Er ärgerte sich, daß Lehwald ihn stets nur mit dem Nachnamen ansprach. Seit sie zusammen den Mähdrescher fuhren, hatte der drei Jahre ältere Lehwald ihm zwar das Du angeboten, aber er nannte ihn nie Detlef. »Schalt das Dreschwerk ein, Nölle«, »Beeilen wir uns, Nölle, heute wird's ein Gewitter geben«, klang das nicht nach Distanz und Ablehnung? Selbst die freundlich gesprochenen Worte »Tschüs und guten Heimweg, Nölle« hörten sich geringschätzig an, fand Detlef Nölle.

Sie kletterten auf den Mähdrescher.

»Ich fahre«, sagte der Junge schnell.

»Meinetwegen.« Dem ist nicht wohl in seiner Haut, weil er einmal im Jahr verschlafen hat, dachte Karl Lehwald. Er sieht aus wie das leibhaftige schlechte Gewissen: unsteter Blick, nervöse Bewegungen. Wo er sich sonst nie eine Gefühlsregung anmerken läßt. Du lieber Himmel, wie mir da erst zumute sein müßte!

»Du kannst ja inzwischen die Morgenzeitung lesen«, sagte Detlef Nölle, »da steht was von dem schönsten sozialistischen Dorf und seinen Menschen drin. Demnach gibt es Schlafmützen wie uns gar nicht.«

»Du quatschst heute zuviel, Nölle.«

Der Junge biß sich auf die Lippen. Schweigend fuhren sie los. Trotz der Verspätung war es noch zeitiger Morgen, und das Frühlicht gab der nüchternen märkischen Landschaft einen eigenartigen Reiz, denn um diese Stunde stimmten die Farben nicht. Sie waren blaustichig und fremd. Erst wenn sich die Sonne am Horizont höher schob, tauchten Korn, Häuser und Bäume in ein verwaschenes Rot, das langsam zerfloß. Und plötzlich flutete Licht über das Dorf und die Ebene.

Karl Lehwald liebte dieses Naturschauspiel und genoß es jeden Morgen von neuem. Nur heute hatte er kein Auge dafür. Er war zu müde und zu sehr mit seinen Gedanken beschäftigt. Aus seinen Grübeleien riß ihn auch nicht das

Sonnenlicht, das die blanken Teile des Mähdreschers aufblitzen ließ, sondern der leise Seufzer, den Detlef Nölle ausstieß, als befreie ihn die Helligkeit von dunklen, üblen Gedanken.

Karl Lehwald, der keinem Menschen lange böse sein konnte, fühlte Mitleid mit dem Jungen. Schließlich konnte der auch nicht gegen seine Natur leben, und war es denn ein Fehler, wenn einer gewissenhaft war? Natürlich ging es einem an die Nerven, Tag für Tag so einen Musterknaben neben sich zu wissen – oder einen, der zumindest so tat, als sei er das wandelnde Vorbild. Denn wenn dieser Bursche nur den Zipfel eines Vorteils erhaschen konnte, griff er schnell und fest zu, das bewiesen seine Verlobung mit Maria und die Art, wie er Mähdrescherführer geworden war ... Na, lassen wir das, dachte Karl Lehwald, jeder hat seine Fehler. Er sagte: »Du hast natürlich recht, Nölle, wir sind heute viel zu spät dran.«

Der Junge schwieg.

»Aber nach so einer Feier wie gestern abend, da kann einem doch allerhand passieren, nicht wahr?«

»Wie meinst du das?«

»Es ist mir lieber, wenn du es von mir erfährst, obwohl ... leicht machst du es einem nicht.«

Der Junge wandte den Kopf. Er sah ernst aus und gespannt. »Rede schon«, forderte er ungeduldig.

»Also, der Berti und ich, wir haben heute nacht mit dem Mähdrescher noch eine Runde gedreht. So zum Spaß.«

»So ...«, entgegnete Detlef Nölle und zog das Wort in die Länge, bis es eine Drohung wurde. »So zum Spaß – Das ist ja eine schöne Schweinerei.«

Karl Lehwald sah den Jüngeren an. Er hätte gern gewußt, ob die Angelegenheit damit erledigt war, doch Detlef Nölle, der eben noch fahrig und nervös gewirkt hatte, zeigte sich schon wieder beherrscht. Aus seiner Miene konnte man unmöglich einen Gedanken ablesen.

Sie rumpelten den Feldweg entlang. Nach einer Weile sagte Detlef Nölle: »Berti hat überhaupt viel Radau gemacht gestern abend.«

Karl Lehwald schnappte nach Luft und hatte Mühe, eine heftige Entgegnung zurückzuhalten. Was soll man dazu nun wieder sagen, dachte er, so ein verflixter Moralapostel. Er sollte wenigstens mal versuchen, sich in die Lage eines anderen Menschen zu versetzen, zum Beispiel in die von Berti. Der kommt frisch aus dem Knast und platzt mitten in eine Feier rein ... »Ach, Nölle«, seufzte Lehwald verärgert, »du ...«

»Was willst du schon wieder an mir rumnörgeln? Habe ich nicht mitgesoffen gestern abend?«

»Ausnahmsweise. Und daß du erst nach Sonnenaufgang übers Feld fährst, ist auch noch nicht dagewesen. Zu dir paßt's, daß du abends zu deiner Witwe gehst und Nestbau treibst, morgens als erster auf dem Feld bist und uns bei der nächsten Versammlung in die Pfanne haust.«

»Jetzt quatschst du zuviel.«

Er hat recht, dachte Karl Lehwald, man sollte sich nicht so gehenlassen. Ich hätte überhaupt den Mund halten sollen. Vielleicht hat es kein Mensch bemerkt, daß wir nachts mit dem Mähdrescher los sind, und es wäre nie herausgekommen. Nun muß ich mich damit abfinden, daß er es in der Genossenschaft zur Sprache bringt und wir einen Verweis erhalten. Natürlich hat er auch damit recht. Das war ein Leichtsinn von uns ... Aber so ist man eben, wenn man ein paar Glas über den Durst getrunken hat: aufgekratzt und alle Hemmungen über Bord.

»Hör mal zu, Nölle«, begann er freundlich, »es geht mir nur um den Berti, wenn ich dich bitte, die Sache für dich zu behalten oder ganz zu vergessen. Ich verkrafte eine Strafe, aber bei Berti heißt es doch gleich, er habe sich im Knast nicht gebessert und die gesellschaftliche Erziehung funktioniere nicht bei ihm. Na, du weißt schon, was ich meine.«

»Du meinst, er war leichtsinnig genug, im trunkenen Zustand zu chauffieren und einen Menschen zu überfahren. Und kaum ist er aus der Haftanstalt entlassen, benutzt er unbefugt ein landwirtschaftliches Gerät.«

Da hatte er wieder recht! Das war das Unsympathische an diesem Jungen – der hatte zu oft recht. Es war auch ein Grund dafür, daß Karl Lehwald ihn nie beim Vornamen nannte. Wenn er »Nölle« sagte, kam es ihm vor, als hole er ihn herunter von dem hohen Roß, auf dem der ständig saß. Denn irgend etwas in Karl Lehwald, das er nicht zu benennen vermochte, sagte ihm, daß Detlef Nölle mit seinem ewigen Rechthaben doch irgendwie im Unrecht sei. Diese absurde Ahnung war es auch, die ihn jetzt gegen den Jungen aufbrachte. »Du weißt genau, wie der Berti in die Geschichte reingerasselt ist«, sagte er vorwurfsvoll, »du weißt auch, daß er ein guter Mähdrescherführer war – und wieder sein wird. Gestern, mit ein paar Gläschen Alkohol im Leibe, da hat ihm einfach der Hintern gejuckt. Der mußte wieder den Mähdreschersitz unter sich fühlen ...«

»Er hätte warten sollen, bis man ihm wieder eine Erlaubnis dafür gibt.«

Ach, dieser Nölle! Es hat schon wieder recht, dachte Karl Lehwald wütend. Nun wird er alle Hebel in Bewegung setzen, um auf dem Platz zu bleiben, den er jetzt eigentlich für Berti frei machen müßte. Hat er damit auch recht?

Detlef Nölle riß seinen Beifahrer aus den Grübeleien, indem er ihn leicht in die Seite stieß. »Da, guck mal. Was ist denn mit dem Postvorsteher los?«

Sie blickten zu dem Hügel mit dem Postamt hinüber. Hinrich Golzow stand vor dem Haus und fuchtelte mit den Armen herum. Aus der Ferne glich er einer Marionette, die von ungeschickten Händen bewegt wird.

»Er redet auf die Zeitungsfrau ein«, sagte Karl Lehwald, »er scheint mit ihr zu schimpfen.«

»Das ist doch aber nicht seine Art«, entgegnete Detlef Nölle beobachtend. »Er hat sich auch schon beruhigt und geht ins Haus zurück.«

Sie fuhren weiter. Hinter der nächsten Wegbiegung mußten sie aufs Feld. Doch so weit kamen sie nicht mehr. Eine Menschenmenge, aufgebracht und mit erschreckten Gesichtern, versperrte ihnen den Weg.

»Was soll denn das bedeuten?« fragte Karl Lehwald verständnislos. »Sogar der Otto Stark, der längst bei seinen Schweinen sein müßte, steht hier herum und diskutiert mit Fräulein Weinhold, der Betschwester.«

»Gehen Sie zur Seite!« rief Detlef Nölle. »Bitte, machen Sie den Weg frei, wir müssen aufs Feld!«

Die Leute rührten sich nicht von der Stelle, sie starrten nur die Männer auf dem Mähdrescher an, bis jemand sagte: »Die kleine Bell ist tot.« Dann wichen sie wie auf ein Kommando zurück.

Detlef Nölle schaltete den Motor aus und sprang fast gleichzeitig mit seinem Beifahrer vom Sitz. Am Wegrand hinter der Kurve lag ein Kinderfahrrad, daneben ein blutüberströmtes Bündel.

»Die kleine Bell«, flüsterte Detlef Nölle. Seine Lippen zitterten, er war sehr blaß.

»Aber das Kind ist ja erwürgt worden!« rief Karl Lehwald und schaute fassungslos in das kleine Gesicht. Es war blutverschmiert, blau und verschwollen, kaum zu erkennen. Jemand hatte dem Mädchen eine blaue Strickjacke um den Hals geschlungen und mußte sie mit unheimlicher Kraft zusammengezogen haben.

»Ich meine, sie wurde erstochen«, äußerte Herr Elmer, ein Redakteur, der seinen Erholungsurlaub in Weidenborn verbrachte. Auch er hatte am Vorabend mitgefeiert, und Karl Lehwald wunderte sich, daß der Mann trotzdem so früh auf den Beinen war. »Sie kann noch nicht lange tot sein«, fuhr Elmer fort, »die Stichwunden sind ziemlich frisch, das Blut ist kaum geronnen.«

»Erstochen oder erwürgt«, rief Erna, die Melkerin der LPG. »Als ob es darauf ankäme! Sie ist umgebracht worden. Von wem? Von einem Fremden? Von jemandem aus unserem Dorf? Vielleicht von einem, der jetzt neben ihr steht?«

Sie schrie die Fragen hinaus, die sich jeder der Versammelten in stummer Angst längst selbst gestellt hatte.

Vom Dorf her keuchte Hinrich Golzow heran. Wahrscheinlich hatte ihn die Zeitungsfrau vom Tode seiner Tochter benachrichtigt, und er war deshalb so außer sich geraten, dachte Karl Lehwald.

»Wo ist sie?« rief Golzow, als er das Fahrrad erblickte. »Bell, meine kleine Bell!« Er stürzte auf den Leichnam zu, doch ein paar Männer hielten ihn zurück. Unter ihnen war Detlef Nölle. Er sagte: »Du darfst nichts berühren, Hinrich, und nichts verändern, bis die Polizei dagewesen ist.« Und an die Umstehenden gewandt, fragte er: »Haben Sie schon etwas unternommen?«

Es stellte sich heraus, daß die Zeitungsfrau vom Postamt aus die Kriminalpolizei angerufen hatte.

»Laßt mich zu ihr«, bat Hinrich Golzow. Er weinte. »Ich – will sie doch nur einmal streicheln.«

Einen Mann wie ihn weinen zu sehen, empfand Karl Lehwald als noch schlimmer als den Anblick des kleinen Leichnams.

»Es ist seine Tochter, er möchte sie doch nur einmal streicheln«, wiederholte Detlef Nölle leise.

Sie ließen Golzow los, aber Otto Stark warf Nölle einen mißbilligenden Blick zu.

Der Postvorsteher trat langsam an das blutige Bündel heran und kniete nieder. Behutsam strich er über Bells Arm, dann berührte er das zerschnittene, geschwollene Gesichtchen. Er weinte noch immer und fragte: »Warum? Warum nur?«

Karl Lehwald spürte Würgen im Halse. Wenn sich Golzow hysterisch aufgeführt, getobt und geschrieen hätte, wäre ihm diese Situation erträglicher gewesen. Dann sah er, wie der Vater dem Mädchen den hochgeschlagenen Rock über die Knie zog.

»Nein!« rief Detlef Nölle im gleichen Augenblick erschrocken. »Hinrich, das darfst du nicht tun! Die Polizei muß sie so finden, wie ihr Mörder sie verlassen hat. Für die Polizei ist alles von Bedeutung, auch ein hochgeschlagener Rock.«

Hinrich Golzow blickte ihn ebenfalls erschrocken, fast ein wenig ängstlich an und wischte mit dem Handrücken über die Augen.

»Er hat recht«, bestätigte Karl Lehwald und dachte, der Nölle sieht auf einmal wie ein alter, kranker Mann aus, aber er behält den Kopf oben. Er hat sehr an der kleinen Bell gehangen; es würde mich nicht wundern, wenn er der Polizei Konkurrenz macht und den Lumpenhund, der das getan hat, selbst aufzuspüren versucht. Zu dem Postvorsteher sagte er: »Lege nur den Rock wieder so, wie er war, Hinrich.«

Der Alte gehorchte. »Sie blutet auch am Leib«, stellte er mit ergreifender Traurigkeit fest. »Meint ihr, da hat jemand ... Es hat sich einer vergangen an ihr?«

Von der Landstraße her ertönte die Polizeisirene, und zwei Wagen preschten heran.

»Die werden schon herausfinden, was hier passiert ist.« Otto Stark wies auf die Männer in Zivil, die aus den Autos sprangen und schnell auf die Menschenansammlung zukamen. Es waren sechs, drei davon stellten sich flüchtig vor als Hauptmann Roch, Leutnant Pankratz und Doktor Seiler. Die drei anderen, die allerhand Geräte aus einem Koffer holten und einen Fotoapparat auf das Stativ schraubten, waren Mitarbeiter der Kriminaltechnik.

Karl Lehwald fiel auf, daß der Leutnant die Umstehenden eingehender musterte als die Tote.

Leutnant Pankratz schaute in entsetzte, fragende Gesichter, entdeckte Neugier, Unbehagen, hin und wieder auch Angst in den Blicken, spürte die stumme Forderung, schnell etwas zu unternehmen, um das Unfaßbare, das hier geschehen war, zu klären und zu erklären. Er sah auch den Mähdrescher und hörte die unausgesprochenen Flüche der Kriminaltechniker, die hier, wo alles zertrampelt und zerfahren war, vergebens nach brauchbaren Spuren suchen würden. Ihm schien, daß mindestens die Hälfte aller Dorfbewohner an der Unglücksstelle zusammengelaufen war. Pankratz warf einen flüchtigen Blick auf den Leichnam, mit dem sich Doktor Seiler und der Hauptmann beschäftigten. Hauptmann Roch nickte ihm zu, deutete mit den Augen auf die Umstehenden, und Pankratz nickte zurück. Nach jahrelanger Zusammenarbeit verständigten sie sich auf eine eigene, schnell und kaum Worte erfordernde Weise. »Wer von Ihnen«, fragte Leutnant Pankratz nun mit erhobener Stimme, »hat den Leichnam gefunden?«

»Ich war das«, rief eine Frauenstimme, die ziemlich schrill klang. »Ich bin die Melkerin der LPG.« Eine Frau Mitte Vierzig trat vor den Leutnant, ließ aber den Blick nicht von dem toten Kind. Sie atmetete heftig und konnte ihrer Erregung nicht Herr werden. »Entschuldigen Sie, das hier ... das war das Schrecklichste, was ich je erlebt habe. Liegt da die kleine Bell am Weg! Und so zugerichtet ...«

Pankratz nahm die Frau zur Seite, damit sie den Körper der Getöteten nicht mehr sehen konnte, notierte den Namen der Melkerin und bat sie, alles der Reihe nach zu berichten.

»Ja, das war so«, setzte sie tief einatmend an, »ich kam von Dorf Haida herüber ...« Und mit der Umständlichkeit einer schlichten Seele erzählte sie, daß sie am Vorabend ihre Tochter besuchte und bei ihr übernachtet habe. Am Morgen sei sie so früh losgegangen, um in der LPG rechtzeitig die Kühe melken zu können. Als sie von der Straße in den Feldweg eingebogen war, hatte sie das blutige Bündel liegen sehen und die kleine Bell erkannt. Sie war im ersten Schreck zur Landstraße zurückgelaufen, um Hilfe zu holen. Von der Straße her war die Zeitungsfrau geradelt gekommen. Sie hatte erzählt, was vorgefallen war, und die Frau hatte es übernommen vom Postamt aus die Polizei zu verständigen.

»Die Zeitungsfrau fuhr also los«, sagte Pankratz, »und was haben Sie getan?«

»Ich habe mich mit Herrn Elmer unterhalten.«

»Mit Herrn Elmer? Wer ist denn das? Und woher kam er so plötzlich?«

Sie schüttelte heftig den Kopf. »Der kam nicht plötzlich! Der schlenderte ziemlich vergnügt auf mich zu. Er macht jeden Morgen vor dem Frühstück seinen Spaziergang. Wissen Sie, das ist so ein nervöser Stadtmensch, der erholt sich hier. Er wohnt beim Lindenwirt, bis er wieder arbeiten gehen kann. Redakteur ist er an irgendeiner Zeitung. – Also, der kam vom Dorf her und winkte mir. Ich bin sofort zu ihm hin und habe ihm das Schreckliche erzählt. Aber während ich noch so redete, fiel mir ein, daß ich es hätte lieber sein lassen sollen, weil ... der hat es doch mit den Nerven! Jedenfalls ist er käseweiß geworden, und die Hände haben ihm gezittert. Er hat sich ein Weilchen an den Wegrand gesetzt und vor sich hin gestarrt. Plötzlich ist er aufgesprungen, hat mich am Arm gepackt und gesagt: ›Ich will sie mir ansehen.‹ Ich wollte sie ihm ja nicht zeigen, weil ich dachte, das ist bestimmt nicht gut für ihn, aber er ist hin und hat sie sich angesehen, lange und gründlich.«

»Hat er sie angefaßt? Irgend etwas verändert?«

»Nein. Das wäre mir aufgefallen, ich habe ihn nämlich nicht aus den Augen gelassen.«

»Und was geschah dann?«

»Dann kamen die Leute aus dem Dorf. Die Zeitungsfrau hatte ihnen unterwegs zugerufen, die kleine Bell liegt tot am Feldweg. Das muß wie ein Lauffeuer durchs Dorf gegangen sein.«

Leutnant Pankratz klappte sein Notizbuch zu, bedankte sich bei der Frau und ging zu den anderen zurück. Er stellte der Zeitungsfrau ein paar Fragen und unterhielt sich mit Herrn Elmer.

Danach wandte er sich wieder an alle. »Und sonst«, fragte er laut, »war denn sonst niemand so früh auf den Beinen wie die Melkerin?«

»Doch! Sonst war immer die Mähdrescherbesatzung vor dem Morgengrauen draußen.«

»Guck an«, bemerkte Detlef Nölle leise, aber so deutlich, daß alle es verstehen konnten, »der Schweine-Otto als Wahrheitsapostel.«

»Was soll denn das heißen, Otto?« fragte Karl Lehwald kopfschüttelnd.

»Nichts anderes, als was ich gesagt habe. Ihr seid sonst die ersten draußen.«

Karl Lehwald sah den Leutnant an und erklärte verlegen: »Wir haben heute verschlafen.«

So etwas kann vorkommen, dachte Leutnant Pankratz, aber heute ist es jammerschade. Vielleicht hättet ihr den Mörder gesehen oder sogar die Tat verhindern können, wenn ihr zur Zeit aus den Federn gestiegen wärt. Jedenfalls möchte ich eine plausible Erklärung hören. Und er fragte in strengem, bewußt provozierendem Ton: »Ausgerechnet heute? Und ausgerechnet alle beide?«

Karl Lehwald senkte den Blick und ließ die Schultern hängen. Er schämt sich, registrierte Leutnant Pankratz. Und der andere?

Der andere, Detlef Nölle, trat einen Schritt auf Pankratz zu, und der wußte sofort, daß diesen jungen Mann sein provozierender Ton gereizt hatte. »Ja«, rief Nölle aufgebracht, »wir haben ausgerechnet beide verschlafen, weil ausgerechnet gestern abend eine Feier im Dorf war. Sie sollten morgens die Zeitung lesen!«

»Oh«, sagte Pankratz freundlich, »das werde ich mir zu Herzen nehmen.«

Dann wandte er sich schnell von ihm ab und trat zu seinem Vorgesetzten. Er wußte nämlich, daß der junge Mann gern weitergesprochen und ihm mehr erklärt hätte; das sollte er auch tun, aber zu einem Zeitpunkt, zu dem es der Leutnant für angebracht hielt.

Hinrich Golzow sah abwechselnd die Kriminalisten und den Arzt an. Schließlich fragte er mit demütig-trauriger Stimme: »Was ist geschehen mit ihr?«

»Wir wissen es noch nicht genau«, antwortete Hauptmann Roch zögernd. »Morgen, nach der Obduktion, können wir Ihnen mehr sagen. Warum war denn das Mädchen schon so früh unterwegs?«

»Sie trägt so gern Telegramme aus ...«

»Um diese Stunde?« fragte Pankratz ungläubig.

»Das hat bei meiner Bell keine Rolle gespielt. Ihr hat es Spaß gemacht, mit den Hühnern aufzustehen – und auch das Telegrammeaustragen.«

Aber jeder Mensch und besonders Kinder brauchen einen bestimmten Schlafzyklus, wendet Pankratz in Gedanken ein. Sein Blick, ernst und skeptisch, bewog Hinrich Golzow, Bells Lebensgewohnheiten zu verteidigen. »Sie denken wohl, ich hätte das Kind zur Arbeit getrieben oder es hätte zu wenig Schlaf gehabt? O nein! Fragen Sie ruhig die Weidenborner! Jeder, der die Kleine gekannt hat, weiß genau, wie gern sie Telegramme austrug und daß sie nachmittags, wenn sie aus der Schule kam, zwei Stunden fest schlief und daß sie überhaupt ein glückliches Kind war, weil ich sie nie gegängelt und mit Verboten gequält habe.« Das Schluchzen schüttelte ihn, er konnte nicht weitersprechen.

Leutnant Pankratz legte ihm die Hand auf die Schulter und sagte: »Sie sollten jetzt nach Hause gehen, Herr Golzow.«

Der Postvorsteher wischte sich wieder mit dem Handrücken über die Augen, warf noch einen Blick auf das tote Kind, dann wankte er davon.

»Hat noch jemand Hinweise zu geben, etwas beobachtet, einen Verdacht?« fragte Hauptmann Roch. »Wer hier nicht sprechen möchte, wendet sich an Leutnant Pankratz. Der wird vorläufig im Gemeindehaus anzutreffen sein.«

»Ich denke, so etwas kann nur ein Verrückter getan haben!« meldete sich die Melkerin wieder. »Ich meine, ein Kind würgen und stechen. Und einen Verrückten, also – so einen haben wir hier im Dorf.«

Pankratz sah zu Redakteur Elmer hin, der mit zusammengepreßten Lippen die Melkerin anstarrte. Jetzt ballte er die Hände wie jemand, der sich nur noch mit Mühe beherrschte.

Ehe Pankratz der Frau etwas entgegnen konnte, rief Otto Stark: »Wirst du wohl dein Schandmaul halten!«

»Nein. Ich werde sagen, was ich denke. Und ich denke, der Alfons ist immer eine Gefahr, weil er so ... so unberechenbar ist.«

Redakteur Elmer löste die Faust, atmete ruhiger und sah zu Leutnant Pankratz hin, der sofort fragte: »Von wem sprechen Sie denn?«

Otto Stark kam ihr mit der Antwort zuvor. »Sie meint den Ahnert-Alfons. Er hat im Krieg eine Kopfverletzung gehabt und ist seitdem ein bißchen trottelig. Aber er ist gutherzig und ungefährlich, sonst dürfte er nicht bei seiner Tochter und dem Schwiegersohn wohnen.«

»Ich möchte die Adresse wissen«, sagte der Leutnant.

Otto Stark nannte sie ihm und fügte hinzu: »Das ist unnütz vertane Zeit. Wenn hier jemand seine Pappenheimer kennt, dann bin ich das. Ich bin hier geboren und aufgewachsen. Zwar mäste ich Schweine, früher nach althergebrachter Art, heute wissenschaftlich, aber ich weiß auch über die Menschen Bescheid.«

»Ich danke Ihnen«, sagte Pankratz unverbindlich und sah stirnrunzelnd der Schar Jugendlicher entgegen, die über die Wiese auf die Menschenansammlung zugelaufen kam. »Gehen Sie jetzt nach Hause oder an Ihre Arbeit. Ich stehe Ihnen später im Gemeindehaus zur Verfügung.«

Zögernd entfernten sich die ersten.

»Bitte, beeilen Sie sich!« rief Pankratz streng. Die Leute gaben den Weg frei. Karl Lehwald setzte sich auf den Fahrersitz des Mähdreschers. »Komm, Nölle«, sagte er.

Doch Detlef Nölle sprach eben den Leutnant an. »Ich – hätte da noch etwas ...«

»Ja, bitte.«

»Es ist nur ... falls sich herausstellen sollte, daß sie doch vergewaltigt wurde ...«

»Was wäre dann, Herr ...?«

»Detlef Nölle. Dann wäre vielleicht zu beachten, daß im Dorf mal einer war, der sich an einem Kind vergangen hat. Er ist damals eingesperrt worden. Jetzt wohnt er im Nachbardorf, aber ab und zu besucht er seine Schwester, Fräulein Weinhold. Sie lebt sehr zurückgezogen seit diesem Vorfall und läuft oft in die Kirche.«

»War er gestern im Dorf?«

»Das weiß ich nicht.«

»Jedenfalls danke ich Ihnen für den Hinweis.«

»Schöner Hinweis!« rief da jemand. Es war einer der Jugendlichen, die zuletzt gekommen waren und sich nur langsam wieder entfernten.

»Was meinen Sie damit?« fragte Leutnant Pankratz.

Der Junge kam näher. »Warum soll es denn unbedingt der Dorftrottel oder ein Kranker wie der Weinhold gewesen sein? Warum denn kein Besoffener? Heute nacht gab es doch genug davon. Warum denn keiner von unseren ehrbaren Dorfvätern, deren Frauen nicht mehr so recht mitmachen und die sich dann im Rausch austoben?«

»Hältst du die Klappe, Rotzbengel!« schrie Otto Stark, der zurückgekommen war.

»Mischen Sie sich nicht ein«, wies der Leutnant ihn zurecht.

»Der Udo ist mein Enkel. Wenn ich mich bei dem nicht

ab und zu einmische, landet der Bengel auf der schiefen Bahn. Warum bist du nicht zur Schule gefahren?«

»Weil der Bus ausgefallen ist.« Er wandte sich von Otto Stark ab und erläuterte weiter, an Pankratz gerichtet: »Ich meine damit, daß man mit solchen ›Hinweisen‹ bloß diesen und jenen willkürlich verdächtigt, und das halte ich für falsch. Man sollte ausnahmslos alle im Dorf gleichstellen, sozusagen bei Null anfangen und jede Zahl prüfen, statt nur hier und da eine schwarz anzupinseln.«

»Uns traust du wohl überhaupt nichts zu?« fragte Pankratz.

Der Junge stutzte. »Sie – kenne ich zuwenig.«

»Dann urteile nicht vorschnell. Aber wenn du Hinweise zu geben hast, sprich dich aus.«

»Vielleicht sollte man nicht allein davon ausgehen, daß jeder die kleine Bell mochte, sondern auch erwägen, daß jemand etwas gegen ihren Vater haben könnte.«

»Solche Fragen beschäftigen uns, seit wir hier sind. Also, wer mochte Herrn Golzow nicht?«

»Darüber weiß nun wieder mein Großvater besser Bescheid. Und Herr Golzow selbst.«

»Da kommt der Bus!« rief ein Mädchen, und Udo sagte: »Heute ist unser letzter Schultag.«

»Dann geht.«

Der Junge warf noch einen Blick auf den Leichnam. »Arme kleine Bell«, murmelte er und rannte hinter den anderen her zur Straße.

»Der ist schon richtig«, beschwichtigte der Leutnant den energischen Großvater.

»Wenn er nicht gerade über die Stränge schlägt. Aber das tut er allenthalben.« Der Alte nahm die Mütze ab und wischte mit dem Taschentuch über seinen kahlen Schädel.

»Also, wissen Sie, ob jemand Grund hatte, sich an dem Postvorsteher zu rächen?« Leutnant Pankratz sah die drei Männer abwartend an, die noch anwesend waren: Otto

Stark, Detlef Nölle, der inzwischen auch auf dem Mähdrescher saß, und Karl Lehwald.

»Ich kenne niemanden, der so etwas vorhatte«, sagte Otto Stark. »Außerdem werden bei uns Meinungsverschiedenheiten friedlich aus der Welt geschafft und nicht dadurch, daß man kleine Kinder umbringt.«

Und doch hat sein Enkel auf etwas ganz Bestimmtes angespielt, dachte Pankratz. Ich werde es schon herausbekommen. Er nickte scheinbar gedankenversunken zu Starks Worten und beobachtete unauffällig die Männer auf dem Mähdrescher.

Detlef Nölle flüsterte Lehwald etwas zu, und der erwiderte mit einem Blick, der nichts Gutes verhieß. Dann fuhr er los.

»Vorsicht!« rief er. »Bitte, gehen Sie weit zur Seite!«

Als sie ein Stück gefahren waren, wandte sich Detlef Nölle noch einmal um. Der Arzt und der Hauptmann standen über das tote Mädchen gebeugt. Otto Stark ging auf die LPG zu, aber Leutnant Pankratz hatte sich nicht von der Stelle gerührt. Er schaute dem Mähdrescher nach, bis der hinter der Wegbiegung verschwunden war.

»Er guckt uns immer noch nach«, sagte Detlef Nölle.

Natürlich, dachte Lehwald. Es wird ihm nicht entgangen sein, daß der Nölle gern einen Namen ausgespuckt hätte und daß ich ihn daran gehindert habe. Er wird bestimmt wieder auf uns zukommen und fragen, und der Nölle wird den Berti nicht aus dem Spiel lassen.

»Eine Menge Betrunkene gab es heute nacht, da hatte der Udo schon recht«, sagte Detlef Nölle grübelnd, »aber es gab nur einen, der Golzow gedroht hat.«

Na also, da haben wir's! dachte Karl Lehwald. Der wird keine Ruhe lassen. Warum nur? Will er unbedingt derjenige sein, der die Polizei auf eine Spur lenkt? Und wenn sie ins Nichts führt, was hat er davon? Auf jeden Fall hat er dann Bertis Leichtsinn von heute nacht genügend hochgespielt, um ihn als Anwärter für den gutbezahlten Platz auf dem Mähdrescher auszuschalten. Vielleicht will er das. Kann er so berechnend sein? Oder ist er überhaupt deshalb immer im Recht, weil er kalt und nüchtern alles vorauskalkuliert? Ist es das, was mich an ihm so stört?

»Du warst doch heute nacht bis zuletzt mit Berti zusammen«, bohrte Detlef Nölle weiter. »Wie hat er sich denn benommen?«

»Der war aufgekratzt, aber durch unsere Mondscheinfahrt hatte er ganz schön Dampf abgelassen.«

Sie kamen zu dem Kornfeld, das geschnitten werden mußte, und Karl Lehwald schaltete das Dreschwerk ein. Schweigend begannen sie zu arbeiten. Während der Frühstückspause – sie hielten sie kurz an jenem Tag – erwähnten sie mit keinem Wort den Tod drr kleinen Bell. Erst als sie in der Mittagshitze zum Dorf zurücktuckerten, fragte Detlef Nölle: »Hast du Berti nach Hause begleitet?«

»Warum?«

»Nur so.«

»Nein«, widersprach Lehwald. »In deinem Kopf geht irgend etwas vor, wenn du so fragst.«

»Ich überleg bloß hin und her.«

»Du bist glatt wie'n Aal.«

»Jemand muß es schließlich gewesen sein. Und Berti hat schon einen Menschen auf dem Gewissen.«

Karl Lehwald sah ihn feindselig an. »Mann, Nölle, was konstruierst du dir da zusammen?«

»So? Muß man die Zusammenhänge erst konstruieren? Hinrich Golzow hat Berti damals angespitzt, mit dem Wagen zu fahren. Das war reiner Egoismus von Golzow, denn es war spät am Abend, der letzte Zug längst weg, und er wollte, daß Berti ihn mit nach Hause nimmt. Aber als das Unglück geschehen war, sagte er vor der Polizei aus, den Berti hätte niemand davon abhalten können, sich betrunken ans Lenkrad zu setzen ...«

»Das stimmt schon, der Berti hatte wirklich allen Grund, auf Hinrich Golzow wütend zu sein, aber deshalb fällt der doch nicht über die kleine Bell her und bringt sie um.«

Das Schweigen, das diesen Worten folgte, empfand Karl Lehwald als feindselig. Wieder stieg Wut in ihm hoch auf diesen Menschen, der sich das Recht herausnahm, immer im Recht zu sein.

»Begreifst du denn nicht«, fragte Detlef Nölle unvermittelt, »die kleine Bell ist tot. Umgebracht worden.«

Karl Lehwald sah ihn an und sah Tränen in dessen Augen. Wieder übermannte ihn Mitleid mit diesem Jungen. Der Schmerz ist es, dachte er, der ihn ungerecht und voreingenommen macht.

Er sagte: »Ich möchte genau wie du, daß die Polizei den Kerl findet.«

»Wir müssen sie dabei unterstützen, ihnen die Fakten mitteilen, die uns bekannt sind.«

»Aber das darf nicht so weit gehen«, wehrte Karl Lehwald ab, »daß wir uns gegenseitig anschwärzen, wie der Udo gesagt hat. Gestern sind wir ausgezeichnet worden und haben uns etwas zugute getan darauf, wie harmonisch wir im Dorf zusammenleben, aber heute macht jeder seinem kleinlichen Ärger über diesen und jenen Luft und stempelt ihn gleich zum Mörder. Nein, Nölle, da halte ich nicht mit.«

Als Leutnant Pankratz den Mähdrescher aus dem Blick verloren hatte, dachte er wieder: Ausgerechnet heute haben alle verschlafen. Keiner konnte etwas sehen oder hören, folglich kann keiner etwas wissen. Und doch wissen sie etwas. Der eine, fahrig, nervös, leicht reizbar, möchte es loswerden, der andere hindert ihn daran. Wenn das, was sie mir verheimlichen, mit dem Tod der Isabell Golzow zusammenhängt, werde ich es herausbekommen.

Er trat zu dem Hauptmann, der eben Doktor Seiler fragte: »Und welche Hinweise haben Sie für uns?«

»Es ist die Leiche eines etwa zwölf Jahre alten Mädchens, ein Meter sechsundfünfzig groß. Blasse, fast fehlende Totenflecke. Über dem Stirnhöcker quergestellte Hautdurchtrennungen mit unregelmäßiger Schürfung ringsum …« Der Arzt hatte eine feste, monotone Stimme, bei deren Klang sich Pankratz unwillkürlich in den Anatomieraum eines medizinischen Institutes versetzt fühlte. »Der Körper des Kindes«, berichtete Doktor Seiler weiter, »ist von zahlreichen feinfleckigen Blutungen übersät. In Zungenbeinhöhe wird eine Strangmarke sichtbar. Daraus könnte man schlußfolgern, man habe das Mädchen erwürgt, und zwar mit seiner Strickjacke. Das Muster hat sich deutlich in die Haut eingedrückt. Wer sie getötet hat, muß über beachtliche Kräfte verfügen.«

»Sie betonen, man *könnte* schlußfolgern«, warf der Hauptmann ein, und Doktor Seiler nickte.

»Einige Merkmale passen nicht in dieses Bild, das ich eben entworfen habe. Zum Beispiel lassen sich die Verletzungen am Leib und die Schürf- und Schnittwunden schwer erklären. Vielleicht ist der Täter mit dem Messer auf sie losgegangen, sie hat sich am Boden gewälzt und ist schließlich gewürgt worden. Man muß abwarten, was die Obduktion ergibt.« Mit diesen Worten verabschiedete er sich. Auch der Polizeifotograf und die Techniker packten ihre Taschen, und der Wagen, der den kleinen Leichnam abholte, fuhr vor.

»Das ist eine ganz vertrackte Angelegenheit«, sagte Hauptmann Roch zu Pankratz. »Sie kann erwürgt worden oder durch eine tiefgehende Schnittwunde zu Tode gekommen sein.« Er ahmte Doktor Seilers dozierenden Tonfall nach: »Genaueres nach der Obduktion.«

»Solange uns dieses ›Genauere‹ nicht vorliegt, können wir uns kaum ein Bild von dem Täter machen. So wie die Kleine zugerichtet wurde, kann man auf einen Geisteskranken, einen Betrunkenen oder einen Lustmörder tippen – oder auf alles zusammen in einer Person.«

»Sind Sie bei den ersten Vernehmungen schon auf ein Motiv gestoßen?« fragte der Hauptmann.

Pankratz schüttelte den Kopf. »Nichts als unklare Andeutungen.«

»Gehen Sie trotzdem jedem Hinweis nach. Ich werde mich inzwischen um ein Zeit-Weg-Diagramm bemühen. Vielleicht entdecken wir eine Ungereimtheit, wenn wir es mit dem Aussagen vergleichen, die man Ihnen gegenüber macht.«

»Natürlich werden wir die Hände nicht in den Schoß legen, bis der Obduktionsbefund eintrifft«, entgegnete Leutnant Pankratz, »aber solange wir nicht wissen, wie die Schnitt- und Schürfwunden und die Würgemale entstanden sind, tappen wir ziemlich im dunkeln.«

Der Hauptmann nickte ihm zu. »Kommen Sie, tappen wir los.«

Die Strickjacke der kleinen Bell war schmutzig, voller Sand, die Knopflöcher ausgedehnt, zwei davon eingerissen. Hinrich Golzow krampfte die Hände in das Kleidungsstück und weinte.

»Herr Golzow, war die Jacke schadhaft, als Ihre Tochter sie heute morgen anzog?«

Der Alte schüttelte entschieden den Kopf. »Meine Bell«, sagte er und unterdrückte ein Schluchzen, »hätte nie eine Jacke mit kaputten Knopflöchern angezogen.«

Das bestätigt Doktor Seilers Annahme, daß das Kind mit der Jacke gewürgt wurde, überlegte Pankratz, aber das Gestrick ist fest, und man braucht Riesenkräfte, die Jacke so zusammenzudrehen, daß die Knopflöcher dabei einreißen. Der Leutnant fragte weiter. »Sie wollten noch einmal darüber nachdenken, mit wem Sie in letzter Zeit Streit hatten, Herr Golzow.«

Der Alte winkte ab. »Da waren nur Kleinigkeiten, ein Ball, der durchs Fenster geflogen war, meine Hühner, die dem Nachbarn Saat ausgepickt hatten. Selbst ...«

»Sprechen Sie weiter, Herr Golzow.«

»Es ist unsinnig. Deshalb bringt man kein Kind um.«

»Erzählen Sie es trotzdem.«

»Der Berti, der ist doch gestern zurückgekommen ... Also, das war so ...« Er erzählte, wie er Berti im trunkenen Zustand zum Fahren animiert und nach dem Unfall auf der Polizei angeschwärzt hatte. Er beschuldigte sich, feige gehandelt zu haben, verteidigte sich im nächsten Augenblick, wiederholte auch die Worte, mit denen Berti ihm am vergangenen Abend gedroht hatte: ›Dir zahl ich die beiden Jahre heim, die du aus meinem Leben gestohlen hast.‹ »Aber das war nur so dahergeredet«, versicherte Hinrich Golzow.

»Ich danke Ihnen«, sagte der Leutnant und schickte den Postvorsteher nach Hause. Als nächstes bat er Redakteur Elmer herein. Er vergegenwärtigte sich schnell ein Gespräch mit dem Lindenwirt, der sich darüber gewundert hatte, daß Herr Elmer wie immer zeitig aus dem Bett gestiegen war, obwohl er bis tief in die Nacht mitgefeiert hatte. »Ist ihnen irgend etwas an ihm aufgefallen?« hatte Leutnant Pankratz gefragt. »Natürlich. Der sonst so nervöse Mensch ist seit heute morgen die Ruhe selbst.«

Nun stand er vor ihm, auch jetzt die Ruhe selbst, so erschien es Pankratz, kein Zucken der Augenlider oder der Mundwinkel, die Hände ohne Zittern oder dieses ängstliche Nach-einem-Halt-Suchen. Pankratz bot ihm Platz an, unterhielt sich mit ihm über seine Person, seine Arbeit, seine Krankheit.

»Sehen Sie«, erzählte Elmer, »mir waren die Probleme über den Kopf gewachsen, bis ich das Wichtige vom Unwichtigen nicht mehr zu unterscheiden vermochte. Hier in Weidenborn bin ich ruhiger geworden und habe über vieles nachgedacht. Seit heute morgen weiß ich eines: Nicht in den Artikeln und Berichten, die fehlerhafte Angaben enthalten, stecken die Probleme, sondern in den Menschen, mit denen man zwar täglich zusammenarbeitet, die man dennoch nicht genügend kennt, um immer zu verstehen, weshalb sie sich so oder so benehmen.«

»Sie spielen auf die Weidenborner an?«

»Ja. Gestern gefeiert als schönstes sozialistisches Dorf – ich betone *sozialistisch* –, heute müssen sie einsehen, daß einer von Ihnen der Mörder ist. Ich meine, wenn sie sich wirklich kennen würden, müßten sie eine Ahnung davon haben, wer unter ihnen einer solchen Tat fähig ist.«

»Jetzt gehen Sie zu weit, Herr Elmer. Ein Mörder trägt weder vor noch nach der Tat ein Kainsmal auf der Stirn. Bestenfalls verrät er sich nach dem Mord …«

»Und doch denke ich, daß es gewisser charakterlicher Veranlagungen bedarf, um so etwas überhaupt tun zu können. Veranlagungen, die durch einen bestimmten Anlaß ins Krankhafte gesteigert werden und dann den ganzen Menschen beherrschen. Zum Beispiel ein gestörtes Triebleben, Minderwertigkeitskomplexe, angestaute Rachegefühle, Karrieresucht, Aggressivität …«

»Haben Sie einen bestimmten Verdacht?«

»Dazu lebe ich zu kurze Zeit im Dorf. Aber die Weidenborner müßten sich doch eigentlich gegenseitig kennen.«

Er hatte jeden Hinweis geprüft, sorgfältig und schonend für die Verdächtigen, die sich schließlich allesamt als unschuldig erwiesen. Er half Hauptmann Roch, das Zeit-Weg-Diagramm zu ergänzen, und nannte es ärgerlich eine Pflichtübung, weil zu der Zeit, als die Bell umkam, niemand unterwegs gewesen war außer ihr und dem Mörder natürlich. Erst später, als sie gefunden wurde, kreuzten sich die Wege vieler Menschen …

Endlich traf der Obduktionsbefund ein. Leutnant Pankratz überflog ihn, am Schreibtisch stehend, angelte mit dem Fuß nach einem Stuhl, setzte sich, las den Bericht ein zweites und drittes Mal. Dann schloß er die Augen und dachte nach, sah wieder die Männer auf dem Mähdrescher, die miteinander tuschelten und ihre Meinungen offensichtlich nicht auf einen Nenner bringen konnten. Seufzend erhob sich der Leutnant, steckte den Bericht in die Tasche und verließ das Gemeindehaus. Er ging die Dorfstraße entlang bis zu dem Seitenweg, in dem Karl Lehwald wohnte. Was Pankratz in Lehwalds Haus erfuhr, brachte ihn kaum weiter.

Eine Stunde später etwa läutete er an der Tür des Häuschens, das Maria Herford von ihrem Mann geerbt hatte und in dem sie nun zusammen mit ihrer Mutter und Detlef Nölle lebte. Maria war Ende zwanzig und attraktiv genug, um sich an der Seite eines fünf Jahre jüngeren Mannes sehen lassen zu können.

Die Familie saß am Abendbrottisch. Detlef Nölle sprang auf, als er den Leutnant erkannte, holte einen Stuhl herbei und bat seinen Besucher, Platz zu nehmen. Alles ein bißchen übereifrig und eine Spur zu aufmerksam, dünkte es Pankratz. Er fragte nach dem Verlauf des vergangenen Abends, als man beim Lindenwirt gefeiert hatte, nach Besonderheiten, nach denjenigen, die das Lokal zeitig verlassen hatten oder irgendwie aufgefallen waren. Er ließ sich auch die Drohung bestätigen, die Berti gegen Golzow ausgestoßen hatte, und nickte zustimmend, als Detlef Nölle mehrmals beteuerte, der habe das gewiß nicht so gemeint.

Maria Herford sagte, eine solche Tat könne unmöglich ein Einheimischer begangen haben, und ihre Mutter pflichtete ihr bei. Die Frauen sprachen ruhig, mit einer leisen Bestürzung über den Tod des Kindes, das sie gut gekannt und gemocht hatten.

Detlef Nölle dagegen schien Bewegung zu brauchen. Er räumte das Geschirr vom Tisch, ließ das Tablett unbeachtet und trug jeden Teller einzeln hinaus. Einmal hätte er beinahe ein Glas umgestoßen.

»Detlef trifft es von unserer Familie am meisten«, sagte Frau Maria bekümmert. »Er hat die kleine Bell sehr gern gehabt. Ich bekomme keine Kinder, und die Bell war ein hübsches, intelligentes, wenn auch etwas eigenwilliges Mädchen. Hätte Golzow es erlaubt, wir hätten sie zu uns genommen. Detlef meint, es müsse ein Kind im Hause sein, auf das man stolz sein kann und das weiterführt, was man sich erarbeitet hat.«

Detlef Nölle bot dem Leutnant mit unruhigen Händen eine Zigarette an. »Haben Sie denn noch keine Spur ...«

Pankratz zuckte die Schultern. Ich habe drei Spuren, dachte er, sonst wäre ich nicht hier.

»So wie die Kleine zugerichtet wurde ...«, Detlef Nölle fuhr sich mit gespreizten Fingern durchs Haar, »da denke ich immer, es muß ein Verrückter über sie hergefallen sein.«

»Im Gegenteil«, sagte Pankratz, »der Mann hatte Nerven wie aus Stahl. Hatte! Jetzt mag das schon anders aussehen. Jedenfalls wußte er genau, was er tat.«

»Was heißt ein Verrückter«, sagte Maria Herfords Mutter, »gestern abend hat das halbe Dorf verrückt gespielt. Ein Dutzend Leute haben gesungen, als wäre jeder von ihnen ein Dreißig-Mann-Gesangverein. Otto Stark konnte es sich nicht verkneifen, von der Kneipe bis nach Hause dem Dorf einen lautstarken Vortrag über wissenschaftliche Schweinemast zu halten. Die meisten aber haben einfach gegrölt. Es dauerte lange, bis Ruhe war. – Nur, nach einer Weile kam es mir vor, als rumpele jemand mit dem Mähdrescher los.«

Detlef Nölle ließ Zigarettenasche auf den Teppich fallen und starrte seine Schwiegermutter an.

»Na, Herr Nölle?« sagte Pankratz.

»Es ... ist mir sehr peinlich, weil es gewiß nach Denunziantentum aussieht, aber ... ich muß es Ihnen wohl doch erzählen: Karl Lehwald und Berti haben heute nacht in ihrer alkoholisierten Wiedersehensfreude eine Runde mit dem Mähdrescher gedreht. Ich wollte das eigentlich nicht erwähnen ...«

»Sie brauchen deswegen keine Gewissensbisse zu

haben. Der Berti hat es mir vor einer halben Stunde selbst erzählt.«

»So?« Detlef Nölle ging zum Schrank und holte eine Flasche Weinbrand. »Da fällt mir aber ein Stein vom Herzen.«

»Vor zwei Jahren, als der Berti in die Haftanstalt kam, wurden Sie Mähdrescherführer. Wie kam das eigentlich?«

Detlef Nölle holte vier Kognakgläser. »Sie trinken doch einen mit, Herr Leutnant?«

»Ja, gern.«

Er schenkte die Gläser voll und sagte: »Wie soll das gekommen sein? Man hat es mir angetragen, und ich habe zugesagt.«

»Ja, natürlich.« Pankratz lächelte. Er erinnerte sich an Karl Lehwalds Worte: »Für den Platz auf dem Mähdrescher gab es drei Anwärter, aber der Nölle hat gegen die anderen so viel vorgebracht, daß wir ihn wählen mußten. Er hat sie nicht etwa schlechtgemacht, sondern hat ruhig und sachlich diskutiert. Alles, was er sagte, stimmte, weil eben jeder seine Schwächen hat. Er war also im Recht. Er war so sehr im Recht, daß niemand auf den Gedanken kam, gegen ihn etwas Kritisches zu sagen.«

Pankratz trank sein Glas leer und lehnte jeden weiteren Schluck ab.

»So eine Dummheit von dem Berti«, meinte er, »nun kommt er gewiß nicht wieder auf den Mähdrescher.«

»Das will ich nicht sagen«, entgegnete Detlef Nölle schnell. »Er war ein guter Mähdrescherführer, und ich werde mich dafür einsetzen, daß er nach gewisser Zeit, in einem Jahr vielleicht, die Maschine wieder fahren kann.«

Leutnant Pankratz horchte auf: In einem Jahr also! Dann beginnt für Detlef Nölle das Studium der Agrarökonomie; bis dahin würde er wahrscheinlich alles tun, um den gutbezahlten Platz auf dem Mähdrescher nicht zu verlieren. Der Leutnant erhob sich, verabschiedete sich von den Frauen, und Detlef Nölle geleitete ihn zur Tür.

»Aber – habe ich Ihnen denn irgendwie helfen können?«

»Ein bißchen schon. Übrigens kennen wir jetzt die genaue Todeszeit. Es ist sehr früh am Morgen geschehen. Wirklich schade, daß Sie und Herr Lehwald an diesem Tag verschlafen haben.«

Auf dem Weg zum Gemeindehaus grübelte der Leutnant über Elmers Theorie nach, daß Veranlagungen wie Minderwertigkeitkomplexe oder Karrieresucht durch gewisse Anlässe ins Krankhafte gesteigert werden können. Er dachte auch an Berti, wie dem mit Alkohol im Blut und mit Hinrich Golzow am Tisch zumute gewesen sein mochte. In seinem Zimmer angelangt, sinnierte Pankratz, was zu tun ist, wenn man weiß, daß von drei Männern einer ein Kind getötet hat und man es doch nicht beweisen kann. Niemand hat ihn gesehen, alle Spuren sind verwischt, der Mähdrescher wurde den ganzen Tag über benutzt ... Es gibt nur eine Möglichkeit: Der Täter muß gestehen. Ich brauche sie nicht einmal alle drei, dachte Pankratz. Berti scheidet aus. Er ist vom Feld weg nach Hause gelaufen, und Karl Lehwald war es, der die Maschine zurück zur Scheune gefahren hat ...

Als Karl Lehwald an der Scheune anlangte, drangen Stimmen aus dem weitgeöffneten Tor, laut und deutlich, ungeniert. Leutnant Pankratz stand da und wünschte dem Ankommenden einen guten Morgen. Lehwald dankte verstört.

»Was ist denn hier los?« fragte Detlef Nölle, der fast gleichzeitig mit Lehwald die Scheune erreicht hatte.

Stand einer Antwort drückte ihm der Leutnant die Morgenzeitung in die Hand. »Sie sind gewiß noch nicht dazu gekommen ...«

Der Artikel über Bells Tod war mit einem roten Strich umrahmt. Detlef Nölle las halblaut die sachlich formulierten Fakten vor und die Bemerkung, die Kriminalpolizei setze ihre Ermittlungsarbeit zielgerichtet fort, da die Obduktion ergeben habe, das Kind sei nicht von einem Menschen getötet worden. »So, nicht von einem Menschen?« fragte er den Leutnant ein wenig ungläubig und auch ein wenig ängstlich, zumindest meinte Pankratz das aus dem Tonfall herauszuhören, in dem Nölle die Frage gestellt hatte. »Ich kenne eine Erzählung, in der ein Orang-Utan, dem ein Rasiermesser in die Hand gerät, zwei Menschen umbringt. Aber das ist Erfindung. Und außerdem laufen hier keine wildgewordenen Affen herum.«

»Wir dachten an den Mähdrescher«, entgegnete der Leutnant ruhig.

»An den Mähdrescher?« Detlef Nölle blickte irritiert von Pankratz zu Lehwald und wieder zu dem Leutnant.

»Kommen Sie mit.« Pankratz führte die beiden Männer in die Scheune. Dort war es hell wie an einem wolkenlosen Sommermittag. In dem künstlerischen Licht, das den Mähdrescher überflutete, hantierte ein halbes Dutzend Leute. »Es sind Spezialisten für landwirtschaftliche Geräte dabei«, erklärte Pankratz, »und zusammen mit Ihnen wollen wir jetzt eine Rekonstruktion der Vorgänge von gestern früh durchführen. Bitte, fahren Sie den Mähdrescher zu der Stelle, an der das tote Mädchen gefunden wurde.«

Die Spezialisten löschten die Lampen, traten beiseite und Detlef Nölle fragte: »Soll ich wieder fahren?«

»Nein.« Der Leutnant nickte zu Lehwald hin. »Kommen Sie bitte.« Sie fuhren los, die Kriminalisten blieben an ihrer Seite.

»Berti«, sagte Detlef Nölle, »der hat doch die Maschine auch benutzt.«

»Ja, der auch.« Das war alles, was Leutnant Pankratz entgegnete. Von weitem sah Detlef Nölle jemanden an der Unglücksstelle stehen, neben sich, unter einem Tuch, einen Gegenstand haltend. Als sie ziemlich nahe heran waren, riß er das Tuch weg.

Karl Lehwald bremste. »Die kleine Bell«, flüsterte er entsetzt. Sie saß auf ihrem Rad, das der Mann hielt, und war gekleidet wie am Vortage. Ihr Gesicht war kalt und glatt – eine Strohpuppe mit Plastkopf.

»Sie haben zu früh gebremst«, sagte Pankratz, und Karl Lehwald fuhr wieder an. Dicht vor der Puppe rief der Leutnant: »Stopp!«, aber die Maschine hatte die Puppe schon erfaßt. Sie lag auf dem Schneidwerktisch, und die Männer auf dem Mähdrescher sahen, daß die Wunden, die die kleine Bell erlitten hatte, mit Fettstift auf ihrem Double markiert waren. Die Kriminalisten stürzten zum Mähdrescher, fotografierten, maßen Entfernungen, diskutierten. Doch das Schneidwerkzeug hatte die Puppe nicht berührt, so ließen sich die Verletzungen ebensowenig erklären wie die Strangulation.

»Der Fahrer«, folgerte einer der Spezialisten, »muß demnach schon während des Transportes das Dreschwerk eingeschaltet haben, obwohl das verboten ist.«

Detlef Nölle starrte ihn an, wollte etwas sagen, brachte aber kein Wort über die Lippen. Karl Lehwald sah an den Kriminalisten vorbei – auf Berti. Der kam näher, bis er zwischen Pankratz und Hauptmann Roch stand, den Blick auf Lehwald gerichtet, als interessiere ihn nichts auf der Welt außer diesem Mann auf dem Mähdrescher. »Karl!« rief er, und noch einmal: »Karl!« Es klang wie ein Hilferuf.

Eine Weile schwiegen alle, dann sprach Detlef Nölle, leise und gehetzt, hoch oben auf dem Beifahrersitz: »Nein, nicht der Karl. Nur du, du, Berti, bist leichtsinnig genug, beim Fahren schon das Dreschwerk einzuschalten ...« Er sah noch, daß Karl Lehwald ausholte, duckte sich aber nicht rechtzeitig, der Schlag traf ihn unvermindert und riß ihn vom Sitz. Der Leutnant half ihm auf die Beine, das »Danke« blieb dem Jungen in der Kehle stecken, als er in Pankratz' Augen sah. Und plötzlich fürchtete er sich vor ihm.

Karl Lehwald war zwei Kriminalisten übergeben worden, und Pankratz sagte zu Detlef Nölle: »Jetzt fahren Sie. Schalten Sie dabei das Dreschwerk ein.«

Von dem Rad und der Puppe war nichts zu sehen. Detlef Nölle ahnte, daß sie hinter der Wegbiegung standen. Er war vor Angst wie von Sinnen. Um sich abzulenken, blickte er kurz zu den Wolken auf. Sie hingen tief und dunkel am Himmel und ließen es nicht Tag werden …

Nein, es war noch längst nicht Tag, und er war als erster draußen, wie immer. Lehwald würde es verschlafen. Der verschlief einfach zu oft, um Mähdrescherführer werden zu können. Und Berti? Der würde sich gewiß zu irgendeinem Leichtsinn hinreißen lassen, den man ihm unter die Nase reiben konnte. So, jetzt noch um die Biegung rum und rauf aufs Feld. Das Dreschwerk läuft …

»Bell! Nein! Nein!« Er bremste und schaltete das Dreschwerk aus, aber das Kind lag schon auf dem Schneidwerktisch, von der Förderschnecke erfaßt, gequetscht, zerschnitten. Die Strickjacke hatte sich um ihren Hals geschlungen. »Bell«, schluchzte er, »kleine Bell«.

Es ist ein Unglücksfall, dachte er dann, man kann mir nichts anhaben. Aber das Dreschwerk! Das ist fahrlässige Tötung. Sie werden mich einsperren. Ihm dröhnte der Kopf. Einsperren … einsperren … kein Mähdrescher, kein Studium. Maria, das Häuschen, die kleine Bell, die hätte leben können wie unser Kind, wenn nur der Golzow … Sie ist tot. Ich bin schuld. Ich habe zu früh das Dreschwerk laufen lassen. – Aber wem nützt es, wenn ich mich zu meiner Schuld bekenne? Mir nicht und der Bell auch nicht mehr … Ich muß in der Spur zurückfahren, den Mähdrescher wieder in die Scheune stellen und noch einmal von zu Hause losgehen. Vielleicht habe ich Glück, und Karl Lehwald verschläft wirklich …

Er hatte »Glück«, bis jetzt, da er sich ungewollt zu seiner Schuld bekannt hatte. Er hockte noch immer schluchzend auf dem Schneidwerktisch und hielt die kleine Bell im Arm – die Strohpuppe mit dem Plastgesicht.

Leutnant Pankratz nahm sie ihm ab. »Die Einzelheiten«, sagte er, »erzählen Sie uns später.«

Detlef Nölle nickte abwesend.

»Sie hätten das ohnehin nicht Ihr Leben lang mit sich rumschleppen können, Herr Nölle.« Und zu dem Hauptmann gewandt, fügte er hinzu: »Die Verletzungen decken sich mit den markierten Wunden.«

HANS SIEBE

Funktaxi 1734

Kriminalmeister Schmidt erzählt

Das Taxi hielt neben dem Gehweg, die Türen standen offen, innen brannte das Licht, der Fahrer war über das Lenkrad hingesunken und stöhnte leise.

Die Nacht war klar, nur einige Wolkenfetzen zogen über den Sternenhimmel hin, die Luft war angenehm kühl nach der Tageshitze, es roch nach geschnittenem Gras.

Wir waren gleichzeitig mit dem Rettungswagen eingetroffen, er stand hinter dem Taxi, einem schwarzen Wolga. Der Fahrer hatte vergessen, die blaue Rundleuchte abzuschalten, das Blinklicht flackerte rhythmisch.

Hauptmann Herbert Kühn und ich versahen den Kriminaldauerdienst. Gegen zwei Uhr war die Meldung eingetroffen, daß der Schichtarbeiter Klaus Beutel vom Reichsbahnausbesserungswerk Revaler Straße auf dem Nachhauseweg, nahe einem Laubengelände in Nordend, ein überfallenes Taxi aufgefunden hatte. Der Fahrer schien ernstlich verletzt zu sein.

Wir hatten die Meldung skeptisch aufgenommen. Taxiraub? Der letzte Fall lag schon lange zurück. Nun stand aber fest, daß Klaus Beutel recht gehabt hatte. Für die Tatortaufnahmen benutzte ich die Importkamera, die in wenigen Sekunden fertige Bilder liefert. Die Krankenfahrer warteten geduldig darauf, daß ich fertig wurde. Sie hoben danach den bewußtlosen Taxifahrer vom Sitz, legten ihn behutsam auf die Trage und schoben diese in den Wagen. Der Begleiter setzte sich neben den Verletzten, der Fahrer rannte um das Fahrzeug herum, schob sich hinter das Lenkrad, der Motor startete, und das Rettungsfahrzeug fuhr ab. Das Martinshorn zerriß die Nachtstille.

Unser Techniker sicherte im Wageninnern Fingerspuren, Hauptmann Kühn sprach mit dem Führer der Funkstreife, die vor uns eingetroffen war und die den Tatort sicherte.

Ich beugte mich in das Taxi hinein. Alkoholdunst schlug mir entgegen. Zwischen den Vordersitzen lag eine volle Weinflasche »Natalie«. Regina und ich tranken diese Sorte gelegentlich. Auf dem Etikett entdeckte ich Schmierblut, die Flasche war das Tatwerkzeug, der Taxifahrer war damit niedergeschlagen worden.

Herbert trat an die Tür zum Beifahrersitz und sah mir zu. Der Tatablauf ließ sich ziemlich sicher rekonstruieren, ich berichtete: »Der Fahrer hat kassiert und sich nach rechts umgedreht. Er hielt dabei seine Brieftasche in den Händen, dann traf ihn der Schlag. Die Geldtasche rutschte zwischen die Vordersitze, die Weinflasche fiel darauf. Dem Täter entging ein Fünfzigmarkschein, der zu Boden geflattert war.«

Herbert nickte. Er stimmte also meiner Tatversion zu. Ich wies auf das Funkgerät des Taxis, ein Schild am Armaturenbrett teilte mit, daß das Fahrzeug dem VEB* TAXI gehörte und die Einsatznummer eins-sieben-drei-vier führte.

Herbert kannte sich mit dem Funkgerät aus, er drückte eine Taste, es knackte, und aus dem Lautsprecher klang eine blecherne Stimme: »Einsatz, Schnabel! Bitte kommen!«

Herbert räusperte sich und antwortete: »Hier Taxi 1734. Am Gerät Volkspolizei, Hauptmann Kühn! Verstehen Sie mich?«

Einige Sekunden summte es nur, dann kam es ärgerlich aus dem Lautsprecher: »Laß doch den Blödsinn, Willi! Sag, was du willst!«

»Kollege Schnabel, es handelt sich leider um keinen Scherz! Das Taxi 1734 ist überfallen worden. Wann hatten Sie den letzten Funkkontakt?«

Einsatzleiter Schnabel brauchte einige Zeit, dann begriff

er. »Den letzten Kontakt? Vor ’ner guten halben Stunde etwa.«

»Was heißt etwa? Wissen Sie es nicht genau?« fragte Herbert ungeduldig.

»Vielleicht waren’s auch nur fünfundzwanzig Minuten, da hab ich den Kollegen Bechthold zur ›Grotte‹ geschickt.«

Ich sah auf die Armbanduhr, sie zeigte zwei Uhr und zwei Minuten.

Nach eindringlicher Befragung gab der Einsatzleiter zu, daß die Funkverbindung doch schon länger zurückliegen müsse. Die Anforderung war telefonisch aus der »Grotte« gekommen. Bechthold hatte sich mit dem Taxi 1734 dem Lokal am nächsten befunden und den Auftrag übernommen. Herbert beendete das Gespräch.

Ich sah mir die Brieftasche an, sie war aus Kunstleder und wurde schon länger benutzt. Obwohl ich Gummihandschuhe trug, berührte ich sie nur an den Kanten. Der Ausweis verriet, daß Willi Bechthold vor zwei Tagen dreißig Jahre alt geworden war und daß er den Beruf eines Bäckers erlernt hatte. Er wohnte in Berlin-Weißensee.

Ich schob die Brieftasche behutsam in den Zellophanbeutel, sie enthielt nur den Personalausweis, die Fahrerlaubnis mit Berechtigungskarte ohne Stempel, einen Zettel mit Notizen und einen Reparaturschein für eine Armbanduhr. Die Tasche hatte dem Fahrer vermutlich zur Aufbewahrung der Geldscheine gedient, die Münzen hatte Bechthold in einem Lederbeutel mit Schnappverschlußbügel in der Jackentasche getragen.

Herbert sah mich fragend an. »Kennst du die ›Grotte‹, Heinz?«

Ich nickte. Das Lokal war eine kleine verräucherte Kneipe gewesen, wo man vorwiegend am Schanktisch trank. Die Stammgäste arbeiteten in der nahen Meierei. Als diese geschlossen wurde und in Heinersdorf der neue Milchhof die Produktion aufnahm, da machte auch die

Destille dicht. Die HO-Gaststättenverwaltung übernahm das Objekt, bezog in den Umbau den benachbarten leeren Laden ein, und so entstand eine moderne Gaststätte, die »Grotte«. Sie schloß zwar um zwei Uhr, aber vielleicht trafen wir den Gaststättenleiter doch noch an.

Die Funkstreife blieb am Tatort zurück und wartete auf den Abschleppwagen, das Taxi sollte zum Kriminalistischen Institut überführt werden.

Den Wartburg fuhr Herbert selbst, ich musterte ihn verstohlen, er war heute nicht gesprächig, darum überließ ich mich meinen eigenen Gedanken.

Herbert stoppte vor der »Grotte«, der Eingang war verschlossen, ein Scherengitter sicherte ihn. Durch die bunten Glasscheiben der Eingangstür fiel diffuses Licht. Drinnen brannte wohl nur eine Nachtbeleuchtung. Ich trat an das Scherengitter und sah, daß im Lokal das Licht noch schwächer wurde. Wir liefen zur Haustür, im Flur ging die Nachtbeleuchtung an, Schlüssel klapperten, dann traten der Objektleiter und ein Kellner auf die Straße heraus. Sie stutzten, als wir plötzlich vor ihnen standen, und sahen uns verwundert an, als wir unsere Ausweise zeigten.

Wenig später saßen wir uns im Gastraum gegenüber. Die Bar wirkte wie aus blanken Felsen herausgemeißelt, die Innenarchitekten hatten mit Gips und Kunststoffen eine Felsendekoration hingezaubert, die verblüffend echt wirkte. Herr Schiemann, so hieß der Objektleiter, knipste die Wandlampe über unserem Tischchen an, der Kellner, ein Herr Walter, gähnte mißvergnügt.

Schiemann rauchte eine Importzigarette, Alkoholgenuß war ihm nicht anzumerken, nur der Kellner roch nach Bier. Der Objektleiter sah ihn fragend an. »Hattest du das Taxi bestellt?«

Herr Walter nickte, er schien nicht begeistert, hier Auskunft geben zu müssen. Das war verständlich, er wollte nach Hause. Als wir ihm sagten, daß der Taxifahrer überfallen und beraubt worden war, zeigte er sich bereitwilliger. Herbert fragte, und ich stenografierte folgenden Sachverhalt:

Der Kellner erinnerte sich an ein Pärchen am Tisch 6, er schätzte es um zwanzig, bei ihm saß ein Jugendlicher. Nach einem mahnenden Blick des Objektleiters betonte er, sich räuspernd, daß dieser junge Mann selbstredend achtzehn Jahre alt gewesen sei.

Ich lächelte verstohlen, die beiden fürchteten Schwierigkeiten wegen Verstoßes gegen das Gesetz zum Schutze der Jugend. Der beschriebene Jüngling mochte also durchaus jünger als achtzehn Jahre gewesen sein.

Kellner Walter berichtete, daß der besagte junge Mann im Besitz von zwei Schießbudentrophäen gewesen sei, einem Teddybär und einer Flasche Wein.

Herberts Miene verriet nicht, wie gespannt er auf die Antwort war, als er fragte: »Erinnern Sie sich an die Weinmarke, Herr Walter?«

Ohne zu überlegen, antwortete dieser: »›Natalie‹.«

Das Pärchen und der Jüngling hatten zwar gemeinsam am Tisch gesessen, waren aber getrennt gekommen.

»Und wer hat das Taxi bestellt?« fragte Herbert.

»Das Pärchen«, antwortete Herr Walter und gähnte.

»Erinnern Sie sich, wann?«

Der Kellner legte die Stirn in grüblerische Falten und zuckte die Schultern. »Vielleicht erfahren Sie das im VEB TAXI?«

Herberts weitere Fragen brachten uns nicht weiter, doch wir erfuhren immerhin, daß der Jüngling zusammen mit dem Pärchen in das Taxi eingestiegen war, er hatte seinen Teddy vergessen, Herr Walter hatte ihn ihm nachgetragen.

Wir fuhren zurück zur Dienststelle. Ich schrieb den Tatortbericht, und Herbert telefonierte unermüdlich, um festzustellen, wieviel Geld der Täter erbeutet hatte. Das war morgens um vier Uhr nicht einfach, doch jede Stunde mußte genutzt werden.

Ich drehte den letzten Formularbogen aus der Maschine, Herbert lehnte sich auf dem Stuhl zurück, kippelte aber nicht mehr wie früher. Das tat er nie mehr, seit er mit einem Sitzmöbel zusammengebrochen war. »Bechthold hat siebenhundert Mark bei sich gehabt«, sagte Herbert.

Ich pfiff erstaunt durch die Zähne. 700 Mark waren ein ungewöhnlich hoher Betrag. Herbert ergänzte: »Er hat gestern nicht abgerechnet, zum erstenmal übrigens!«

»Was?«

»Daß er das Geld von zwei Touren bei sich hatte, es ist nicht zulässig.«

In der Tat, ein merkwürdiger Zufall. Herbert telefonierte bereits wieder, diesmal mit dem Krankenhaus. Bechtholds Zustand war unverändert, an eine Befragung war nicht zu denken. Herbert legte den Hörer enttäuscht auf.

Ich schob ihm den Tatortbericht über den Tisch, während er las, goß ich mir Kaffee aus der Thermosflasche in die Tasse und aß meine mit Gutsleberwurst belegten Schnitten. Regina hatte nur wenig Senf draufgetan. In den von mir bevorzugten Mengen sei Senf ungesund, behauptete sie. Sie konnte die ehemalige Krankenschwester eben nicht verleugnen.

Herbert legte den Bericht auf den Tisch und nickte. Dann hob er schnuppernd die Nase. »Leberwurst!« Im gleichen Atemzug fügte er hinzu: »Hier fehlt nur der Hinweis, daß der Suchhund ohne Erfolg eingesetzt wurde, Heinz!«

Ich ärgerte mich, der Einwand war berechtigt. Der Hund hatte keine Spur angenommen, ich hatte vergessen, das zu erwähnen.

Willi Bechthold, der Taxifahrer, wohnte in Weißensee, am Stadtrand, nahe einer Industriebahn, in einer Gegend mit niedrigen Einfamilienhäuschen in großen Gärten.

Es war fünf Uhr morgens, als ich den Wartburg vor der Gartentür stoppte. Wir fuhren abwechselnd, diesmal saß Herbert auf dem Beifahrerplatz. Sehr nahe pfiff eine Lokomotive, dann fuhr sie ratternd und fauchend, nur einen Waggon hinter sich herziehend, vorbei. Ein Hund bellte, irgendwo krähte ein Hahn.

Wir stiegen aus und blickten interessiert über den Gartenzaun, schließlich waren wir selbst Schrebergärtner, unsere Parzellen lagen nahe beieinander. Herbert betrieb die Hobbygärtnerei mit Perfektion und abgezirkelten Beeten, ich war mehr für eine natürliche Wildnis. Viehzeug besaßen wir nicht, dafür fehlte es uns an Zeit.

Bechtholds Grundstück war ein typischer Ertragsgarten, sein Erdbeerbeet war größer als meine ganze Parzelle. An den Halbstämmen hingen gelbe Klaräpfel, einige waren abgefallen, und hinter einem Drahtzaun scharrten zwei Dutzend Hühner. Das Häuschen war hellgrau angestrichen, das Dach glänzte frisch geteert. Der hölzerne Staketenzaun hatte eine schmale Pforte, daneben eine zweiflügelige Einfahrt. Auf dem Kiesweg zur Garage markierten sich Reifenspuren, nach der Spurbreite zu urteilen, besaß Bechthold einen Trabant.

Ich drückte auf den Klingelknopf, in dem Häuschen schrillte eine elektrische Glocke, doch drinnen rührte sich nichts. Nach zwei Versuchen gaben wir auf, es war niemand da. Im Nachbargarten schlurfte eine ältere Frau näher und musterte uns. Als wir uns ausgewiesen hatten, berichtete sie: »Frau Bechthold ist schon vor ’ner Stunde weg – mit ’n Taxi! Aber nicht mit ihrem Mann!«

Wir bedankten uns und fuhren wieder ab, vermutlich hatte ein Kollege Bechtholds Frau ins Krankenhaus gefahren. »Also, zur Unfallstation«, meinte Herbert.

Bechthold lag noch immer ohne Besinnung, aber Lebensgefahr bestand nicht mehr, versicherte der Arzt. Frau Bechthold saß im Wartezimmer und war nicht dazu zu bewegen, nach Hause zu gehen. Sie arbeitete bei REWATEX, der Textilreinigung, und würde heute fehlen.

Nachdem Herbert mit der Taxizentrale gesprochen hatte, war ein Kollege nach Weißensee gefahren und hatte Frau Bechthold ins Krankenhaus gebracht. Die Tochter, sechs Jahre alt, befand sich zur Zeit im Betriebsferienheim.

Frau Bechthold wandte sich unschlüssig an Herbert: »Ob ich Heike zurückhole, damit sie ihren Vater besuchen kann?«

Herbert schüttelte den Kopf. »Nein, Frau Bechthold, lassen Sie dem Kind seine unbeschwerten Ferien. Sie haben gehört, es besteht keine Lebensgefahr für Ihren Mann.«

Ich balancierte den Stenoblock auf den Knien, während Herbert behutsam Fragen stellte. Verstohlen musterte ich die Frau, die mir gegenübersaß. Sie war siebenundzwanzig Jahre alt, wirkte aber jünger, hatte einen blassen Teint und errötete rasch.

»Ihr Mann ist beraubt worden, Frau Bechthold!«

Sie nickte. »Ich weiß es von Kutte!« Auf Herberts fragenden Blick ergänzte sie: »Willis Kollege.«

»Er hatte mehr Geld als sonst bei sich«, sagte Herbert. Davon wußte Frau Bechthold nichts, sie sah Herbert verwundert an. »Trug er auch noch eigenes Geld bei sich, Frau Bechthold?«

Die junge Frau antwortete entschieden: »Nein, bestimmt nicht.«

»Das klingt sehr überzeugt«, sagte Herbert.

»Ich weiß es, er wollte nämlich gestern Geld von mir haben, Herr Kühn!«

»Ach, ja?« meinte Herbert.

Frau Bechthold zögerte, es schien ihr peinlich zu sein, vor Fremden darüber zu reden, doch sie überwand sich. »Die Zeitungsannonce – ein Kassettenrekorder für 350 Mark! Willi war gleich hingefahren und hatte 50 Mark angezahlt, den Rest sollte er beim Abholen mitbringen.«

»Und?«

Bechtholds Frau erklärte zögernd: »Er weiß, daß ich immer etwas in Reserve habe, paar hundert Mark, aber ...« Sie brach ab.

»Aber«, wiederholte Herbert.

»Ich konnte ihm nichts geben.«

Herbert war damit nicht zufrieden. »Heißt das, daß Sie nichts mehr besaßen?«

Frau Bechthold zögerte, sagte dann: »Nein, ich hatte meinem Bruder 400 Mark geborgt.«

Herbert erfragte, daß dieser drei Jahre jüngere Bruder, Heinz Gottschalk, auf der Baustelle Fennpfuhl eine Planierraupe fuhr. Die junge Frau glaubte wohl, daß wir uns nun zufriedengeben würden, doch Herbert wollte noch wissen: »Wozu brauchte er denn das Geld, Frau Bechthold?«

»Er hat sein Motorrad aus der Werkstatt abgeholt«, antwortete sie.

Wir verabschiedeten uns, sie lehnte es ab, mitzukommen. Unterwegs tauschten wir unsere Meinungen aus, wir stimmten darin überein, daß Frau Bechthold uns etwas verschwiegen hatte.

Auf der weitflächigen Baustelle Fennpfuhl war es schwierig, Gottschalks Transportbrigade zu finden. Die Aussicht, gerade hier in der Ermittlung weiterzukommen, war gering, doch gehörte es zur Routine, wichtige Aussagen zu überprüfen.

Der Brigadier war ein Mann Mitte Dreißig, er lag unter einem Kipper und zog Schraubenmuttern fest. Als er mich bemerkte, kroch er unter dem LKW hervor und stand im schmuddeligen Overall vor mir, breitschulterig und hochgewachsen. In seinem großflächigen Gesicht waren Ölflecke, er wischte die Hände an einem Putzlappen sauber und sah mich fragend an.

»Volkspolizei, Kriminalmeister Schmidt!« Ich zeigte

ihm meinen Dienstausweis. Er sah nur flüchtig darauf und nickte.

»Ich möchte Heinz Gottschalk sprechen.«

Der Brigadier schob den Hut in den Nacken, seine Brauen schoben sich über der Nasenwurzel zusammen. »Liegt gegen Heini wieder was vor?« Sein Dialekt verriet, daß er zu jenen Bauarbeitern gehörte, die aus den nördlichen Bezirken der Republik nach Berlin gekommen waren.

Gottschalk war also kein unbeschriebenes Blatt. »Wie meinen Sie das?« fragte ich.

»Ob er wieder was ausgefressen hat, meine ich. Das täte mir leid, wo er gerade erst zwei Monate raus ist und den Rest auf Bewährung gekriegt hat.«

»Wieviel hätte er denn noch absitzen müssen?«

»Halbes Jahr. Wußten Sie das nicht?«

»Nein.« Das also war es gewesen, was Frau Bechthold uns verschwiegen hatte.

»Er fährt 'ne Planierraupe beim Objekt C«, sagte der Brigadier und beschrieb mir den Weg.

Ich bedankte mich und sagte: »Sie brauchen es nicht an die große Glocke zu hängen, es handelt sich nur um eine Zeugenaussage!«

Der Brigadier nickte. »Geht klar, Genosse Kriminalmeister.«

Heinz Gottschalk thronte hoch über mir in seiner Planierraupe, ich mußte den Kopf in den Nacken legen, um mit ihm reden zu können. Der Motor donnerte, ich schrie, um mich verständlich zu machen. Gottschalk schluckte verblüfft und wechselte die Farbe, als er hörte, wer ihn sprechen wollte. Dann schaltete er den Motor aus und sprang herab. Er war ebenso groß wie ich, nur schmächtiger. Die Haare trug er kürzer als die meisten seiner gleichaltrigen Kollegen. Kein Wunder, wo er vor zwei Monaten erst aus der Strafanstalt entlassen worden war. Doch es sah aus, als wollte er das Haar von nun an nicht mehr stutzen.

Gottschalk kramte eine Zigarettenpackung aus der Tasche und rauchte eine Zigarette an. Er täuschte zwar Gelassenheit vor, vermochte aber das Händezittern nicht zu verbergen.

»Ihr Schwager Bechthold liegt im Krankenhaus, Herr Gottschalk. Ihre Schwester ist bei ihm.«

Heinz Gottschalk starrte mich an, er wartete wohl darauf, daß ich weitersprach. Als ich schwieg, fragte er nervös: »Was ist denn mit Willi? Unfall?«

Ich schüttelte den Kopf. »Nein, kein Unfall! Er – ist niedergeschlagen und beraubt worden.«

Gottschalk inhalierte den Zigarettenrauch, verschluckte sich und hustete, seine Augen tränten. Als er wieder Atem bekam, wiederholte er: »Beraubt?« Dabei vermied er, mich anzusehen, er starrte auf einen imaginären Punkt irgendwo hinter mir.

»Wie stehen Sie zu Ihrem Schwager?« fragte ich.

»Ach so, verstehe, ein Vorbestrafter ist natürlich verdächtig, noch dazu, wenn er gerade erst aus dem Knast kommt! Meinen Sie, ich habe ihn auf den Wirsing gekloppt und ...«

Gottschalk stockte und schwieg.

»Woher wissen Sie, daß er auf den Kopf geschlagen wurde?«

Bechtholds Schwager schluckte verblüfft. »Woher ich ...« Er verstummte, ergänzte dann: »Gewußt? Nichts habe ich gewußt, woher auch? Ich dachte nur, wenn er niedergeschlagen wurde ...«

Wir standen uns schweigend gegenüber. Dann fragte ich: »Wann waren Sie zuletzt mit ihm zusammen?«

»Gestern.«

In der Nähe begann eine Ramme einen Eisenträger senkrecht in den Boden zu stampfen. Ich hob meine Stimme an: »Wann, gestern?«

Unversehens schlug Gottschalks Zurückhaltung in Mitteilungsbedürfnis um. »Ich war im Schuppen, als Willi kam, habe mein Motorrad geputzt. Das war ziemlich eingestaubt in den zwei Jahren.« Er sah mich forschend an, ich nickte ermunternd.

»Daß ich zwei Jahre im Knast war, wissen Sie ja wohl.« Es klang wie eine Feststellung, nicht wie eine Frage. »Noch 'n halbes Jahr auf Bewährung. Aber bei mir spielt sich da nichts mehr ab, verstehen Sie?« Das klang beinahe beschwörend. »Meine Karre hatte solange in der Werkstatt gestanden, 450 Mark mußte ich berappen. Also, was soll ich drumrumreden, meine Schwester hat mir 400 Piepen geborgt. Ich zahl sie in Raten zurück.«

»Wußte Ihr Schwager davon?«

Gottschalk schüttelte den Kopf. »Nein. Er ist knauserig, aber Traudi hat es selbst verdient, was geht's ihn da an? Er brauchte es nicht zu wissen. Darum habe ich mich gewundert, als er davon anfing.«

»Er brauchte Geld für einen Rekorder.«

»Das wissen Sie auch?« fragte Gottschalk erstaunt. »Zuerst war er sauer, weil ich meine ES schon aus der Werkstatt abgeholt hatte.«

»Später war er es nicht mehr?«

»Es war eben nicht mehr zu ändern. Wir haben überlegt, wo wir Geld auftreiben könnten. Es war ja wirklich ein Gelegenheitskauf.« Gottschalk zuckte die Achseln. »Dann meinte er, er werde wohl verzichten müssen.«

Als ich in den Dienstwagen stieg, hatte Gottschalk seine Planierraupe wieder erklommen und starrte hinter mir her.

In der Dienststelle war während meiner Abwesenheit die Ermittlung auf vollen Touren weitergelaufen. Eine Sonderkommission »Grotte« war gebildet worden, ihr gehörten achtzehn Genossen der K an, zum Leiter hatte man Herbert bestimmt. Es war die Aufgabe der Kommission, die Gäste, die am gestrigen Abend die »Grotte« besucht hatten und die Identität des Paares sowie des Jünglings vom Tisch 6 festzustellen.

Während ich auf der Baustelle Fennpfuhl herumstakte, waren Objektleiter Schiemann und der Kellner Walter aus ihrem kurzen Schlaf gerissen worden, ebenso das übrige Personal der »Grotte« einschließlich Küchenhilfen und Toilettenfrau. Man hatte sehr schnell jene Gäste ermittelt, die dem Personal namentlich bekannt waren. Die Befragungen an den verschiedenen Arbeitsplätzen, darunter waren ein Krankenhaus und das Postmuseum, führten rasch zum Erfolg. Die Verkäuferin in einem Schreibwarenladen erinnerte sich, daß der ihr persönlich bekannte 23 Jahre alte Kurt Seiffert mit einem Mädchen am Tisch Nummer 6 gesessen hatte und dort auch ein Teddybär thronte. Außer dem Mädchen hatte noch ein junger Mann am gleichen Tisch gesessen. Das war der Ermittlungsstand, als ich vom Fennpfuhl zurückkam.

»Du kommst gerade richtig, Heinz«, empfing mich Herbert. Zwischen einigen Telefongesprächen – meist waren es Meldungen der Kommissionsmitglieder – informierte er mich. Ich sollte zum Milchhof Heinersdorf fahren, dort arbeitete dieser Kurt Seiffert.

»Endlich eine heiße Spur«, sagte ich.

»Hoffen wir's«, dämpfte Herbert meine Zuversicht.

Die Produktionshalle im Milchhof zu betreten wurde mir nicht gestattet. Ich ließ Seiffert daher in den Kulturraum kommen. Ich saß nahe am Fenster und blickte auf die Straße hinaus, am Nebentisch saßen einige Männer, ihrer lauten Unterhaltung konnte ich entnehmen, daß sie die großen Milchtanker fuhren.

Endlich kam ein junger Mann im weißen Drillichanzug herein und blickte sich suchend um. Ich hob die Hand, er kam näher. Seiffert war mittelgroß, hatte fuchsiges Haar, das blasse Gesicht war mit Sommersprossen bedeckt. Seine Hände waren von Reinigungslaugen gerötet. »Volkspolizei?« fragte er verwundert, ehe er sich setzte.

»Ja, Herr Seiffert, die wichtigste Frage gleich voraus: Wo waren Sie gestern abend?«

»Gestern abend? In der ›Grotte‹. Warum?«

»Waren Sie allein?«

»Nein, mit Gabi. Weshalb fragen Sie denn?«

Ich ignorierte die Frage und erfuhr, daß Gabi in der Produktionshalle an einer Milchabfüllanlage arbeitete. Es dauerte nur wenige Minuten, dann saß sie mir ebenfalls am Tisch gegenüber.

Gabi Heinze war 20 Jahre alt, schmächtig, unauffällig, aber sie lächelte gern und nutzte jeden Anlaß dazu. In einem bunten Sommerkleid statt des unförmigen Arbeitskittels und ohne die strenge Kopfhaube mochte sie recht nett anzusehen sein. Wir sprachen über den Besuch in der »Grotte«, beide beantworteten meine Fragen ungezwungen.

Der Jüngling mit dem Teddybär war gegen einundzwanzig Uhr zusammen mit einem Mädchen in der »Grotte« erschienen. Das Mädchen war eine halbe Stunde später gegangen.

»Warum fragen Sie das alles?« erkundigte sich Gabi Heinze, die ihre Neugierde nicht länger bezähmen konnte.

Ich beobachtete beide und antwortete: »Der Taxifahrer, den Sie bestellt haben – wann übrigens?«

»Um dreiviertel eins«, antwortete Seiffert.

»Also, dieser Taxifahrer ist niedergeschlagen und beraubt worden!«

Gabi Heinze und Kurt Seiffert starrten mich sprachlos an, danach wechselten sie einen ratlosen Blick. »Mein Gott – das ist ja furchtbar!«

»Bitte, schildern Sie den gestrigen Abend noch einmal ganz genau.«

Herbert hörte meinen Bericht an. Er nickte zustimmend, als ich sagte, daß ich die Heinze und Seiffert nicht von der

Arbeit wegholen wollte. Sie würden nach Schichtende herkommen, um das Protokoll zu unterschreiben. Es bestand kein Zweifel mehr daran, daß der junge Mann mit dem Teddy und der Flasche »Natalie« dringend tatverdächtig war.

Gabi Heinze und Seiffert hatten ihn als »netten Jungen« bezeichnet, sie konnten es sich nicht vorstellen, daß er den Taxifahrer brutal niedergeschlagen und beraubt haben sollte.

Aber wer sonst kam in Frage?

Herbert stand auf und trat ans Fenster. Es bot nur Ausblick in den Hofschacht und auf die hellgefliesten Fassaden des gegenüberliegenden Gebäudetraktes. Er drehte sich um und sah, daß ich meine Notizen sortierte.

»Wer sagt denn, daß sich das alles nicht völlig anders abgespielt hat?«

»Der große Unbekannte?«

Herbert zuckte die Schultern. »Der Junge könnte ausgestiegen sein und die Flasche vergessen haben.«

»Seiffert und die Heinze sind bis Rathaus Pankow mitgefahren, haben dort bezahlt. Der junge Bursche ist Richtung Nordend weitergefahren – und dort ist der Tatort! – Ist Bechthold schon bei Besinnung?«

»Ja«, sagte Herbert, »aber noch nicht vernehmungsfähig. Ich habe vor 'ner Stunde telefoniert.«

Ich notierte weiter meine Aufzeichnungen und meinte nebenher: »Bechthold und sein Schwager haben gestern abend beraten, wie sie zu Geld kommen könnten.«

»Glaubst du, daß sie den Überfall vorgetäuscht haben? Hätte Bechtholds Schwager dann diesen Hinweis geliefert? Nein, mein Lieber, das haut nicht hin.«

Das Telefon läutete. Herbert nahm den Hörer ab und meldete sich. »Verschwunden? Einfach von der Raupe weg? Und wer sind Sie? Der Brigadier? Gut, wir kümmern uns darum.« Herbert legte den Hörer auf. Ich fragte: »Gottschalk ist verschwunden?«

Herbert nickte. »Ja. – Gut, daß du dem Brigadier unsere Rufnummer gegeben hast.«

»Meine Nase«, murmelte ich und beeilte mich, über Bechtholds Schwager einige telefonische Auskünfte einzuholen. Gottschalk wohnte in der Pettkoferstraße. Er war wegen schwerer Körperverletzung verurteilt worden, hatte sich in der Strafhaft gut geführt und war deshalb vorzeitig entlassen worden.

Herbert sprach mit der Funkleitstelle und gab den Auftrag, einen Streifenwagen zur Pettkoferstraße zu schicken. Ich sollte ebenfalls Gottschalks Wohnung aufsuchen.

Der Wolga der Funkstreife war vor mir da, er parkte schräg gegenüber dem Haus, in dem Gottschalk wohnte. Der Streifenführer kannte mich von einem früheren Einsatz. »Der Vogel ist leider ausgeflogen, Genosse Kriminalmeister«, sagte er.

Wir liefen über einen engen Hof zum Quergebäude. In einem winzigen Gärtchen kümmerten einige Blumen, es waren sonnenhungrige Sorten und hier am falschen Platze. Doch neben dem Mülltonnen wucherten üppig Holundersträucher.

Im Treppenhaus roch es nach Wäsche und Bohnerwachs. In jeder Etage gab es drei Wohnungstüren. Gottschalk wohnte im zweiten Stock, bei einer verwitweten Frau Gast, er hatte ein Leerzimmer gemietet.

Die Frau führte uns bereitwillig über den Flur zu einer Stubentür. »Ich hab 'n Schlüssel«, murmelte sie, »ich halt ihm das Zimmer sauber. So was, so'n ruhiger Mieter, und nun das! Bitte, kommen Sie!«

Die Unordnung in Gottschalks Zimmer verriet, daß er eilig die notwendigsten Sachen eingepackt hatte, alle übrigen Kleidungsstücke lagen verstreut umher. Das Mobiliar bestand aus altväterlichen Stücken, aber auch aus neueren, diese Mischung war beinahe schon wieder modern. Die Stube wirkte sicher gemütlich, wenn sie aufgeräumt war.

Auf einem Tisch stand ein Fernseher. Frau Gast meinte: »Neu – auf Teilzahlung. Hat denn Herr Gottschalk was angestellt?« Sie rieb nervös ihre Arme und musterte uns unbehaglich, besonders den Streifenführer, wohl, weil der uniformiert war.

»Hoffentlich nicht«, antwortete ich, »aber er hat unberechtigt seinen Arbeitsplatz verlassen.«

Frau Gast sah mich ungläubig an. »Und da kommt gleich die Polizei?« Dann nickte sie verstehend. »Ach so, ja, die Bewährung.«

Die Frage, wo Gottschalk sich jetzt vermutlich aufhalte, vermochte sie nicht zu beantworten.

Herbert zeigte sich bei meiner Rückkehr kaum enttäuscht, er hatte keine Sensation erwartet. Wir waren trotzdem alles in allem gut vorangekommen. Es war eine jener seltenen Ermittlungen, in der wir nicht mühselig geringsten Hinweisen nachjagten, im Gegenteil, von Anfang an gab es einen stetigen Informationsfluß. Ein Glück für uns, denn die Hauptabteilung im Ministerium verlangte regelmäßige Berichte über den Ermittlungsstand. Der Taxiraub mußte in kürzester Frist aufgehellt werden.

»Warst du schon essen?« fragte ich, nachdem ich berichtet hatte.

Herbert schüttelte den Kopf. »Kannst du deinen Hunger noch bezähmen, Heinz?«

Ich nickte. Er rückte das Tonbandgerät in Griffweite und drückte die Taste. Das Gerät war nicht neu, es verzerrte die angenehme Mädchenstimme, die Herberts Fragen zur Person beantwortete. Hannelore Schubert war siebzehn Jahre alt und Oberschülerin in einer elften Klasse. Sie hatte im Berliner Rundfunk die Durchsage der Kriminalpolizei gehört: Zur Aufklärung einer Straftat sollte sich der junge Mann melden, der im Besitz eines Teddybären und einer Weinflasche Marke »Natalie« gewesen war und zusammen mit einem Pärchen um

00.45 Uhr von der Gaststätte »Grotte« mit einem Taxi weggefahren war.

Das Mädchen versicherte, daß jener junge Mann sie gestern nachmittag im Kulturpark Plänterwald angesprochen habe. Sie sei auch dabeigewesen, als er in der Schießsporthalle seine Trophäen schoß. Später hätten sie gemeinsam die »Grotte« besucht. Hannelore hatte gegen 22.00 Uhr die Gaststätte verlassen, ihr Begleiter war dort geblieben. Auf Befragen erklärte sie, daß er zu der Zeit stark unter Alkoholeinfluß gestanden habe.

So etwa lautete der Inhalt des aufgezeichneten Gesprächs.

Herbert drückte die Taste, das Band stand still, er beugte sich herüber und sagte: »So, mein Lieber, nun sperr die Ohren auf!«

Er schaltete das Gerät wieder an, die Befragung näherte sich dem Ende, ich hörte es an Herberts Tonfall. Er wollte noch wissen: »Erinnern Sie sich an den Namen des jungen Mannes?«

»Harald.«

»Das sagten Sie bereits. Und sonst? Kein Hinweis? Überlegen Sie, er kann noch so dürftig erscheinen, uns hilft er vielleicht weiter.«

»Was hat er denn getan, Herr Kühn?«

»Ob er etwas getan hat, das steht nicht fest, sicher ist aber, daß seine Aussage uns weiterhelfen würde. Es ist eine sehr ernste Sache: Ein Taxifahrer ist niedergeschlagen und beraubt worden!«

»Mein Gott! Unmöglich! So etwas tut er bestimmt nicht. Oberschüler, siebzehn Jahre, warten Sie ...« Das Band summte eine kurze Zeit, dann sagte Hannelore Schubert zögernd: »Er hat oft Krach mit seinem Vater – er soll auch ›Strippenzieher‹ werden und später mal die Werkstatt übernehmen, aber das will er nicht.«

Herbert drückte die Taste, das Band stand still.

»Strippenzieher? Meint er Elektroinstallateur? Und ein

Vater mit eigener Werkstatt? Herbert, das ist ja so gut wie Straße und Hausnummer!«

Dann läutete das Telefon. Der Leiter der Hauptabteilung K fragte nach dem Ermittlungsstand. Herbert antwortete zuversichtlich: »Wir folgen einer heißen Spur, Genosse Oberst!«

Wir gingen zu Tisch. Auf dem Flur trafen wir Frau Bechthold. Sie wollte zu uns. Ihr rundliches Gesicht wirkte bekümmert, ich erschrak, sollte Bechthold etwa ... Die Befürchtung erwies sich zum Glück als falsch. Ihre Sorge galt dem Bruder. Sie reichte uns einen Zettel, Herbert entfaltete ihn und las: »Liebe Traudi! Die Polizei ist hinter mir her. Die denken wohl, ich habe was mit dem Überfall auf Willi zu tun. Ein Vorbestrafter hängt eben gleich wieder drin! In den Knast gehe ich nicht mehr! Ich verdrücke mich, bis die Luft rein ist! Gruß Heinz!«

»Das lag im Briefkasten«, sagte Frau Bechthold leise. »Er hat bestimmt nichts damit zu tun. Aber hoffentlich stellt er jetzt nichts Dummes an.«

Daß er dies bereits getan hatte, als er Hals über Kopf seine Arbeitsstelle verließ, um irgendwohin zu fliehen, war ihr wohl nicht bewußt.

»Es dauert nicht mehr lange, Frau Bechthold, dann ist der Fall aufgeklärt«, sagte Herbert tröstend. »Wie geht es Ihrem Mann?«

Ihre Wangen bekamen Farbe, sie sagte erleichtert: »Er ist bei Besinnung, er hat mich auch erkannt, aber er weiß nicht, was passiert ist.«

»Es wird schon wieder werden«, erklärte ich und ärgerte mich über die nichtssagenden Worte.

Nach Tisch fuhren wir Richtung Nordend. Herbert kam mit, was bewies, daß er mit einem entscheidenden Fortschritt rechnete. Es war kurz nach 14.00 Uhr, wir taten seit achtzehn Stunden Dienst, über der Stadt lag lastende Hitze.

Wir gingen davon aus, daß Harald, der vermutliche Täter, auf der Heimfahrt gewesen war. Wahrscheinlich war der Überfall beim Kassieren erfolgt. Dann war Harald in der Nähe des Überfallortes zu Hause. Daher besuchten wir den für Nordend zuständigen Obermeister der Elektroinstallateure.

Der Betrieb war wegen Urlaub geschlossen, so stand es im Schaufenster auf dem Pappschild mit der amtlichen Gebührenmarke. Wir klopften an der Wohnungstür, denn die Klingel war abgeschaltet. Ein alter Mann öffnete uns, der Vater des Obermeisters Kienast. Er führte uns in ein altmodisches Wohnzimmer und fragte nach unseren Wünschen, nachdem wir uns auf das knarrende Sofa gesetzt hatten.

Herbert erklärte dem rüstigen alten Herren, daß wir einen selbständigen Elektroinstallateur suchen, dessen etwa siebzehnjähriger Sohn Harald heiße. Einige Andeutungen über das Problem, das zwischen Vater und Sohn bestand, genügten. Herr Kienast nickte heftig.

»Kaulbart«, sagte er. »Robert Kaulbart!« Er sah Herbert und mich forschend an und fügte hinzu: »Ich habe seinen Vater gut gekannt. Wir haben unsere Betriebe ziemlich zur gleichen Zeit an die Jungs übergeben.« Kienast machte ein Pause, fuhr dann fort: »Robert ist querköpfig, war er schon immer! Meine Güte, das ist zwanzig Jahre her, wie die Zeit vergeht!«

Als wir den alten Kienast nach einer halben Stunde verließen, da waren wir sicher, auf der richtigen Fährte zu sein. Robert Kaulbart hatte es abgelehnt, der Produktionsgenossenschaft* ELEKTRO-BLITZ beizutreten, er hing an seiner veralteten Werkstatt, in der er mit einem Altgesellen arbeitete, den er bereits vom Vater übernommen hatte. Sein Problem war, daß Harald den »Betrieb«, wie Robert das winzige Unternehmen gern nannte, nicht weiterführen wollte.

Mit Kaulbarts Adresse versehen, fuhren wir weiter in

nördlicher Richtung. Unser Ziel war eine Stadtrandsiedlung, hinter der sich bereits die ersten Äcker ausbreiteten. Die Siedlungshäuser hatten anfangs alle gleich ausgesehen, erst im Verlauf der Jahre war an- und umgebaut worden, nur wenige waren unverändert erhalten geblieben. Auch die Schuppen und Stallungen waren den veränderten Verhältnissen angepaßt worden, wie zum Beispiel bei Robert Kaulbart.

Das ehemalige Stallgebäude hatte größere Fenster bekommen und diente als Werkstatt, der Schuppen wurde Garage. Doch die Umbauten lagen sichtbar schon länger zurück. Am Hausgiebel prangte ein gelbes Schild mit schwarzen Buchstaben:

Elektro-Installation – August Kaulbart. Inhaber: Robert Kaulbart.

Die Gebäude wirkten gepflegt, die Farben leuchteten frisch, in hellem Beige die Wände, die Fensterläden in kräftigem Grün, sie waren geschlossen, wohl wegen der Hitze. Die Obstbäume im Garten ließen schlaff die Blätter hängen, doch auf den Blumenbeeten verrieten dunkle Flecke, daß sie erst kürzlich gewässert worden waren.

Ich hielt an der Gartenpforte. Am Briefkasten hing ein Schild, und wie bei Kienast klebte auch hier eine amtliche Gebührenmarke darauf.

Herbert krauste die Stirn. »Urlaub?«

Ich schüttelte den Kopf, auf dem Schild stand der Hinweis: »Wegen Familienfeier geschlossen!« Es galt für zwei Tage, heute war der zweite Tag. Welcher Art war wohl diese Familienfeier? Eine Hochzeit? Namensgebung? Oder eine Beerdigung? Das Häuschen lag verschlafen da, nichts deutete auf die Anwesenheit von Besuchern hin, die zu einem Familientreffen gehörten.

Kaulbarts Anwesen lag am Rande der Siedlung, dahinter dehnte sich der Acker aus, auf dem Grünfutter gestanden hatte, es war abgeerntet, die Stoppeln sahen blaß aus in der Sonne. Die kahle Futterfläche grenzte an ein Kiefernwäldchen, das nach wenigen hundert Metern in einen älteren Baumbestand überging.

Herbert drückte auf den Klingelknopf, aber in dem Häuschen blieb es stumm. Die geschlossenen grünen Fensterläden wirkten abweisend, vielleicht fand die Feier woanders statt.

Am Hausgiebel befand sich eine Veranda mit schaufenstergroßen Scheiben, hinter kunstvoll dekorierten Wolkengardinen grünte eine Wildnis aus Blattpflanzen.

»Du, Herbert«, flüsterte ich, »guck mal zur Veranda.«

Zwischen zwei Zyperusstauden bewegte sich ein heller Fleck, ein Gesicht, doch es verschwand, ehe Herbert es entdeckt hatte.

»Was ist?« fragte er leise.

»Wir werden beobachtet.«

»Gut, fahren wir weg«, flüsterte er.

Wir setzten uns in den Wartburg, Herbert schob sich hinter das Lenkrad und überhörte geflissentlich meinen Protest, daß er noch nicht an der Reihe sei zu fahren. Herbert fuhr in den nächsten Querweg, hielt und sah mich ermunternd an. Ich nickte und sprang aus dem Wagen. Er gab Gas und fuhr weiter, während ich zum Kaulbartschen Anwesen zurücklief, immer darauf bedacht, daß man mich von der Veranda nicht sehen konnte.

Hinter Kaulbarts Gartenzaun wuchs eine Fliederhecke, sie kam mir zustatten, hinter dem Buschwerk verborgen, beobachtete ich das Grundstück. Mit den geschlossenen Fensterläden und den schlaff an den Bäumen hängenden Blättern wirkte es noch ebenso verschlafen wie vorhin. Unser Gärtchen hatte ich seit drei Tagen nicht mehr gegossen, hoffentlich verdorrten meine Rosenstecklinge nicht.

Irgendwo klappte eine Tür, ich war nicht sicher, ob es bei Kaulbart gewesen war. Der Hofplatz zwischen Häuschen und Werkstatt war von der Straße her nicht einzusehen, das verhinderte ein mannshoher Bretterzaun, der ihn vom Garten trennte. Die Garagentür bewegte sich. Ich konnte sie erkennen, denn sie überragte den Zaun. Sie war gut geölt und quietschte, aber es klackte metallisch, wie von einem Motorradständer, dann wurde die Tür lautlos wieder geschlossen.

Plötzlich stand Herbert wieder neben mir. Ich hatte ihn nicht kommen gehört, denn ich war zu sehr mit der Beobachtung des Kaulbartschen Grundstückes beschäftigt gewesen.

»Was ist?« fragte er leise.

»Die Garagentür ist auf und zu gegangen«, antwortete ich.

Ehe er weiter fragen konnte, hörten wir eine Tür knarren. Es gab im Hofplatz eine Pforte zum hinteren Gartenteil, und durch diese schob ein junger Mann sein Moped. Der Beschreibung nach war es Harald Kaulbart.

»Hallo, Herr Kaulbart! Warten Sie, bleiben Sie stehen!« rief Herbert.

Der Angerufene zuckte zusammen, wie von einem Steinwurf getroffen, aber er dachte nicht daran, der Aufforderung zu folgen. Im Gegenteil, er beschleunigte seine Schritte, das Moped klapperte, eine Tür quietschte, wir sahen sie nicht, hörten nur, daß sie krachend zufiel. Dann pötterte das Moped.

»Komm«, rief Herbert. Wir rannten los, Herbert blieb bald zurück, immerhin war ich etliche Jahre jünger als er. Ich erreichte den Wartburg zuerst, schwang mich auf den Fahrerplatz, und als Herbert atemlos herankam, lief der Motor schon. Ich fuhr los, kaum daß er die Tür zugeworfen hatte.

Das Siedlungsgelände hatten wir uns vorher auf der Karte genau angesehen. »Nächster Weg rechts!« forderte Herbert.

Dieser Weg führte zur Hauptstraße, vermutlich war sie Harald Kaulbarts Ziel. Die Reifen quietschten in der Kurve, der Wagen schleuderte, ich gab Gas, und die angetriebenen Vorderräder rissen den Wagen durch die

Straßenkrümmung. Herbert klammerte sich an den Sitz und warf mir einen vorwurfsvollen Blick zu. Hinter uns wirbelte eine Staubwolke empor, wir rasten die Straße hinunter, die eigentlich nur ein Landweg war. Der Fußgängerteil war mit weißgetünchten Steinen abgegrenzt.

Das Moped bog vor uns um die Straßenecke. Harald Kaulbart fuhr in nördlicher Richtung, dorthin, wo der Kiefernwald aufragte. Die Jagd endete unvermutet. Kaulbart raste mit dem Moped über den kahlen Futterschlag, erreichte am Waldrand einen Fahrradsteig, der zwischen die Bäume abbog und so schmal war, daß an eine weitere Verfolgung mit dem Auto nicht mehr zu denken war. Ich trat auf die Bremse.

»Aus«, sagte ich resigniert.

Herbert holte die Karte aus dem Handschuhfach. Der Fahrradweg war nicht eingezeichnet, die Kartographen hielten ihn vermutlich für bedeutungslos. Zur Hauptstraße war es noch weit, und Harald Kaulbart würde sie bestimmt meiden, er wußte ja, daß er verfolgt wurde.

»Fahr zurück«, sagte Herbert.

Ich wendete schweigend und fuhr wieder in die Siedlung. Herbert läutete bei Kaulbarts rechtem Nachbar. Es dauerte nicht lange, dann trat ein Mann in Straßenbahneruniform aus dem Häuschen, während er den Gartenweg herabkam, knöpfte er seine Uniformjacke zu.

»Zu Kaulbart?« fragte er von weitem.

Wir zeigten unsere Ausweise. Der Nachbar sah uns erstaunt an. »Die sind gestern weggefahren. Mecklenburg. Silberhochzeit, oder so.«

Herbert und ich wechselten einen Blick. »Und der Sohn?« fragte ich.

»Harald? Der müßte da sein«, meinte der Straßenbahner. »Harald ist nicht mitgefahren.«

»Stimmt«, sagte ich, »der ist vor ein paar Minuten hinten durch den Garten raus!«

»Mit einem Moped«, ergänzte Herbert.

Der Nachbar erklärte unschlüssig: »Nach hinten raus? Nanu?« Er ahnte sicher, daß wir keine Frage beantworten würden, und verzichtete. »Ist er dort lang?« fragte er und wies zum Wald hin.

Wir nickten.

»Dann könnte er zu Kufahl gefahren sein, Kaulbarts Gesellen.«

Von einem Altgesellen hatte auch der alte Kienast berichtet, den Namen hatte er nicht genannt, wir hatten auch nicht danach gefragt. Kaulbarts Nachbar nannte die Adresse und beschrieb den Weg. Kufahl war Witwer und bewohnte allein eine Waldparzelle. »Sieht bei dem 'n bißchen wild aus«, meinte der Nachbar, »aber Harald fährt öfter hin, wenn zu Hause ...« Er brach ab.

Herbert sah ihn ermunternd an. »Was wollten Sie sagen, wenn zu Hause ...?«

Der Straßenbahner winkte ab. Auch ein direkter Hinweis auf das schlechte Verhältnis zwischen Vater und Sohn konnte ihn nicht bewegen, den Satz zu vollenden. Er hatte es plötzlich eilig, wieder ins Haus zu kommen.

Kaulbarts Nachbar hatte die Strecke gut beschrieben, trotzdem verfuhren wir uns, es verging einige Zeit, bis wir endlich den richtigen Weg fanden. Der Nachbar hatte nicht übertrieben, Kufahls Waldparzelle war verwildert. Der Maschendrahtzaun war verrostet, große Löcher darin boten ungehindert Zutritt, deshalb verzichtete der Eigentümer wohl auch darauf, das Gartentor zu reparieren, das schief in der einzigen verbliebenen Angel hing. Neben der Pforte stand eine überquellende Mülltonne, eine Katze strich um sie herum und floh, als wir anhielten.

Auf dem Grundstück gab es keine Beete, obwohl die mannsdicken Kiefern gelichtet waren, dichtes Unterholz wucherte zwischen den Stämmen. Der Dachfirst des Häuschens beulte sich tief wie der Senkrücken eines alten Gauls. Es war als Wochenendbehausung errichtet worden, erfuhren wir später, doch als Kufahls Stadtwohnung im Kriege ausgebombt wurde, war seine Frau hier herausgezogen. Kufahl war zu dieser Zeit in englischer Gefangenschaft. Seit dem Tod der Frau vor fünf Jahren hatte Wilhelm Kufahl keine Hand mehr zu Reparaturen gerührt, er war überzeugt, daß er ihr bald nachfolgen würde, und Erben besaß er nicht. Die Jahre vergingen, Kufahl ging seiner Arbeit nach, blieb für Kaulbart unentbehrlich, bekam zu essen und sparte etwas von jedem Lohn, obwohl er nicht wußte für wen.

Wir stiegen aus und schlossen behutsam die Türen des Wartburg, dabei waren wir sicher, daß Harald Kaulbart, falls er hier Unterschlupf gefunden hatte, die Straße beobachten würde. Die Parzelle besaß augenscheinlich keinen Hinterausgang. Der Weg zur Hütte war sandig, er wies frische Reifenspuren auf, die zweifellos von einem Moped stammten. Das Fahrzeug war nirgends zu sehen, wahrscheinlich stand es in dem Holzschuppen, zu dem die Spuren hinführten.

Wir hatten den Weg kaum zur Hälfte zurückgelegt, da öffnete sich knarrend die Haustür, ein alter Mann trat heraus, hager und weißhaarig. Er kam uns entgegen. Obwohl er gebeugt ging, wirkte sein Schritt nicht greisenhaft. Knapp vor uns blieb er stehen und musterte uns abwartend.

»Volkspolizei, Hauptmann Kühn!« Herbert wies den Ausweis vor, und ich folgte seinem Beispiel.

Kufahl räusperte sich, nickte zu seinem Häuschen hin und sagte: »Er ist da!«

Die drei Worte machten jede Frage überflüssig, Kufahl wußte, weshalb wir kamen, der Ton, in dem er sprach, verriet, daß er unser Kommen erwartet hatte, es war für ihn offensichtlich der logische, einzig mögliche Schlußpunkt hinter einem auch ihm unbegreiflichen Vorkommnis.

Wir waren am Ziel, der Überfall auf das Funktaxi 1734

war geklärt, der Täter war ermittelt und gestellt, es ging nur noch darum, die Details aufzuhellen. Wieder einmal überraschte es mich, wie wenig dramatisch im Grunde unsere Arbeit war, selbst bei schweren Fällen. Aber die drei Worte verrieten uns noch etwas: Harald Kaulbart war hierher geflohen, zu einem alten Mann, mit dem ihn ein Vertrauensverhältnis verband, und ihm hatte er die Tat gestanden.

Ohne weitere Erklärung wandte sich Kufahl um und lief vor uns her. Ehe wir das Häuschen erreichten, stand Harald Kaulbart auf der Schwelle. Der Eingang war niedrig, der junge Mann stieß beinahe oben an, er stand mit hängenden Schultern da, den Blick zu Boden gerichtet. Kufahl trat neben ihn, legte ihm seinen Arm um die Schultern und sprach leise auf ihn ein. »Sag die Wahrheit, Harald, hörst du? Alles andere hilft dir nicht.«

Der junge Kaulbart wendete sich ab, er schämte sich der Tränen, die ihm über die Wange rannen.

Ich empfand Mitleid mit diesem hilflosen Jungen. Aber schließlich lag Bechthold im Krankenhaus und war noch nicht vernehmungsfähig. Vermutlich würde es längere Zeit dauern, bis er wieder sein Taxi zu fahren vermochte. Wie konnte dieser Junge, den alle, die wir befragt hatten, sympathisch fanden, zum Verbrecher geworden sein?

»Weißt du, weshalb wir hier sind?« fragte Herbert.

Harald nickte.

»Wo ist das Geld?«

»Zu Hause«, murmelte er.

Kufahl klopfte Harald auf die Schulter, schob ihn uns entgegen. Harald setzte zögernd einen Fuß vor den anderen, er dachte nicht mehr daran, zu fliehen, es wäre auch sinnlos gewesen. Wir nahmen ihn in die Mitte und führten ihn zum Auto.

Inzwischen waren vier Wochen vergangen, morgen begann die Gerichtsverhandlung. Harald Kaulbart war erst 17 Jahre alt, für ihn galt das Jugendstrafrecht. Ich sollte als Zeuge gehört werden, und mir war, in der Tat, alles noch so gegenwärtig wie damals, als ich das Geständnis entgegengenommen und den Bericht für den Staatsanwalt geschrieben hatte.

In meinem Schreibtisch lagen längst andere Hefter, darunter auch wieder eine Jugendstrafsache. Manchmal deprimierte mich der Gedanke, daß es anscheinend nie ein Ende gab.

Am Abend jenes Tages, an dem wir den jungen Kaulbart festgenommen hatten, war sein Vater in unserer Dienststelle erschienen. Da lag bereits das von Harald unterschriebene Geständnis vor. Robert Kaulbart saß uns finster am Schreibtisch gegenüber: 45 Jahre alt, massig, kahler Schädel, kühl blickende Augen. Ich beobachtete seine Hände, es war erstaunlich, daß die klobigen Pranken mit feinen Schraubenziehern umgehen, kleine Schrauben in winzige Löcher drehen konnten.

Herbert war zum Schrank gegangen, hatte eine Kopie des Geständnisses herausgeholt und diese Robert Kaulbart gegeben. »Lesen Sie.« Die Worte klangen unpersönlich, erstaunlich bei Herbert. Aber zu dem Mann vor uns kam kein Kontakt zustande.

Robert Kaulbart hatte zögernd die Hand ausgestreckt und das Geständnis seines Sohnes entgegengenommen. Er war weitsichtig, hielt die Bogen in den ausgestreckten Armen und kniff die Augen zusammen beim Lesen. Manchmal murmelte er vor sich hin: »Der Strolch! Der Lump!« Dann, als er zum Ende kam, schwieg er. Er saß stumm auf seinem Stuhl, in sich zusammengesunken, nicht ansprechbar. Ich atmete erleichtert auf, als er endlich ging. Herbert begleitete ihn hinunter.

Ich schlug den Hefter auf und las noch einmal das ausführliche Geständnis:

»In den Ferien muß ich in der Werkstatt arbeiten. Vater gibt mir dann immer die schmutzigsten Tätigkeiten, er will mir die Flausen austreiben, zum Beispiel, daß ich studieren will, statt Installateur zu werden. Für Vater zählt nur, wer ihm nützt. Früher ist er nie ausfallend zu Onkel Kufahl geworden, aber der wird jetzt fünfundsechzig und hört dann auf zu arbeiten, seitdem behandelt ihn Vater schlecht.

Am Vormittag sollte ich den Lieferwagen abladen, aber ich hatte es über meinen Briefmarken vergessen. Vater sah den Barkas noch beladen dastehen und schlug mich. Er schlägt immer hart zu, meine Nase hat geblutet, Mutter wusch mir das Gesicht, Vater durfte das nicht sehen. Er hat den Barkas dann selbst entladen, danach hat er Kognak getrunken, obwohl er mit dem Skoda nach Bristau zur Silberhochzeit fahren wollte.

Ehe meine Eltern abfuhren, rief Vater mich ins Büro und zählte acht blaue Hundertmarkscheine auf den Tisch. Am nächsten Vormittag käme der Maurer Liesegang, sagte er, für den sei das Geld bestimmt. Hoffentlich sei ich nicht zu dämlich, auf eine erforderliche Quittung zu achten, denn Liesegang sei ein Schlitzohr.

Sie fuhren ab, und zum erstenmal blieb ich allein im Haus zurück. Ich habe dann lauter verrückte Dinge getan, ich weiß nicht weshalb, es kam so über mich. Gefragt, was ich damit meine, erkläre ich, daß ich von Vaters Kognak getrunken habe, und der Alkohol hat mich dann leichtsinnig gemacht. Auf dem Tisch lagen die acht blauen Hundertmarkscheine unter dem Briefbeschwerer, einem Porzellandackel mit einem Schild um den Hals: Dem Meisterschützen! Vater hängt an dem Hund, ich mochte ihn nicht leiden, obwohl er noch von Großvater stammt. Der Dackel lag auf den Geldscheinen, als bewache er sie. Der Gedanke, daß Vater sich grämen würde, wenn der Dackel in Scherben ginge, stimmte mich heiter, denn Vater ist abergläubisch, der Porzellanhund sei sein Talismann, sagt er immer. Ich habe nicht anders können, ich habe den Porzellanhund auf den Boden gedonnert, er ist in tausend Scherben zersprungen. Die Hundertmarkscheine warf ich in die Schublade, bis auf einen, denn Vater sollte mit Liesegang streiten. Ich wollte behaupten, daß ich ihm alle Scheine gegeben hätte. Der Gedanke, daß sie sich dann in die Haare kriegen würden, bereitete mir Schadenfreude.

Nachmittags bin ich in den Kulturpark Plänterwald gefahren und habe den Hunderter am Kartenschalter gewechselt. Am besten gefiel mir das Riesenrad. Dort oben verliert aller Ärger an Bedeutung. An der Achterbahn traf ich ein Mädchen, eine Oberschülerin, die war siebzehn wie ich. Ich habe sie zu einer Fahrt eingeladen, danach sind wir zusammengeblieben. Zu dieser Zeit hatte ich ungefähr zwanzig Mark ausgegeben.

Gefragt, ob ich Alkohol getrunken hätte, versichere ich, daß dies nicht der Fall war. Hannelore Schubert hat sich darin geirrt. Ich war einfach in ausgelassener Stimmung. Es war wie ein Rausch. Gegen zwanzig Uhr sind wir mit einem Taxi zum Lokal ›Grotte‹ gefahren. Ich wußte, daß mein Vater sich dort öfter betrinkt und daß dort leichtsinnige Mädchen verkehren.

Hannelore gefiel das Lokal nicht, sie trank auch nur einen Likör. Ich sollte aufhören, Bier und Schnaps zu trinken. Um zweiundzwanzig Uhr ist sie nach Hause gegangen, ich habe es abgelehnt, mitzugehen, der Gedanke an das zur Hälfte verbrauchte Geld fing an, mich zu bedrücken, ich wollte es vergessen. Den Teddybär und die Flasche Wein, Marke ›Natalie‹, habe ich in einer Schießsporthalle im Plänterwald geschossen.

An dem Tisch saß noch ein Pärchen. Ich habe Wein und Sekt spendiert, wieviel ich bezahlt habe, weiß ich nicht mehr, aber nach der Abrechnung blieb mir nur noch ein Zehnmarkschein. An die Fahrt im Taxi erinnere ich mich nur noch undeutlich. Ich weiß aber, daß ich meinen Teddy vergessen hatte, der Kellner ging ins Lokal zurück und holte ihn. Im Taxi saß ich zwischen dem jungen Paar.

Irgendwo sind die beiden dann ausgestiegen, ich weiß, daß ich Nordend als Fahrtziel nannte.

Als das Taxi weiterfuhr, fiel mir ein, daß ich dem Kellner meinen letzten Geldschein gegeben hatte, als er mir den Teddy holte, ich besaß keinen Groschen mehr. Ich zitterte bei dem Gedanken, daß der Taxifahrer halten und Bezahlung verlangen könnte.

Der Fahrer nahm seine Mütze ab und legte sie neben sich auf den Sitz. Sein Kopf war kahl und auch der Nacken ähnlich dem Vaters. Seine Hände auf dem Lenkrad waren Vaters Pranken. Da saß nicht mehr ein fremder Taxifahrer, da vorn saß Vater und sah oft in den Spiegel, um mich zu beobachten. Ich hatte Angst. Ich wollte aussteigen. Gleich würde Vater sich umdrehen und Liesegangs Geld verlangen. Ich konnte dann nicht sagen, der Maurer hätte acht Scheine kassiert, er war ja noch nicht dagewesen. Dann wußte Vater, daß ich ihn bestohlen hatte, er würde mich erbarmungslos mit den Fäusten schlagen, und Mutter würde dabeistehen und verzweifelt die Hände ringen. Ich hielt es nicht länger aus und rief, daß er anhalten solle.

Der Fahrer bremste stark, ich rutschte nach vorn, umklammerte die Rückenlehne seines Vordersitzes. Der Fahrer griff in die Jacke, hielt dann die Geldtasche in den Händen, unter den Scheinen war ein blauer Hunderter.

Plötzlich beherrschte mich nur ein Gedanke: Ich brauchte den blauen Schein, dann war alles gut. Und überhaupt, der Fahrer war nicht Vater, sondern ein Fremder, aber vielleicht schlug auch er mich, wenn ich nicht bezahlen konnte. Der Hunderter war meine einzige Rettung! Ich spürte die Weinflasche an meinem Schenkel, und meine Finger tasteten dorthin. Ich fühlte kühles Glas.

Die Vorhaltung, kalt und überlegt gehandelt zu haben, als ich die Weinflasche ergriff und zuschlug, bestreite ich entschieden. Ich kann nur wiederholen, daß ich wie unter einem Zwang gehandelt habe.

Der Mann fiel vornüber auf das Lenkrad und stöhnte. Die Geldtasche fiel zwischen die Vordersitze, ich raffte das Geld an mich und rannte davon. Die Tasche ließ ich liegen.

Nein, um den Verletzten habe ich mich nicht gekümmert, ich hörte ihn stöhnen und glaubte, er würde bald wieder zu Bewußtsein kommen. Ich bereue meine Tat und begreife es nicht, wie ich so habe handeln können ...«

Die Gerichtsverhandlung fand unter Ausschluß der Öffentlichkeit statt. Ich saß auf der Bank im hallenden Korridor und wartete auf meinen Aufruf, mir gegenüber saß Robert Kaulbart, neben ihm, schmal und ängstlich, Haralds Mutter. Kaulbart wirkte verändert, ratlos und in sich gekehrt.

Drei Monate nach dem Überfall auf das Funktaxi 1734 war Willi Bechthold wieder arbeitsfähig. Bliebe noch nachzutragen, daß sein Schwager, der Raupenfahrer Heinz Gottschalk, zwei Tage unentschuldigt fehlte. Am zweiten Tag seiner kopflosen Flucht nach Mecklenburg war er in die überbezirkliche Fahndung geraten und nach Berlin überstellt worden. Nach einer offenen Aussprache hatte Herbert ihn nach Hause geschickt.

Harald Kaulbart verbüßt eine empfindliche Freiheitsstrafe. Gestern hörte ich von Staatsanwalt Brauer, daß Robert Kaulbart eine Besuchsgenehmigung beantragt hat, die erste seit der Verurteilung seines Sohnes.

Manchmal ist der Weg zur Einsicht lang und schwer.

PETER WERNER

Mord im Varieté

Vor dem Eingang des Steintor-Varietés in Halle drängten sich die Menschen. Sie waren durch ein Plakat angelockt worden, das den Illusionisten Tabor ankündigte. Es hing an allen Litfaßsäulen, war auch an den Hauswänden und in den Schaufenstern der Theaterkassen zu sehen. Passanten blieben unwillkürlich stehen und starrten die rote Fläche an, aus der sich die schwarze Kapuze eines Maskierten abhob. Körperlos ragten dazu ein Paar Hände in die Luft, balancierten mit den Schriftzeichen:

Eine Begegnung mit Tabor heißt dem Ungewöhnlichen begegnen. Er zeigt Ihnen Dinge, fern der Wirklichkeit, macht Sie zum Zeugen atemberaubender Ereignisse. Vergebens werden Sie nach einer Lösung des Rätselhaften suchen: Sie heißt Tabor. Versäumen Sie nicht, einen der wenigen Auftritte dieses großen Illusionisten in unserem Varieté zu besuchen.

Langsam füllte sich der Innenraum des Varietés mit Besuchern. Sie nahmen ihre Plätze im Parkett ein und blickten neugierig zur Bühne, die noch durch einen schweren dunklen Samtvorhang verschlossen war und nichts von dem verriet, was dort an letzten Vorbereitungen getroffen wurde. So gaukelte ihnen ihre Phantasie Bilder eines geheimnisvollen Tuns vor: Männer hantierten mit seltsam bizarren Gegenständen, Bühnendekorationen schwangen geisterhaft durch die Luft, und irgendwo im Hintergrund stand mit verschränkten Armen Tabor, das Gesicht bereits unter der Kapuze verborgen, deren schmale Schlitze nur den Augen einen kleinen Spielraum ließen.

In Wirklichkeit geschah in diesem Augenblick auf der Bühne nicht das geringste, sofern man davon absah, daß ein Inspizient verzweifelt mit den Armen ruderte und einige Bühnenarbeiter tatenlos herumstanden. Von Tabor war weit und breit nichts zu sehen.

»Woher kommt denn dieser Tabor eigentlich?« fragte ein Bühnenarbeiter.

»Aus Westdeutschland. Er ist gestern abend noch in Frankfurt am Main aufgetreten, wollte aber heute vormittag in Halle eintreffen«, erwiderte der Inspizient unwirsch. »Möchte bloß wissen, woher der Chef seine Ruhe nimmt. Vor einer Stunde versicherte er mir noch, Tabor werde auf jeden Fall kommen. Als ich darauf entgegnete, wo denn seine Dekorationen bleiben und ob er etwa auf der kahlen Bühne auftreten wolle, meinte der Chef gemütsvoll: ›Lassen Sie man, lieber Hartmann, Tabor ist schließlich Illusionist.‹ Na, inzwischen werden wohl auch dem Chef die letzten Illusionen vergangen sein.«

Der Chef, Varieté-Direktor Behrend, hockte in diesem Augenblick unglücklich in seinem Schreibtischsessel und blickte abwechselnd auf die Uhr und auf seine von Minute zu Minute unruhiger werdenden Mitarbeiter.

»Was ist denn nun mit den Lichteffekten, die Tabor bei seinem Auftritt benötigt?« wollte der Beleuchtungsmeister wissen.

Direktor Behrend wischte sich den Schweiß von der Stirn.

»Solange er nicht im Hause ist, hat es keinen Zweck, derartige Fragen zu stellen. Wenn ich bloß wüßte, was ich dem Publikum sage.«

»Wollen wir nicht schnell eine andere Dekoration aufbauen und zunächst die Mädchen herausschicken?« schaltete sich der Ballettmeister ein. »Dann wären die ersten zehn Minuten überbrückt.«

»Und danach bin ich trotzdem gezwungen, vors Publikum zu treten und ihm mitzuteilen, daß es nach diesem herzerfrischenden Auftakt vergeblich auf den großen Illusionisten wartet. Nein, nein, so geht das nicht, ich werde ...«

In diesem Augenblick schrillte das Telefon auf dem Schreibtisch, und der Direktor griff hastig nach dem Hörer. Was er vernahm, schien ihn ungemein zu erleichtern. Er sah seine Mitarbeiter aufatmend an, legte dann langsam, mit einer fast feierlichen Gebärde den Hörer aus der Hand. »Meine Herren, soeben verständigte mich der Pförtner, daß Tabor eingetroffen ist.«

Die Stimmen der Anwesenden überschlugen sich. »Und die Lichteffekte? Jetzt bin ich genauso klug wie vorher«, jammerte der Beleuchtungsmeister. »Soll pünktlich angefangen werden?« fragte ein Hilfsinspizient. »Und vor allem, was ist mit den Dekorationen ...«

Doch Direktor Behrend hatte seine überlegene Ruhe wiedergefunden. Seitdem er wußte, daß Tabor da war, schien ihm nichts mehr Sorge zu bereiten. »Hören Sie«, wandte er sich an seine Mitarbeiter, »Tabor ist schon in seiner Garderobe und zieht sich um. Sein Assistent dürfte Inspizient Hartmann bereits die nötigen Anweisungen geben. Es kann eigentlich nichts mehr schiefgehen. Wir haben jetzt noch zehn Minuten Zeit bis zum Vorstellungsbeginn. Fünf weitere Minuten gewinnen wir, wenn das Orchester Tabors Auftritt mit einer schmissigen Einleitungsmusik ankündigt. Also, jetzt jeder schnell auf seinen Platz!«

»Und die Lichteffekte?« warf der Beleuchtungsmeister erneut ein. Direktor Behrend überlegte einen Augenblick.

»Warten Sie«, sagte er. »Ich werde Tabor aufsuchen, und wenn es möglich ist, können Sie gleich selbst mit ihm sprechen.«

Der Beleuchtungsmeister folgte dem Direktor über den Bühneneingang. Links und rechts befanden sich die Garderoben, Schminkräume und auch ein kleines Casino für Artisten, die auf ihren Auftritt warteten.

Geräusche deuteten darauf hin, daß das Casino besetzt war. Die fistelnde Stimme Brusonis, des Musikalclowns, war deutlich zu hören. »... und ich sage euch, dieser

Tabor ist ein alter Bekannter von mir. Wir sind vor gut und gerne dreißig Jahren zusammen herumgetingelt. Damals war er allerdings noch ziemlich unbekannt. Wie oft haben wir abends bei einem Glas Bier zusammengehockt und von dem großen Erfolg geträumt. Er hat's ja nun wohl geschafft, während ich ...«

Das weitere konnte der Direktor nicht mehr verstehen, da er schon vor Tabors Garderobe angelangt war. Bevor er anklopfte, forderte er den Beleuchtungsmeister auf, einen Augenblick auf dem Gang zu warten. »Tabor wird wegen seines Zuspätkommens nervös genug sein. Wollen wir ihn nicht gleich beide überfallen.«

Der Direktor öffnete die Tür und schrak zusammen. Aus dem Halbdunkel der Garderobe trat ihm eine Gestalt in einer langen roten Pelerine entgegen; den Kopf umhüllte eine schwarze Kapuze. Erst die vergnügliche Stimme des anderen brachte dem Direktor zum Bewußtsein, daß er es nicht mit einem Schemen, sondern mit Tabor zu tun hatte.

»Ich habe den Eindruck, Sie sind ein wenig über meinen Aufzug entgeistert«, sagte der Artist lachend. »Der Anstrich des Geheimnisvollen macht nun mal den Effekt meiner Nummer aus.«

Verwirrt nickte der Direktor. Dann besann er sich, weshalb er gekommen war. »Draußen steht der Beleuchtungsmeister, er ist sehr aufgeregt, wie übrigens im Moment alle meine Mitarbeiter.«

Tabor spürte den Vorwurf heraus. »Ich nehme an«, sagte er, »Sie sind der Direktor des Varietés. Darf ich mich bei Ihnen zunächst entschuldigen. Ich hätte Ihnen beinahe schwere Ungelegenheiten verursacht. Doch es lang nicht am schlechten Willen, sondern ganz einfach am technischen Versagen unseres Fahrzeugs. Mein Assistent Wiesenthal hat sich stundenlang auf der Autobahn abgemüht, unseren Requisitenwagen wieder flottzubekommen. Wäre uns nicht Ihr Motorsportverband zu Hilfe geeilt, lägen wir wohl jetzt auf der Autobahn. Natürlich hätte ich vorausfahren können. Doch was sollte ich ohne Spiegel und Projektionsanlagen bei Ihnen anfangen?« Der Illusionist lachte. »Zauberei im Zeitalter der Technik, wenn Sie so wollen. Doch die Zeit drängt, schicken Sie mir bitten den Beleuchtungsmeister, damit ich ihm noch einige Tips geben kann.«

»Sofort«, entgegnete der Direktor, öffnete die Tür und winkte Beleuchtungsmeister Müller herbei. »Regeln Sie rasch alles mit Tabor«, rief er ihm zu und stürmte davon.

Minuten später erlosch im Varieté das Licht. Die aufpeitschenden Takte des Boleros von Ravel erklangen, steigerten sich zu einem hämmernden Furioso, bis sie in greller Dissonanz abbrachen. Langsam öffnete sich der Vorhang. Gespannt beugten sich die Zuschauer vor. Ein eigenartiges Bild bot sich ihren Augen. Auf der Bühne hockte eine Gestalt im weißen Araberburnus, neben ihr stand abwartend ein kleiner brauner Junge. Der Araber hielt einen Blumentopf in den Händen, den er stumm betrachtete. Schließlich nestelte er an seinem Burnus und holte dort etwas hervor, was sich den Blicken der Zuschauer wegen seiner Winzigkeit entzog. Der Mann setzte offenbar einen Samen in den Blumentopf, während der kleine Junge aufmerksam sein Tun verfolgte. Plötzlich begann aus dem Topf eine Ranke hervorzuschießen. Sie wuchs unaufhörlich, wurde immer größer, bis sie eine Höhe von mehreren Metern erreicht hatte und armdicke Verästelungen aufwies. Auf dieses Riesengewächs kletterte nun der kleine Araberjunge behende empor und verschwand im dichten Pflanzenwuchs. Starr blickte ihm der Araber nach. Plötzlich begann die Pflanze zu schrumpfen, büßte ihre überdimensionalen Formen ein, wurde kleiner und kleiner. Seltsamerweise war nirgends mehr der Araberjunge zu sehen, und nur noch der Mann hockte da wie zuvor, in seinen Händen den Blumentopf haltend.

Während die Zuschauer noch erregt dieses Schauspiel

zu deuten suchten, begann sich vor ihren Augen ein noch viel unwirklicheres Geschehen zu vollziehen. Langsam löste sich die Gestalt des Arabers auf, wurde körperlos, verschwand immer mehr, bis sie völlig unsichtbar geworden war. Ehe sich darüber das Erstaunen gelegt hatte, erschien plötzlich im Hintergrund der Bühne eine Gestalt in dunkelroter Pelerine und schwarzer Kapuze. Tabor verneigte sich vor dem Publikum, das ihn mit Beifall überschüttete. Es war soeben Zeuge eines seiner verblüffenden Illusionistentricks geworden. Tabor hatte ihnen eine Fata Morgana vorgegaukelt.

Direktor Behrend lehnte sich schwer atmend in der Artistenloge zurück. Dieser Illusionist war einfach eine Sensation. Er zwang das Publikum so in seinen Bann, daß es sich auch nicht einen einzigen Augenblick langweilte.

Jetzt bat Tabor einige Zuschauer auf die Bühne, ließ sie nach Belieben verschwinden und an anderer Stelle wieder auftauchen. Ein Auto ratterte plötzlich aus dem Seitenvorhang hervor, schien in hoher Geschwindigkeit auf den Zuschauerraum zuzurasen, mußte in den nächsten Sekunden ins Parkett geschleudert werden, da hob Tabor die Arme und wies dem Auto eine andere Richtung zu, spielte mit ihm eine Zeitlang wie mit einem Hündchen, dem er Weisungen gab, nach dahin oder dorthin zu laufen. Schließlich wollte das Auto nicht mehr gehorchen, schoß wütend herum und rollte auf Tabor zu. Im nächsten Augenblick mußte es ihn erreicht haben. Doch, wo war das Auto plötzlich geblieben? Nur Tabor stand noch da und verneigte sich vor dem begeistert applaudierenden Publikum.

Die Vorstellung ging weiter. Jeder Trick Tabors löste bei den Zuschauern gleiches Erstaunen aus. Als sich nach sechzig Minuten der Vorhang schloß, rief ihn das Publikum immer wieder heraus. Direktor Behrend lief mit einem Blumenstrauß auf die Bühne und dankte dem Artisten für sein Gastspiel. Erneut brandete der Beifall auf.

Dann strömten die Zuschauer zur Pause in das Vestibül des Varietés.

Tabor blieb einen Augenblick wie verloren stehen. Der Direktor nahm ihn an den Arm. »Kommen Sie, lieber Tabor, diesen großen Erfolg müssen wir mit einem Glas Sekt begießen.«

Tabor wehrte leicht ab. »Sie werden verstehen, daß ich mich erst einmal umkleiden möchte. Doch wenn Sie eine Einladung in meine Garderobe annehmen würden?« Der Direktor nickte, und da Tabor offenbar auch die übrigen Herumstehenden in seine Einladung mit einbezogen hatte, schlossen sich Inspizient Hartmann und mehrere Bühnenarbeiter an. »Wir müssen doch die Requisiten abbauen«, fiel es Hartmann auf dem Weg zur Garderobe ein. Tabor winkte ab. »Lassen Sie nur, darum kümmert sich mein Assistent.«

Auf dem langen Bühnengang kam ihnen in seiner kalkigweißen Maske ein Clown entgegen. Es war Brusoni, der im zweiten Teil des Programms aufzutreten hatte. Als er so unverhofft Tabor gegenüberstand, breitete er seine Arme aus und schrie mit seiner hohen fistelnden Stimme: »Hallo, alter Junge, so kreuzen sich nach dreißig Jahren die Wege des teuflischen Magiers und des simplen Spaßmachers. Was glaubst du, wer hier vor dir steht?«

Tabor zuckte die Achseln. Er schien keine Ahnung zu haben, wer sich unter der Clownsmaske verbarg.

In komisch gekränktem Ton fuhr der Clown fort: »Da habe ich all die Jahre angenommen, mein sonores Organ wäre unverkennbar, und nun diese Enttäuschung. Ich bin Brusoni, dein alter Gefährte aus der Berliner Plaza.«

»Ach so«, sagte Tabor, »du bist es. Wir müssen uns gelegentlich mal zusammensetzen.«

Brusoni spürte deutlich die Distanz des anderen. Verstimmt begab er sich nach vorn zum Bühnenaufgang. Der bevorstehende Auftritt war ihm vergällt.

Tabor nahm indessen die Schlüssel zu seiner Garderobentür von einem kleinen Wandbrett ab und öffnete die Tür. »So, meine Herren, jetzt wollen wir erst einmal ein Glas ...«

Jäh brachen seine Worte ab. Mit einem unartikulierten Laut fuhr er zurück, starrte aus seinem Maskenschlitz wie hypnotisiert in das Innere seiner Garderobe. Dann riß er sich die Kapuze vom Kopf, wandte sein verzerrtes Gesicht den hinter ihm Stehenden zu und flüsterte heiser: »Das ist ja furchtbar!«

Direktor Behrend war mit wenigen Sätzen an Tabors Seite und spähte in den Raum, den er vor kurzem schon einmal betreten hatte. In einem Sessel sah er die zusammengekrümmte Gestalt eines Mannes liegen. Sein Kopf war auf den Schminktisch gesunken. Aus einer gräßlichen Hinterkopfwunde sickerte dunkles Blut.

»Kennen Sie diesen Mann?« fragte Direktor Behrend verstört den Illusionisten. Der nickte mechanisch. »Es ist mein Assistent Gregor Wiesenthal. Wer hat das nur getan?« In Tabors Gesicht zuckte es. »Sie müssen verstehen, uns verband mehr als nur die Zusammenarbeit: wir waren Freunde.« Seine Stimme klang gepreßt. Schaudernd blickte er zu dem Toten hinüber. Jetzt, wo es Tabor ausgesprochen hatte, wurde dem Direktor eigentlich erst so richtig bewußt, was hier geschehen war. Das war leider keine Illusion, löste sich nicht wie ein harmloser Spuk auf. Der Direktor drehte sich um, blickte in Hartmanns Gesicht, sah die Bühnenarbeiter an, die das gleiche Erschrecken zeigten.

»Wir müssen die Polizei verständigen«, sagte er dann.

»... und einen Arzt«, fügte Hartmann hinzu, obwohl der Mann im Sessel nicht so aussah, als ob er noch die Hilfe eines Arztes benötigte.

»Soll die Vorstellung weitergehen?« fragte einer der Bühnenarbeiter.

Direktor Behrend hatte im Moment vergessen, daß das Haus noch voller Besucher war. »Die Vorstellung wird fortgesetzt«, entschied er. »Hartmann, sorgen Sie dafür, daß Tabors Requisiten von der Bühne kommen.« Hartmann nickte und lief mit den Bühnenarbeitern davon.

Unschlüssig blickte der Direktor auf Tabor. Durfte er den Mann jetzt allein mit dem Toten in der Garderobe lassen? »Tabor, es ist das beste, Sie kommen mit in mein Zimmer.« Der Direktor nahm den Artisten am Arm. Der ließ sich willenlos aus dem Raum ziehen. Sorgfältig verschloß Direktor Behrend die Tür und nahm den Schlüssel an sich.

Als Oberleutnant Reimer mit seinen Mitarbeitern am Tatort eintraf, war dort bereits der zweite Teil der Varietévorstellung im vollen Gange. Seltsam gedämpft klangen die quäkenden Laute eines Saxophons durch die Türen, ab und zu vom Gelächter der Zuschauer übertönt. Direktor Behrend, der die Kriminalisten im Vestibül des Varietés erwartet hatte, war erstaunt, daß sich der Oberleutnant nicht sofort in die Garderobe führen ließ, sondern lediglich seine beiden Mitarbeiter vorausschickte. Der Oberleutnant erkundigte sich statt dessen bei dem Kassenfräulein, ob die heutige Abendvorstellung ausverkauft gewesen sei.

»Nicht eine Karte ist zurückgeblieben«, erklärte das Mädchen stolz. Es nahm an, der große, elegant wirkende Herr sei von der Presse. Der Oberleutnant klärte den Irrtum nicht auf. Sein Interesse galt jetzt den Platzanweiserinnen, von denen sich einige im Vestibül aufhielten. Er wandte sich an die Mädchen: »Wer von Ihnen ist denn einmal so nett und läßt mich nur für ein paar Minuten den Varietéraum betreten?«

Die Platzanweiserinnen sahen sich unschlüssig an. »Das ist verboten«, meinte eine von ihnen.

»Was macht man denn, wenn einem plötzlich schlecht wird?« fragte Reimer. »Muß man da auch bis zum Schluß der Vorstellung auf seinem Platz ausharren?«

Die Platzanweiserin schüttelte den Kopf. »An jeder Tür gibt es eine Klingel; sobald sie jemand bedient, gehen wir selbstverständlich hin und öffnen.«

»Aber heute ist das wohl nicht geschehen?« fragte der Oberleutnant.

Die Frauen verneinten energisch. »Nein, heute ist niemand zu spät gekommen, und niemand hat die Vorstellung vorzeitig verlassen. Alle Reihen sind noch voll besetzt.«

»Na, dann bedanke ich mich recht herzlich bei Ihnen«, erwiderte Reimer und hörte im Weggehen, wie sich die Frauen lachend zuraunten: »Wofür hat er sich eigentlich bedankt? In die Vorstellung haben wir ihn ja doch nicht gelassen.«

In der Garderobe traf der Kriminalist den Arzt, der sich über den Toten beugte. Als der Oberleutnant herantrat, richtete sich der Doktor auf. »Der Mann ist mit einem scharfkantigen Gegenstand niedergeschlagen worden. Der Täter führte mehrere Schläge gegen den Hinterkopf seines Opfers«, erklärte der Arzt.

»Können Sie feststellen, wann der Tod eintrat?« fragte der Oberleutnant.

»Es kann vor eineinhalb Stunden gewesen sein.«

Der Oberleutnant blickte auf seine Armbanduhr. »Also um neunzehn Uhr ungefähr«, vergewisserte er sich. Der Arzt nickte zustimmend.

Leutnant Wrobel, der inzwischen sorgfältig den Raum abgesucht hatte, meldete dem Oberleutnant, daß eine Mordwaffe nicht gefunden wurde.

»Haben Sie Anzeichen für einen Raubmord entdeckt?« fragte der Oberleutnant.

Wrobel verneinte. Der Tote besäße alle seine Wertsachen, und ob im Raum selbst etwas verschwunden sei, darüber könne lediglich dar Besitzer der Garderobe Aufschluß geben.

»Wo ist er eigentlich?« Oberleutnant Reimer sah sich um.

»Tabor wartet in meinem Zimmer. Ich konnte doch nach dem Mord niemanden in diesen Raum lassen«, erklärte Direktor Behrend.

Nachdenklich lief Oberleutnant Reimer zum Zimmer des Direktors. Er war voreilig, sich auf Grund der einzelnen Vernehmungen ein Bild von dem Ablauf der Tat machen zu wollen. Dennoch konnte es nicht schaden, dachte Reimer, einige Anhaltspunkte schon einmal auszuwerten. Da war zunächst die Tatsache, daß der Mörder sein Opfer kaum überrascht haben konnte. Sobald jemand die Garderobe betrat, zeichnete sich sein Bild sofort in dem großen Standspiegel ab. In dieser Blickrichtung aber hatte Tabors Assistent gesessen, als sich ihm hinterrücks sein Mörder näherte. Unklar blieb freilich, ob sich der Mörder zusammen mit seinem späteren Opfer in dem Raum aufgehalten hatte oder erst hereingekommen war. In beiden Fällen schien der Mann im Sessel keinen Grund zur Beunruhigung gesehen zu haben. Er hatte sich nicht einmal dem anderen zugewandt. Erstaunlich, wenn man bedenkt, daß der Mörder schließlich irgendeinen scharfkantigen Gegenstand in seinen Händen hielt, als er hinter den Sessel getreten war. Offenbar war die Waffe nicht als solche von dem Assistenten Gregor Wiesenthal angesehen worden. Er hatte also entweder den Mörder gut gekannt oder in der Begegnung mit dem Betreffenden nichts Außergewöhnliches erblickt. Träfe die letzte Annahme zu, erweiterte sich der Kreis der Verdächtigen.

Bis hierher war der Oberleutnant in seinen Überlegungen gekommen, als er das Direktionszimmer erreicht hatte und eintrat. Tabor erhob sich und murmelte flüchtig seinen Namen.

Neugierig schaute der Oberleutnant auf den Artisten, der zwar seine Kapuze abgesetzt hatte, aber noch immer seine rote Pelerine trug. Der Mann mochte an die Fünfzig sein, hatte ein scharfgezeichnetes Gesicht, in welchem am auffälligsten die dichten Augenbrauen waren, die sich über der Nasenwurzel trafen. Sie gaben seinem Aussehen etwas Strenges, das jetzt durch die Blässe des Gesichts besonders unterstrichen wurde.

Der Oberleutnant räusperte sich. »Herr Tabor, darf ich Ihnen zunächst sagen, wie leid es mir tut, daß Sie bei Ihrem ersten Auftritt in Halle ein so schreckliches Erlebnis haben mußten. Es wird sicherlich auch in Ihrem Interesse sein, daß dieser Mordfall so schnell wie möglich aufgeklärt wird.«

Tabor nickte stumm.

»Sie haben angegeben, der Tote sei Ihr Assistent gewesen. Seit wann arbeiten Sie mit ihm zusammen?«

Der Artist überlegte einen Augenblick. »Es dürften jetzt an die sechs Jahre sein«, meinte er dann.

»Hat Sie Ihr Assistent auf allen Gastspielreisen begleitet?« fragte Reimer weiter.

Tabor nickte. »Er war bei jeder Vorstellung anwesend und hat sich vor allem um die Ausgestaltung der Bühne gekümmert.«

»Das war demnach auch heute seine Aufgabe?« fragte der Oberleutnant.

»Ja, wir sind erst kurze Zeit vor Vorstellungsbeginn im Steintor-Varieté eingetroffen. Ich eilte sofort in meine Garderobe, und Gregor begab sich auf die Bühne.«

Der Oberleutnant zog ein kleines Notizbuch hervor und machte sich Aufzeichnungen. »Wenn ich recht verstanden habe, hat sich Ihr Assistent am Varietéeingang von Ihnen getrennt. Sie suchten Ihre Garderobe auf, und Ihr Assistent leitete den Bühnenaufbau.«

Der Artist bestätigte die Worte. »Der Pförtner hat mir den Weg zu meiner Garderobe gezeigt, und ich bat Gregor, möglichst schnell unsere Sachen auf die Bühne bringen zu lassen. Die Zeit drängte.«

»Weshalb trafen Sie denn erst so spät in Halle ein?«

»Die Herren hatten eine Panne auf der Autobahn. Der

ADMV* hat sie abgeschleppt«, schaltete sich Direktor Behrend ein.

Auch hierüber machte sich der Kriminalist eine Notiz und fuhr, zu Leutnant Wrobel gewandt, fort: »Fragen Sie bitte den Pförtner, ob er sich noch daran erinnert, wann Herr Tabor und sein Assistent das Haus betreten haben. Und sprechen Sie auch noch mit den Bühnenarbeitern, wann der Assistent die Bühne betreten hat, wie lange er sich dort aufhielt und ob jemand bemerkt hat, wo er sich anschließend hinbegab.«

Leutnant Wrobel verließ das Zimmer.

»Herr Tabor, haben Sie vor Vorstellungsbeginn Ihren Assistenten noch einmal gesehen?« fragte der Oberleutnant den Artisten weiter.

»Nein«, antwortete Tabor. »Mir blieb nur noch Zeit, mich umzuziehen, einige Worte mit dem Direktor und dem Beleuchtungsmeister zu sprechen, da mußte ich zur Bühne, bemerkte jedoch, daß ich meinen Magierstab im Requisitenwagen liegengelassen hatte. Ich eilte zum Wagen und erkundigte mich beim Pförtner nach dem nächsten Weg zur Bühne. Als ich die Bühne betrat, öffnete sich der Vorhang, und die Vorstellung begann.«

Der Oberleutnant schrieb wieder etwas in sein Notizbuch und fragte: »Wie ging es weiter?«

Der Artist berichtete, wie er nach der Vorstellung zusammen mit dem Direktor und einigen Bühnenarbeitern seine Garderobe aufsuchen wollte, um dort auf den Erfolg hin ein Glas Sekt zu trinken. »Und hier habe ich den Toten entdeckt.«

Der Oberleutnant starrte einen Augenblick sinnend zur Decke. Die Vernehmung hatte bisher wenig Aufschlußreiches ergeben.

So eindeutig der Fall war, so kompliziert schien doch die Aufklärung zu sein. Noch einmal wandte er sich dem Artisten zu: »Schildern Sie mir doch bitte nochmals der Reihe nach, was Sie von dem Augenblick an getan haben, als Sie zusammen mit ihrem Assistenten das Varieté betreten haben.«

In das Gesicht Tabors trat ein Zug von Unwillen.

»Sie müssen begreifen«, sagte der Oberleutnant verständnisvoll, »daß ich nur durch eingehende Befragung jedes Varietéangestellten eine Spur finden kann.«

»Jedes Varietéangestellten?« In Direktor Behrends Gesicht traten vor Aufregung rote Flecke.

»Gewiß«, bestätigte der Kriminalist. »Ich werde auch Ihnen noch einige Fragen stellen müssen.«

Der Direktor blies heftig die Luft aus der Nase. »Also auch verdächtig«, meinte er resignierend. Doch der Kriminalist wandte sich jetzt wieder dem Artisten zu.

»Bitte, Herr Tabor, erzählen Sie.«

»Ich habe«, begann Tabor, »erst kurz vor Vorstellungsbeginn zusammen mit Gregor das Varieté betreten. Den Pförtner fragte ich nach dem Weg zu meiner Garderobe. Gregor ließ sich von ihm sagen, wie er zum Bühnenraum kommt. Außerdem bat ich den Pförtner, Direktor Behrend von unserem Eintreffen zu verständigen. Mit meinen Koffern bin ich dann den Gang entlanggegangen, fand die bezeichnete Gastgarderobe, nahm den Schlüssel vom Wandbrett, schloß auf und habe sofort begonnen, mich umzukleiden.«

»Ist Ihnen auf dem Gang jemand begegnet?«

»Nein, der Gang war menschenleer. Von irgendwoher waren allerdings Stimmen zu hören.«

»Die kamen aus dem Casino«, unterbrach Direktor Behrend.

»Gut«, meinte der Kriminalist. »Und in der Garderobe war auch niemand?«

Tabor warf dem Kriminalisten einen überraschten Blick zu.

»Sie halten es für denkbar, daß sich jemand bereits im Garderobenraum versteckt hielt?«

Der Oberleutnant antwortete nicht.

»Nun«, fuhr Tabor fort, »ich habe mich natürlich in dem Raum nicht weiter umgesehen. Ich öffnete den Koffer, holte mein Kostüm heraus, zog mich um, da klopfte es, und der Direktor trat ein.« Direktor Behrend bestätigte diese Aussage.

»Wie lange haben Sie sich etwa mit Herrn Tabor unterhalten?« wollte der Kriminalist von ihm wissen.

»Höchstens eine Minute. Draußen stand der Beleuchtungsmeister und hatte noch Fragen an Herrn Tabor wegen der Lichteffekte während seines Auftritts.«

»Wo befindet sich der Mann jetzt?«

Direktor Behrend blickte auf die Uhr. »Die Vorstellung läuft noch, aber danach steht Ihnen der Beleuchtungsmeister sofort zur Verfügung.«

Der Oberleutnant sah wieder den Artisten an. »Nachdem Sie dem Beleuchtungsmeister Ihre Hinweise gegeben hatten, verließen Sie wahrscheinlich mit ihm zusammen die Garderobe?«

»Nein«, entgegnete Tabor, »ich blieb vielleicht noch zwei Minuten im Raum, um mich auf den bevorstehenden Auftritt zu konzentrieren. Außerdem nahm ich an, daß gleich mein Assistent kommen würde, um mir Bescheid zu geben, ob auf der Bühne alles bereit ist.«

Interessiert beugte sich der Oberleutnant vor. »Das geschah aber nicht, wie wir wissen, und …«

»Dann entdeckte ich das Fehlen meines Magierstabes, holte ihn aus unserem Wagen und erkundigte mich beim Pförtner nach dem kürzesten Weg zur Bühne. Das andere wissen Sie ja.«

Nachdenklich betrachtete der Oberleutnant seine Fußspitzen.

»Wo hielt sich eigentlich Ihr Assistent während der Vorstellung auf?«

»Das war unterschiedlich. Manchmal saß er im Zuschauerraum, an anderen Tagen blieb er hinter der Bühne.«

»Jedenfalls saß er nie in der Garderobe«, betonte nachdrücklich der Kriminalist.

»Nein«, bestätigte Tabor, »er suchte mich nur immer kurz vorher auf, um mich über den Bühnenaufbau zu unterrichten. Diesmal aber traf er mich nicht mehr an, sondern begegnete statt dessen wahrscheinlich seinem Mörder.«

In diesem Augenblick kam Leutnant Wrobel zurück. Der Oberleutnant schickte Tabor für ein paar Minuten aus dem Zimmer. »Der Pförtner hat genaue Zeitangaben«, sagte Wrobel. »Der Direktor hatte ihm Verhaltensmaßregeln gegeben, falls Tabor doch noch sehr spät eintreffen sollte. Da die Zeit verging und niemand kam, sah der Pförtner alle paar Minuten unruhig auf die Uhr. Genau zehn Minuten vor neunzehn Uhr betraten die beiden Herren das Varieté. Alles andere geschah so, wie es Herr Tabor vorhin ausgesagt hat. Tabor erkundigte sich bei dem Pförtner nach dem kürzesten Weg zur Bühne. Die Bühnenarbeiter und Inspizient Hartmann berichten, daß Tabors Assistent auf der Bühne erschien und den Bühnenaufbau leitete. Es wurden die Requisiten aus dem Kombiwagen des Artisten geholt. Kurz vor dem Klingelzeichen entfernte sich der Assistent in Richtung der Garderoben. Inspizient Hartmann bemerkte noch, der Assistent – der übrigens eine dunkle Brille getragen habe – sei wegen des Zuspätkommens sehr nervös gewesen.«

Der Oberleutnant erinnerte sich an die dunkle Sonnenbrille. Sie war dem Ermordeten nach dem tödlichen Schlag von den Augen geglitten und lag auf dem Fußboden der Garderobe. Er bat Tabor, wieder hereinzukommen, und fragte ihn: »Haben Sie oder Ihr Assistent eigentlich Bekannte in Halle?«

Tabor schüttelte den Kopf. »Ich nicht, und soviel ich weiß, kennt auch Gregor in der Saalestadt niemanden.«

»Wie lange bleiben Sie noch in Halle?«

»Mein Engagement währt eine Woche.«

Der Kriminalist bat Tabor, sich in den nächsten Tagen weiter zu seiner Verfügung zu halten, und verließ mit dem Direktor das Zimmer. Auf dem Gang fragte er: »Wie verläuft eigentlich die Tournee des Illusionisten weiter?«

»Nach Halle sollte es – soweit ich unterrichtet bin – für zwei Jahre nach Südamerika und dann nach Australien gehen. Wer weiß, ob Tabor so schnell einen neuen Assistenten findet.«

Oberleutnant Reimer fragte nun noch, wie er von Tabors Garderobe, die inzwischen versiegelt worden war, zur Bühne komme. Direktor Behrend wies ihm den Weg.

Stille war ins Varieté eingezogen. Nur aus dem Casino waren Wortfetzen zu vernehmen.

An einem der Tische saß allein der Musikalclown Brusoni. Er hörte weder den aufgeregten Gesprächen an den Nebentischen zu, noch nahm er die zum Schneiden dicke Luft im Raum wahr. Er stierte vor sich hin und sann über die vergangenen Stunden nach. Er war wütend. Wütend auf sich, weil er seinen heutigen Auftritt vermasselt hatte – sogar gepfiffen hatten einige –, und wütend auf Tabor, den erfolgreichen Kollegen. Krachend schlug seine Faust auf den Tisch, die Blumenvase schepperte und drohte umzukippen. An den anderen Tischen wurde man auf den Clown aufmerksam, und einige spöttische Bemerkungen wurden ihm zugerufen: »Du leidest wohl mit deinem Freund Tabor, der dich nicht kennt?« Ein anderer fragte: »Oder neidest du ihm seinen Erfolg?« Brusoni blickte wütend um sich, stand auf, verließ das Casino und fuhr in sein Hotel.

»Ausverkauft«, rief am nächsten Abend Direktor Behrend und strahlte. Es war wenige Minuten vor Beginn der zweiten Aufführung des Sonderprogramms von Tabor. Der Artist hatte eine neue Garderobe erhalten und einen Assistenten des Varietés, mit dem er recht zufrieden war. So konnte das Gastspiel trotz des Todes von Gregor Wiesenthal fortgesetzt werden.

Tabor saß in seiner neuen Garderobe vor dem Spiegel und machte sich für den Auftritt fertig. Die rote Pelerine fiel weich auf seine tiefschwarzen Hosen. In den Händen hielt er die Kapuze. Gerade als er sie übergestülpt hatte, öffnete sich die Tür. Er blickte in den Spiegel und erkannte darin die weiße Maske Brusonis. Beide blickten sich in die Augen, und Brusoni sagte: »Hör mal, Tabor …«

Der Artist unterbrach ihn und sagte ein wenig von oben herab: »Du siehst, du kommst jetzt ungelegen.«

Brusoni schloß krachend die Tür. Als er sich umdrehte, prallte er gegen Oberleutnant Reimer, der gerade den Gang entlangkam. Der Clown murmelte eine Entschuldigung und eilte davon. Kopfschüttelnd blickte ihm der Kriminalist nach und ging weiter in Richtung des Direktionszimmers. Unterwegs kam er am Mordzimmer vorbei und blieb stehen. Flüchtig betrachtete er das Siegel, wollte es entfernen, ging aber weiter.

Im Direktionszimmer traf er seinen Kollegen Leutnant Wrobel. Wenige Sekunden später trat Direktor Behrend ins Zimmer.

»Wir möchten uns Tabor vom Parkett aus ansehen«, sagte der Oberleutnant zu ihm. »Ist das möglich?«

»Selbstverständlich! Wir haben eine Extraloge für Artisten und seltene Gäste. Warten Sie bitte einen Augenblick, ich führe Sie hin.«

Die Kriminalisten dankten.

In der Loge, von der aus sie die Bühne gut überblicken konnten, machten sie es sich bequem. Langsam verlosch das Licht, und der Vorhang ging zurück. Sie sahen auf der Bühne eine Gestalt im weißen Araberburnus …

Kurz vor Schluß der Vorstellung – Tabor ließ gerade einen Springbrunnen auf der Bühne plätschern, ohne daß der Boden naß wurde – fiel in die Loge ein Lichtschein, und durch die geöffnete Tür kam eine Gestalt herein. Die Kriminalisten erkannten den Musikalclown, der sie seinerseits nicht zu bemerken schien. Angestrengt starrte Brusoni auf die Bühne. Als zehn Minuten später Tabor vom Beifall umbrandet wurde und das Licht den Saal erhellte, zog er sich von der Brüstung der Loge zurück, um nicht vom Publikum gesehen zu werden. Jetzt erst erkannte er die beiden Kriminalisten.

Oberleutnant Reimer lächelte freundlich. »Was hatte Sie denn vorhin so erregt?«

»Nichts von Belang«, antwortete Brusoni und verließ die Loge, weil er sich auf seinen Auftritt vorzubereiten hatte.

Die Kriminalisten erhoben sich. Tabor mußte zum viertenmal den Beifall des begeisterten Publikums entgegennehmen.

Auf dem Gang trafen sie Tabor in seiner Vermummung. Er sprach sie an. »Wann kann ich die restlichen Sachen aus meiner ehemaligen Garderobe herausholen?«

»Wahrscheinlich recht bald«, sagte Reimer. Sie gingen weiter. Als sie an dem Mordzimmer vorbeikamen, fiel Oberleutnant Reimers Blick auf das Siegel – es war erbrochen. Er öffnete die Tür, und es bot sich ihnen ein unbeschreibliches Bild. Tabors Koffer waren geleert, ihr Inhalt lag auf dem Fußboden verstreut. Alle Anzüge hatten ausgestülpte Taschen, und die Laden der Tische waren herausgezogen und ebenfalls leer.

Die Kriminalisten verstanden sich ohne Worte. Während Leutnant Wrobel zum Direktorzimmer eilte, um den Spurensicherungsdienst zu verständigen, untersuchte Oberleutnant Reimer vorsichtig den Raum.

Der Einbrecher muß einerseits sicher gewesen sein, nicht gestört zu werden, andererseits mußte er es aber sehr eilig gehabt haben, dachte er. Was hatte er gesucht? War es Gregor Wiesenthals Mörder, der noch eine Spur in dem Zimmer vermutete und diese verwischen wollte? Oder glaubte ein anderer, in dem Zimmer Wertgegenstände zu finden? Reimer konnte sich diese Frage noch nicht beantworten.

Vor dem Spiegel auf dem Schminktisch entdeckte er eine Brieftasche. Er zog ein weißes Tuch aus seiner Tasche und nahm behutsam die Brieftasche auf. Im fiel ein Frauenbildnis entgegen. Mit spitzen Fingern zog Reimer das Foto unter der durchsichtigen Folie hervor und drehte es herum. In zierlicher Schrift stand dort: Zur Erinnerung an unser Engagement 1938 in Brüssel – Deine Chou-Chou. Sonst war nichts in der Brieftasche zu finden. Reimer steckte das Bild ein.

Während sich der Spurensicherungsdienst an die Arbeit machte, sprachen die Kriminalisten mit dem Direktor, der einen sehr niedergeschlagenen Eindruck machte. »Waren alle Artisten im ersten Teil des Programms hinter der Bühne?«

»Ja, alle waren in ihren Garderoben.«

»Wer hat eine Einzelgarderobe?«

»Bis auf die Zwei Tornados und dem Duo Trinetta jeder.«

»Kann ein Außenstehender unbemerkt in die Garderoben gelangen?«

Direktor Behrend verneinte diese Frage ebenso wie die nächste, die Oberleutnant Reimer stellte: »Ist Ihnen zufällig eine Künstlerin mit dem Namen Chou-Chou bekannt?«

Reimer bat den Direktor, über den Einbruch zu schweigen.

Über der Stadt breiteten sich die dunklen Schleier der Nacht aus. Es regnete leicht, und der Schein der Laternen spiegelte sich im glänzenden Asphalt der Straßen. Die Zuschauer verließen das Steintor-Varieté und wurden von der Dunkelheit aufgenommen. Undeutliche Rufe nach Taxis klangen hier und dort auf. Bald war es wieder ruhig, und der Regen trommelte auf der Straße sein monotones Lied. Nur noch hin und wieder öffnete sich die Tür am Bühneneingang, und ein Artist oder ein technischer Mitarbeiter des Varietés verließen das Haus. Jeder von ihnen warf einen prüfenden Blick zum tiefschwarzen Himmel, als ob er dadurch den Regen bannen könne: keiner jedoch bemerkte die in einem Hauseingang auf der anderen Straßenseite stehende Gestalt. Wieder öffnete sich auf der gegenüberliegenden Seite die Tür. Ein Mann trat ins Freie und schlug den Weg nach rechts ein. Der Unbekannte, der auf der anderen Straßenseite gewartet hatte, blickte die Straße entlang. Bis auf den Mann, der aus dem Varieté gekommen war, war sie menschenleer. Er ließ dem anderen einen Vorsprung von etwa achtzig Metern und folgte ihm unauffällig. Der Regen dämpfte seine Schritte, und er hielt sich stets im Schatten der Häuser. Dem Schein der Laternen wich er aus.

Der Mann vom Varieté bog in eine Gasse ein und wechselte die Straßenseite. Er summte leise vor sich hin und war bemüht, möglichst wenig von dem Regen abzubekommen. Er hatte es nicht mehr weit bis zu seiner Wohnung. An einem Park überlegte er, ob er durch die Anlagen gehen oder den längeren, aber relativ trockneren Weg einschlagen solle. Er entschied sich für den Park. Den Weg hätte er im Schlaf gehen können, so gut kannte er ihn. Er lief an Schlehensträuchern entlang, die im Dunkeln bizarre Formen vortäuschten, und kam an einem Teich vorbei.

Da vernahm er hinter sich ein Geräusch. Flüchtig blickte er sich um und sah einen Schatten. Er vergrößerte seine Schritte, doch der unheimliche Schatten folgte ihm. Nun rannte er fast, doch der Schatten blieb dicht hinter ihm. Instinktiv griff er zu seinem Schlüsselbund und wollte sich herumwerfen, da traf ihn ein furchtbarer Schlag auf den Kopf. Er knickte ein, und ein zweiter Schlag, der die Schulter traf, warf ihn auf den Sandweg. Der Schatten verschwand. Ein Rinnsal Blut des Mannes vermischte sich mit dem Regen zu einer schmutzigbraunen Lache. Der Mann lag reglos da, nur ein leichtes Stöhnen verriet, daß er noch lebte.

Stimmen zerteilten das Rauschen des Regens. Eine Frauenstimme klang kichernd auf. Zwei Pärchen – eng umschlungen unter Regenschirmen – kamen den Parkweg entlang. Sie sprachen über den Film, den sie gesehen hatten, und die Mädchen wollten sich vor Lachen ausschütten. Das Lachen ging in spitze Schreie über. »Da liegt einer!« rief ein Mädchen und klammerte sich zitternd an ihren Begleiter.

Auch er sah die Gestalt am Boden liegen. »Sicher ein Betrunkener«, sagte er und beugte sich hinunter. Leichtes Stöhnen ließ ihn zusammenzucken. »Gib mal den Regenschirm«, wandte er sich an das Mädchen. Unter dem Regenschirm zündete er sein Feuerzeug an und bückte sich erneut. »Der blutet am Kopf«, stellte er dann fest und fuhr erregt fort: »Man muß die Polizei informieren.«

Das andere Pärchen lief zur nächsten Telefonzelle, während der Mann und das Mädchen bei dem Verletzten blieben. Das Mädchen hielt seinen Regenschirm so, daß der Kopf des Verunglückten nicht mehr dem Regen ausgesetzt war, und der junge Mann zog Mantel und Sakko aus. Das Sakko legte er unter den Kopf des Verletzten, und mit dem Mantel deckte er den Körper zu.

Von weitem hörten sie das Schlagen einer Autotür. Wenige Minuten später geisterte Lichtschein durch den Park, und mehrere Volkspolizisten kamen. Vorsichtig hoben sie den Verletzten hoch und trugen ihn zu einem Funkwagen. Dann ließen sie sich die Adressen der beiden Pärchen geben.

Schließlich raste der Funkwagen mit eingeschaltetem Blaulicht zum nächsten Krankenhaus. Unterwegs prüften die Volkspolizisten die Identität des Verletzten. In seiner Brusttasche fanden sie den Ausweis. »Hartmann«, las einer vor, »Karl Hartmann.« Sie ahnten dabei nicht, daß sich ihre Kollegen von der Abteilung K für den Inspizienten Hartmann vom Steintor-Varieté bald sehr interessieren würden.

Leutnant Wrobel zählte am Vormittag des darauffolgenden Tages zum wiederholten Mal die Fliesen des Krankenhausganges. Unruhig wartete er auf Dr. Carstens, der ihm die Erlaubnis verschaffen wollte, einige Minuten mit Hartmann zu sprechen. Wie der Doktor erklärte, hatte der Inspizient großes Glück gehabt. Durch seinen Filzhut war der Schlag, der mit einem scharfkantigen Gegenstand geführt wurde, stark abgemindert worden. Das dicke Polster des Mantels hatte einen großen Teil des Hiebes gegen die Schulter abgehalten. Der Inspizient hatte außer einer Platzwunde nur eine Gehirnerschütterung davongetragen.

Endlich kam Dr. Carstens. »Nur wenige Minuten«, bestimmte er. Leutnant Wrobel nickte zum Einverständnis. Beide betraten das Krankenzimmer.

Ein blasses, knochiges Gesicht blickte ihnen entgegen, in dem der Schrecken des unfaßbaren Erlebnisses tiefe Spuren hinterlassen hatte. Leutnant Wrobel setzte sich auf den Stuhl, der unmittelbar am Bett stand, und der Arzt blieb direkt hinter ihm stehen.

»Antworten Sie bitte nur mit ja oder nein«, bat der Leutnant.

Der Verletzte senkte zustimmend die Augenlider.

»Haben Sie den Täter gesehen?«

Hartmann antwortete schwach: »Nein.«

»Haben Sie jemanden bemerkt, der Ihnen vom Varieté aus gefolgt ist?«

Der Verletzte schüttelte fast unmerklich den Kopf. Es bereitete ihm offensichtlich Mühe, sich die schrecklichen Vorgänge ins Gedächtnis zurückzurufen.

»War es die übliche Zeit, zu der Sie immer nach Hause gehen?«

»Nein, gestern hatte ich mich nach langer Zeit wieder einmal ins Casino gesetzt.«

»Können Sie sich vorstellen, wer so etwas gegen Sie unternehmen könnte?«

Hartmann sah den Leutnant erschrocken an und schüttelte den Kopf. Ehe der Kriminalist eine weitere Frage stellen konnte, tippte der Arzt ihm leicht auf die Schulter. Der Kriminalist verstand. Er wünschte dem Verletzten beste Genesung und verabschiedete sich.

»Das bringt uns also nicht weiter«, kommentierte Oberleutnant Reimer den Bericht seines Mitarbeiters und fuhr fort: »Ich denke, es besteht zwischen den Vorgängen im Varieté und dem gestrigen Überfall ein Zusammenhang. Nur, welches Motiv könnte der Täter haben?«

Leutnant Wrobel malte kleine Figuren auf ein Blatt Papier. Dabei konnte er sich am besten konzentrieren. »Nehmen wir an, der Mörder brach in die Garderobe ein, um eine Spur zu verwischen, und versuchte später Hartmann zu töten, um einen gefährlichen Mitwisser aus dem Felde zu räumen. Vielleicht weiß Hartmann gar nicht, daß er dem Mörder gefährlich werden kann?«

Die Kriminalisten beschlossen, nochmals mit dem Inspizienten zu sprechen, sobald es dessen Gesundheitszustand zuließ.

»Aber ich habe Ihnen doch schon alles gesagt«, flüsterte Hartmann Oberleutnant Reimer zu, als er ihn besuchte. »Sie wissen doch alles.«

»Bleiben Sie bitte ruhig, Herr Hartmann, und überlegen Sie ganz genau. Mitunter sind es Kleinigkeiten, die uns wertvolle Hinweise geben.«

Der Inspizient schilderte nochmals den Abend, an dem der Mord geschah. »... und nach seinem Auftritt lud uns Tabor zu einem kleinen Umtrunk ein, und wir – Direktor Behrend, einige Bühnenarbeiter und ich – gingen zu seiner Garderobe. Und dort sahen wir – nein, unterwegs auf dem Gang kam uns der Musikalclown Brusoni entgegen. Das heißt, er lief mit offenen Armen auf Tabor zu. Dabei erklärte er allen, er kenne Tabor noch vom Anfang seiner Karriere her, und das wären jetzt bald dreißig Jahre.«

Hartmann sank erschöpft zurück, sammelte sich und

erinnerte sich weiter: »Ich wunderte mich über Tabors Reaktion. Er wies seinen alten Kollegen hochnäsig zurück. Na ja, vielleicht war er wegen des Zuspätkommens aufgeregt. Aber der Brusoni hat sich das sehr zu Herzen genommen. Als er später im Casino saß und dort von einigen Kollegen gefrozzelt wurde, war er recht wütend. Doch ich bin wohl vom Thema abgekommen. Jedenfalls öffnete Tabor die Tür, wollte schon in seine Garderobe gehen, da erblickte er seinen toten Freund ... Das ist wirklich alles. Und das habe ich alles schon einmal erzählt.«

Die Kriminalisten nickten ihm freundlich zu und ließen ihn wieder allein.

Der vorletzte Abend von Tabors Gastspiel war gekommen. Noch immer standen die Menschen Schlange vor den Kassen, um eine Karte zu erhalten. Tabors ungewöhnliche Tricks hatten sich schnell in der Stadt herumgesprochen. Wer es irgend ermöglichen konnte, wollte den Illusionisten selbst sehen.

Obwohl ihn der Mord ziemlich bedrückte, war Direktor Behrend mit dem finanziellen Ergebnis des Gastspiels mehr als zufrieden. So entschloß er sich, Tabor zu bitten, das Gastspiel um eine Woche zu verlängern. Allein, der Artist lehnte dieses Ansinnen ab. Auch als der Direktor die Gage beträchtlich erhöhen wollte, sagte Tabor nicht zu. Er berief sich auf die abgeschlossenen Verträge.

»Oder zahlen Sie die Vertragsstrafen im westlichen Ausland?« fragte er den Direktor und stellte anheim, ihn nach der Auslandstournee wieder zu engagieren. Nur, dies bat er den Direktor zu verstehen, käme er nicht gerade mit guten Erinnerungen hierher zurück. Immerhin habe er hier seinen besten Freund verloren.

Darauf zog der Direktor eine bekümmerte Miene. »Ich denke, unsere Polizei wird den Fall bald geklärt haben«, meinte er, und Tabor fügte lakonisch hinzu: »Ich hoffe es!«

Enttäuscht verließ Direktor Behrend die Garderobe des Artisten und ging in sein Zimmer zurück. Dort traf er die beiden Kriminalisten, die interessiert die zahllosen Plakate an den Wänden betrachteten.

Mit den Worten »Haben Sie Inspizient Hartmann ersetzen können, ohne daß es auffiel?« empfingen sie Behrend. Der nickte müde.

»Sie haben ja rechtzeitig genug angerufen. Wie soll das nur weitergehen?« Er erwartete auf seine Frage keine Antwort und wunderte sich nicht, als Oberleutnant Reimer sofort eine Gegenfrage stellte.

»Erzählen Sie uns bitte alles, was Sie von Brusoni wissen.«

Behrends Augenbrauen zogen sich zusammen, doch er schwieg und überlegte einige Augenblicke. »Mit Brusoni ist das so eine Sache. Ich kenne ihn seit ungefähr fünfzehn Jahren. An unserem Varieté gastiert er zum drittenmal.« Direktor Behrend strich sich über die Stirn, als wollte er sich zur Konzentration zwingen. »Er ist ein ausgezeichneter Virtuose auf der Violine und auf der Trompete. Zu seinem Leidwesen ist es ihm in seiner Laufbahn nie gelungen, zur absoluten Spitzenklasse in seinem Metier vorzustoßen. Grock wird für ihn eine Utopie bleiben. Ihm fehlt es einfach an geistreichem Wortwitz. Dabei ist er immer noch so ehrgeizig wie am Anfang seiner bescheidenen Karriere. Um es kurz zu sagen: Er ist gesundes Mittelmaß. Das Publikum sieht ihn recht gern.« Direktor Behrend schwieg wieder.

»Welches Verhältnis hat er zu seinen Kollegen?«

»Das ist schwer zu sagen, weil Brusoni sehr zurückgezogen lebt. Wie so viele Clowns ist er in seinem Privatleben ein sehr ernster Mensch. Vielleicht charakterisiert ihn eine Begebenheit, die mir soeben einfällt. Vor zwei Jahren führten bei uns die Lutellis einen ausgezeichneten Percheakt vor. Und zwar zeigte Dino Barell eine schwierige Stirnperche, und Ralf Paulsen assistierte ihm. Paulsen verstauchte sich einen Fuß und konnte nicht mehr auftreten. Brusoni hörte davon und bat mich, dem Barell assistieren zu dürfen. Selbstverständlich sagte ich zu. Brusoni probte mit Barell einige Stunden und trat mit ihm in den folgenden Wochen auf. Dabei hatte er als Musikalclown ebenfalls eine nicht gerade kurze Nummer in unserem Programm. Was mir so imponiert hat, war die Tatsache, daß Brusoni alles selbstlos tat. Er verzichtete auf die ihm zustehende Gage, die er Paulsen überließ. – Das ist Brusoni.«

»Hatte Brusoni einmal Auseinandersetzungen mit Kollegen?«

»Ja, schon – aber was soll das? Sie verdächtigen ...« Direktor Behrend schien empört, besann sich und sprach weiter: »Brusoni ist in einem Punkt empfindlich, wenn etwas gegen seine Leistung auf der Bühne gesagt wird. Ich denke, das hängt mit seinem überbetonten Ehrgeiz zusammen. Da das auch seine Kollegen wissen, lassen sie hier und da eine spaßhafte Bemerkung fallen, die auf Brusoni wirkt wie ein rotes Tuch auf den Stier. Dann kann er sofort ausfallend werden. Einmal schlug er sogar mit der flachen Hand zu. Die Direktion sprach ihm einen Verweis aus, und er entschuldigte sich reuevoll bei dem Kollegen.«

»Ist Brusoni verheiratet? Kennen Sie Verwandte oder Bekannte?«

Behrend überlegte einen Augenblick. »Soviel ich weiß, zieht Brusoni allein durch die Welt. Ich sagte ja, er ist kontaktarm. – Aber jetzt, meine Herren, möchte ich Sie bitten, mich zu entschuldigen. In zehn Minuten beginnt die Vorstellung. Sie verstehen ...«

Die Kriminalisten nickten ihm zu und erhoben sich. »Wir möchten uns heute während der Vorstellung etwas hinter den Kulissen umschauen. Sie haben doch nichts dagegen?«

»Keinesfalls. Wenn Sie jemanden benötigen, der Sie führen soll, sagen Sie es mir bitte!«

Leutnant Wrobel winkte ab. »Wir sind doch hier schon so gut wie zu Hause.«

Als sie das Zimmer verließen, ertönte das erste Klingelzeichen. Sie schlenderten zum Casino, das zu dieser Zeit beinahe menschenleer war. Oberleutnant Reimer bestellte einen Mokka und Leutnant Wrobel ein Glas Vita Cola. Wrobel stieß Reimer unauffällig an und wies in eine Ecke des Raumes. Dort saß allein an einem Tisch, vor sich ein Halbliterglas Bier und einen zweistöckigen Boonekamp, der bereits geschminkte Brusoni. Reimer blickte aus den Augenwinkeln hinüber, schüttelte aber leise den Kopf und flüsterte mit unbewegten Lippen: »Nicht jetzt. Nach der Vorstellung.« Wrobel stimmte zu. Einige Minuten später erhob er sich und betätigte die Musikbox. Die Stimme von Bärbel Wachholz erklang. Sie sang etwas von Liebe und Mondenschein. Brusoni wandte den Kopf. Unwillig trank er sein Bier aus und verließ das Casino.

Bald befanden sich die Kriminalisten mit der Serviererin allein im Raum. Ungezwungen setzte sie sich zu ihnen an den Tisch.

»Ist es nicht schwierig, ganz allein alle Artisten nach dem Auftritt zu versorgen?« fragte sie Reimer teilnahmsvoll.

»So schlimm ist das nicht«, meinte das Mädchen. »Meine Kundschaft weiß, daß ich bemüht bin, jeden möglichst schnell zu bedienen. Außerdem kenne ich den Geschmack der meisten. Brusoni, den Sie vorhin gesehen haben, trinkt beispielsweise nur halbe Liter Pils und doppelte Boonekamp.«

Oberleutnant Reimer unterbrach ihren Redefluß. »Wird es oft ziemlich spät hier? Nehmen wir beispielsweise den gestrigen Abend.«

»Ich schließe Punkt Mitternacht das Casino. Wer dann noch durstig ist, soll gefälligst in eine Nachtbar gehen. Vorgestern regnete es, und da bleiben die Artisten immer ein wenig länger. Sie scheuen die Feuchtigkeit, wissen Sie?

Dabei meine ich natürlich die äußere. Am längsten hockt meist Brusoni herum. Wie oft ich dem schon um Mitternacht den Stuhl auf den Tisch setzen mußte! Nur gestern hatte er es wohl eilig. Er verließ das Casino schon um zweiundzwanzig Uhr. Seltsamerweise schloß er sich fünf oder sechs Artisten an. Wenn ich nicht irre, wollten sie noch weiterziehen. Ziemlich spät brach der alte Hartmann auf, den ich seit vier Wochen zum erstenmal wieder im Casino gesehen habe. Dann blieben noch vier oder fünf Leute, die einen Skat spielten. Punkt zwölf durften sie mir helfen, das Casino aufzuräumen. So bin ich leider erst spät ins Bett gekommen.«

»Hartmann kommt also selten und blieb gestern relativ lange hier? Wann verabschiedete er sich denn?«

»Das mag ungefähr vierundzwanzig Uhr gewesen sein. Ja, ja, ich guckte noch zur Uhr, als Brusoni ging, das war um zweiundzwanzig Uhr. Hartmann ging etwa zwei Stunden später.«

»Ließ sich eigentlich Tabor einmal sehen, um ihnen vielleicht eines seiner Bilder zu verehren? Ich sehe, Sie haben da eine ganz interessante Galerie an der Wand.«

Das Mädchen schüttelte den Kopf. »Er war gestern nach seinem Auftritt einmal kurz hier und fragte mich, wie lange sich Brusoni für gewöhnlich im Casino aufhält. Er wolle sich hier mit ihm treffen, dann überlegte er es sich aber doch anders und ging. Ich habe ihm noch gesagt, daß Brusoni sehr wütend auf ihn ist, weil er sich in seiner Freundschaft zurückgestoßen fühlt. Schließlich sei es doch traurig, daß er fast täglich bis Mitternacht herumhockt, sich betrinkt und als letzter aus dem Haus schwankt.«

Das Mädchen wollte noch weiterreden, doch der Oberleutnant unterbrach es. »Und ist das Tabor nahegegangen?«

Das Mädchen zuckte die Schultern. »Er hat sich zwar alles aufmerksam angehört, doch was er dachte, kann ich nicht wissen.«

Zwei Gäste betraten das Casino. Das Mädchen zog sich zurück.

»Interessant«, murmelte Wrobel. »Brusoni ging zwei Stunden vor Hartmann, wenig später wurde der in dem Park niedergeschlagen.« Und er setzte hinzu: »Brusoni ist unsere Schlüsselfigur. Vielleicht tötete er Tabors Assistent, weil er hoffte – ähnlich wie bei Barell –, Wiesenthals Nachfolger werden zu können. Das hätte seinen Ehrgeiz befriedigt: denn mit dem berühmten Tabor aufzutreten, das bedeutete schon etwas. Brusoni bemerkte, daß er in der Mordgarderobe etwas vergessen hatte, und brach dort ein. Schließlich unternahm er gegen Hartmann einen Mordversuch, weil er vermutete, der Inspizient könne aus seinem Anbiederungsversuch gegenüber Tabor die richtigen Schlüsse ziehen.«

Der Oberleutnant entgegnete nur: »Und die Beweise? Wo ist die Mordwaffe? Was soll er in der Mordgarderobe vergessen haben, wo selbst wir nichts Aufschlußreiches entdecken konnten? Ich stimme aber mit dir überein: Brusoni ist unsere Schlüsselfigur. – Komm, wir sehen uns ein wenig um.«

Sie zahlten und verließen das Casino.

Die Pause war vorüber. Tabor saß erschöpft in seiner Garderobe, als es zaghaft klopfte. »Bitte«, knurrte er gereizt. Der Direktor trat ein. »Ich habe Ihnen sehr eindeutig gesagt, daß ich mein Gastspiel nicht verlängern werde«, empfing der Artist den Direktor.

Der hob beschwörend die Hände. »Nein, nein. Nicht deshalb komme ich. Da morgen Ihr erfolgreiches Gastspiel abläuft, erlaubt sich die Direktion, Sie zu einem kleinen Umtrunk ins Casino einzuladen. Wir treffen uns nach der Vorstellung.«

Tabor überlegte einen Augenblick und sagte zu. »Allerdings werde ich nicht lange mitfeiern können. Ich muß meine Abreise vorbereiten, weil ich morgen sofort nach der Vorstellung meine Zelte abbrechen möchte. Ich bitte Sie, mir nachher meine Gage zu geben. Ziehen Sie zehn Prozent für meinen neuen Assistenten ab.« Bei seinen letzten Worten verzog sich sein Gesicht in schmerzlicher Erinnerung und der Direktor hielt es für pietätvoll, Tabor allein zu lassen.

Leise schloß sich die Tür. Tabor angelte mit den Füßen einen Hocker heran und zog sich langsam um. Er verhielt in seinen Bewegungen und betrachtete sich im Spiegel. Abgekämpft siehst du aus, dachte er und zog seinem Spiegelbild eine Grimasse. Eine Bewegung im Spiegel irritierte ihn. Er löste seinen Blick von seinem Gesicht und suchte die Bewegung. Da bemerkte er es: Millimeter für Millimeter senkte sich die Türklinke zu seiner Garderobe.

Tabors Hände krampften sich um die Sessellehne. Einen Spalt breit wurde die Tür geöffnet. Blitzschnell erschien ein Kopf zwischen Tür und Angel, der schnell wieder verschwand, nachdem er gesehen hatte, daß im Zimmer jemand war.

Tabor erblickte im Spiegel den Kopf. Es würgte in seiner Kehle, dann stieß er einen heftigen Schrei aus. Die Tür krachte zu, und Tabor sank schlaff in den Sessel zurück.

Reimer und Wrobel standen direkt hinter der Bühne und verfolgten, wie das Publikum großen Anteil an den Hundevorführungen nahm. Wrobel wagte einen Blick durch einen kleinen Spalt in der Kulisse. Er schmunzelte: Vergeblich mühten sich die Hunde, einen überdimensionalen Fußball zu zerbeißen. Mit ihren Schnauzen trieben sie den Ball über die Bühne einem Tor zu. Der Torwart hatte alle Schnauzen voll zu tun. Wrobel bemerkte nicht, daß sich Reimer entfernt hatte. Erst als Reimer ihn an die Schulter tippte, zuckte er erschrocken zusammen.

»Man benötigt – ich habe es eben nochmals gemessen – genau zwei Minuten, um von der Bühne zu den Garderoben zu gelangen.«

»Die Bauleute haben eben gut vorausgeschaut«, witzelte Wrobel, doch Reimer hatte gegenwärtig nichts dafür übrig.

»Gehen wir zu den Requisiten. Hast du deine Aktentasche mitgenommen?«

Leutnant Wrobel bejahte. Sie mußten auf herumliegende Kabel, Kulissenteile und zahlreiche Verstrebungen achten. Im Halbdunkel stieß Reimer schmerzhaft mit seinem Schienbein gegen einen abgestellten Stuhl. Er unterdrückte einen zornigen Ausruf und rieb sich den schmerzenden Unterschenkel. Sie tasteten sich weiter vorwärts. Bei den Requisiten war es zum Glück etwas heller. Oberleutnant Reimer bückte sich, hob einen Gegenstand auf, betrachtete ihn und steckte ihn in Leutnant Wrobels Aktentasche. Sie befanden sich auf dem Weg zum Direktorzimmer, als ein Schrei zu ihnen herüberdrang. Reimer machte ungefähr die Richtung aus. »Es muß in den Garderoben sein!« rief er. »Sofort hin!«

»Da, da!« Leutnant Wrobel deutete auf eine Gestalt, die in etwa fünfzehn Meter Entfernung durch die Kulissen hastete. Sie kam offensichtlich von den Garderoben. Während Oberleutnant Reimer zu den Garderoben lief, verfolgte Leutnant Wrobel die Gestalt zwischen den Kulissen. Da hatte er sie aus den Augen verloren. Eine lange Wand – das Vorderteil eines Bühnenhauses – versperrte ihm den Weg. Er blickte durch eines der kleinen Fenster und bemerkte fünf, sechs Meter weiter die schattenhafte Gestalt des anderen. Die Gestalt mochte spüren, daß ihr jemand auf den Fersen war. Sie schlug einen Haken nach rechts und verschwand wieder aus dem Blickfeld des Kriminalisten.

Leutnant Wrobel gab die nutzlose Verfolgung auf und ging zu den Garderoben. Dabei kam er an dichten Fischernetzen vorbei und trat – auf eine Hand. Blitzschnell bückte er sich und zog unter den Netzen die Gestalt hervor. Es war Brusoni, der sofort erregt auf den Kriminalisten einredete.

Inzwischen war Oberleutnant Reimer bei den Garderoben angelangt. Er sah den Direktor vor Tabors Zimmer auf und ab laufen.

»Da sind Sie ja«, empfing ihn Behrend, »es ist etwas mit Tabor geschehen! Er wartet schon auf Sie!«

Der Kriminalist betrat die Garderobe und ließ dabei routinemäßig einen Blick durchs Zimmer gleiten. Es war nichts Außergewöhnliches festzustellen – wenn man von Tabor absah. Der saß noch immer apathisch in seinem Sessel und starrte leeren Blickes in den Spiegel, in dem er Reimer entdeckte. Schwerfällig drehte er sich um. »Schön, daß sie kommen. Bitte, nehmen Sie doch Platz.« Tabor wies auf den Hocker.

Oberleutnant Reimer dankte und fragte: »Haben Sie den Schrei ausgestoßen?«

»Ja, lassen Sie mich erklären, warum ich geschrieen habe«, sagte Tabor tonlos.

»Es würde mich sehr interessieren«, erwiderte Reimer lakonisch.

»Mir ist der Mord an meinem Freund – verzeihen Sie, daß ich so weit aushole – sehr nahegegangen. Neu wird Ihnen sein, daß ich von Anfang an so ein Gefühl hatte, als habe der Anschlag mir gegolten.«

Reimer unterbrach ihn kurz: »Das glaube ich auch!«

Tabors und Reimers Augen trafen sich, und der Artist fuhr fort: »Mein Gefühl kann ich allerdings nicht begründen. Doch heute ...« Tabor schluckte krampfhaft. »Heute passierte folgendes: Ich ruhte mich im Sessel von der Aufführung aus. Ein ungewöhnliches Geräusch ließ mich hochschrecken. Dicht hinter mir stand eine dunkle Gestalt. Ein furchtbarer Schreck durchzuckte mich, und ich schrie laut auf. Das verwirrte den Mann – den ich übrigens nicht erkannt habe –, und er verschwand ebenso lautlos, wie er gekommen war. Sie können sich kaum vorstellen, wie zufrieden ich bin, daß mein Gastspiel hier morgen zu Ende geht.«

Reimer räusperte sich und blickte zur Uhr. In wenigen Minuten würde die Vorstellung beendet sein. »Ich kann Ihnen das nachfühlen«, gab er Tabor zu verstehen. »Ich würde Ihnen empfehlen, einen Kognak im Casino zu trinken, damit Sie den Schreck aus den Gliedern jagen können. Zu Ihrer Beruhigung: Ihre Schilderung festigte meine Verdachtsmomente. Ich glaube, wir können dieses traurige Kapitel Varieté-Geschichte heute noch abschließen. – Wir sehen uns also gleich im Casino.«

Tabor nickte.

Nach und nach füllte sich das Casino. Die Serviererin eilte hin und her, um alle Wünsche schnell zu erfüllen. Trotz ihres flinken Hinundherlaufens bemerkte sie die eigentümliche Spannung im Raum. Sonst flogen von Tisch zu Tisch geistvolle Scherzworte, schoben die Artisten ihre Tische zusammen, um einander näher zu sein. Heute wurde geflüstert, steif dagesessen. Sie blickte vom Zapfhahn hoch: Tabor betrat soeben das Casino. Er setzte sich in die Nähe der Theke an einen leeren Tisch. Bei seiner Bestellung blickte er nicht auf. »Eine Tasse Kaffee, bitte.«

Das Mädchen eilte davon.

Als letzte kamen die Kriminalisten, die sehr ernst aussahen. Wie von ungefähr blieb Leutnant Wrobel in der Nähe des Casino-Einganges stehen. Oberleutnant Reimer ging zur Theke. Ein Löffel schlug ans Glas. Der vibrierende Ton ließ die Gespräche an den Tischen verstummen. Direktor Behrend erhob sich. Seine fahrigen Finger ordneten die Krawatte. Er hüstelte, ehe er seinen Toast auf Tabor begann. Behrend bedauerte zunächst den tragischen Vorfall im Varieté und gab seiner Hoffnung Ausdruck, daß dieser Fall möglichst schnell aufgeklärt werden möge, damit das Renommee des beliebten Artistenhauses alsbald wiederhergestellt werden könne. Den größten Teil seines Toastes nahm die Eloge auf Tabor ein. Mit den Worten »... und so hoffen wir alle, den großen Illusionisten recht bald wieder begrüßen zu dürfen« schloß er seine Rede. Die Anwesenden erhoben sich und prosteten Tabor zu. Der winkte ab, sah sich genötigt, selbst einige Worte zu sagen.

»Ich danke Direktor Behrend für seine freundlichen Bemerkungen. Sie werden wohl alle verstehen, daß ich weiter nichts sagen kann.« Tabor setzte sich und starrte auf seinen Kaffee. Überrascht blickte er hoch. Oberleutnant Reimer wandte sich an alle Artisten.

»Die letzten Worte des Illusionisten veranlassen mich, das Wort zu ergreifen. Zuvor möchte ich mich jedoch direkt an Herrn Tabor wenden. Im Auftrage dieses Herrn«, Oberleutnant Reimer verbeugte sich vor Brusoni, der soeben ohne Maske das Casino betreten hatte, »darf ich Ihnen einen sehr herzlichen Gruß von Chou-Chou übermitteln.«

Tabor rückte nervös hin und her. »Danke, danke«, sagte er und betrachte aufmerksam den Mann, der sich an die Seite des Oberleutnants gestellt hatte.

Die Anwesenden bemerkten Tabors Unsicherheit und wurden unruhig. Oberleutnant Reimer unterbrauch die Unruhe. »Ich möchte noch etwas zum Mord sagen. Der Täter ging mit einer Skrupellosigkeit vor, die auf eine lange Vorplanung der Tat schließen läßt. Nichtsahnend saß der später Ermordete in seiner Garderobe. Die Tür öffnete sich, und er konnte in dem Hereintretenden nicht seinen Mörder vermuten, obwohl letzterer die Mordwaffe schon in der Hand hielt – nur, kaum einer mag sie als Mordwerkzeug erkennen. Unbarmherzig schlug der Mörder mehrmals zu. Dann wechselte er schnell seine Kleidung mit dem Ermordeten, schlüpfte in das Kostüm des toten Tabor ...«

Tumult entstand im Casino. Tabor fegte seinen Stuhl beiseite und stürzte zur Tür, die in die hinteren Räume des Casinos führte. Mit wenigen Sätzen schnellte ihm der Oberleutnant nach und überwältigte ihn. Sekunden danach schloß sich die Acht um die Handgelenke des Mörders.

Totenstille herrschte im Casino. Nur das heftige Atmen des Mörders war zu hören. Oberleutnant Reimer unterbrach die Stille. »Ich schloß vorhin mit den Worten, der Mörder schlüpfte in das Kostüm des Ermordeten. Damit glaubte Wiesenthal, seine Verwandlung in den Illusionisten Tabor sei perfekt. Jahrelang hatte er an der Seite Tabors gearbeitet, kannte wie kein anderer seine Lebensgewohnheiten, und was wichtiger war, er besaß mittlerweile dieselbe Kenntnis von den einzelnen Illusionistentricks, wußte genau, durch welche technischen Möglichkeiten sie zustande kamen. Irgendwann muß bei Gregor Wiesenthal – er selbst wird das am besten wissen – die teuflische Idee geboren worden sein, Tabor zu töten und dessen Rolle weiterzuspielen. Er wartete nur noch auf eine günstige Gelegenheit. Etwa auf eine Gastspielreise in ein Land, wo Tabor von Angesicht her niemandem bekannt war. Da bot eine Künstleragentur Tabor einen langjährigen Vertrag für Australien und Südamerika an. Vorher aber sollte er noch eine Woche bei uns gastieren. Gregor Wiesenthal sah den Zeitpunkt für die Ausführung seiner Tat gekommen.«

Der Mörder stöhnte laut auf. Sein Gesicht verzerrte sich.

Der Kriminalist fuhr fort: »Und was jetzt kommt, wurde mit unvorstellbarer Raffinesse eingefädelt. Zunächst trafen die Artistenfahrzeuge erst kurz vor der Vorstellung im Steintor-Varieté ein. Eine Panne hätte hieran schuld gehabt, informierte der zu dieser Zeit noch lebende Tabor den Direktor. Eine Rückfrage bei dem ADMV ergab jedoch recht interessante Aufschlüsse. Die Helfer meinten, es sei ihnen vorgekommen, als ob an dem Kombiwagen der Artisten selbst ein technischer Eingriff vorgenommen worden war. Tatsächlich hatte Wiesenthal das allergrößte Interesse daran, möglichst spät in dem Varieté einzutreffen. Er überlegte sich, daß dann niemand genügend Zeit haben würde, sich eingehender mit ihnen zu beschäftigen. Wiesenthal und Tabor betraten das Varieté. Nur für Sekunden sprachen sie mit dem Pförtner, der einen flüchtigen Eindruck von beiden Männern erhielt. Wiesenthal begab sich auf die Bühne, wo er mehr mit Gesten als mit Worten seine Anweisungen erteilte. Er trug dabei eine dunkle Brille, und das ist eigentlich das Wesentlichste, was den Bühnenarbeitern im Gedächtnis haften blieb, mußten sie sich doch in äußerster Konzentration ihrer Arbeit zuwenden. Wiesenthal verließ die Bühne, nachdem er sich aus den Requisiten ein langes Prisma gegriffen hatte. Niemand konnte das für eine Waffe halten, selbst wenn ihm jetzt jemand auf dem Gang begegnet wäre. Doch der Gang war frei, und nur aus der Kantine hörte Wiesenthal Stimmengeraune, was er sich sofort für später einprägte. Nachdem er die Garderobe von Tabor betreten hatte, wechselte er mit dem Artisten noch einige Worte. Dabei erfuhr er, daß doch noch der Direktor und auch ein Beleuchtungsmeister trotz der Kürze der Zeit bereits bei Tabor gewesen waren. Einen Augenblick wurde er dadurch in seinen Absichten schwankend. Eine Begegnung zwischen Tabor und Leuten des Varietés paßte absolut nicht in sein Konzept. Doch dann fiel ihm auf, daß Tabor ja bereits die Kapuze trug, und er vergewisserte sich, ob das auch schon in Gegenwart seiner Besucher der Fall gewesen sei. Nichtsahnend wurde das von Tabor bejaht, worauf Wiesenthal zuschlug und seinen langjährigen Chef tötete.«

Zornige Rufe unterbrachen den Kriminalisten. Abscheu stand in den Gesichtern der Artisten zu lesen. Der Mörder senkte den Kopf, er spürte die Verachtung der anderen fast körperlich. Auch Brusonis Gesicht zeigte Ekel und Erregung.

Der Oberleutnant fuhr in seiner Erzählung fort: »Was weiter geschah, war ebenso skrupellos durchdacht, wie es gerissen ausgeführt werden sollte. Der Mörder wechselte, wie ich vorhin schon erwähnte, seine Kleidung mit dem Toten. Er vergaß auch nicht, seine Sonnenbrille in dem Raum zu plazieren. Dann hastete er – jetzt bereits als Tabor verkleidet – über den Gang hinüber zum Pförtner. Unter der flauschigen Pelerine hatte er die Mordwaffe verborgen. Drei Dinge gehörten nunmehr zu seinem Plan: Es galt, die Mordwaffe wegzuschaffen, die blutbefleckte Kapuze loszuwerden und gleichzeitig ein paar Worte mit dem Pförtner zu wechseln, um ihn hinsichtlich der Person Tabors zu irritieren. So erschien er in seiner Maskerade bei dem Pförtner, setzte hier die Kapuze ab – der Pförtner glaubte, daß ihn der Mann nicht erschrecken wollte –, erzählte dann, er hätte seinen Magierstab vergessen, und so prägte sich dem Pförtner dieser Mann als Tabor ein. Wiesenthal eilte zum Kombiwagen, legte hier die Mordwaffe und die Kapuze ab, zog eine neue Kapuze über und begab sich dann auf die Bühne. Doch was er sich mit so viel Kaltblütigkeit ausgedacht hatte, sollte sich bald als Fehler erweisen. Denn bei den späteren Untersuchungen fehlte in den Taschen des Toten als einziges der Schlüssel zum Kombiwagen. Wir hatten aber aus dem Munde der Bühnenarbeiter gehört, daß Wiesenthal aus dem Wagen die Requisiten für die Bühne hatte holen lassen. Und dann trat nach der Vorstellung für den Mörder eine neue Überraschung auf. Es lag in seiner Absicht, nicht allein den Toten zu entdecken. Doch nicht einkalkuliert war eine Begegnung mit Brusoni, Tabors altem Bekannten. Zwar vermochte er noch den Direktor zu täuschen, der die Stimme des richtigen Tabor ja auch nur für kurze Zeit abgeschwächt und entstellt unter der Kapuze vernommen hatte, doch Brusonis Mißtrauen entstand vom ersten Augenblick ihres Zusammentreffens an. Dazu trug das seltsame, für Brusoni unverständliche Verhalten seines früheren Freundes bei.«

An dieser Stelle nickte Brusoni mehrmals, als wolle er andeuten, daß es genauso gewesen sei.

»Das andere ist schnell erzählt. Brusoni spielte von jetzt an auf eigene Faust Detektiv, was allerdings für uns den Fall ziemlich komplizierte. Er brach zunächst in die versiegelte Garderobe ein, weil er hoffte, hier bereits Anzeichen für seinen Verdacht gegen den Mann zu finden, der sich als Tabor ausgab. Er versuchte dann ein zweites Mal den angeblichen Tabor in seiner neuen Garderobe zu sprechen, der jetzt bereits äußerst nervös reagierte. Wiesenthal beschloß, Brusoni aus dem Weg zu räumen. Doch hatte ihn bisher Brusoni nur in der Kapuze gesehen, so war auch Wiesenthal das Gesicht Brusonis nicht vertraut. Zu diesem Zeitpunkt der Untersuchung hatte ich mir jedoch bereits eine Theorie zu diesem merkwürdigen Mordfall gebildet. Ein Gespräch mit der Leiterin der Kantine bestärkte mich in meinen Überlegungen. Der angebliche Tabor hatte sich nämlich hier nach Brusoni erkundigt und erfahren, daß dieser stets als letzter gegen Mitternacht das Casino verlassen würde. Wiesenthal lauerte Brusoni auf, doch an diesem Abend war es zufällig der alte Hartmann, der als letzter aus dem Haus ging. So wurde er ein Opfer des Verbrechers. Glücklicherweise ging es aber noch einmal gut für ihn aus. Noch glaubte Wiesenthal, uns täuschen zu können. Als Brusoni wiederum einen Versuch unternahm, in die Garderobe des Illusionisten einzudringen, erschrak Wiesenthal aufs furchtbarste. Er hatte Brusoni erkannt und wußte nun, daß er im Park jemand anders niedergeschlagen hatte. Mit letzter Verzweiflung versuchte er, aus dem Vorfall Kapital zu ziehen. Er stellte sich uns gegenüber als gefährdet hin und wollte uns einreden, daß der Mord ursprünglich ihm gegolten habe. Gleichzeitig bemühte er sich, den Verdacht auf Brusoni zu lenken. Den aber hatte inzwischen mein Kollege in den Kulissen aufgespürt, und jetzt endlich blieb Brusoni nichts anderes übrig, als uns klaren Wein über seine eigenmächtigen Handlungen einzuschenken. Brusoni kann der Vorwurf nicht erspart werden, durch seinen Alleingang den

Fall unnötig verwirrt zu haben. Brusoni dürfte aber daraus gelernt haben, daß es nicht immer gut ist, sich von seiner Umwelt abzukapseln und niemanden ins Vertrauen zu ziehen.«

Beschämt senkte der Artist den Kopf.

Sprachlos hatte Direktor Behrend die Erläuterungen des Kriminalisten mit angehört. Er wurde abwechselnd blaß und rot.

»Und ich habe diesen Mann noch als großen Illusionisten gefeiert«, meinte er dann leise.

Der Oberleutnant lächelte. Dann wandte er sich wieder den Anwesenden zu. »Sie werden vielleicht nach dem Motiv dieser grausigen Tat fragen. Doch möglicherweise gibt uns Wiesenthal selbst darauf eine Antwort.«

Der blickte sich wie gehetzt um, endlich sagte er stockend: »Ich hatte es satt, immer einen Platz in der zweiten Reihe einzunehmen. Seit langem kannte ich alle Tricks von Tabor, seit langem wußte ich, daß ich sie ebensogut vorführen konnte.«

»Sie haben vergessen, wie sehr Sie die Gagen des Künstlers gereizt haben«, erwiderte Oberleutnant Reimer. »Sie dachten, wir würden niemals hinter die Personenverwechslung kommen. Anschließend hätten Sie die DDR verlassen und als Tabor die Tournee nach Südamerika und Australien angetreten. Tabor war dort noch nie, und Sie hätten an seiner Stelle so viel Geld kassiert, um für den Rest Ihres Lebens gesichert zu sein. Ihr Plan ging jedoch nicht auf.«

Der Oberleutnant griff in Wrobels Aktentasche und holte ein fünfzig Zentimeter langes Prisma heraus. »Das ist die Mordwaffe. Damit haben Sie auch – wie unsere Untersuchungen ergeben – Hartmann niedergeschlagen.«

Wiesenthal brach zusammen und wurde abgeführt.

Anmerkungen

Zonengrenze hier: Grenze zwischen britischer und sowjetischer Besatzungszone
Friedrichstadtpalast Berliner Revuetheater, zu dieser Zeit noch im Gebäude am Schiffbauerdamm, Neubau 1984
Ostzone die sowjetische Besatzungszone, SBZ
Telegraf 1946 mit britischer Lizenz in Berlin gegründete, bis 1972 erscheinende Tageszeitung
Volkspolizei Deutsche Volkspolizei, meist nur Volkspolizei (VP), im Juni 1945 in der SBZ zunächst als Länderpolizei gegründet, war in Bezirksbehörden und die VP-Kreisämter gegliedert, bestehend aus Schutzpolizei, Verkehrspolizei, Wasserschutzpolizei, Kriminalpolizei und Transportpolizei. Außerdem unterstand ihr das Paß- und Meldewesen
Stummpolizei Am 30. Juli 1948 wurde der Polizeipräsident Paul Markgraf vom noch Gesamt-Berliner Magistrat abgesetzt und der Vizepolizeipräsident Johannes Stumm zu seinem Nachfolger ernannt. In der Sowjetischen Besatzungszone wurde Markgraf wieder in sein Amt für Ost-Berlin eingesetzt. Stumm verlegte nach seiner Ernennung das Polizeipräsidium in eine ehemalige Kaserne in der Friesenstraße Berlin-Kreuzberg.
sowjetischer Sektor Berlin war in vier Sektoren aufgeteilt
MUK Mord- und Unfalluntersuchungskommission, später nur Moduntersuchungskommission
Hausgemeinschaftsleitung HGL. Mieter eines Hauses wurden als Hausgemeinschaft bezeichnet, die freiwillig pflegerische und werterhaltende Aufgaben übernahm und gemeinschaftsbildende Funktion ausüben sollte
Spanienkrieg, Internationale Brigaden Spanischer Bürgerkrieg 1936 bis 1939, zwischen der republikanischen Regierung und den Putschisten unter Franco. Die Internationalen Brigaden waren von der Komintern rekrutierte Freiwilligenverbände auf Seiten der Spanischen Republik.

KTI Kriminaltechnisches Institut
Abschnittsbevollmächtigter ABV, Angehöriger der Volkspolizei, für die polizeilichen Aufgaben in einzelnen Straßen oder Wohngebieten zuständig, vergleichbar dem westlichen Kontaktbereichsbeamten
HO Handelsorganisation, 1948 als staatliches Unternehmen des Einzelhandels gegründet, neben dem Konsum die vorherrschende Form im Einzelhandel
FDJ Freie Deutsche Jugend, sozialistische Jugendorganisation, »Kampfreserve der Partei«, gegründet 1946, in der BRD seit 1951 wegen Verfassungsfeindlichkeit verboten
Lebensmittelkarte Rationierung von Lebensmitteln und Konsumgütern, letzte Rationierungen 1958 aufgehoben
Stalinallee Große Frankfurter Straße in Berlin, ab 1949 Stalinallee, ab 1961 Karl-Marx-Allee
Stempel Vermerk im Führerschein für Verkehrssünder, vergleichbar den heutigen »Punkten«
Täve Gustav-Adolf »Täve« Schur (geb. 1931), Radrennweltmeister und populärster Sportler der DDR
Held der Arbeit Ehrentitel für herausragende Leistungen, seit 1950 verliehen und mit 10 000 Mark dotiert
NAW Nationales Aufbauwerk, Masseninitiative zur freiwilligen, gemeinnützigen und unentgeltlichen Arbeit
Konsum umgangssprachlich für Lebensmittelgeschäfte, eigentlich Läden der Konsumgenossenschaft
UdSSR Union der Sozialistischen Sowjetrepubliken
Nationale Front Zusammenschluß aller Parteien und Massenorganisationen sowie parteiloser Bürger unter der Führung der SED
Lunik Sowjetische Weltraummission, erster Lunik startete 1959
BSG Motor Betriebssportgemeinschaft, wichtigste Organisationsform des Breitensports, »Motor« bezeichnet den Trägerbetrieb, also Maschinen- und Fahrzeugbau
SD Sicherheitsdienst, Organisation im 3. Reich
FDGB-Ferienheim Freier Deutscher Gewerkschaftsbund,

Dachverband der 15 Einzelgewerkschaften in der DDR, zuständig für die Vergabe von Urlaubsplätzen und Betreiber von organisationseigenen Ferienheimen
Ostseebezirk Bezirk Rostock
Kollektiv der sozialistischen Arbeit staatlicher Ehrentitel, ab 1962 an Kollektive vergeben
Barth nach Dresden von 1957 bis 1975 betrieb die Interflug den Sommerflughafen Barth
Karl-Marx-Universität von 1953 bis 1991 die offizielle Bezeichnung der Universität Leipzig
Brigade/Brigadier Bezeichnung für Arbeitskräfte in einer Wirtschaftseinheit; Leiter war der Brigadier
VP-Helfer Interessierte Bürger konnten als »Helfer der VP« ehrenamtlich mitarbeiten
Deutscher Kulturbund 1945 gegründet, kulturelle Massenorganisation mit zahlreichen Arbeitskreisen
German Titow Kosmonaut, absolvierte nach Juri Gagarin den zweiten orbitalen Raumflug der Geschichte
13. August 1961, Bau der Berliner Mauer
faschistische Postwertzeichen jede Verbreitung faschistischer Symbole war verboten, also durfte auch nicht mit Briefmarken von 1933 bis 1945 gehandelt werden
Ostseewoche vom FDGB seit 1958 jährlich veranstaltete internationale Festwoche unter dem Motto: »Die Ostsee muß ein Meer des Friedens sein«
Mitropa 1916 gegründete »Mitteleuropäische Schlaf- und Speisewagen Aktiengesellschaft«, zuständig für gastronomische Versorgung von Deutscher Reichsbahn, Weißer Flotte und ab 1961 auch der Autobahnraststätten
LPG Landwirtschaftliche Produktionsgenossenschaft
VEB Volkseigener Betrieb
Produktionsgenossenschaft PGH, in der DDR verbreitete Form des genossenschaftlichen Zusammenschlusses der Handwerker und Gewerbetreibenden
ADMV Allgemeiner Deutscher Motorsport-Verband, 1957 in Berlin gegründeter Verkehrsklub